EXTRAS

L'auteur

Scott Westerfeld est né au Texas. Compositeur de musique électronique pour la scène, concepteur multimédia et critique littéraire, il vit entre New York et Sydney.

Il est l'auteur de cinq romans de SF pour adultes, dont *L'I.A. et son double*, déjà paru en France, et le space opera en deux parties paru aux éditions Pocket : *Les Légions immortelles* et *Le Secret de l'Empire*.

Scott Westerfeld écrit également pour les jeunes adultes : la présente série *Uglies*, *Midnighters*, et Léviathan chez Pocket Jeunesse.

La série *Uglies*

1. *Uglies*
2. *Pretties*
3. *Specials*
4. *Extras*
5. *Secrets*

La série *Midnighters*

1. *L'heure secrète*
2. *L'étreinte des ténèbres*
3. *Le long jour bleu*

La série *Léviathan*

1. *Léviathan*
2. *Béhémoth*
3. *Goliath*

Retrouvez l'auteur sur son site :

www.scottwesterfeld.com

EXTRAS

SCOTT WESTERFELD

Traduit de l'anglais (États-Unis)
par Guillaume Fournier

POCKET JEUNESSE
PKJ·

À tous ceux qui m'ont écrit pour me révéler le sens secret du mot « trilogie ».

Titre original :
Extras

Publié pour la première fois en 2006 par Simon Pulse,
département de Simon & Schuster
Children's Publishing Division, New York

Loi n° 49956 du 16 juillet 1949 sur les publications
destinées à la jeunesse : septembre 2012

Designed by Yaffa Jasholl

ISBN : 978-2-266-22849-7

Première partie

VISEZ-MOI ÇA

« Vous dites que vous avez besoin de nous. Sans doute est-ce vrai, mais pas pour vous venir en aide. Vous êtes suffisamment nombreux, avec ces millions de nouveaux esprits intenses sur le point de vous rejoindre, avec l'ensemble des villes qui se réveillent enfin. Vous tous êtes capables de changer le monde, sans nous.
Désormais, David et moi serons là,
prêts à croiser votre route.
Car, vous savez, la liberté a le pouvoir
de détruire certaines choses. »

Tally YOUNGBLOOD

EN BAS, DEHORS

— Hé, Moggle, chuchota Aya. Tu dors ?

Quelque chose remua dans le noir. Une pile d'uniformes de dortoir bruissa, comme si un petit animal bougeait dessous. Puis une forme émergea des plis de coton de soie arachnéenne. Elle s'éleva dans les airs et flotta vers le lit. De minuscules lentilles se focalisèrent sur le visage d'Aya, curieuses et alertes, reflétant la lueur des étoiles qui entrait par la fenêtre ouverte.

Aya sourit.

— Prête à bosser ?

Pour toute réponse, Moggle alluma brièvement ses feux.

— Hé ! (Aya ferma les paupières.) Ne fais pas ça ! Tu me fusilles la vision !

Elle demeura allongée dans son lit un moment, le temps que s'estompent les points lumineux qui dansaient devant ses yeux. L'aérocam vint se presser doucement contre son épaule en manière d'excuse.

— Ça va, Moggle-chan, lui murmura-t-elle. C'est juste que j'aimerais bien avoir l'infrarouge, moi aussi.

Un tas d'amis de son âge possédaient la vision infrarouge, mais les parents d'Aya gardaient une certaine méfiance vis-à-vis de la chirurgie. Ils se comportaient comme si l'on était encore au Prettytime, à l'époque où tout le monde devait attendre seize ans pour se transformer. Les Crumblies pouvaient se montrer tellement ringards, parfois !

Aya devait donc supporter son gros nez – un vrai nez d'Ugly – et sa vision ordinaire. Lorsqu'elle avait quitté la maison et rejoint un dortoir, ses parents lui avaient donné la permission de se doter d'un écran oculaire et d'une antenne dermique, uniquement pour pouvoir la joindre à tout moment. Mais, c'était mieux que rien. Elle fléchit le doigt et sa vision perçut l'interface de la ville en surimpression.

— Oh, oh ! dit-elle à Moggle, il est presque minuit.

Elle ne se souvenait pas de s'être endormie, et la soirée des technos avait sûrement déjà commencé. Il devait y avoir foule, avec assez de fondus de la retouche et de faces de manga pour qu'une petite Ugly de plus reste inaperçue.

Par ailleurs, Aya Fuse était passée maître dans l'art de se rendre invisible. Son rang facial en témoignait. Il n'avait pas bougé d'un poil à l'angle de sa vision : 451 396.

Elle soupira. Dans une ville d'un million d'habitants, autant dire le fond du panier. Elle tenait son propre site depuis presque deux ans maintenant, y avait claqué un sujet formidable pas plus tard que la semaine dernière, et demeurait toujours aussi anonyme.

Eh bien, la soirée allait enfin changer ça.

— Allons-y, Moggle, murmura-t-elle en se glissant hors de son lit.

Une robe grise gisait tel un tas informe à ses pieds. Aya l'enfila par-dessus son uniforme de dortoir, la noua à la taille, puis se percha sur l'appui de sa fenêtre.

Tournée vers le ciel nocturne, face au vide, elle passa lentement une jambe après l'autre.

Elle enfila ses bracelets anticrash en jetant un coup d'œil au sol, cinquante mètres plus bas.

— O.K., ça file un peu le vertige.

Au moins n'y avait-il pas de surveillants dans les parages. C'était l'avantage d'avoir sa chambre au treizième étage – personne ne s'attendait à vous voir filer par la fenêtre.

Des nuages épais bouchaient le ciel, reflétant les lumières du chantier à l'autre bout de la ville. L'air frais sentait le pin et la pluie, et Aya se demanda si elle n'allait pas geler dans son déguisement. Mais si elle enfilait un blouson de dortoir par-dessus sa robe, elle était sûre de se faire remarquer.

— J'espère que tes batteries sont chargées, Moggle. C'est l'heure du grand saut.

L'aérocam se glissa par-dessus son épaule et franchit la fenêtre, venant se coller contre sa poitrine. Grande comme un demi-ballon de foot, elle était protégée par une coque en plastique dur, tiède au toucher. Quand Aya referma les bras dessus, ses bracelets vibrèrent, pris dans le rayonnement magnétique des suspenseurs de l'aérocam.

Elle ferma les yeux.

— Prête ?

Moggle frémit entre ses bras.

Alors, s'accrochant de toutes ses forces, Aya s'élança dans le vide.

Faire le mur était beaucoup plus simple ces derniers temps.

Pour le quinzième anniversaire d'Aya, Ren Machino

– le meilleur ami de son grand frère – avait apporté certaines modifications à Moggle. Elle lui avait seulement demandé de rendre l'aérocam assez rapide pour qu'elle la suive derrière sa planche magnétique. Mais comme la plupart des technos, Ren se donnait à fond dans ses modifs. Il lui avait rendu la nouvelle Moggle étanche, antichoc et assez puissante pour transporter dans les airs une passagère du poids d'Aya.

Enfin, presque. Disons que, maintenant, collée à l'aérocam, elle ne tombait pas plus vite qu'une fleur de cerisier qui flotte au gré de la brise. C'était bien plus facile que de faucher un gilet de sustentation. Et plutôt amusant, à part le trac au moment de sauter.

Elle regarda défiler les fenêtres – des chambres lugubres, d'un niveau de réquisition tout ce qu'il y avait de standard. Akira Hall n'hébergeait aucune célébrité, rien que des Extras sans visage affublés de traits génériques. Quelques claqueurs d'ego que personne ne regardait étaient assis devant leur caméra. Le rang facial moyen était de 600 000 dans ce dortoir, vraiment à désespérer, pathétique.

L'anonymat dans toute son horreur.

Au Prettytime, se souvenait plus ou moins Aya, il suffisait de réclamer des fringues fabuleuses ou une planche magnétique neuve pour qu'elles sortent du mur comme par enchantement. Aujourd'hui, la fente ne vous accordait plus grand-chose d'intéressant à moins que vous ne soyez célèbre ou n'ayez du mérite à dépenser. Et obtenir du mérite signifiait suivre des cours ou accomplir des corvées – tout ce que vous demandait le Comité des bons citoyens, en fait.

Les suspenseurs de Moggle établirent la connexion

avec le réseau métallique enterré et Aya fléchit les genoux, afin de se réceptionner par une roulade. L'herbe humide gargouilla sous elle comme une éponge mouillée, douce, mais glaciale.

Elle relâcha Moggle et resta assise un moment sur le sol détrempé, le temps que les battements de son cœur ralentissent.

— Ça va ?

En guise de réponse, Moggle fit de nouveau briller ses feux.

— O. K... Ça m'aveugle toujours, tu sais.

Ren avait également trafiqué le processeur de l'aérocam. Les vraies IA étaient peut-être illégales, mais la nouvelle Moggle ne se résumait plus à un bloc de circuits et de suspenseurs. Depuis l'intervention de Ren, elle avait appris les angles favoris d'Aya, à quel moment zoomer ou faire un panoramique, et savait même suivre son regard.

Mais pour une raison ou pour une autre, elle refusait de faire entrer dans son crâne cette histoire de vision de nuit.

Aya garda les yeux clos, l'oreille aux aguets, pendant que les points lumineux s'estompaient. Elle n'entendit ni bruit de pas ni bourdonnement de drone de surveillance. Seulement quelques échos assourdis d'une musique en provenance du dortoir.

Elle se releva et s'épousseta. Non pas qu'on risque de remarquer les brins d'herbe sur ses vêtements ; les psalmodistes s'habillaient de manière à disparaître. Une robe informe à capuchon – le déguisement idéal pour s'incruster dans une soirée.

Une torsion de son bracelet anticrash fit sortir une

planche magnétique de sa cachette au cœur d'un buisson. Grimpant dessus, Aya se tourna vers les lumières scintillantes de Prettyville.

Curieux que l'agglomération ait gardé ce nom, alors que la plupart de ses résidents n'étaient plus des Pretties – pas selon les anciens critères, en tout cas. On y trouvait désormais des peaux de pixels, des fondus de la retouche et autres adeptes de modes et de tendances étranges. Vous pouviez choisir mille sortes de beautés ou de bizarreries, ou même conserver vos traits de naissance durant votre vie. Aujourd'hui, tout ce qui réussissait à vous faire remarquer était « pretty ».

Une seule chose n'avait pas changé à Prettyville : avant ses seize ans, on n'était pas censé s'y montrer. Pas la nuit, lorsque les choses commençaient à devenir intéressantes.

Surtout quand on était une Extra, une anonyme ; personne, quoi !

En regardant la ville, Aya se sentit submergée par sa propre invisibilité. Chacune de ces lumières étincelantes représentait une personne qui ignorait tout d'Aya Fuse. Qui n'en entendrait probablement jamais parler.

Avec un soupir, elle se mit en route sur sa planche.

Les sites gouvernementaux affirmaient que le Prettytime avait disparu à jamais, son agonie libérant l'humanité de plusieurs siècles de stupidité. Ils prétendaient que les différences entre Uglies, Pretties et Crumblies avaient été gommées ; que les trois dernières années, avec l'éclosion d'une flopée de technologies nouvelles, remettaient le futur sur ses rails.

En ce qui concernait Aya, le déferlement d'intelligence n'avait pas tout changé...

Avoir quinze ans était toujours aussi nul.

LES TECHNOS

— Tu prends tout, hein ? murmura-t-elle.

Moggle était déjà en train de filmer, et la lueur des feux d'artifice se reflétait sur ses lentilles. Des aérostats se balançaient au-dessus de la résidence, des fêtards se jetaient du toit en hurlant dans leur gilet de sustentation. Cela ressemblait à une soirée à l'ancienne : insouciante et qui vous en mettait plein les yeux.

C'est ainsi que le grand frère d'Aya décrivait le Prettytime en tout cas. À cette époque, chacun bénéficiait d'une grosse opération le jour de son seizième anniversaire. Cela vous rendait beau mais modifiait secrètement votre personnalité, de sorte que vous perdiez votre jugement et deveniez facile à contrôler.

Hiro n'était pas resté stupide bien longtemps ; il avait eu seize ans quelques mois à peine avant que le déferlement d'intelligence guérisse les Pretties. Il racontait toujours que ces mois-là avaient été affreux – comme si le fait d'être superficiel et vaniteux représentait un réel calvaire pour lui. Il reconnaissait quand même que les fêtes étaient géniales.

Aya ne risquait pas de le croiser cette nuit : Hiro était bien trop célèbre. Elle consulta son écran oculaire :

le rang facial moyen des invités avoisinait les 20 000. Comparés à son frère, tous ces gens n'étaient que des Extras.

En revanche, comparés à une Ugly classée à 500 000, ils devenaient légendaires.

— Sois prudente, Moggle, murmura-t-elle. Nous ne sommes pas les bienvenues ici.

Aya rabattit son capuchon et sortit de l'ombre.

À l'intérieur l'air bruissait d'aérocams, certaines aussi grosses que Moggle, d'autres regroupées en essaims de paparazzi, dont chaque caméra avait la taille d'un bouchon de champagne.

Il y avait toujours plein de choses à voir au cours d'une soirée de technos, des personnes fascinantes, de nouveaux gadgets incroyables... Les gens n'étaient peut-être pas aussi beaux qu'au Prettytime, mais les soirées s'avéraient beaucoup plus intéressantes : on y trouvait de vrais fondus de la retouche avec des doigts-serpents et une chevelure de Méduse ; des vêtements en matière adaptive ondulant comme des drapeaux au vent ; des feux d'artifice diffuseurs d'encens qui filaient au ras du sol en esquivant jambes et pieds.

Les technos ne vivaient que pour les nouvelles technologies – ils adoraient étaler leurs prouesses, et les claqueurs adoraient les mettre en ligne. Le cycle sans fin des inventions et de la publicité améliorait le rang facial des uns et des autres, si bien que tout le monde était content.

Enfin, ceux qui avaient reçu une invitation.

Une aérocam s'approcha en bourdonnant, assez bas pour que la caméra saisisse le visage d'Aya. Cette dernière baissa la tête et partit en direction d'un groupe de psalmodistes. En public ils mettaient tous leur capuchon, comme une bande de moines bouddhistes pré-rouillés. Ils étaient déjà en train de psalmodier, entonnant en chœur le nom de l'un d'entre eux, afin de convaincre l'interface de la ville d'élever son rang facial.

Aya s'inclina jusqu'au sol et joignit sa voix à celles des autres, gardant son visage d'Ugly dans l'ombre.

Tout l'intérêt de la psalmodie consistait à craquer les algorithmes de réputation de la ville : combien de fois fallait-il répéter un nom pour le propulser dans les mille premiers ? À quelle vitesse chutait votre rang facial quand plus personne ne parlait de vous ? Cette bande constituait en soi une vaste expérience scientifique, voilà pourquoi tous ses membres portaient le même costume anonyme.

Pour Aya, la plupart des psalmodistes n'avaient aucune curiosité mathématique. Ce n'étaient que des tricheurs, de pathétiques Extras qui tentaient de se rendre célèbres. C'est ainsi que les célébrités se fabriquaient à l'époque Rouillée, grâce à une poignée de sites mettant l'accent sur quelques têtes vides, au mépris du reste du monde.

À quoi bon une économie de la réputation, si l'on vous indiquait de qui vous deviez parler ?

Aya s'appliqua pourtant à chanter, en brave petite psalmodiste, tout en surveillant son écran oculaire, l'œil rivé sur la foule par le biais des objectifs de Moggle. L'aérocam flottait au-dessus de la fête, inventoriant les visages un par un.

La bande de filles que recherchait Aya serait forcément là, quelque part. Il n'y avait que des technos pour exécuter un coup pareil…

Elle les avait repérées trois nuits plus tôt, sur le toit de l'un des nouveaux trains magnétiques, filant à une vitesse démentielle à travers le quartier industriel – si vite que les images prises par Moggle étaient apparues trop floues pour être de la moindre utilité.

Aya devait absolument les retrouver. Celle qui claquerait sur son site une histoire aussi démentielle que cette chevauchée au dos d'un train magnétique deviendrait aussitôt célèbre.

Mais Moggle avait l'objectif ailleurs, et observait un petit groupe de néo-bouffeurs sous une grosse bulle rose suspendue en l'air. Ils étaient occupés à boire cette bulle avec des pailles d'un mètre de long, pareils à des astronautes tâchant de récupérer une goutte de thé en état d'apesanteur.

Les néo-bouffeurs, c'était déjà de l'histoire ancienne – Hiro avait claqué un sujet sur eux le mois dernier : ils mangeaient des champignons disparus reconstitués à partir de vieilles spores, préparaient de la crème glacée à base d'azote liquide et injectaient des agents de saveur dans d'étranges substances nutritives. La matière flottante rose ressemblait à de l'aérogel – voilà un dîner qui avait la densité d'une bulle de savon.

Une excroissance s'en détacha et s'éloigna doucement. Aya grimaça en flairant des relents de riz et de saumon. Avaler des substances inédites était peut-être un excellent moyen de booster son rang facial, mais elle préférait ses sushis, plus lourds que l'air.

Néanmoins, elle aimait bien se mêler aux technos même si elle était obligée de se cacher. La majeure partie de la ville restait figée dans le passé, s'efforçant de redécouvrir haïkus, religion, cérémonie du thé – toutes choses oubliées durant le Prettytime, époque où les gens avaient la cervelle en compote. Les technos construisaient l'avenir. Ils tâchaient de rattraper trois siècles de stagnation scientifique.

C'était chez eux qu'on trouvait les histoires les plus intéressantes.

Quelque chose retint son attention sur son écran oculaire.

— Une seconde, Moggle ! siffla-t-elle. Fais un panoramique à gauche.

Derrière les néo-bouffeurs, une silhouette familière les observait avec amusement alors qu'ils poursuivaient des gouttelettes roses qui s'échappaient

— C'est l'une d'elles. Zoome dessus !

La fille avait environ dix-huit ans : une beauté néo-pretty classique aux yeux légèrement agrandis. Vêtue d'une combinaison d'aéroball, elle flottait avec grâce à dix centimètres au-dessus du sol. Et elle devait être connue : une bulle de réputation l'entourait, une cohorte d'amis et de groupies qui tenait les Extras à distance.

— Rapproche-toi pour qu'on les entende, murmura Aya.

Moggle plana jusqu'au bord de la bulle et, bientôt, ses micros captèrent le nom de la fille. Les données défilèrent sur l'écran oculaire d'Aya...

Eden Maru était une joueuse d'aéroball – ailière gauche des Hirondelles, qui avaient été champions de la ville l'an dernier. Également réputée pour ses modifs de suspenseurs.

D'après tous les sites, Eden venait de larguer son petit ami en raison d'une « divergence d'ambitions ». En clair, cela voulait dire qu'elle était devenue trop célèbre pour lui. Son rang facial était passé sous la barre des 10 000 à l'issue du championnat, alors que son compagnon était resté bloqué au quart de million. Tout le monde comprenait qu'elle avait besoin de sortir avec quelqu'un de son niveau. Mais aucune rumeur ne faisait mention de ses balades en train magnétique. Elle devait garder l'histoire secrète, attendre le bon moment pour la divulguer.

La claquer la première rendrait Aya célèbre en l'espace d'une seule nuit.

— Suis-la, ordonna-t-elle à Moggle, puis elle se remit à chanter.

Une demi-heure plus tard, Eden Maru quittait la fête.

Fausser compagnie aux psalmodistes fut un véritable soulagement – Aya avait dû ânonner « Yoshio Nara » un bon million de fois. Elle espérait que le Yoshio en question apprécierait son petit sursaut dans le classement facial, car elle ne voulait plus jamais entendre prononcer son nom.

Cadrée par l'aérocam, Eden Maru se glissait par la porte – seule, sans ses compagnons. Elle allait sûrement rejoindre le reste de la bande.

— Ne la lâche pas, Moggle, fit Aya d'une voix enrouée.

La psalmodie lui avait desséché le gosier. Elle avisa un plateau chargé de boissons qui passait à sa portée.

— Je te rejoins dans une minute, ajouta-t-elle.

Attrapant un verre au hasard, elle le vida d'un trait. L'alcool fit courir un frisson dans tout son corps – pas exactement ce qu'il aurait fallu. Elle rafla un autre verre avec beaucoup de glaçons et se fraya un chemin en direction de la porte.

Un groupe de peaux de pixels lui barrait le passage, parcourus de couleurs ondoyantes, tels des caméléons ivres. Elle se faufila entre eux, reconnaissant au passage quelques visages aperçus sur des sites de fondus de la retouche. Un petit frisson de réputation la parcourut.

Sur les marches de la résidence, Aya fit couler le contenu de son verre entre ses doigts afin de récupérer les glaçons. Elle les fourra dans sa bouche et se mit à les croquer. Après cette soirée étouffante, la glace lui produisit un effet divin.

— Intéressante chirurgie, apprécia quelqu'un.

Aya se figea… Son capuchon avait glissé en arrière, dévoilant ses traits d'Ugly.

— Heu, merci.

Ses paroles lui parvenaient comme assourdies, et Aya s'empressa d'avaler sa bouchée de glaçons. Quand la brise souffla sur son visage en sueur, elle prit conscience de l'image navrante qu'elle devait donner.

Le garçon lui sourit.

— Où as-tu trouvé l'idée d'un nez pareil ?

Soudain à court de mots, Aya parvint à hausser les épaules. Son écran oculaire lui montrait Eden Maru qui s'envolait au-dessus de la ville mais elle ne parvenait pas à détacher son regard du garçon. C'était une face de manga : de grands yeux étincelants, un visage délicat d'une beauté inhumaine. Pendant qu'il la dévisageait, ses longs doigts fuselés caressaient une joue parfaite.

Car c'était là le plus étrange : il la dévisageait. Elle.

Alors qu'il était magnifique et elle, moche.

— Laisse-moi deviner, poursuivit-il. Dans un tableau pré-Rouillé ?

— Heu, pas vraiment. (Elle se toucha le nez en avalant ses derniers morceaux de glace.) En fait, c'est plutôt le résultat d'une… génération aléatoire.

— Je me disais aussi. Il est trop unique. (Il s'inclina.) Frizz Mizuno.

Tandis qu'Aya lui retournait sa courbette, son écran oculaire lui fit découvrir le rang facial du garçon : 4612. Un frisson de réputation la saisit, la révélation qu'elle parlait à quelqu'un d'important, de connu, quelqu'un qui comptait.

Il attendait qu'Aya se présente à son tour, mais elle se dit qu'une fois dévoilée, il connaîtrait son rang facial ; son merveilleux regard se détournerait alors vers d'autres horizons plus captivants. Même si, au mépris de toute logique, il persistait à trouver un intérêt à son visage, être une Extra avait quelque chose de trop pathétique.

Par ailleurs, son nez était *beaucoup* trop gros.

Elle exerça une torsion sur son bracelet anticrash afin d'appeler sa planche.

— Je m'appelle Aya. Mais je… il faut que je parte.

Il s'inclina :

— Je comprends. Des gens à voir, des noms à psalmodier…

Aya s'esclaffa, baissant les yeux sur sa robe.

— Oh, ça. Je ne fais pas vraiment partie de… Je suis ici incognito.

— Incognito ? (Son sourire était éblouissant.) Tu es très mystérieuse.

La planche vint se ranger le long des marches. Aya la contempla d'un air hésitant. Moggle se trouvait déjà à cinq cents mètres, fonçant dans la nuit à la poursuite d'Eden Maru. Aya restait immobile : une part d'elle-même lui hurlait de ne pas bouger.

Frizz continuait à la fixer.

— Je ne le fais pas exprès, dit-elle. C'est seulement l'impression que ça donne.

Il rit.

— J'ai très envie de connaître ton nom de famille, Aya. Mais je suppose que tu as tes raisons pour ne pas me le donner.

— Désolée, s'excusa-t-elle en grimpant sur sa planche. Il faut que j'y aille, sinon elle risque de… m'échapper.

Il s'inclina une dernière fois, avec un large sourire :

— Bonne chasse.

Elle se pencha en avant et fila dans les ténèbres, poursuivie par l'écho de son rire.

SOUS LA TERRE

Rien à dire, Eden Maru savait voler.

La combinaison de sustentation intégrale était un équipement standard pour les joueurs d'aéroball, mais peu de gens osaient en enfiler une. Chaque élément comportait son propre suspenseur : les jambières, les brassards, parfois même les bottes. Le moindre faux mouvement risquait d'envoyer tous ces aimants dans des directions différentes, ce qui constituait un excellent moyen de se disloquer une épaule ou de foncer la tête la première dans un mur. Contrairement à une chute de planche magnétique, aucun bracelet anticrash ne viendrait vous prêter main-forte.

Cela ne semblait pas préoccuper Eden Maru. Grâce à son écran oculaire, Aya la voyait zigzaguer au-dessus du nouveau chantier de construction, abordant les immeubles inachevés et les conduits d'égouts à ciel ouvert comme s'il s'était agi d'un parcours d'obstacles.

Même Moggle, en dépit de tous ses suspenseurs et de ses vingt centimètres de large, avait du mal à suivre.

Aya s'efforça de se concentrer sur la maîtrise de sa propre planche mais Frizz Mizuno occupait encore sa pensée : elle était abasourdie par l'intérêt qu'il lui avait porté. Depuis que le déferlement d'intelligence avait aboli les frontières entre les âges, Aya avait souvent discuté avec des Pretties. Ce n'était pas comme autrefois, à l'époque où vos amis ne vous adressaient plus la parole après leur opération. Mais aucun Pretty ne l'avait jamais regardée de *cette* façon.

À moins qu'elle ne se fasse des idées ? Peut-être que le regard de Frizz donnait la même impression à tout le monde. Sans doute à cause de ses yeux immenses, comme sur ces dessins de l'ère Pré-Rouillée dont s'inspiraient les faces de manga.

Elle brûlait de se renseigner sur lui auprès de l'interface de la ville. Avec un rang facial inférieur à 5 000, Frizz ne devait pas être connu seulement pour son éblouissante beauté.

Toutefois, dans l'immédiat, Aya avait un sujet à traquer, une réputation à construire. Si elle voulait que Frizz lui jette encore l'un de ces regards, elle ne pouvait pas continuer à stagner dans les abysses du classement.

Son écran oculaire se mit à clignoter : le signal de Moggle faiblissait, sortait des limites du réseau urbain. L'image se changea en neige, puis devint noire…

Aya s'immobilisa en virant, et fut parcourue d'un frisson. Perdre Moggle avait toujours quelque chose de troublant ; c'était comme baisser les yeux par une belle journée ensoleillée et découvrir que l'on n'a plus d'ombre.

Elle examina la dernière image que son aérocam lui avait envoyée : l'intérieur d'un conduit d'évacuation, granuleux et déformé à l'infrarouge. Eden Maru, projectile humain roulé en boule, filait vers le fond du tunnel, si profond que le transmetteur de Moggle n'arrivait plus à joindre la surface.

La seule manière de retrouver Eden consistait à la suivre sous terre.

Aya se pencha en avant et fit repartir sa planche. Le nouveau chantier de construction se dressait autour d'elle, avec ses multiples charpentes métalliques et fosses béantes.

Après le déferlement d'intelligence, plus personne ne voulait habiter dans les immeubles ringards du Prettytime. Plus personne de célèbre, en tout cas. La ville avait ainsi connu une expansion sauvage, pillant les Ruines rouillées voisines pour récupérer du métal. On avait même envisagé, murmurait-on, de fouiller le sol à la recherche de gisements de fer, comme les Rouillés l'avaient fait trois siècles plus tôt sans se soucier des conséquences.

Les tours inachevées défilaient à toute allure, faisant vibrer la planche d'Aya au passage de chacune d'elles. Les planches magnétiques avaient certes besoin de métal pour voler, mais la présence de trop nombreux champs magnétiques les rendait instables. Aya réduisit l'allure, guettant le signal de Moggle.

Rien. L'aérocam se trouvait toujours sous terre.

Une excavation gigantesque apparut à sa vue : les fondations d'un futur gratte-ciel. Sur la terre meuble du fond, des flaques d'eau de pluie reflétaient la lueur des étoiles, pareilles à des éclats de miroir.

Dans un coin de la cavité, Aya repéra le bout d'un tunnel, un accès vers le réseau de conduits qui s'étendait sous la ville.

Un mois plus tôt, elle avait claqué un sujet sur une

nouvelle bande de graffeurs, des Uglies qui abandonnaient leurs œuvres aux générations futures. Ils taguaient l'intérieur des tunnels et des conduits en cours de construction avant que ces derniers soient refermés, comme autant de capsules temporelles. On ne découvrirait leur travail que bien longtemps après l'effondrement de la ville, quand ses ruines seraient fouillées par une civilisation future. C'était une démarche post-déferlement d'intelligence, une réflexion sur la fragilité du Prettytime que l'on avait cru éternel.

Le sujet n'avait guère rehaussé le rang facial d'Aya – les histoires d'Uglies ne faisaient pas recette –, mais Moggle et elle avaient passé une semaine à jouer à cache-cache à travers le chantier de construction. Les souterrains ne l'effrayaient pas.

Laissant descendre sa planche, Aya esquiva quelques drones suspenseurs et poutrelles magnétiques, et fila droit vers l'ouverture du tunnel. Genoux fléchis, bras collés au corps, elle s'enfonça dans le noir absolu...

Son écran oculaire clignota: l'aérocam n'était sans doute pas loin.

L'odeur d'eau de pluie croupie et de terre était très forte: un ruissellement. Seul bruit audible. Quand les lumières du chantier derrière elle furent réduites à un halo orangé, Aya progressa au ralenti, se guidant d'une main sur la paroi du tunnel.

Le signal de Moggle clignota... puis l'image réapparut.

Eden Maru était là, bien droite, en train de détendre ses bras. Elle se trouvait dans une vaste salle, totalement obscure.

Qu'y avait-il donc là-dessous?

D'autres silhouettes humaines scintillaient dans les ténèbres. Elles flottaient dans le noir, debout sur leurs planches magnétiques.

Aya sourit. Elle avait fini par les retrouver, ces cinglées des balades en train magnétique.

— Approche-toi et écoute, murmura-t-elle à l'aérocam.

Tandis que Moggle évoluait en silence, Aya se souvint d'une découverte dont lui avaient parlé ses graffeurs – un immense réservoir où la ville recueillait le trop-plein d'eau à la saison des pluies. Un lac souterrain plongé dans une nuit complète.

Quelques mots lui parvinrent par l'intermédiaire des micros de Moggle.

— Merci d'être venues si vite.

— Je t'ai toujours dit que la célébrité t'attirerait des ennuis, Eden.

— Bah, ça ne devrait pas prendre trop longtemps. Elle est juste derrière moi.

Aya se figea. *Qui* était juste derrière Eden ? Elle jeta un coup d'œil par-dessus son épaule... et ne vit que le reflet de l'eau ruisselant sur les parois du tunnel. Puis son écran oculaire s'éteignit de nouveau. Aya jura, plia son majeur : off/on... mais sa vision ne s'éclaira pas.

— Moggle ? siffla-t-elle.

Pas de scintillement de son écran oculaire, aucune réponse. Elle tâcha d'accéder au panneau de diagnostic de l'aérocam, à son antenne audio, à ses commandes de contrôle à distance. Plus rien ne fonctionnait.

Moggle était pourtant proche, à une vingtaine de mètres, tout au plus. Pourquoi ne parvenait-elle pas à établir la connexion ?

Aya fit avancer lentement sa planche, tendant l'oreille, s'efforçant de percer l'obscurité. Le mur se déroba sous sa main et les échos d'une caverne gigantesque résonnèrent autour d'elle. Des filets d'eau gouttaient d'une dizaine de conduits, et l'atmosphère humide du réservoir lui donnait la chair de poule.

Elle avait besoin de *voir*…

Puis Aya se souvint du tableau de commandes de sa planche. Dans cette noirceur totale, même quelques diodes lumineuses feraient l'affaire.

Elle s'agenouilla pour allumer les commandes. Leur lueur bleutée lui révéla de grands murs en brique à l'ancienne, colmatés par endroits avec de la céramique moderne et de la matière adaptive. Un immense plafond s'incurvait au-dessus d'elle, telle la voûte de quelque cathédrale souterraine.

Mais pas de Moggle en vue.

Aya se laissa dériver dans l'obscurité, au gré des courants d'air. Un lac sombre, aussi lisse qu'un miroir, s'étalait à quelques mètres sous ses pieds.

Elle entendit alors un bruit très léger à proximité, une respiration discrète, et se retourna…

Dans la pénombre bleutée, une Ugly la dévisageait. Debout sur une planche magnétique, serrant Moggle entre ses bras, la fille lui sourit froidement.

— Nous pensions bien que tu viendrais chercher ça.

— Hé ! protesta Aya. Qu'avez-vous fait à mon…

Un pied jaillit des ténèbres et fit décrire une embardée à la planche d'Aya.

— Doucement ! s'écria Aya.

Des mains vigoureuses la repoussèrent, et elle trébucha en arrière. La planche oscilla, tâchant de rester sous ses semelles. Aya étendit les bras et décrivit des moulinets comme une gamine sur patins à glace qui perd l'équilibre.

— Arrêtez ça ! Vous allez me faire...

De toutes les directions d'autres mains se mirent à la pousser, à la tirailler – sans défense, Aya se tortilla avec rage ; puis sa planche fut dégagée d'un coup de pied, et elle se retrouva à battre des bras dans le vide.

L'eau la cingla au visage telle une gifle glacée.

L'AUDITION

Les ténèbres bouillonnèrent autour d'Aya et un grondement envahit ses oreilles. La violence de l'impact lui fit perdre toute notion de haut et de bas, et ne lui laissa qu'une sensation de froid glacial et tourbillonnant. Elle agita les bras et les jambes, l'eau lui remplissait les narines et la bouche, lui comprimait la poitrine...

Puis sa tête creva la surface. Elle crachota plusieurs fois et respira à grands traits, pataugeant dans le noir à la recherche d'un point d'appui.

— Hé ! C'est quoi, votre problème ?

Son cri résonna à travers la caverne, se répéta en échos dans le néant, mais aucune réponse ne lui parvint.

Elle nagea sur place un moment, le temps de reprendre son souffle, en tendant l'oreille.

— Heu... Ohé ?

Une main la saisit soudain par le poignet et la hissa dans les airs. Aya se retrouva pendue là, les pieds dans le vide, en train de frissonner dans sa robe dégoulinante.

— Que... qu'est-ce qui se passe ?

Une voix répondit :

— On n'aime pas les claqueurs.

Aya l'avait déjà compris : les filles de la bande voulaient

claquer elles-mêmes leurs folles chevauchées sur des trains magnétiques. Et conserver toute la gloire pour elles.

Une légère déformation de la vérité s'imposait.

— Mais je ne suis pas une claqueuse !

Quelqu'un ricana, puis une autre voix dit :

— Tu m'as suivie jusqu'ici depuis la soirée. Ou ta caméra, en tout cas. Tu étais à la recherche d'un sujet.

— Non, pas d'un sujet. C'est *toi* que je cherchais.

Aya grelotta de plus belle, frigorifiée. Elle devait absolument les persuader de ne pas la lâcher dans le lac une nouvelle fois :

— Je vous ai vues, l'autre nuit.

— Où ça ? s'enquit la plus proche en ajustant sa prise sur son poignet.

Il s'agissait à coup sûr d'Eden ; personne n'aurait pu la tenir de cette manière sans une combinaison d'aéroball.

— Sur un train magnétique. Vous étiez accrochées sur le toit. J'ai voulu savoir qui vous étiez, mais je n'ai rien trouvé sur aucun site.

— C'est voulu, s'entendit-elle répondre.

— O.K., j'ai compris, grommela Aya. Hum, tu vas me laisser pendouiller longtemps comme ça ?

— Tu préfères que je te lâche ? lui demanda Eden Maru.

— Pas vraiment. C'est juste que... ça fait mal au poignet.

— Appelle ta planche, alors.

— Heu... d'accord.

Dans sa panique, Aya avait complètement oublié sa planche magnétique. Elle leva sa main libre et fit tourner son bracelet anticrash. Quelques secondes plus tard, sa planche se glissait sous ses semelles et la poigne de fer la relâcha. Elle vacilla dessus un moment, en se massant les poignets.

— Merci…

— Tu voudrais nous faire croire que tu n'es pas une claqueuse ?

C'était de nouveau la première voix, peut-être celle de l'Ugly qu'elle avait entraperçue. Elle résonnait dans le noir, basse et caverneuse, comme si la fille avait subi une opération de la gorge pour la rendre effrayante.

— J'ai juste mis deux ou trois trucs en ligne. Comme tout le monde.

— Des photos de ton chat ? suggéra quelqu'un, avant de ricaner.

— Tu t'incrustes souvent dans les soirées, déguisée en psalmodiste ? demanda Eden. Avec une aérocam en renfort ?

Aya croisa les bras. Sa robe trempée lui collait à la peau et elle allait se mettre à trembler d'une minute à l'autre.

— Écoutez, je voulais seulement faire partie de votre bande. Il fallait bien que j'arrive à vous repérer. Moggle est très pratique pour ça.

— Moggle ? répéta la voix dure.

— Heu… mon aérocam.

— Ton aérocam a un *nom* ?

Des rires fusèrent de tous les côtés. Aya réalisa qu'elles étaient plus nombreuses qu'elle ne l'avait cru. Peut-être une douzaine cachées dans l'ombre.

— Attendez une minute, objecta la voix d'Eden. Quel âge as-tu ?

— Heu… quinze ans…

Une lampe de poche s'alluma, l'aveuglant dans ce noir total.

— Aïe !

Aya ferma les yeux.

Celle qui tenait la lampe de poche ajouta :

— Je me disais aussi que ce nez était vraiment gros. Même en vision infrarouge…

À mesure que ses yeux s'habituaient à la lumière, Aya commença à distinguer des visages. Elles ressemblaient à des miss tout-l'monde, ces filles qui ne tenaient pas à être jolies ou exotiques, mais simplement normales – pour peu que le concept existe encore. À l'exception de la silhouette athlétique et rembourrée d'Eden Maru, les personnes qui entouraient Aya avaient toutes la même allure – des corps génériques, conçus pour se fondre dans la foule. Toutes étaient des filles, autant qu'Aya puisse en juger, comme cette nuit où elle les avait vues chevaucher un train magnétique.

— Alors comme ça, tu aimes bien traîner la nuit ? dit Eden.

— Ben, oui. C'est mieux que de rester assise dans mon dortoir.

— Tu n'aimes pas t'ennuyer, hein ? gronda l'autre fille en faisant traîner les mots. Peut-être bien que tu devrais venir surfer avec nous un de ces jours.

— Surfer ? (Aya avala sa salive.) Ça veut dire que je pourrai vous accompagner ?

Quelques grommellements s'élevèrent dans l'obscurité.

— Elle n'a que quinze ans, protesta la fille qui tenait la lampe.

— Et alors, on n'est plus au Prettytime, rétorqua

celle à la grosse voix. On s'en fiche, de connaître son âge. Elle s'est faufilée dans Prettyville et a suivi Eden toute seule jusqu'ici. Elle a probablement plus de tripes que la plupart d'entre vous.

— D'accord, mais son aérocam ? fit valoir Eden. Si elle claque un sujet sur nous, on va se retrouver avec les gardiens sur le dos.

— Rien ne l'empêche de nous signaler aux gardiens, de toute manière.

La fille à la voix dure se rapprocha sur sa planche, jusqu'à ce que son nez se retrouve à quelques centimètres de celui d'Aya.

— Alors, soit on la laisse ici pour de bon, soit on la fait entrer dans la bande, ajouta-t-elle.

Aya jeta un coup d'œil vers les eaux noires et scintillantes.

— Hum, j'ai le droit de voter moi aussi ?

— Il n'y a que moi qui vote, dit la fille avec un sourire. Mais tu sais quoi ? Je vais quand même te laisser un choix.

— Ah ?

La fille tint Moggle à bout de bras, et Aya découvrit le sabot de verrouillage qu'on lui avait collé sur la coque. La caméra était maintenant figée, comme morte. À moins qu'on ne lui retire ce truc.

— Tu peux récupérer ton aérocam et ficher le camp. Ou alors je la lâche, ici, maintenant, et tu pourras venir surfer avec nous.

Aya cligna des paupières, attentive à l'eau glacée qui dégoulinait de sa robe. Ren affirmait avoir rendu Moggle étanche, mais parviendrait-elle à retrouver l'endroit exact où elle sombrerait ?

— C'est important pour toi d'échapper à l'ennui de ton dortoir ?

Aya avala sa salive.

— Très.

— Dans ce cas, le choix devrait être facile, non ?

— C'est juste que… cette caméra m'a coûté beaucoup de mérite.

— Ce n'est qu'un gadget. Un truc qui ne veut rien dire, comme le rang facial ou le mérite, à moins que tu ne *veuilles* lui attacher de l'importance.

Le rang facial ne signifiait rien, avait-elle dit ? Cette fille était cinglée. Elle avait raison sur un point, néanmoins : il n'y avait rien de plus important que d'échapper à ce triste et pathétique Akira Hall.

Et puis Ren saurait peut-être l'aider à retrouver cet endroit…

Aya ferma les yeux.

— O.K. Je veux venir avec vous. Lâche-la.

Le plouf ! résonna comme une gifle.

— Bon choix. Tu n'avais pas besoin de ce gadget, de toute façon.

Aya ouvrit les yeux, au bord des larmes.

— Je m'appelle Jai, lui dit la fille avec une courbette.

— Aya Fuse.

En s'inclinant à son tour, elle vit les cercles concentriques à la surface du lac : Moggle avait coulé pour de bon.

— On se reverra bientôt, dit Jai.

— Bientôt ? Mais tu disais…

— Je crois que tu as eu suffisamment d'émotions fortes cette nuit, pour une fille de quinze ans.

— Tu m'avais promis !

— Et toi, tu prétends ne pas être une claqueuse. Je veux d'abord m'assurer que tu joues franc-jeu là-dessus.

Aya voulut protester, puis referma la bouche. Il ne servait plus à rien de discuter – elle avait déjà perdu Moggle.

— Je ne sais même pas qui vous êtes.

Jai sourit.

— Nous sommes les Rusées. On te contactera. Allez, les filles, nous avons un train à prendre !

Elles s'élancèrent sur leurs planches, tournoyant autour d'Aya en remplissant la caverne de leurs braillements dont l'écho se répercuta partout. Les lampes s'éteignirent et les filles disparurent une à une, leurs cris assourdis par les conduits d'écoulement.

Aya se retrouva seule dans le noir, à ravaler ses larmes. Elle avait sacrifié Moggle pour rien. Une fois que les Rusées auraient consulté son site, elles sauraient tout sur elle. Et si elles réalisaient que son frère était l'un des plus célèbres claqueurs de la ville, elles ne lui feraient plus jamais confiance.

— Imbécile d'Hiro, murmura-t-elle.

Sans « monsieur Superstar », la condition d'Extra ne serait pas aussi pénible. Elle n'aurait pas autant de choses à prouver.

Et elle n'aurait pas troqué Moggle contre… du vent.

Serrant les poings, Aya laissa descendre sa planche jusqu'à ce qu'elle entende l'eau clapoter doucement contre ses suspenseurs. Elle se mit à genoux, allongea le bras dans le noir et vint poser la main à la surface du lac. Elle sentait encore les vaguelettes soulevées par le plongeon de Moggle.

— Désolée, murmura-t-elle. Mais je vais revenir très vite.

GRAND FRÈRE

D'immenses résidences brillamment illuminées par des torches défilaient de part et d'autre d'Aya. Dans la lueur du petit matin, on voyait flamber des feux de joie partout : un énorme gaspillage de carbone. Des piscines dérivaient au-dessus de sa tête, bulles flottantes contenues par des champs de force invisibles. En volant par-dessous, Aya distinguait les silhouettes des nageurs qui contemplaient le lever du soleil.

La résidence d'Hiro, une tour arachnéenne de verre et d'acier, se dressait à trois cents mètres de haut. Pour éviter que le panorama splendide ne devienne lassant, le bâtiment entier pivotait sur lui-même à la vitesse d'une paume par heure. Posé sur des piliers magnétiques, il ne touchait terre que par le puits de son ascenseur, pareil à une gigantesque ballerine tournoyant sur une pointe.

Dans ce quartier, chaque bâtiment était mobile. L'ensemble flottait, se transformait et accomplissait toutes sortes de figures ahurissantes que les habitants du lieu regardaient avec indifférence.

Hiro vivait dans la partie célèbre de la ville.

Alors que sa planche approchait des marches de la résidence, Aya se souvint de son frère tel qu'il avait été durant les derniers mois du Prettytime : beau, serein, respectueux. Bien sûr, il allait à toutes les fêtes, mais il rentrait toujours à la maison pendant les vacances et ramenait des cadeaux pour Aya et leurs Crumblies.

Le déferlement d'intelligence avait changé tout cela – sauf son joli visage.

Pendant l'année qui avait suivi sa guérison, Hiro avait tout essayé : la chirurgie extrême, l'équipe d'aéroball de la ville, et même un stage dans la nature en tant qu'apprenti ranger. Il était passé d'une occupation à une autre, incapable de trouver quoi faire de sa liberté.

Bien sûr, au cours de cette première année chaotique, beaucoup de gens se sentaient perdus. Certains décidèrent même d'annuler les effets du déferlement d'intelligence – et pas uniquement de vieux Crumblies, mais des nouveaux Pretties aussi. Hiro en personne avait pensé à redevenir idiot.

Et puis, voilà deux ans, le bruit s'était répandu que l'économie traversait une crise. Durant le Prettytime, les têtes vides pouvaient réclamer n'importe quoi : gadgets et vêtements de fête sortaient de la fente murale, sans qu'on leur pose la moindre question. Mais les humains créatifs et libres de penser par eux-mêmes se montraient apparemment plus gourmands que les têtes vides. Trop de ressources étaient gaspillées en folies dispendieuses, édifices nouveaux et autres grands projets tels que le train magnétique. Et l'on ne trouvait plus de volontaires pour les métiers pénibles.

Certains proposèrent d'en revenir à « l'argent » des Rouillés, avec loyers, impôts, et faim pour ceux qui seraient dans la misère. Mais le Conseil de la ville ne céda pas à cette folie ; il préféra instituer à la place une économie de la réputation. Dorénavant, le mérite et le rang facial décideraient qui obtiendrait les meilleurs logements, les plus grosses émissions de carbone, les plus grandes attributions murales. Le mérite concernait médecins, enseignants, gardiens et ainsi de suite, jusqu'aux gamins qui faisaient leurs devoirs et s'acquittaient de leurs corvées – chacun de ceux qui participaient à la bonne marche de la ville, telle qu'elle était définie par le Comité des bons citoyens. Le rang facial concernait le reste de la culture, des artistes aux sportifs en passant par les scientifiques. On avait droit à toutes les ressources que l'on voulait, pour peu qu'on sache enflammer l'imagination collective de la ville.

Et pour préserver une justice à l'égard du rang facial, chaque citoyen de la ville se voyait attribuer son propre site au sortir de l'enfance – un million de fils distincts chargés de tisser l'histoire commune, afin de donner son sens plein au déferlement d'intelligence.

Le mot « claqueur » n'avait même pas encore été inventé, mais Hiro avait tout compris d'instinct : la manière d'installer la célébrité d'une bande en une seule nuit, ou celle de convaincre chacun de réquisitionner le dernier gadget à la mode, et par-dessus tout, la façon de devenir soi-même une légende dans l'affaire.

En se posant devant la porte de l'ascenseur de la résidence, Aya poussa un soupir. Hiro s'était montré bien malin depuis qu'on lui avait réparé le cerveau...

Si seulement sa célébrité ne l'avait pas transformé en une espèce de snob égoïste !

— Qu'est-ce que tu veux, Aya-chan ?

— J'ai besoin de te parler.

— Il est beaucoup trop tôt pour ça.

Aya gémit. Sans Moggle pour la hisser jusqu'à sa fenêtre, elle allait devoir attendre le matin pour regagner son dortoir. Hiro était-il trop fatigué pour lui consacrer du temps ?

Pourtant, sa nuit n'avait pu être pire que celle d'Aya. Elle n'avait cessé d'imaginer Moggle au fond du lac souterrain, inerte et glacée.

— J'ai dépensé un paquet de mérite afin de reporter mes cours du matin, rien que pour venir te voir, Hiro.

Un grommellement.

— Repasse dans une heure, grogna son frère.

Aya contempla la porte de l'ascenseur d'un œil noir. Elle ne pouvait même pas monter et tambouriner contre sa fenêtre ; les résidences de ce quartier ne laissaient approcher aucune machine volante.

— Bon, tu peux au moins me dire où je trouverai Ren ? Il a coupé son localisateur.

Un gloussement lui parvint de la porte.

— Ren ? Allongé sur mon canapé.

Aya poussa un soupir de soulagement. Hiro était mille fois plus abordable en présence de son meilleur ami.

— Est-ce que je peux lui parler… s'il te plaît ?

La porte resta muette si longtemps qu'Aya crut que son frère était retourné se coucher. Mais finalement, la voix de Ren lança :

— Salut, Aya-chan. Entre !

La porte s'ouvrit, et Aya pénétra à l'intérieur de la pièce.

Un million de grues cendrées tapissaient la chambre d'Hiro.

C'était une vieille coutume de l'époque pré-Rouillée, l'une des rares à avoir survécu au Prettytime : quand une fille atteignait ses treize ans, elle fabriquait elle-même une guirlande de mille grues en origami. Il lui fallait des semaines pour plier les petits carrés de papier en ailes, becs et queues, puis les coudre un à un avec du fil et une aiguille.

Après le déferlement d'intelligence, quelques filles avaient lancé une nouvelle mode : envoyer leurs guirlandes à leurs héros de réputation, des nouveaux Pretties avec un rang facial élevé. Des garçons comme Hiro, en somme.

Rien qu'à voir toutes ces grues, Aya en eut mal aux doigts : c'était le rappel du mal qu'elle s'était donné pour sa propre guirlande. Les petits oiseaux en papier recouvraient tout l'appartement, à l'exception du sacro-saint fauteuil dans lequel Hiro consultait son site.

Il s'y vautrait d'ailleurs en ce moment même, vêtu d'un sweat-shirt d'aéroball, en se frottant les yeux. Du thé vert coulait des robinets de la fente murale, diffusant dans la pièce des relents de pelouse tondue.

— Tu veux bien nous l'apporter ? dit-il.

— Bonjour à toi aussi, fit-elle, sarcastique.

Elle lui adressa une courbette moqueuse et alla chercher le thé. Deux tasses, bien sûr – pour Ren et lui, pas pour elle. Aya détestait le thé vert.

— Salut, Aya-chan, lança Ren d'une voix pâteuse, du canapé.

Quand il s'assit, un tapis de grues écrasées se décolla de son dos. Des carcasses de bouteilles jonchaient le sol, et un drone de nettoyage s'employait à aspirer les restes de nourriture et le mousseux renversé.

Aya tendit son thé à Ren.

— Vous aviez un truc à fêter, ou c'était juste en souvenir du bon vieux temps où vous aviez la tête vide ?

— Quoi, tu n'es pas au courant ? (Ren s'esclaffa.) Eh bien, tu ferais mieux de féliciter Hiro-senseï.

— Hiro-*senseï* ? Sérieux ?

— Eh oui. (Ren hocha la tête.) Ton frère est enfin entré dans le top 1 000.

— Le top 1 000 ? (Aya battit des cils.) Tu rigoles ?

— Huit cent quatre-vingt-seize exactement, annonça Hiro en contemplant l'écran mural.

Aya découvrit le nombre qui s'y étalait : 896 en chiffres d'un mètre de haut.

— Bien sûr, ma propre sœur s'en fiche éperdument. Où est mon thé ?

— Je n'avais pas… commença Aya.

La fatigue lui fit un instant tourner la tête. Ce matin, pour la première fois depuis des siècles, elle n'avait pas vérifié le rang facial d'Hiro en se levant. Et il avait atteint le top 1 000 ? S'il parvenait à s'y maintenir, il serait invité à la grande soirée des Mille Visages que donnait Nana Love le mois prochain.

Hiro, comme la plupart des garçons, craquait complètement pour Nana Love.

— Je suis désolée… ma nuit a été bien remplie. Mais c'est fantastique !

Il tendit avec nonchalance le doigt, indiquant la tasse de thé qu'elle tenait.

Elle la lui offrit, avec une vraie courbette cette fois.

— Félicitations, Hiro.

— Hiro-*senseï*, lui rappela-t-il.

Aya leva les yeux au ciel.

— On n'appelle pas son propre frère « senseï », Hiro, quel que soit son rang facial. Alors, c'était quoi l'histoire ?

— Ça ne t'intéresserait pas.

— Allez, Hiro ! Tu sais bien que je ne rate jamais aucun de tes sujets… sauf hier soir.

— Ça parlait d'un groupe de Crumblies, dit Ren en se renfonçant dans le canapé. Des sortes de fondus de la retouche, sauf qu'ils ne se préoccupent pas de beauté ni modifs corporelles bizarres. Uniquement de la prolongation de leur vie : révision du foie tous les six mois, nouveau clonage de cœur chaque année.

— La prolongation de la vie ? s'étonna Aya. Mais je croyais que les histoires de Crumblies faisaient toujours un bide.

— Celle-ci possède un aspect de… conspiration, expliqua Ren. Ces Crumblies ont une théorie selon laquelle les médecins connaîtraient le moyen de préserver la vie éternellement. Selon eux, la seule raison pour laquelle on meurt encore de vieillesse serait de maintenir la population à un niveau stable. C'est comme avec l'opération des têtes vides au cours du Prettytime : les médecins nous cachent la vérité !

— Ça claque, murmura Aya, tandis qu'un frisson lui parcourait l'échine.

Il était si facile de croire aux conspirations, depuis que l'on savait que le gouvernement avait décérébré la population pendant des siècles.

Et puis, la vie éternelle ? Même les gamins s'intéresseraient à une histoire pareille.

— Tu as oublié le meilleur, Ren, intervint Hiro. Ces Crumblies ont l'intention d'intenter un procès à la ville... pour non-respect de leur *immortalité*. Comme s'il s'agissait d'un droit humain ou de je ne sais quoi. Les gens réclament l'ouverture d'une enquête ! Regarde.

Hiro fit un geste de la main : son rang facial disparut de l'écran mural, et un réseau de sites apparut, gigantesque diagramme qui montrait comment l'histoire s'était propagée par l'interface de la ville durant la nuit. De vastes spirales de débats, de discussions et d'insultes partaient du site d'Hiro. Un quart de million de personnes s'étaient jointes à la conversation.

L'immortalité était-elle une idée foireuse ? Le cerveau pouvait-il demeurer intense à jamais ? Et si personne ne mourait plus, où diable allait-on mettre tout le monde ? L'expansion ne finirait-elle pas par étouffer la planète ?

Cette dernière question fit de nouveau tourner la tête d'Aya. Elle se souvint des photos satellites de l'ère Rouillée qu'on lui avait montrées à l'école, datant d'avant le contrôle des naissances. Les cités tentaculaires étaient suffisamment vastes pour être vues depuis l'espace : des milliards d'Extras peuplaient la planète, vivant pour la plupart dans l'anonymat le plus complet.

— Regardez-moi ça ! s'écria Hiro. Tout le monde se désintéresse déjà de l'histoire. Je viens de retomber à 900. Ce que les gens peuvent être superficiels !

— Eh oui, l'immortalité a fait son temps, dit Ren avec un sourire en direction d'Aya.

— Ha ! ha ! grinça Hiro. Je me demande qui est en train de me tirer le tapis sous les pieds.

D'un autre geste de la main, il scinda l'écran mural en douze panneaux. Les visages familiers des douze plus grands claqueurs de la ville apparurent. Aya nota qu'Hiro avait bondi au quatrième rang.

Penché en avant dans son fauteuil, il dévorait les sites du regard, cherchant à savoir où était passé son rang facial perdu.

Aya soupira. C'était typique d'Hiro : il avait déjà oublié qu'elle était venue pour lui parler. Mais elle se tint coite, sagement assise avec Ren sur le canapé, tâchant de ne pas froisser trop d'oiseaux en papier. Mieux valait sans doute qu'elle laisse Hiro s'envoyer sa dose d'interface avant de lui avouer qu'elle avait perdu son aérocam au fond d'un lac.

Et puis, Aya n'avait rien contre le fait de consulter les sites un moment. Les voix familières lui calmaient les nerfs, glissant sur elle comme une conversation avec de vieux amis.

Les visages des gens étaient si différents depuis le déferlement d'intelligence, les tendances, les nouvelles bandes et les inventions étaient si imprévisibles. Cela donnait parfois le vertige. Les célébrités offraient alors un point d'ancrage bienvenu, comme lorsque les Pré-Rouillés se réunissaient le soir au coin du feu afin d'écouter les Anciens. Les gens avaient besoin de grands noms qui leur apportent réconfort et familiarité, même s'il ne s'agissait que d'une claqueuse d'ego telle que Nana Love évoquant son petit déjeuner.

Dans le coin supérieur droit, Gamma Matsui claquait un truc à propos d'une nouvelle religion techno. Une bande d'historiens fous avaient appliqué un logiciel de statistiques aux grands ouvrages spirituels du monde entier, avant de le programmer pour en extraire des décrets divins.

Bizarrement, le logiciel leur commandait de ne pas manger de porc.

— Qui voudrait faire une chose pareille, de toute façon ? s'interrogea Aya.

— Je croyais que les porcs avaient disparu ? (Ren gloussa.) Ils devraient sérieusement mettre leurs bouquins à jour.

— Les dieux, c'est dépassé aujourd'hui, observa Hiro.

La remarque fit sourire Aya.

Les anciennes religions avaient fait un tabac, tout de suite après le déferlement d'intelligence, alors que chacun s'efforçait de donner un sens aux nouvelles libertés. Mais ces jours-ci, on avait redécouvert tant de choses – les réunions de famille, le crime, les mangas, le festival de la floraison des cerisiers... À l'exception de quelques sectes d'adorateurs de Youngblood, la plupart des gens avaient trop à faire pour se soucier de super-héros divins.

— Sur qui l'Indicible est-il encore en train de baver ? maugréa Hiro en basculant le son sur un autre site.

L'Indicible était le surnom que Ren et lui donnaient à Toshi Banana, la célébrité la plus débile de toute la ville. C'était plus un démolisseur qu'un vrai claqueur techno, toujours en train de descendre en flammes une nouvelle bande ou une nouvelle mode, d'encourager la haine contre tout ce qui sortait de l'ordinaire. Il considérait le déferlement d'intelligence comme un désastre et cela, parce que les folies et les obsessions de chacun s'avéraient parfois déconcertantes, voire carrément bizarres.

Ren et Hiro ne l'appelaient jamais par son nom et changeaient son surnom toutes les deux ou trois semaines, avant que l'interface de la ville comprenne de qui ils parlaient – le fait de se moquer de quelqu'un pouvait booster son rang facial. Dans une économie de la réputation, la seule véritable façon de nuire à quelqu'un consistait à l'ignorer totalement. Or, il n'était pas facile d'ignorer une personne qui vous agaçait au plus haut point. L'Indicible était haï ou adoré par quasiment tout le monde en ville, ce qui maintenait son rang facial aux alentours de la centaine.

Ce matin-là, il se déchaînait contre la dernière folie des propriétaires d'animaux et leurs effroyables expériences en matière de reproduction. Le site montrait un chien teint en rose dont les poils poussaient par touffes en forme de cœur. Aya trouvait le chien plutôt mignon.

— Ce n'est qu'un foutu caniche, pauvre taré de baratineur ! cria Ren en lançant un coussin contre l'écran mural.

Aya gloussa. Infliger une tonsure ridicule à son chien n'était quand même pas un truc de Rouillés, comme manger du porc ou porter de la fourrure.

— Ce gars-là est un pur gaspillage de gravité, dit Ren. Dégage-le !

— Remplace-le par le suivant, ordonna Hiro à la pièce, qui fit disparaître le visage furibond de l'Indicible.

Aya promena son regard sur les différents panneaux. Elle n'y vit rien qui valait une chevauchée sur un train magnétique. Les Rusées lui apporteraient forcément plus de célébrité que des caniches, le fait de manger ou non du porc, ou de vagues rumeurs d'immortalité. Elle devait simplement s'assurer qu'elle serait la première claqueuse à les mettre en ligne.

Puis elle remarqua le personnage qui avait remplacé l'Indicible, en haut à gauche de l'écran, et ses yeux s'agrandirent.

— Hé, murmura-t-elle. Qui est ce gars ?

En fait, elle connaissait déjà le nom de ce magnifique garçon aux yeux de manga…

C'était Frizz Mizuno.

FRIZZ

— Cette tête vide est le treizième claqueur techno le plus populaire, maintenant ? geignit Hiro. Ça n'a pas traîné.

— Mets-lui le son, suggéra Aya.

— Pas question ! se récria Hiro. Je ne supporte pas ce gars-là.

Il agita la main, et le visage de Frizz fut remplacé par un autre site.

— Hiro !

Ren se pencha vers elle sur le canapé.

— C'est le fondateur de cette nouvelle mode : la Sincérité radicale. Hiro est furieux parce que Frizz a tenu à claquer ça lui-même, au lieu de laisser faire l'un d'entre nous.

Elle fronça les sourcils.

— La Sincérité… quoi ?

— … radicale.

Ren indiqua sa tempe. Ses écrans oculaires – en bon techno, il en avait un dans chaque œil – tournoyaient.

— C'est une opération du cerveau qu'il a mise au point. Un peu comme au Prettytime, sauf qu'au lieu de te rendre idiot, la transformation t'empêche de mentir.

— Ouais, c'est supposé être la nouvelle Mecque des interactions humaines, grommela Hiro de son fauteuil. Mais en réalité, ils se contentent de radoter à propos de leurs sentiments toute la journée.

— J'ai un ami qui a essayé une semaine, dit Ren. Il ne s'est pas ennuyé. Apparemment, quand on cesse de mentir, quelqu'un est toujours furieux contre vous.

Hiro et Ren éclatèrent de rire puis se remirent à analyser les autres sites, observant le classement des claqueurs en perpétuel mouvement. La religion du logiciel faisait un four – Gamma-senseï n'avait pas arrêté de perdre la face de toute la matinée. Le caniche en revanche marchait bien, comme c'était d'habitude le cas avec les animaux tournés en ridicule, propulsant l'Indicible jusqu'au soixante-troisième rang, un cran au-dessus du maire.

Aya demeura silencieuse, fixant le coin de l'écran que Frizz avait brièvement occupé. Elle tâchait de se rappeler chaque mot qu'il lui avait dit : qu'il aimait son nez généré de manière aléatoire, qu'il la trouvait mystérieuse et aurait voulu connaître son nom entier.

Et il n'avait menti sur rien...

Quand il découvrirait qu'elle n'avait pas un goût sûr en matière de nez aléatoire, qu'elle était juste née avec – elle n'était qu'une Ugly, doublée d'une Extra, qui s'incrustait dans lessoirées –, que dirait-il ? Il ne ferait même pas semblant d'être poli : sa sincérité l'obligerait à manifester sa déception concernant leur divergence d'ambitions...

À moins qu'elle ne soit plus une Extra à ce moment-là.

— Heu... Ren, demanda-t-elle à voix basse, as-tu déjà filmé quelqu'un en douce ?

— Comme les démolisseurs de mode, tu veux dire ? Jamais. Je trouve ça dégueulasse.

— Non, je ne parle pas d'espionner des célébrités. Plutôt de tourner un sujet incognito.

— Je ne sais pas, répondit Ren, gêné.

C'était un claqueur techno ; son site contenait plus d'inventions scientifiques et de modifs d'interface que d'histoires personnelles.

— Le conseil de la ville n'a pas une position bien arrêtée sur la question. Il ne voudrait pas tourner Rouillé vis-à-vis de ceux qui font l'information et le reste. Mais personne n'aime ces sites qui montrent des gens en train de tromper leur partenaire. Ou ceux qui ciblent les célébrités et attaquent leurs vêtements ou leurs opérations.

— Ouais, tout le monde les déteste. Sauf les millions et les millions de personnes qui les regardent.

— Mmm. Tu devrais interroger Hiro. C'est lui qui suit ce genre de trucs.

Aya jeta un coup d'œil à son frère en transe devant l'interface, absorbant le contenu des douze écrans à la fois : il concoctait sans doute la suite de son grand sujet sur l'immortalité. Pas le moment idéal pour elle de mentionner sa nouvelle histoire, surtout que cela supposerait d'évoquer une certaine caméra disparue.

— Peut-être pas maintenant, répondit-elle. Et toi, sur quoi es-tu en ce moment ?

— Oh, rien d'important, reconnut-il. Une bande de grands Pretties m'a demandé de claquer un truc sur eux. Ils ont du mérite, mais pas de face. Ils essaient de recréer toutes sortesd'espèces éradiquées par les

Rouillés, tu vois ? À partir de vieux résidus d'ADN et de gènes foireux.

— Sérieux ? s'enthousiasma Aya. Ça claque, comme histoire !

— Oui, sauf qu'en réalité ils commencent par les vers, les limaces et les insectes. Je leur ai dit : « Des vers ? Prévenez-moi quand vous en serez aux tigres ! » (Il rit.) Au fait, j'ai regardé ton sujet sur les graffs souterrains. Joli travail.

— Ah oui ? (Aya se sentit rougir.) Tu as trouvé ces gars intéressants ?

— Ils le seront, murmura Hiro. Dans un millier d'années, quand on exhumera leurs œuvres.

Ren sourit et chuchota :

— Tu vois ? Hiro aussi regarde ton site.

— Contrairement à elle, qui snobe le mien, bougonna Hiro sans quitter l'écran mural des yeux.

— Alors, Aya-chan, quel sera ton prochain sujet ? s'enquit Ren.

— Eh bien, c'est encore un secret pour l'instant.

— Un secret ? répéta Hiro. Ooh ! drôlement mystérieux.

Aya soupira. Elle était venue demander un coup de main à Hiro, mais son frère ne semblait pas d'humeur à rendre service. Il allait devenir insupportable à présent qu'il avait atteint le top 1 000.

D'ailleurs, c'était peut-être inutile. Elle n'était même pas sûre que les Rusées tiennent leur promesse de la contacter, ni de pouvoir les retrouver dans le cas contraire.

— Ne t'en fais pas, Aya-chan, lui assura Ren. On n'en dira rien à personne.

— Et bien… d'accord. Est-ce que vous avez déjà entendu parler des Rusées ?

Ren jeta un coup d'œil à Hiro, qui se retourna lentement vers Aya. Une expression étrange était apparue sur leur visage.

— J'en ai entendu parler, admit Hiro. Mais elles ne sont pas réelles.

Aya s'esclaffa.

— Pas réelles ? Qu'est-ce que ça veut dire ? Ce sont des robots ou un truc de ce genre ?

— Plutôt une rumeur. Les Rusées n'existent pas.

— Que sais-tu d'elles ?

— Rien du tout. Il n'y a rien à savoir, puisqu'elles ne sont pas réelles !

— Allez, Hiro ! protesta Aya. Les licornes ne sont pas réelles non plus, et ça ne m'empêche pas de connaître des trucs à leur sujet. Comme… le fait qu'elles possèdent une corne au milieu du front. Et qu'elles peuvent voler !

— Non, ça, c'est Pégase. Les licornes ont juste une corne, ce qui les rend beaucoup plus réelles que tes Rusées sur lesquelles il n'y a rien à dire. Ce n'est qu'une expression qu'utilisent les claqueurs. Comme l'année dernière, dans cette histoire de gens qui sautaient des ponts avec des parachutes de fortune. Personne ne savait qui c'était, alors tout le monde a décrété : « C'est un coup des Rusées. »

Aya leva les yeux au ciel.

— D'accord, Hiro-senseï. Mais si elles existaient vraiment ?

— Elles ne seraient plus inconnues dans ce cas, tu ne crois pas ? Je veux dire : certaines bandes sont clandestines au départ, et beaucoup de gens se livrent à des acrobaties en douce, mais personne ne reste anonyme très longtemps.

Il promena son regard sur son appartement, sur le gigantesque écran mural, les guirlandes de grues en papier, la baie vitrée et son panorama en rotation lente.

— Grâce à l'économie de la réputation, poursuivit-il, on préfère être célèbre. Sais-tu que depuis le déferlement d'intelligence, les vrais criminels ont toujours fini par se confesser ?

Aya hocha la tête. Tout le monde savait cela, et aussi qu'ils avaient tous atteint le top 1 000 pendant quelques jours.

— Mais si…

— Elles n'existent pas, Aya.

— Et si je te ramenais des clichés des Rusées ? insista-t-elle. Qu'est-ce que tu dirais ?

Hiro se retourna vers son écran mural.

— La même chose que si tu collais une corne sur un cheval et que tu claquais un sujet sur les licornes. Arrête de me faire perdre mon temps.

Aya serra les poings, les yeux brûlants. Les doutes qu'elle avait pu nourrir concernant les clichés clandestins venaient de se dissiper. Elle allait faire ravaler ces paroles à son grand frère.

Elle se tourna vers Ren.

— Tu crois que je pourrais réquisitionner une caméra ? Il faudrait qu'elle soit suffisamment petite pour être dissimulée. (Elle tripota l'un des boutons de son uniforme de dortoir.) À peu près de cette taille.

— Facile, dit Ren, puis il fronça les sourcils. Où est

passée ton aérocam ? Tu ne sors jamais sans Moggle, d'habitude.

— Heu… En fait, c'est un peu pour cette raison que je voulais te voir, Ren.

Il sourit.

— Quoi, tu as encore cassé un objectif ? Il va falloir arrêter de sauter par la fenêtre, tu sais.

— Hum, c'est plus ennuyeux que ça, avoua Aya à voix basse.

Elle vit qu'Hiro n'en perdait pas une miette. Pourquoirestait-elle toujours invisible pour lui, sauf quand elle commettait une bêtise ?

— Je l'ai un petit peu, à vrai dire… perdue.

Ren écarquilla les yeux.

— Mais comment… ?

— Tu l'as *perdue* ?

Hiro pivota vers elle, son visage de Pretty déformé par la colère :

— Comment peut-on égarer une aérocam ? Elles rentrent à la maison toutes seules quand on les oublie !

— Je ne l'ai pas *laissée* quelque part, se défendit Aya. Je veux dire, je n'aurais jamais…

— Tu sais combien de temps Ren a passé sur ces modifs ?

— Écoute, Hiro, je sais où est Moggle, plus ou moins, dit Aya, une grosse boule dans la gorge. J'ai juste besoin d'un petit coup de main pour la localiser précisément et… la remonter à la surface.

— La surface de *quoi* ? cria Hiro.

— Il y a une sorte de lac souterrain, et…

Incapable de continuer, Aya se tut et ferma les yeux.

Si Hiro continuait à lui hurler dessus, elle allait éclater en sanglots.

Ren lui posa la main sur l'épaule.

— Ce n'est rien, Aya-chan.

— Je suis désolée, bredouilla-t-elle.

— Bah, ça m'a l'air d'une sacrée histoire ! soupira-t-il. J'ai un peu de temps libre demain. Je pourrais peut-être t'aider à récupérer Moggle au fond de ce... lac souterrain ?

Elle acquiesça, sans rouvrir les yeux.

— Merci, Ren-chan.

— Elle la perdra encore une fois, prédit Hiro.

— Non, sûrement pas ! s'écria-t-elle. Et je te prouverai aussi que tu as tort, à propos des Rusées !

Mais Hiro ne répondit pas... Il se contenta de secouer la tête.

Aya regagna son dortoir en retenant ses larmes.

Elle était épuisée, Ren la détestait, son imbécile de frère devenait plus célèbre et plus horrible à chaque seconde. Si Ren ne réussissait pas à retrouver Moggle, elle ne voyait pas où elle gratterait suffisamment de mérite pour obtenir une nouvelle aérocam.

Aya ne voulait qu'une chose : dormir jusqu'au lendemain matin, jour où Ren avait promis de la retrouver sur le chantier de construction. Mais elle avait une après-midi chargée – les cours du matin qu'elle avait décalés, plus sa redoutable leçon d'anglais. Pas question d'y échapper : le travail scolaire était le plus sûr moyen d'accumuler du mérite pour une Ugly – les meilleurs jobs allaient toujours à des Pretties ou des Crumblies.

En atteignant Akira Hall, elle descendit au sous-sol et s'installa devant un écran mural vide.

— Aya Fuse, dit-elle.

L'écran s'alluma, dressa la liste de ses messages et de ses affectations, et afficha son misérable rang facial : 451 441.

Elle mourait d'envie d'effectuer une recherche sur Frizz Mizuno et sur la Sincérité radicale, mais pas avant de s'être débarrassée de ses cours. En parcourant la liste, son regard s'arrêta sur un message...

Il était anonyme et crachotait des animations, comme ces cœurs palpitants avec lesquels les gamines décoraient leurs messages. Sauf que là, il ne s'agissait pas de cœurs, ni de points d'exclamation, ni de smileys. C'étaient des yeux – banals, non retouchés, des yeux de miss tout-l'monde – qui clignaient malicieusement.

Aya ouvrit le message...

On a vu ton sujet sur les graffs. Pas mal pour une claqueuse. Retrouve-nous à minuit, là où la voie magnétique quitte Uglyville.

Mais n'apporte pas de caméra, sans quoi on ne te laissera pas jouer avec nous.

Tes nouvelles copines

LES RUSÉES

— Pourquoi ne puis-je pas utiliser ma propre planche ? demanda Aya.

Jai ricana.

— Ce joujou ? Trop lent. Le train ira à 150 au moment où tu sauteras.

Aya contempla la longue courbe scintillante de la voie magnétique. Elle traversait les bâtiments industriels trapus, arc de blancheur sous la lueur orangée des lampadaires. Les Rusées l'avaient conduite à la lisière de la ville, à l'endroit où la ceinture verte cédait la place aux usines et aux nouveaux lotissements.

— Oh ! Je pensais que vous montiez sur le train à l'arrêt.

Jai balançait nonchalamment les pieds, comme s'il n'y avait pas cent mètres de vide sous elles.

— Les gardiens nous verraient, tu ne crois pas ? Ils ont tous les entrepôts sur écran.

— Mais 150, ce n'est pas un peu rapide ?

La plupart des planches étaient bridées pour ne pas dépasser les 60 kilomètres à l'heure.

— Ce n'est rien pour un train magnétique, lui assura Eden Maru. On l'aborde au moment où il ralentit dans la courbe. (Elle indiqua les régions sauvages.) Il grimpe à 300 à l'heure dans les lignes droites hors de la ville.

— Trois cents kilomètres à l'heure ? Et on reste dessus ?

Jai sourit.

— Il vaut mieux. Parce que sinon...

Aya baissa les yeux sur les bracelets magnétiques bouclés à ses poignets. Ils ressemblaient aux bracelets anticrash que tout le monde portait pour faire de la planche, en beaucoup plus gros. Mais étaient-ils vraiment assez puissants pour résister à un vent de face de 300 kilomètres à l'heure ?

Elle serra ses bras autour d'elle, s'efforçant de ne pas regarder le vide vertigineux en contrebas. Les trois filles se tenaient au sommet d'une grande tour de transmission, suffisamment haute pour qu'elles puissent voir la nuit à l'horizon, à la limite de la ville.

Aya n'avait encore jamais contemplé les régions sauvages avant ce soir, hormis sur les sites dédiés à la nature. S'aventurer dans cette lande noire et déserte lui semblait encore plus effrayant que sauter à bord d'un train en pleine accélération.

L'absence de Moggle la rendait doublement nerveuse. Savoir que rien de tout cela ne serait enregistré lui faisait une drôle d'impression. Quoi qu'il arrive, tout serait oublié au matin, comme un rêve. Aya se sentait coupée du monde, irréelle.

— Le prochain train arrive dans trois minutes, annonça Jai. Alors, quelle est la chose la plus importante à se rappeler pendant le surf ?

Un filet de sueur froide coula au creux du dos d'Aya.

— Les signaux de décapitation.

— Qui consistent en quoi ?

— Quand tout le monde allume une lumière jaune devant moi, ça veut dire « baisse la tête ». Une lumière rouge signifie qu'on va passer dans un tunnel, et que je dois me coucher sur le train.

Jai gloussa.

— Surtout, pense à garder la tête froide. Si tu veux la conserver sur les épaules... Mais on dirait que tu as déjà tout compris.

Eden ricana.

— Oui, c'est pratiquement une experte.

— Relax, Reine de la face, dit Jai. Nous ne sommes pas toutes des stars de l'aéroball.

— Nous ne sommes pas toutes des gamines de quinze ans, non plus. Ni des claqueuses.

— Elle n'a même plus de caméra.

Aya les écoutait se chamailler en se demandant quel pouvait bien être le rang facial de Jai. Beaucoup de gens atteignaient la célébrité en évitant les sites, naturellement. En fait, la personne la plus célèbre de la ville – du monde entier – ne possédait même pas de site en propre. Mais son nom revenait chaque fois que l'on mentionnait le déferlement d'intelligence.

— Pas la peine de vous inquiéter pour moi, dit Aya. Le fait que je sois moche ne signifie pas que je sois stupide.

— Bien sûr que non, approuva Jai. D'ailleurs, je trouve ta mocheté tout à fait charmante.

— On n'arrête pas de me dire ça, grommela Aya en songeant à Frizz Mizuno.

— Plus qu'une minute ! annonça Eden, qui bondit de la tour.

Sa combinaison d'aéroball rattrapa sa chute, et elle effectua une pirouette sur elle-même pour leur faire face :

— Sois prudente, Aya.

Jai se leva et s'avança sur sa planche.

— Elle le sera. On l'est toutes, la première fois !

Elle rit, pivota et plongea à la suite d'Eden Maru en direction de la voie magnétique.

Aya grimpa prudemment sur la planche à grande vitesse qu'elles lui avaient donnée. Sous son poids, l'engin s'enfonça en souplesse, comme un plongeoir, mais elle sentit sa puissance vibrer à travers ses semelles.

Le train en approche, désormais visible, sortait au ralenti des entrepôts, chargé de marchandises à destination des autres villes. Aya ne l'entendait pas encore mais elle savait que trois cents tonnes de métal lancées à pleine vitesse feraient trembler le sol sur leur passage comme le lancement d'une navette suborbitale.

Elle suivit Jai et Eden à travers la ceinture industrielle, jusqu'à la cachette où attendaient les autres : le toit en terrasse d'un bâtiment le long de la voie. Quelques camions sans chauffeur passaient dans les rues voisines en grondant, pour desservir usines et chantiers. Il n'y avait personne d'autre en vue.

Aya arrondit sa trajectoire afin de se poser en faisant crisser le gravier sous sa planche. Elle se glissa derrière une tour de ventilation d'où s'échappaient des fumées remontées des entrailles souterraines de l'usine. Une odeur de soufre et de colle chaude imprégnait l'atmosphère.

Accroupie là, à guetter le bruit du train en approche, Aya se surprit à évoquer de nouveau Frizz Mizuno.

Elle ne cessait de penser à lui – comment leur banale discussion avait-elle pu la marquer à ce point ?

Ses professeurs avertissaient souvent les élèves de ne pas s'attacher trop facilement aux Pretties. Depuis le déferlement d'intelligence, ces derniers n'étaient plus aussi innocents qu'ils en avaient l'air, même s'ils continuaient à faire tourner les cœurs rien qu'en ouvrant leurs grands yeux magnifiques.

Bien sûr, Frizz était différent. Elle avait vérifié sur l'interface de la ville, après la classe, et Ren ne s'était pas trompé au sujet de la Sincérité radicale : ses adeptes ne *pouvaient pas* mentir, pas même par omission. La part de leur cerveau dédiée à la déformation de la vérité était anesthésiée, tout comme la volonté, la créativité ou le désespoir chez les têtes vides.

Mais la sincérité de Frizz n'en était que plus troublante. Comme le fait que son rang facial ne cessait d'augmenter d'heure en heure. Il était Pretty depuis quelques mois seulement et déjà en route pour le top 1 000.

— Nerveuse ? s'enquit une voix dans l'obscurité.

C'était l'une des Rusées, accroupie près de la bouche de ventilation suivante. Elle paraissait plus jeune que Jai ou Eden – avec les mêmes traits retouchés de miss tout-l'monde et les fripes qu'elles portaient toutes.

— Non, ça va.

— Dommage. C'est plus drôle quand on a peur.

Aya rit. Avec ses cheveux châtains sans éclat, la fille avait presque l'air d'une Ugly. Ses yeux étaient si ternes, si éteints qu'Aya se demanda si cela n'était pas le fruit d'une opération.

— Je devrais m'amuser comme une folle, dans ce cas.

La fille sourit.

— Tant mieux. C'est fait pour !

Elle semblait s'amuser beaucoup. Alors que le grondement du train se renforçait, son sourire scintilla dans le noir comme celui d'une Pretty. Aya se demanda ce qui l'excitait à ce point dans le fait de risquer sa vie. Combien de personnes savaient qu'elle était une Rusée ?

— Dis donc, tu ne serais pas dans mon dortoir ? interrogea Aya. Comment t'appelles-tu ?

La fille éclata de rire.

— Pourquoi, tu as l'intention de vérifier mon rang facial plus tard ?

Aya détourna les yeux.

— Oh ! C'est évident à ce point ?

La fille glissa un regard en direction de la cachette de Jai.

— La célébrité est toujours évidente – c'est l'idée. Je sais qu'il t'arrive de claquer des sujets de temps en temps. Il va falloir perdre cette vilaine habitude.

— Excuse-moi d'avoir posé la question.

— Pas de problème. Écoute, si ça peut te faire plaisir, je m'appelle Miki. Et mon rang facial tourne autour de 997 000.

— Tu rigoles… hein ?

— Plutôt rusé, non ? dit Miki avec un grand sourire.

Aya secoua la tête, s'efforçant de réfléchir malgré les vibrations du train qui faisaient trembler le bâtiment. Cela n'avait aucun sens. Quiconque s'adonnait à un passe-temps pareil aurait dû franchir la barre des 100 000, que l'on claque son histoire ou non. L'interface de la ville relevait la moindre mention de chaque nom, surtout lorsqu'elle apparaissait dans les potins, les ragots, les rumeurs.

Et 997000 équivalait presque à *un million* ! C'était le territoire des Extras les plus extrêmes, les nouveau-nés, les Crumblies qui n'avaient jamais pris la pilule du déferlement d'intelligence. Des non-personnes, pratiquement.

Son expression perplexe fit s'esclaffer Miki :

— Bien sûr, Jai est encore plus rusée. C'est pour cela qu'elle est la patronne.

— Par « plus rusée », tu veux dire... *moins* célèbre ?

Miki lui adressa un clin d'œil.

— Elle flirte avec le million.

— Préparez-vous ! lança Eden Maru, à peine audible à cause du grondement croissant du train.

— En voiture, tout le monde ! s'écria Miki.

Aya agrippa l'avant de sa planche, s'efforçant de se concentrer. Cette histoire devenait soudain beaucoup plus étonnante qu'une simple affaire de surf sur des trains magnétiques. Pour une raison connue d'elles seules, les Rusées abordaient à l'envers l'économie de la réputation.

Elles *voulaient* disparaître. Mais dans quel but ?

Les bracelets d'Aya se collèrent à sa planche, l'arrimant solidement. Le toit de l'usine tremblait de plus en plus, secouant le gravier comme des cailloux dans un tamis.

Elle tenait enfin un sujet de la dimension de ceux d'Hiro, qui serait nourri de longues interviews ahurissantes, avec une dizaine de tableaux en toile de fond retraçant l'histoire des Rusées, des séquences spectaculaires de surf sur des trains et de réunions souterraines. Si seulement elle parvenait à toutfilmer sans se faire prendre... et malgré l'absence de son aérocam !

Aya jeta un coup d'œil derrière elle en direction de Jai. Un sourire glacial se forma sur ses lèvres : elle avait enfin trouvé le châtiment idéal pour se venger de l'immersion de Moggle au fond du lac. Elle allait claquer cette histoire partout, et rendre les Rusées célèbres au-delà de leurs pires cauchemars.

Grâce à elle, *tout le monde* allait connaître leurs noms.

— Hé, tu as l'air bizarre ! lui cria Miki, couvrant le vacarme. Tu ne vas pas rester pétrifiée de trouille au dernier moment, hein ?

Aya rit.

— Non. Je me prépare, c'est tout !

Le grondement de tonnerre enfla, enfla, jusqu'à exploser à l'arrivée du train, brouillard solide de lumières et de bruits qui défilait au ras du bâtiment. Sur le toit, une douzaine de tourbillons de poussière se soulevèrent.

Puis le train s'inclina dans la courbe de la voie et un concert de bourdonnements s'éleva, tel un orchestre de verres en cristal qui se mettent au même diapason. Trois cents tonnes de métal et de matière adaptive en lévitation se tordaient souplement, tout en ralentissant.

— Maintenant ! cria Eden.

Et les filles décollèrent.

SUR LE TRAIN

La planche bondit, tractant Aya par les poignets.

Au moment où les bracelets anticrash manquaient vous déboîter les épaules, cela vous secouait comme lors d'un méchant tête-à-queue. Mais les tête-à-queue ne duraient jamais aussi longtemps.

Aya continuait d'accélérer de plus en plus vite. Elle s'aplatit de son mieux contre sa planche, les pieds dans le vide, son blouson de dortoir claquant comme un drapeau dans la tempête.

Les yeux brouillés de larmes, elle n'y voyait pas grand-chose. Heureusement, sa planche était programmée pour voler toute seule jusqu'à ce que sa vitesse s'aligne sur celle du train.

En se lançant sur les traces d'Eden et de ses amies la nuit précédente, Aya ne s'attendait pas à se retrouver elle-même sur le toit d'un train. Elle avait imaginé suivre la scène de loin, tranquillement, pendant que Moggle se rapprocherait afin de saisir des images pour son site.

Elle était pourtant, là, en route pour la plus folle chevauchée de sa vie, et sans caméra !

Le sol filait sous elle. À côté, le train parut ralentir peu à peu. La planche le rattrapait.

Aya allait bientôt devoir sauter.

Pendant une seconde, elle envisagea de prendre la tangente et de disparaître dans la nuit. Elle tenait toujours un bon sujet avec cette bande de cascadeuses clandestines, rebelles à la célébrité.

Bien sûr, elle n'aurait aucune preuve hormis deux gros bracelets anticrash, une planche à grande vitesse et une aérocam dégoulinante. Mis à part Eden Maru, elle ne connaissait même pas leurs noms. Personne ne la croirait – et surtout pas Hiro.

Si elle voulait obtenir les séquences dont elle avait besoin, il fallait qu'elle persuade les Rusées qu'Aya Fuse était l'une des leurs. Et pour cela, c'était ici même qu'elle devait surfer.

Dans le vent rugissant, elle percevait la puissance des forces physiques à l'œuvre autour d'elle, guettant sa première erreur. Le train magnétique parut venir se ranger à côté d'Aya quand la planche atteignit sa vitesse.

Le pilote automatique émit un clignotement discret – il avait rempli sa mission.

C'était à elle de jouer désormais.

Jai l'avait mise en garde : le moindre mouvement brusque à ce moment risquait de projeter la planche contre le train, ou de l'envoyer dans un bâtiment qui passait.

Devant elle, Miki se balançait de gauche à droite, testant son contrôle.

Aya retint son souffle… et leva les doigts de la main droite. Le vent les tordit douloureusement et la planche vibra, en s'écartant du train.

Elle replia ses doigts. Les stabilisateurs s'enclenchèrent

alors, redressant la course de sa planche. Toute sa main lui faisait mal.

Ça, c'était de la vitesse... Si seulement Moggle était là !

Devant, Miki ne se trouvait plus qu'à un mètre du train ; une autre fille un peu plus loin tendait déjà la main vers le toit. Aya devait sauter avant la fin de la courbe.

— C'est parti, murmura-t-elle entre ses dents serrées.

Elle plia le pouce gauche, le décollant à peine du bord de la planche. Celle-ci réagit plus doucement cette fois, en dérivant vers le toit du train. Elle se rapprocha ainsi avec prudence, par étapes, comme si elle guidait un cerf-volant en exerçant d'infimes tractions sur les ficelles.

À quelques mètres du train, sa planche recommença à tressauter et à vibrer. Jai l'avait mise en garde contre cette onde de choc, une frontière invisible de turbulences, générée par le passage du train.

Aya lutta contre les secousses avec de petits gestes et des mouvements des doigts, tous les muscles bandés. Ses oreilles se débouchèrent sous l'effet du changement de pression, et ses yeux se mirent à larmoyer.

Soudain, elle se retrouva de l'autre côté des turbulences et continua à dériver jusqu'à cogner le flanc métallique du train. Les vibrations du véhicule se communiquaient à sa planche tandis que les aimants en verrouillaient la connexion.

Le vent était retombé. Elle flottait à l'intérieur d'une bulle autour du train, comme dans l'œil d'un cyclone.

Aya démagnétisa son bracelet gauche, puis, avec lenteur, elle fit passer sa main de la planche au toit. Le bracelet se plaqua solidement contre le métal.

Elle dut rassembler tout son courage pour déconnecter son autre bracelet anticrash. La planche avait la même taille qu'elle, alors que le train magnétique était énorme, d'une puissance effroyable. Aya se sentait comme une souris prête à bondir sur le dos d'un dinosaure en pleine charge.

Fermant les yeux, elle libéra sa main droite, se hissa sur le toit et aplatit son poignet contre le métal avec fermeté.

Elle avait réussi ! Le train grondait sous elle comme un volcan qui s'éveille et le vent, quoique deux fois moins fort, continuait à s'engouffrer dans ses cheveux et ses vêtements. Mais, au moins, Aya se trouvait à bord.

Un bourdonnement s'éleva autour d'elle : les joints en matière adaptive corrigeaient la courbure du train. Elle s'était décidée juste à temps.

Devant elle, le toit du train s'étirait en une ligne droite impeccable, ponctuée de neuf Rusées sur toute sa longueur. Un coup d'œil en arrière, qui lui fit manger des poignées de cheveux rabattus par le vent, lui permit de distinguer les trois autres : tout le monde avait réussi.

Avec l'accélération du train la puissance du vent était renforcée. La plupart des filles surfaient déjà, debout, bras écartés, pour offrir une prise au déplacement d'air. *Exactement comme voler*, avait dit Eden.

Aya soupira. Comme si le fait de se cramponner au toit d'un train magnétique n'était pas assez dangereux sans qu'il faille se tenir debout ! Mais pour que les filles l'acceptent, elle devait se montrer aussi cinglée qu'elles. Et on ne pouvait pas vraiment parler de surf si on restait couchée.

Elle détacha les sangles de son bracelet droit, l'ôta et se plia en deux pour le mettre à son pied. Ce ne fut pas facile mais, au bout d'une minute de tâtonnements maladroits, elle parvint à le boucler autour de sa cheville. Elle le magnétisa, et sentit sa chaussure se coller avec vigueur contre le toit en métal.

Elle relâcha craintivement l'autre poignet… sans se faire arracher par le souffle.

Et puis ce fut la minute de vérité.

Aya se releva peu à peu, pieds et bras bien écartés, pareille à une gamine qui grimpe sur une planche pour la première fois. Devant elle, Miki se plaçait en biais contre le vent, telle une escrimeuse qui cherche à se faire le plus étroite possible. Aya l'imita. Plus elle se redressait, plus le vent devenait violent. Des tourbillons invisibles et chaotiques la souffletaient, lui emmêlaient les cheveux. Elle finit par se retrouver debout.

Le monde n'était plus qu'une ombre floue qui défilait de part et d'autre.

Le train avait atteint la lisière des nouveaux lotissements, là où la ville s'étendait chaque jour. Les lueurs des lampes de chantier fusaient, semblables à des comètes orange vif ; des pelleteuses de la taille d'une maison défilaient à toute allure. Les régions sauvages s'ouvraient devant le train. Leur immensité noire était la seule forme stable au milieu de ce déchaînement de lumière, de bruit et de vent.

Enfin, les dernières lueurs s'éloignèrent, et le train plongea dans un océan de noirceur. Hors de portée du réseau, l'antenne dermique d'Aya perdit la connexion avec l'interface de la ville. Le monde parut se vider aussitôt : plus de sites, plus de rang facial, plus de célébrité.

Comme si le vent hurlant avait tout emporté au loin.

Pourtant, Aya ne ressentit aucun manque. Elle riait. Elle se sentait immense, invincible, à l'égal d'une gamine sur un cheval au triple galop.

Ses mains percevaient la puissance énorme du train. En plaçant les paumes à plat elle éprouvait la force du vent qui la soulevait, tirait sur les sangles de sa cheville. Elle était un oiseau sur le point de s'envoler. Le moindre geste lui faisait prendre une nouvelle position, comme si le vent constituait une extension de sa volonté.

Devant elle, la silhouette sombre de Miki se baissa. Elle tenait quelque chose à la main...

Une lumière jaune.

— Oh, merde !

Aya fléchit aussitôt les genoux. Alors qu'elle s'aplatissait contre le toit, une masse invisible, gigantesque fendit l'air au-dessus d'elle, sifflant telle une faux. Une onde de choc la cingla de la tête aux pieds.

Puis, ce fut terminé. Aya n'avait même pas vu de quoi il s'agissait.

Elle avala sa salive, plissa les yeux dans le vent. Une rangée de lumières jaunes s'étirait en amont du train. Elles s'éteignirent une à une. Le danger était passé.

Comment avait-elle pu ne pas les voir plus tôt ?

Pense à garder la tête froide, avait dit Jai. *Si tu veux la conserver sur les épaules.*

Tremblante, elle se releva lentement. Sa vertigineuse sensation de puissance l'avait quittée. Devant elle, les ténèbres s'étendaient à perte de vue.

Soudain, Aya Fuse se sentit toute petite.

LE TUNNEL

Aya était en train de comprendre quatre choses à propos des régions sauvages.

D'abord, elles étaient informes. La forêt qui défilait de part et d'autre se brouillait en une masse indistincte, un gouffre de vitesse.

Ensuite, elles étaient interminables. À moins que le temps ne se soit arrêté ? Aya aurait été incapable de dire si elle surfait depuis quelques minutes ou quelques heures.

En outre le paysage était surmonté d'un ciel gigantesque. Ce qui ne paraissait pas très logique : on se serait attendu à ce que le ciel ait la même taille partout. Mais les ténèbres au-dessus d'elle s'étendaient à perte de vue, immenses et semées d'étoiles, nullement interrompues par une ligne d'immeubles à l'horizon ou les lumières d'une ville.

Enfin, il y faisait très froid. Probablement à cause du vent de trois cents kilomètres par heure, qu'elle se prenait en pleine face.

La prochaine fois, elle apporterait deux blousons.

Plus tard, elle vit Miki s'accroupir. Elle jeta un coup d'œil inquiet vers les autres filles plus loin devant, mais aucun signal de décapitation n'apparut.

Miki tripota un instant le bracelet fixé à sa cheville, puis, avec brusquerie, elle se détacha et se mit à glisser sur les fesses, emportée par le vent furieux.

— Miki ! hurla Aya.

Elle s'agenouilla pour lui tendre la main.

En parvenant à sa portée, Miki colla violemment son autre bracelet anticrash contre le train et s'immobilisa en tournoyant. Elle riait ; ses cheveux soulevés par le vent fouettaient l'air autour de son visage.

— Hé, Aya-chan ! cria-t-elle. Comment ça se passe ?

Aya retira sa main.

— Tu m'as fait une de ces peurs !

— Désolée. (Miki haussa les épaules.) Le vent t'emporte toujours en ligne droite le long du train. Tu t'amuses ?

Aya respira un grand coup.

— Bien sûr. Il fait un peu froid, par contre.

— Sans blague. (Miki releva sa chemise de réquisition standard, dévoilant un sous-pull de ranger.) Tu devrais essayer ça.

Aya se dit que Jai aurait pu la prévenir pour la température.

— Je suis venue parce que nous sommes presque dans les montagnes, cria Miki en se redressant sur un genou. C'est là que le train ralentit.

— Et qu'on saute ?

— Oui. Mais d'abord, il y a le tunnel.

Aya grelottait.

— Oh, c'est vrai. Le signal rouge. J'ai déjà failli manquer le jaune.

— Ne t'en fais pas. Une montagne, ça se repère de loin. (Miki attrapa Aya par les épaules.) Et puis, le vent sera moins fort là-haut.

Aya, frigorifiée, se pelotonna contre elle.

— Vivement qu'on arrive.

Les montagnes s'élevaient à l'horizon, se découpant sur le ciel étoilé.

Progressivement, Aya prit conscience de leur masse. La première semblait plus large qu'un terrain de foot, et beaucoup plus imposante que la plus haute tour de la ville. Elle dévorait le ciel à mesure que le train avançait, formant comme un mur sombre vers lequel fonçait le train.

Aya commençait à s'habituer à la taille démesurée de tout ce qui l'entourait. Elle se demanda comment les gens traversaient les régions sauvages à l'époque pré-Rouillée, avant l'existence des trains, des planches magnétiques, ou même des voitures. Leur immensité avait de quoi rendre cinglé.

Pas étonnant que les Rouillés aient voulu goudronner tout cela.

— On y est, annonça Miki en pointant le doigt.

À l'avant du train, une lumière rouge clignotait. Une autre apparut derrière, et à la suite sept autres s'allumèrent rapidement. On aurait dit une rangée de feux de Bengale.

Miki sortit une lampe de sa poche, l'alluma, la régla sur la couleur rouge et l'agita vers la queue du train.

Aya s'employait déjà à détacher son bracelet à la cheville. Elle voulait avoir les deux poignets aimantés avant d'atteindre le tunnel.

— Tu te sens bien ? l'interrogea Miki. Tu fais une drôle de tête.

— Ça va.

Aya frissonna néanmoins. Elle se sentait de nouveau toute petite.

— Ne t'en fais pas, dit Miki. On ne surfe pas uniquement pour le plaisir, tu sais? C'est aussi une expérience qui vous transforme. Et il faut un moment pour s'y habituer.

Aya n'avait pas voulu montrer une quelconque réticence. Les Rusées devaient la prendre pour l'une des leurs, croire qu'elle avait embrassé leur folie au point de renoncer définitivement à la claque.

Pourtant, c'était vrai, quelque chose était en train de changer chez Aya, qu'elle ne comprenait pas encore. Cette chevauchée l'avait vite fait passer de la terreur à l'enthousiasme, puis, soudain, à l'indifférence...

Elle fixa l'obscurité devant elle en essayant de démêler ses émotions. Ce sentiment ne ressemblait en rien à la peur panique de l'anonymat qu'elle éprouvait lorsqu'elle était exposée aux lumières de la ville, à l'abominable certitude qu'elle ne serait jamais célèbre, que personne ne se soucierait jamais d'elle.

Non, en contemplant les ténèbres, elle se sentait heureuse. Intimidée par ce monde hors de proportions, elle restait pourtant calme.

— Je vois ce que tu veux dire... Ça donne un peu le vertige, de se retrouver là dehors.

— Oui. (Miki sourit.) Et maintenant, baisse la tête.

— Oh, c'est vrai. Le tunnel.

Elles se couchèrent sur le train en plaquant leurs bracelets contre le toit. La montagne se rapprochait toujours, jusqu'à les dominer de toute sa masse telle une vague énorme jaillie d'un océan noir.

Les paupières à demi fermées, Aya vit les lumières

rouges disparaître une à une, gobées par la bouche du tunnel.

Et puis, dans un grand mouvement d'air, les ténèbres les engloutirent. Le vacarme redoubla et le corps entier d'Aya perçut chaque vibration du train.

La noirceur du tunnel était cent fois plus dense que la nuit. Aya devinait la voûte du tunnel au-dessus d'elle assez près pour qu'elle puisse la toucher... si elle avait envie de perdre une main.

Elle sentait les mégatonnes de roche peser au-dessus, une masse infinie, comme si le ciel s'était changé en pierre. Voilà quelques secondes encore le train magnétique lui paraissait énorme, mais la montagne l'avait d'un coup réduit à une taille minuscule, en l'écrasant. Et elle se trouvait dans le mince espace compris entre les deux.

— Tu sens ? cria Miki.

Aya tourna la tête.

— Quoi donc ?

— J'ai l'impression qu'on ralentit.

— Déjà ? (Aya fronça les sourcils.) Je croyais que le virage commençait à la fin du tunnel ?

— Exact. Mais écoute.

Aya se concentra sur le rugissement tumultueux autour d'elles. Progressivement, ses oreilles firent le tri parmi les sons. Le grondement du train avait son propre rythme, le battement régulier de quelque imperfection dans la voie.

Et ce battement devenait de plus en plus lent.

— Tu as raison. Le train s'arrête souvent ici ?

— Pas que je sache. Dis donc ! Tu as senti ça ?

— Hum, ouais.

Le corps d'Aya glissait vers l'avant ; le train freinait désormais. Emportées par leur élan, ses jambes décrivirent un demi-cercle autour de ses bracelets.

Le vacarme retomba peu à peu tandis que le train s'immobilisait avec grâce en silence. Ce calme retrouvé fit courir des frissons sur la peau d'Aya tannée par le vent.

— Il doit y avoir un problème sur la voie, hasarda Miki. J'espère qu'ils vont réparer vite fait.

— Je croyais qu'on ne mettait pas de personnel à bord des trains de marchandises.

— Parfois, si. Il ne nous reste plus qu'à attendre et...

Une lumière se refléta sur la voûte. Elle provenait du flanc droit du train et vacillait, comme celle d'une lampe torche. Pour la première fois Aya put distinguer l'intérieur du tunnel, cylindre de pierre lisse qui enveloppait le train. La voûte se trouvait à peine à vingt centimètres de sa tête. Elle tendit la main et toucha la pierre froide.

— Mince ! siffla Miki. Nos planches !

Les planches magnétiques étaient toujours collées au côté droit du train, à quelques mètres de hauteur. Si le porteur de la torche levait les yeux, il allait les découvrir et se demander ce qui se passait.

— Allons-y voir de plus près, murmura Miki.

Elle démagnétisa ses bracelets et se glissa vers le bord du toit.

Aya se libéra également et rampa à sa suite. Si quelqu'un avait repéré leurs planches, il fallait qu'elles préviennent les autres sans attendre.

Miki et elle se penchèrent par-dessus. Trois silhouettes évoluaient dans l'espace étroit entre le train et la roche. Elles projetaient de longues ombres déformées à la lueur des torches. Aya réalisa qu'elles flottaient, vêtues de combinaisons d'aéroball semblables à celle d'Eden.

Mais les planches n'avaient pas été repérées. En fait, les porteurs de torche ne regardaient même pas le train ; ils fixaient la paroi du tunnel…

Qui bougeait.

En effet, la roche était en train de se transformer, d'onduler doucement en changeant de couleur, telle une flaque d'huile sur une eau agitée de vibrations. Un bourdonnement emplit le tunnel, pareil à celui produit par un verre en cristal. L'air prit soudain un goût particulier dans la bouche d'Aya, comme à la saison des pluies quand une averse est sur le point d'éclater.

L'une après l'autre, de fines couches de pierre liquide s'écartèrent jusqu'à ménager une grande baie dans la paroi du tunnel.

Les faisceaux des torches disparurent dans l'ouverture. Du haut du train, Aya ne voyait pas l'intérieur, elle entendait des échos caverneux. Une lueur orangée en sortait dans laquelle jouaient les ombres créées par les lampes.

Un panneau coulissa dans le flanc du train, juste en face du tunnel. Le train s'enfonça légèrement sur son coussin de lévitation, de manière à aligner les deux ouvertures.

L'une des silhouettes bougea, et Aya rejeta la tête en arrière, dans l'ombre. Lorsqu'elle osa de nouveau regarder, les trois silhouettes s'étaient écartées afin de laisser une masse imposante émerger du train.

On aurait dit un cylindre de métal, plus grand qu'Aya et d'un mètre environ de diamètre. Il devait être très lourd : les quatre drones suspenseurs clampés à sa base vibraient sous l'effort, tout en le transportant avec solennité, comme s'il s'agissait d'un convoi funèbre.

Avant que l'objet disparaisse dans la montagne, un autre suivit, exactement pareil. Puis un troisième.

— Tu vois ce que je vois ? murmura Miki.

— Ouais. Mais qu'est-ce que c'est ?

— Pas des humains en tout cas.

— Pas des… *quoi* ?

Miki était en train d'observer non pas les objets qui défilaient sous elles mais les trois silhouettes, les yeux écarquillés.

Aya scruta la pénombre et se rendit compte que ce n'était pas la lueur des torches qui déformait l'ombre des silhouettes. Les silhouettes *elles-mêmes* étaient difformes : jambes ridiculement longues et noueuses, bras aux articulations multiples, doigts plus longs que des pinceaux. Quant à leurs visages… leurs yeux immenses étaient trop écartés, leur peau glabre et pâle.

Comme Miki l'avait dit : ils n'étaient pas humains.

Aya laissa échapper un hoquet de surprise, et Miki la tira loin du bord. Elles demeurèrent allongées côte à côte. Aya ferma les yeux, le cœur battant, à l'idée que l'une de ces mains arachnéennes serait capable de palper le toit du train et de l'attraper…

Elle se força à respirer avec lenteur, poings serrés, afin de refouler ce début de panique.

Finalement, elle rampa de nouveau sur le toit et regarda en bas, regrettant d'être privée de Moggle qui aurait pu filmer. Elle allait devoir se contenter de ses yeux et de son cerveau.

Les formes inhumaines flottaient toujours dans le vide, observant la procession des drones suspenseurs qui sortaient du tunnel pour regagner le train. Ils transportaient des fauteuils, des écrans muraux, des synthétiseurs de nourriture, des recycleurs d'eau industriels et d'innombrables boîtes à ordures. Aya vit même passer un aquarium rempli d'eau, avec la machine à faire des bulles ainsi qu'un malheureux poisson qui tournoyait à l'intérieur.

À l'évidence, quelqu'un déménageait son repaire secret... mais quels pouvaient bien être ces objets métalliques que l'on avait transportés à l'intérieur ?

Enfin, le panneau coulissant du train se referma et l'air se remit à vibrer. Des filaments noirâtres s'entrecroisèrent devant l'ouverture de la paroi, pareils à une toile d'araignée qui se tisserait en accéléré. Puis des couches rocheuses vinrent les recouvrir, jusqu'à ce que l'ouverture soit entièrement bouchée.

— De la matière adaptive, murmura Miki.

Tandis qu'Aya hochait la tête, la paroi frémit une dernière fois avant de prendre l'aspect définitif de la pierre. Une imitation parfaite. Les lueurs des lampes torches s'éloignèrent en se balançant, puis le tunnel fut de nouveau plongé dans le noir absolu.

— Amène-toi, souffla Miki en regagnant le milieu du toit.

Le train s'ébranla et le vent se remit à tourbillonner autour d'elles.

— On va bientôt sauter, et on ira prévenir les autres, ajouta-t-elle.

— Mais qui étaient ces gars-là, Miki ? demanda Aya.

— Que sont-ils, tu veux dire ?

— C'est ça…

Couchée dans les ténèbres rugissantes, vidée, Aya tâchait de se repasser mentalement la scène à laquelle elle venait d'assister. Elle avait besoin de réfléchir ; elle avait besoin de l'interface de la ville. Et par-dessus tout, elle avait besoin de Moggle.

Son histoire se compliquait singulièrement.

SAUVETAGE

— Tu sais, quand j'ai étanchéifié Moggle, je ne pensais pas que ça *servirait*.

— Désolée, soupira Aya.

Elle avait dû s'excuser un bon millier de fois depuis qu'elle avait retrouvé Ren ce matin !

— Enfin, je veux dire, ça ne se reproduira plus.

Ren baissa les yeux sur les eaux noires immobiles.

— Tu ne m'as toujours pas raconté comment c'est arrivé.

— Les filles ont dû surprendre Moggle. Je suis presque sûre qu'elles lui ont collé un sabot de verrouillage.

Aya s'avança vers l'avant de sa planche et se pencha au-dessus du vide. Elle n'était même pas certaine d'avoir retrouvé le bon endroit. Elle se rappelait surtout l'obscurité et sa propre confusion. Les lampes magnétiques de Ren baignaient leréservoir souterrain d'une clarté joyeuse. L'endroit lui semblait différent.

— Elles l'ont laissée tomber par ici, je crois, précisa-t-elle.

— Elles… les Rusées, tu veux dire ?

— Oui, Ren, elles existent. Tu ne les as jamais vues

parce qu'elles n'apprécient pas beaucoup les claqueurs. (Elle indiqua la surface noire :) D'où mon aérocam à la flotte.

Il renifla, manipula du bout de ses pouces l'instrument qu'il tenait entre les mains, tandis que ses écrans oculaires tournoyaient. Ren fabriquait ses propres gadgets capables de se connecter à n'importe quelle autre machine dans la ville.

— Eh bien, c'est un sacré sabot. Moggle n'apparaît nulle part : ni sur l'interface de la ville, ni sur aucun site privé. La batterie n'émet même plus de signal.

Aya eut un bref gémissement et sa plainte glissa à la surface de l'eau avant de résonner contre les vieux murs de brique. Le réservoir était encore plus vaste que dans son souvenir, au point de pouvoir recueillir les pluies d'une saison entière. Y repêcher une aérocam perdue paraissait impossible.

— Qu'allons-nous faire ?

— Bah ! nous autres technos avons un dicton : « Quand tu ne peux pas recourir aux derniers joyaux de la technologie, sers-toi de tes yeux. »

Il manipula une fois de plus les commandes de son boîtier et l'une de ses petites lampes braqua un faisceau de lumière droit sur le lac, illuminant les profondeurs.

Aya fit descendre sa planche au ras de l'eau et s'agenouilla pour regarder sous la surface.

— Ouah... On boit vraiment cette eau-là ?

— Après l'avoir filtrée, Aya-chan.

Les eaux étaient troubles, mouchetées de terre et de saletés en suspension charriées par les conduits d'écoulement. Elles dégageaient une odeur de terre humide et de feuilles pourries.

— On ne peut pas augmenter la lumière ?

— Si, attends…

Il abaissa la lampe jusqu'à ce qu'elle crève la surface de l'eau.

La luminosité s'accrut et une demi-sphère d'eau éclairée s'épanouit en dessous d'Aya, comme si elle surplombait un coucher de soleil renversé dans des tons verts et bruns.

Aya distinguait enfin le fond du réservoir : une fine couche de vase, de brindilles et de débris de construction d'où émergeaient çà et là d'anciens morceaux de maçonnerie.

Mais toujours pas de Moggle.

— Hum, ça ne doit pas être là.

— Dommage.

Ren s'allongea confortablement sur sa planche, face au plafond voûté. Il leva les bras devant lui, amorçant la séquence d'initiation d'un jeu digital.

— Préviens-moi quand tu auras trouvé l'endroit.

— Mais, Ren-chan…

— À tout à l'heure, briseuse de caméra.

Elle voulut protester mais les écrans oculaires de Ren se mirent à clignoter à plein régime, tandis que ses doigts tressaillaient et se tordaient en tous sens – il était déjà plongé dans son jeu.

Aya poussa un soupir et s'allongea pour explorer le fond, le menton posé sur la pointe de sa planche. Elle se laissa lentement dériver au ras de l'eau, scrutant le bouillon luminescent.

Ren avait raison sur un point : ce travail était très fastidieux. Chaque fois que la lampe la suivait docilement, elle ridait la surface, et Aya devait attendre que l'eau redevienne lisse avant d'y voir de nouveau. Elle repéra quelques épaves surprenantes – un boomerang, la carcasse d'un cerf-volant, une épée de méca brisée – mais toujours pas de Moggle. Elle comprenait que Ren préfère jouer à ses jeux plutôt que d'examiner le fond d'un lac jonché de détritus.

Au moins avait-elle obtenu d'excellents scores à ses épreuves scolaires de la veille, et avec la corvée de garderie dont elle s'acquitterait cet après-midi, cela lui ramènerait suffisamment de mérite pour offrir à Moggle un coup de peinture camouflage noire.

Quand elle aurait enfin claqué cette histoire, elle n'aurait plus à se soucier de grappiller quelques miettes de mérite ici ou là.

Pendant qu'Aya contemplait les profondeurs du lac souterrain, ses pensées la ramenèrent à ce que Miki et elle avaient vu la nuit dernière. Quel secret méritait donc d'être caché au cœur d'une montagne ? Et pourquoi ces mystérieux personnages avaient-ils l'air si bizarre ? Même les pires fondus de la retouche ne se déformaient pas *à ce point*-là.

Les Rusées avaient l'intention de retourner là-bas dès ce soir afin de tirer les choses au clair. Ren avait donné à Aya une caméra-espion de la taille d'un bouton de chemise, mais cela ne vaudrait que pour quelques gros plans granuleux. Si elle voulait immortaliser les Rusées de la façon la plus spectaculaire, elle devait absolument récupérer Moggle.

Du fond du lac émergea soudain une petite bosse couverte de vase.

— Moggle ? murmura-t-elle en se frottant les yeux.

La bosse correspondait en tout point à sa forme et à

la taille de l'aérocam, c'est-à-dire celle d'un ballon de foot coupé en deux.

— Hé, Ren, cria-t-elle. *Ren!*

Les œillères d'immersion de ce dernier s'éteignirent, et la lueur des écrans oculaires cessa de baigner son visage.

— Je l'ai retrouvée!

Il s'étira et fit basculer ses jambes sur le côté de sa planche.

— Super. On va pouvoir passer à la phase deux, qui est beaucoup plus drôle.

— Tant mieux. Je commençais sérieusement à m'ennuyer.

Il sourit.

— Crois-moi, tu vas adorer.

La phase deux impliquait l'utilisation d'une bonbonne d'hélium comprimé de la taille d'un extincteur, reliée à une sorte de ballon météo dégonflé.

Aya contempla l'engin.

— Je ne comprends pas.

Ren lui lança la bonbonne. Aya grogna sous son poids. Avant que ses suspenseurs ne compensent le choc, sa planche s'enfonça un peu, venant taper contre la surface du lac.

— Tu sens comme c'est lourd? demanda-t-il.

— Hum, oui.

De l'eau s'était répandue sur la planche et ses chaussures antidérapantes étaient trempées.

— C'est pour régler ton problème de flottaison, expliqua-t-il.

— J'ai un problème de flottaison?

— Oui, Aya-chan : comme la plupart des gens, tu flottes, à cause de tout cet air que tu gardes dans tes poumons. Cette bonbonne est suffisamment lourde pour t'entraîner jusqu'au fond.

Elle cligna les paupières.

— Attends une seconde, Ren... *J'aime* mon problème de flottaison. J'aime avoir de l'air plein les poumons ! Pas question que je me laisse couler là-dedans !

Il s'esclaffa.

— Comment veux-tu récupérer Moggle, alors ?

— Je ne sais pas, avoua-t-elle. Je croyais que tu aurais peut-être fabriqué une sorte de... mini-sous-marin ?

— Comme si je n'avais rien de mieux à faire de mon mérite ! (Il indiqua la bonbonne d'hélium.) Il y a un aimant à la base. Tu n'auras qu'à la poser bien droit sur Moggle, et ça devrait tenir.

— Mais comment vais-je remonter ? Ce truc pèse une tonne !

— C'est là que ça devient malin : il suffit de tourner ce truc-là.

Il rapprocha sa planche et donna un tour à la valve de la bonbonne. Elle siffla une seconde avant qu'il la referme.

— Le ballon se remplira, et tu remonteras à la surface avec Moggle. Ça claque, hein ?

— D'accord. Sauf que je ne vais pas respirer de l'hélium. Où est mon masque de plongée ?

Elle jeta un coup d'œil à l'intérieur du compartiment à bagages de sa planche.

— Tu n'as qu'à retenir ta respiration.

— Retenir ma respiration ? s'écria Aya. La voilà, ta super-solution technologique ?

Ren leva les yeux au ciel.

— Le fond n'est qu'à cinq ou six mètres. Ce n'est pas plus profond que le bassin d'un plongeoir olympique.

— Oh, merci d'avoir mis le plongeon olympique sur le tapis, Ren. Mon sport de détente préféré : je me sens beaucoup mieux, maintenant. (Elle fronça les sourcils.) Cette eau doit être glacée, en plus.

— Sûrement. Ça te fera peut-être réfléchir avant de perdre ton aérocam, la prochaine fois.

Aya dévisagea Ren. Hiro avait dû lui monter la tête. S'ils avaient seulement su quelle histoire elle tenait, ils auraient compris que le sacrifice de Moggle en valait la peine. Mais elle ne pouvait pas le leur expliquer, pas avant d'avoir découvert ce qui se cachait sous la montagne.

— Très bien.

Elle serra la bonbonne d'hélium entre ses bras, scrutant les eaux luminescentes jusqu'à ce qu'elle repère de nouveau la forme de Moggle.

— Pas d'autres conseils de dernière minute ?

Il sourit.

— Sois prudente, Aya-chan.

— Ben voyons.

Elle inspira un grand coup… et sauta.

Le grondement du plongeon lui emplit les oreilles, puis la bonbonne l'entraîna à travers les turbulences vers des eaux plus calmes. La lueur des lampes à la surface lui parvenait à travers ses paupières closes. Il faisait un froid glacial.

Ses pieds heurtèrent le fond du réservoir, et ses semelles antidérapantes glissèrent un moment dans la vase. Le poids de la bonbonne faillit la mettre à genoux, mais Aya parvint à rester debout.

Elle ouvrit les yeux.

Des débris en suspension flottaient devant son visage, dans un mini-tourbillon lié à son atterrissage. À cette profondeur, la lumière prenait une coloration verdâtre. Des ombres fluctuantes dansaient sur le sol du réservoir.

Un scintillement accrocha son regard : l'un des autocollants de la coque de Moggle qui brillait, pareil à l'œil de quelque créature des abysses.

Elle s'approcha au ralenti de l'aérocam, en dérapant sur les briques glissantes. Chacun de ses pas soulevait un nuage de vase qui troublait un peu plus les eaux limoneuses. Moggle disparut à sa vue.

Elle n'avait pas le temps d'attendre que les eaux s'éclaircissent. Son cœur commençait à tambouriner, réclamant davantage d'oxygène, tandis que ses doigts s'engourdissaient de froid. La pression de l'eau lui donnait le vertige, comme si deux mains puissantes lui écrasaient la tête.

Aya positionna la bonbonne d'hélium au-dessus de Moggle et l'enclencha. Le clank! qui s'ensuivit était ferme et définitif.

Elle dut tâtonner pour trouver la valve de la bonbonne et, malgré la protestation de ses poumons, les palpitations de son cœur et ses doigts gelés, elle parvint à lui donner un tour. Un grondement se fit entendre, et le ballon entreprit de se gonfler.

Aya lâcha tout et, d'une poussée vigoureuse, s'arracha du fond. Elle battit des pieds de toutes ses forces, se propulsant vers les soleils aveuglants des lampes magnétiques.

Un dernier coup d'œil vers le bas l'assura que le ballon continuait à grossir, luttant contre le poids de la bonbonne, acquérant une certaine flottabilité. L'ensemble décolla lentement.

Aya creva la surface du lac, ouvrit grand la bouche et inspira l'air à pleins poumons.

— Ça va ? s'enquit Ren, agenouillé sur sa planche.

— Elle est juste derrière moi ! bredouilla-t-elle en pataugeant.

Le ballon jaillit de l'eau en éparpillant les lampes magnétiques dans toutes les directions. Son élan le fit s'élever un bref instant dans les airs, ruisselant comme la tête d'une baleine. Puis il retomba lourdement à la surface, en les aspergeant une fois de plus avant de se stabiliser tant bien que mal.

— Tu as réussi ! s'enthousiasma Ren.

— Qu'est-ce que tu croyais ? demanda-t-elle, activant son bracelet anticrash de ses doigts engourdis. Que j'allais me noyer ?

Il haussa les épaules.

— Je pensais que tu devrais t'y reprendre à deux ou trois fois.

Le ballon se remit à s'élever, porté par l'hélium. Moggle apparut, collée sous la bonbonne, dégoulinant comme un chien mouillé.

Ren rapprocha sa planche, tendit le bras et coupa l'arrivée d'hélium.

Aya se hissa sur sa propre planche, grelottant de froid.

— Je n'arrive pas à croire que ça a marché, murmura Ren.

Aya cracha un peu d'eau.

— Une corde aurait été plus simple.

— Plus *simple* ? s'indigna Ren. C'est un mot proscrit dans le vocabulaire techno.

— Contente-toi de vérifier que Moggle n'a rien.

Il gloussa et détacha l'aérocam. Alors qu'elle tombait entre ses mains, le ballon fit un bond et partit se coller à la voûte.

— Heu… tu sais que tes lèvres sont en train de virer au bleu ?

— Super.

Aya referma les bras autour de ses épaules, et resta assise à grelotter, tout en observant Ren.

Lorsqu'il débarrassa Moggle de son sabot, ses écrans oculaires s'illuminèrent.

— Mon système d'étanchéité a tenu ! Je suis un génie !

Aya poussa un soupir de soulagement, qui se transforma en un frisson de tout le corps. Elle se jura de ne jamais plus abandonner Moggle dans un tombeau liquide.

Enfin, elle avait son aérocam. Cette histoire allait faire un tabac.

LA SINCÉRITÉ RADICALE

En regagnant Akira Hall sur sa planche, Aya se demanda si elle n'avait pas attrapé un virus.

Le soleil brillait, mais elle n'arrêtait pas de grelotter. La nuit dernière l'avait épuisée, et son uniforme de dortoir trempé et couvert de vase n'arrangeait rien.

— Rappelle-moi de prendre des médicaments quand on sera de retour.

Moggle lui répondit d'un clignotement de ses feux, et Aya sourit. Même sale et trempée jusqu'aux os, elle trouvait le monde meilleur avec une aérocam à ses côtés. Il ne lui manquait plus qu'une douche bien chaude pour que les choses redeviennent normales. Enfin, aussi normales que possible après son expédition nocturne à travers les immensités sauvages et vertigineuses. La ville paraissait si calme en comparaison.

Par ce beau temps, la foule se pressait dans les parcs : des parents avec leurs gamins, une équipe d'Uglies jouant au base-ball contre des Crumblies… Le terrain de foot derrière Akira Hall avait été entouré d'un cordon. Un groupe de gamins s'y adonnaient à un combat de mécas. Ils déambulaient dans leurs tenues de robots cliquetantes, ferraillant avec des épées en plastique, crachant des missiles en mousse et des pétards. C'était plutôt grotesque – même les meilleurs joueurs de mécas ne devenaient jamais célèbres – mais ils semblaient bien s'amuser.

Alors que Moggle et elle longeaient le terrain de football, un disque de guerre s'envola hors de la zone de sécurité délimitée par le cordon et partit rebondir entre les arbres. Moggle suivit la fumée de ses feux de Bengale et Aya l'imita en riant, avant de se poser dans l'herbe où le disque avait roulé.

Elle descendit de sa planche et le prit entre ses mains. Ses feux de Bengale continuaient à grésiller doucement, inoffensifs.

Aya sourit, se retourna vers la bataille et visa avec soin.

— Attention, les petits !

Son lancer manquait de pratique mais, alors que le disque s'envolait dans les airs, ses feux de Bengale se rallumèrent et lui firent prendre de la vitesse dans une gerbe d'étincelles.

Il traversa le champ de bataille en ricochant sur la pelouse, pour atteindre l'un des mécas au beau milieu du dos. C'était un coup fatal, et le robot de combat tournoya en agitant les bras avant de s'effondrer au sol avec des spasmes d'agonie. Le gamin s'extirpa de la carcasse et regarda autour de lui d'un air renfrogné, cherchant celui qui l'avait éliminé.

Aya remonta sur sa planche en gloussant. Le destin lui souriait enfin ; la célébrité ne pouvait plus être loin.

— Joli tir, commenta une voix. Pas très régulier, mais joli.

Elle se retourna et découvrit un adolescent de son âge assis en tailleur sur une planche magnétique, dissimulé dans l'ombre des arbres. Il lui adressait un sourire éclatant.

Frizz Mizuno, sorti de nulle part encore une fois.

— Qu'est-ce que tu... fais par ici ? s'étonna-t-elle.

— J'étais venu te voir, dit-il avec une courbette. Et comme tu n'étais pas là, je suis descendu regarder la bataille. Je n'avais pas assisté à un combat de mécas depuis mon anniversaire. Ce qui est plutôt prettytime de ma part – *j'adorais* les mécas, avant.

Aya lui retourna son salut, tâchant de s'imaginer Frizz Mizuno en train de déambuler dans une tenue de robot. Par moments, elle trouvait difficile de se rappeler qu'il avait juste un an de plus qu'elle.

— Et puis, j'espérais que tu finirais par rentrer, avoua-t-il. Drôlement cachottier de ta part, d'avoir coupé ton localisateur. Ça te rend difficile à trouver.

— Oh, je ne l'avais pas coupé. C'est juste que je me trouvais... sous terre.

Il fronça les sourcils.

— Je ne te harcèle pas, au moins ? Je peux m'en aller si c'est le cas.

— Non, non. Je ne me sens pas harcelée du tout. Seulement...

— Mouillée ? Et couverte de vase ?

Elle croisa les bras, comme si cela pouvait cacher son uniforme sale et trempé.

— Heu, c'est ça : couverte de vase.

— En matière de costume, celui-ci est encore plus intriguant que ta robe de psalmodiste.

Elle chercha une repartie spirituelle, mais en vain : le froid du réservoir s'était sans doute infiltré dans son cerveau et l'avait gelé. Et puis, le regard pétillant de

Frizz qui la détaillait de la tête aux pieds lui figeait la langue. Son gros nez lui parut soudain envahir le bas de son champ de vision.

— J'effectuais une sorte de… sauvetage sous-marin.

— Sous-marin *et* souterrain ? (Il acquiesça derechef.) Ça explique l'aspect mouillé, évidemment. Mais je reste quand même perplexe.

Un autre frisson la parcourut ; elle avait la tête brûlante désormais.

— Moi aussi. Je ne t'avais pas donné mon nom de famille. Comment m'as-tu dénichée ?

Frizz sourit.

— Ah, c'est une histoire intéressante. Mais je crois que tu devrais te changer d'abord.

— Me changer ?

— Passer des vêtements secs… tu n'arrêtes pas de grelotter. Et peut-être que des médicaments… ?

Moggle fit clignoter ses feux.

Il l'attendit dehors, continuant à regarder la bataille pendant qu'Aya se changeait.

Elle resta une bonne minute sous la douche chaude, prise de vertige, fixant la terre et les brindilles qui tourbillonnaient dans l'écoulement de l'eau. Par quel moyen Frizz avait-il retrouvé sa trace ? C'était embarrassant. S'il connaissait son nom de famille, cela voulait dire qu'il savait qu'elle était une Ugly, une Extra qui s'incrustait dans les soirées.

Mais il était quand même venu la voir…

Qu'est-ce qui ne tournait pas rond chez lui ? Son opération lui aurait-elle ravagé le cerveau ? Son rang facial augmentait régulièrement – il avait franchi la barre des 3 000 à présent –, alors qu'Aya était presque invisible !

Une fois lavée, elle se planta devant la fente murale. Elle n'avait que des uniformes de dortoir, et aucun mérite à dépenser pour des habits jetables. Bien sûr, Frizz l'avait déjà vue couverte de vase – une tenue propre ne pouvait être pire.

Elle s'habilla rapidement et se dirigea vers la porte.

Moggle lui barra le chemin et fit clignoter ses feux.

— Oh, c'est vrai, dit Aya. (Elle lança à la chambre :) Un médicament, s'il te plaît. Je suis tombée à l'eau, je claque des dents et je me sens un peu fiévreuse.

La plaque digitale sortit du mur pour prendre sa température et tester sa sueur. Aya y apposa sa paume, et bientôt, la fente cracha un liquide orange amer et trouble dans sa tasse favorite. Elle l'avala en contemplant son mobilier de standard, ses vêtements anonymes, sa chambre exiguë : tout son environnement ne dégageait que tristesse.

Au moins les médicaments ne coûtaient-ils aucun mérite. Et celui-ci devait contenir des nanos, car le temps que l'ascenseur atteigne le rez-de-chaussée, les vertiges d'Aya avaient pratiquement disparu.

— Je n'ai pas eu de mal à te retrouver, dit Frizz. Je connaissais ton prénom, après tout.

Elle fronça les sourcils.

— Il doit y avoir un bon millier d'Aya dans cette ville.

— Mmm, plutôt mille deux cents.

Frizz rit en voyant un autre robot de combat se débattre dans les spasmes de l'agonie. L'affrontement gagnait en intensité, et le terrain de foot était jonché de victimes. Moggle voletait le long de la touche, s'exerçant à suivre la trajectoire des projectiles en caoutchouc. Il semblait totalement remis de son séjour dans l'eau glacée.

Aya ne pouvait pas en dire autant. Assise près de Frizz à l'ombre des frondaisons, elle était parcourue de démangeaisons, comme si le médicament avait changé sa fièvre en frissons de réputation. Au moins, Frizz suivait-il la bataille au lieu de fixer sur elle ses yeux de manga qui lui paralysaient la langue.

— Mais je savais que tu avais psalmodié, poursuivit-il. Alors j'ai vérifié la progression des rangs faciaux cette nuit-là. Un certain Yoshio Nara est subitement devenu Yoshio-senseï, sans raison.

Aya fit la grimace. Le seul fait d'entendre ce nom une fois de plus lui donnait mal au crâne.

— Et comment es-tu remonté jusqu'à moi ?

— J'ai parcouru l'historique de sa progression, en cherchant ton prénom.

— Je croyais que les conversations étaient privées ! Bon, d'accord, ce n'était pas une vraie conversation puisque je n'ai fait que répéter son nom pendant une heure. Mais quand même !

— Non, tu as raison. L'interface de la ville ne révèle pas la teneur des discussions. (Il haussa les épaules.) Seulement, elle n'est pas conçue pour l'intimité, plutôt pour la publicité, afin d'encourager les connexions, les débats, le bouche-à-oreille. C'est pourquoi elle permet de retracer les mentions de chaque nom jusqu'à la source. Surtout quand il y en a un paquet. Et tu étais la seule Aya à avoir cité Yoshio Nara à trois mille reprises cette nuit-là.

— Arrête de prononcer ce nom, dit Aya. (Elle soupira.) Je n'étais pas au courant. Mon frère peut étudier son historique pendant des heures mais, en ce qui me concerne, mes sujets n'ont jamais suscité assez d'engouement pour que ça en vaille le coup.

— Il est célèbre, hein ?

— Très. C'est probablement la raison pour laquelle il se montre aussi snob. Il trouve mes histoires ridicules.

— Elles ne le sont pas. Celle sur les graffs souterrains était magnifique.

— Oh, merci.

Aya se sentit rougir. Elle était stupéfaite que Frizz se soit donné la peine de consulter son site.

— Mais ce ne sont que des histoires de gamine, ajouta-t-elle. Je travaille sur quelque chose de beaucoup plus gros. Un truc à devenir célèbre ! Ça parle d'une bande secrète qui…

Frizz leva la main.

— Si c'est un secret, tu ferais mieux de ne pas m'en parler. Je ne suis pas très bon pour garder les secrets.

— Ah oui, à cause de ton…

Elle résista à la tentation d'évoquer son opération. C'était étrange, les têtes vides étaient les seuls opérés du cerveau qu'elle connaisse, et Frizz ne leur ressemblait pas du tout.

— Mais quel rapport entre la sincérité et le fait de savoir garder un secret ? insista-t-elle.

— La Sincérité radicale exclut toute tromperie, précisa Frizz comme s'il avait déjà expliqué cela un million de fois. Je ne peux ni mentir, ni déformer la vérité, ni prétendre ignorer quelque chose. On ne peut même pas m'inviter à une surprise-partie, je vends la mèche à tous les coups.

Un rire monta en Aya.

— Est-ce que ça ne rend pas la vie un peu moins… surprenante ?

— Tu serais étonnée de constater à quel point c'est souvent le contraire.

— Mmm. (Elle se demanda combien de choses elle taisait tous les jours.) Tu ne peux rien cacher à personne. Ça doit être plutôt effrayant.

Il se tourna vers elle.

— Effrayant pour moi ? Ou pour les autres ?

Son regard fit courir un frisson sur la peau d'Aya. Elle sentit le rouge lui revenir aux joues et un doigt glacé lui frôler l'échine. Sa franchise avait quelque chose d'effrayant ! Les questions se bousculaient dans sa tête, mais elle n'était pas certaine de vouloir entendre les réponses. Ses interrogations portaient sur les raisons de sa présence, et son opinion au sujet de leur différence d'ambitions.

— Tu m'aimes bien, pas vrai ? s'enquit-elle.

Il rit.

— Ça ne se voit pas ?

— Si. Mais ça n'a pas de sens… Tu es célèbre, et je ne suis qu'une Extra. Moche, en plus, sans compter que tu n'arrêtes pas de me voir dans des robes stupides, ou couverte de vase. Et puis, je t'ai aussi menti au sujet de mon nez !

Aya s'interrompit en bredouillant. Ces paroles avaient jailli de sa bouche comme du soda hors d'une bouteille qu'on vient de secouer – explosives et imbuvables.

— Ouah ! s'exclama-t-elle. C'est contagieux, la Sincérité radicale ?

— Parfois. (Frizz souriait à pleines dents.) Ça fait partie des effets secondaires.

Aya détourna les yeux pour se plonger dans la

contemplation du terrain de foot. Seuls une poignée de mécas tenaient encore debout, continuant à se bagarrer avec leurs épées et leurs haches en plastique.

— Mais qu'est-ce que tu aimes bien, chez moi ?

Il allongea le bras, lui prit la main, et Aya sentit sa poitrine se serrer, comme si elle se retrouvait sous l'eau et ne pouvait plus respirer.

— Quand je t'ai aperçue lors de cette soirée, tu étais en mission – très excitante. Et puis ton capuchon a glissé et j'ai pensé : « Ouah ! elle est drôlement courageuse de s'affubler d'un nez pareil. »

Aya grommela.

— Sauf que ce n'est pas une question de courage – je suis simplement *née* avec. Je déformais la réalité en t'affirmant que c'était le résultat d'une génération aléatoire.

— Exact. Mais le temps que je le comprenne, j'avais appris d'autres choses à ton sujet.

— Par exemple, le fait que je sois une Extra et que je vive dans un dortoir d'Uglies ? Ou que je raconte des salades à propos de mon nez gigantesque ?

— Non, que tu t'introduisais en douce dans des soirées technos et que tu effectuais des opérations de sauvetage sous-marines. Et que tu claquais de sacrées bonnes histoires, même si elles ne faisaient pas progresser ton rang facial.

Elle soupira.

— Oui, mes histoires sont drôlement bonnes pour cette raison.

— Bien sûr. Elles sont hyperintéressantes.

— Ce n'est pas logique. Si elles sont à ce point intéressantes, pourquoi ne passionnent-elles personne ?

Son écran oculaire scintilla.

— As-tu consulté le site de Nana Love récemment ? fit-il. Elle est en train de choisir sa tenue pour sa soirée des Mille Visages. Le thème du jour, c'est : « Ce chapeau-ci ? Ou plutôt celui-là ? » Il y a soixante-dix mille votes pour l'instant, et une centaine d'autres sites engrangent des commentaires.

Aya leva les yeux au ciel. Nana était une Pretty-née, l'une de ces rares personnes en voie de disparition qui n'auraient pas eu besoin d'opération même durant le Prettytime. Ce qui faisait d'elle la deuxième personne la plus célèbre de la ville.

— Ça ne compte pas. Nana-chan n'a pas besoin de faire quoi que ce soit pour être intéressante.

Il sourit.

— Et toi si ?

Elle plongea son regard dans ses yeux immenses et, pour une fois, ils ne lui firent pas tourner la tête ; une barrière semblait être tombée entre eux.

Soudain, Aya sut ce qu'elle désirait lui demander.

— Comment est-ce, la célébrité ?

Frizz haussa les épaules.

— Ça ne change pas grand-chose, juste le nombre de gens qui nous rejoignent, et qui s'en vont au bout d'une semaine.

— Mais avant que la Sincérité radicale fasse un malheur, n'as-tu jamais eu l'impression qu'il te manquait quelque chose ? Quand tu regardais la ville et que tu te sentais invisible ? Ou que tu consultais les sites avec une envie de pleurer, parce que tu connaissais tous ces noms et que personne ne connaissait le tien ? N'as-tu pas éprouvé le sentiment que tu pourrais disparaître, parce que personne n'a jamais entendu parler de toi ?

— Heu, pas vraiment. C'est ce que tu ressens, toi ?

— Bien sûr ! À l'image de ce kouan qu'on enseigne à l'école : si un arbre s'écroule sans personne à proximité pour l'entendre, il ne fait aucun bruit, comme un applaudissement d'une seule main. Il faut être vu pour exister réellement !

— Mmm, je crois qu'il s'agit de deux kouans, en fait. Et je ne suis pas certain que tu aies saisi la signification de l'un comme de l'autre.

— Allez, Frizz ! Il n'y a pas si longtemps que tu es célèbre, tu te rappelles bien sûr à quel point c'était affreux de…

Devant l'expression de Frizz, Aya s'interrompit au milieu de sa phrase. Il avait perdu son sourire éclatant.

— Cette conversation prend une tournure bizarre, dit-il.

D'étonnement, Aya battit des cils. Dix minutes de Sincérité radicale et elle s'était déjà montrée trop franche.

— Je me comporte donc comme une Extra, hein ? (Elle soupira.) Alors inscris-moi dans la stupidité radicale.

Il s'esclaffa.

— Tu n'es pas stupide, Aya. Et tu n'es pas invisible pour moi.

Elle s'efforça de sourire.

— Seulement mystérieuse ?

— Eh bien, pas tant que ça. Presque transparente, en fait.

— Transparente ?

— Tu sais, quand tu évoques la célébrité et ce qu'elle t'inspire.

Transparente. Voilà ce qu'elle était, selon son opinion

radicalement sincère. Beaucoup trop tard, elle se souvint d'une chose qu'on enseignait à l'école : on pouvait déplorer son rang facial auprès d'autres Extras, mais surtout pas en présence d'une célébrité.

Elle détourna la tête et s'abîma dans la contemplation du terrain de foot en sachant que, si elle croisait une fois de plus le regard de Frizz, elle sortirait encore une stupidité. À moins qu'il ne lâche un autre commentaire personnel, ce qui serait sans doute pire. Les sites avaient probablement raison à propos des différences d'ambition. Peut-être valait-il mieux que les célébrités et les Extras évitent de se fréquenter. La situation devenait trop vite embarrassante.

La bataille des mécas avait pris fin, et des drones suspenseurs emportaient les dernières carcasses. Les gamins s'alignaient devant Akira Hall pour leur prochaine activité.

— Oh, mince, s'exclama-t-elle. Quelle heure est-il ?

— Presque midi.

— Il faut que je file ! (Elle bondit sur ses pieds.) Je suis de corvée de garderie. Je sècherais bien, mais...

J'ai besoin de mérite, songea-t-elle.

Frizz demeura assis en tailleur sur sa planche magnétique, le visage sombre.

— Je comprends. Il faut tenir ses engagements.

Aya le salua d'une courbette, en se disant qu'il devait être soulagé de la voir filer, cette fois-ci. Elle se creusa la cervelle à la recherche d'une dernière repartie, mais ne trouva rien d'intelligent à dire.

Alors, elle appela Moggle et fila vers le dortoir en espérant ne pas être en retard.

INITIATION

Une sonnerie résonnait quelque part…

Aya émergea d'un sommeil lourd et poisseux, luttant contre les vertiges nauséeux de l'épuisement. Un carillon lui vrillait les oreilles, qui réclamait son attention.

Paupières closes, elle vit néanmoins le flash du réveil sur son écran oculaire. Il clignotait en s'accompagnant d'une sonnerie stridente pour la prévenir qu'il était presque minuit.

Aya ferma le poing pour éteindre son réveil et grommela. Elle avait eu l'intention de faire une sieste mais, à cause de sa lamentable discussion avec Frizz, de sa corvée de garderie et du temps qu'elle avait consacré à peindre Moggle en noir mat, elle ne s'était pas couchée avant dix heures.

Ce qui représentait moins de deux heures de sommeil.

Elle s'obligea pourtant à s'asseoir, en se rappelant que cette nuit allait la rendre célèbre. Pour se donner du courage, elle jeta un coup d'œil à son pathétique rang facial de 451 611 qui clignotait dans un coin de son champ de vision.

Moggle décolla du sol et le point de vue de l'aérocam se superposa délicatement à sa propre vision, troisième œil fantomatique en harmonie parfaite avec les deux premiers.

Aya sourit. Elle ne manquerait pas un seul cliché spectaculaire cette fois-ci.

— Prête ? murmura-t-elle.

Moggle répondit par un flash, et Aya grimaça. Trente-six heures sous l'eau n'avaient pas guéri l'aérocam de ses mauvaises habitudes.

La vision mouchetée de points lumineux, elle tâtonna jusqu'à la fenêtre et grimpa sur l'appui. Ses yeux se réadaptèrent peu à peu à l'obscurité, jusqu'à ce que la vue des lumières de la ville lui serre le cœur – sa peur habituelle de l'anonymat était bien plus forte à présent qu'elle s'était ridiculisée devant Frizz. Elle avait simplement voulu dire qu'il n'avait pas à s'inquiéter, qu'elle serait bientôt célèbre, elle aussi. Mais au final, elle avait eu l'air aussi assoiffée de reconnaissance qu'une nouvelle Ugly qui vient de recevoir son premier site. *Transparente*, avait-il dit.

Il ne servait à rien de se ronger les sangs pour cela, néanmoins. La célébrité n'était pas la beauté, il n'était pas indispensable d'attendre ses seize ans pour l'obtenir, ou de naître avec si on avait de la chance, comme Nana Love. C'était une chose que l'on pouvait gagner.

Une fois qu'elle aurait claqué son histoire, le rang facial ne serait plus un problème entre Frizz et elle. Aya en avait la certitude.

Moggle s'avança au-dessus du vide, lui frôla l'épaule, et Aya sourit en refermant les bras autour de l'aérocam. Ellese réjouissait d'avance de s'éloigner des lumières de la ville. D'aller dans un endroit si mystérieux que Frizz en serait émerveillé, lorsqu'il découvrirait ses exploits.

D'une poussée, elle se laissa descendre dans la nuit-froide.

— Avant de commencer, annonça Jai, nous avons deux petites choses à régler. D'abord, il y a mon nom ; quelqu'una encore parlé de moi à portée d'oreille de l'interface de la ville.

Quelques-unes des Rusées baissèrent la tête d'un air gêné.

Jai fit claquer sa langue contre son palais.

— Eh, oui. Quand je me suis levée ce matin, mon rang facial était presque sorti des mille derniers. Ce qui veut dire que mon surnom commence à être grillé. Il est temps pour moi d'en changer.

Aya haussa un sourcil. Voilà donc comment elles s'y prenaient pour conserver un rang facial bas, en adoptant d'autres surnoms – de la même manière que Ren et Hiro cachaient leur haine obsessionnelle de l'Indicible.

— Dorénavant, je m'appelle Kai. Tout le monde a enregistré ? Bien. Et maintenant, le second point.

Kai se tourna vers Aya, qui sentit un frisson lui parcourir l'échine.

— Notre nouvelle amie nous accompagne encore une fois. Ça pose problème à quelqu'un ?

S'ensuivit un silence tendu, au milieu duquel Aya perçut le grondement lointain d'un train. Les rails se mirent à luire doucement, l'air se réchauffa, à l'instar des éléments de la fente murale après la fabrication d'un objet de grande taille. Mais aucune des Rusées ne parut y prêter attention, comme si elles avaient l'habitude de tenir leurs réunions au beau milieu des voies magnétiques.

Aya ne pouvait même pas se servir de Moggle pour surveiller l'approche du train. L'aérocam se cachait quelque part parmi les bâtiments industriels, l'objectif rivé sur elle, mais Aya avait coupé la connexion avec son point de vue afin d'éviter tout reflet révélateur sur son écran oculaire.

— Je croyais que c'était une claqueuse? marmonna quelqu'un.

Kai se tourna vers Aya, attendant sa réponse.

Celle-ci s'éclaircit la gorge:

— Je l'étais. Mais je n'ai jamais vraiment percé. Ça ne me disait rien de claquer des trucs sur la dernière tenue de Nana Love.

Quelques rires fusèrent.

— Mais tu traînes toujours une aérocam avec toi? demanda une autre fille.

Elle s'appelait Pana, se souvint Aya. Avec leurs visages génériques, elle avait du mal à distinguer les Rusées – mais Pana était plus grande que les autres, presque de la même taille qu'Eden Maru.

— Je l'ai laissée tomber dans un lac. Vous étiez toutes là. Et pourtant, il y avait des trucs dedans qui auraient pu me faire pas mal progresser.

— Pas de caméra, ce soir? s'enquit Kai.

Aya secoua la tête. Elle portait l'uniforme de dortoir de son sauvetage sous-marin, aussi crasseux que les fripes des Rusées. Elle espérait que la saleté du vêtement aiderait à camoufler la caméra-espion nichée dans le bouton du haut.

Moggle risquait davantage de la trahir. Elle n'était pas certaine que le minuscule cerveau de l'aérocam ait biensaisi le concept de filature. Moggle ne pouvait pas suivre le signal de l'antenne dermique d'Aya à plus d'un kilomètre, et n'avait encore jamais opéré de son propre chef pendant plusieurs heures, encore moins en pourchassant des trains magnétiques.

Le grondement lointain était plus audible désormais. Le train serait là dans quelques minutes.

— Aya-chan a montré beaucoup de sang-froid devant les affreux, intervint Miki. Et vous l'avez toutes vue surfer. Je lui fais confiance.

En voyant sourire Miki, Aya éprouva la désagréable sensation de sa propre hypocrisie. Quand il découvrirait son sujet, Frizz verrait qu'elle les avait trompées. Elle se demanda s'il comprendrait.

— Et toi, Aya-chan, qu'en dis-tu ? voulut savoir Kai. Si tu nous racontais un peu pourquoi tu veux devenir une Rusée ?

Aya se racla la gorge, troublée par le regard de miss tout-l'monde de Kai comme par le grondement du train sous ses pieds. Que voulaient-elles l'entendre dire, de toute façon ?

Soudain, les mots qu'elle avait prononcés devant Frizz le matin même lui revinrent en mémoire.

— Comme vous l'avez dit, j'étais une claqueuse. Depuis que je suis gamine, je désirais devenir célèbre. Je ne voulais pas regarder les autres sur leurs sites, je voulais qu'ils *me* regardent. Sinon, j'avais l'impression d'être invisible.

Un murmure parcourut le groupe, et des expressions désapprobatrices fleurirent autour d'Aya. Elle poursuivit son discours, s'efforçant d'ignorer les vibrations sous ses semelles et la sueur qui lui coulait dans le dos.

— Comprenez-moi bien. Je n'étais pas une claqueuse d'ego, assise dans sa chambre face à la caméra, qui racontece qu'elle a donné à manger à son chat. (Quelqu'un rit, et Aya parvint à sourire.) J'essayais de dénicher des histoires qui en vaillent la peine. Des gens qui profitaient du déferlement d'intelligence pour accomplir des trucs qui claquent... enfin, intéressants, quoi. C'est comme ça que je vous ai trouvées.

Aya les défia du regard, les dévisageant une à une.

— Et c'est là que j'ai compris : vous, les Rusées, vous ne pleurez pas en regardant sur les sites les soirées pour célébrités, sous prétexte que vous n'êtes pas invitées. Vous ne restez pas amies avec des gens que vous détestez rien que pour améliorer votre rang facial. Et même si personne ne sait ce que vous fabriquez là dehors, vous n'avez pas la sensation d'être invisibles. Exact ?

Personne ne répondit, mais tout le monde l'écoutait.

— La célébrité est complètement ridicule, voilà. J'ai envie d'essayer autre chose.

Un bref silence s'installa... puis la tension se brisa. Quelques filles applaudirent, à moitié sarcastiques seulement, tandis que Miki souriait en hochant la tête. Aya avait su trouver les mots justes.

Le plus curieux, c'est qu'elle n'avait pas eu le sentiment de mentir.

On ne se donna pas la peine de voter, et personne ne vint la congratuler. Kai se contenta de lui donner une bourrade dans le dos et bondit sur sa planche en criant :

— En voiture, tout le monde ! Allons voir un peu ce que manigancent ces affreux !

Puis les treize filles décollèrent, filant chacune vers sa cachette avant que le train débouche en rugissant.

Et voilà, Aya Fuse était une Rusée.

Elle espérait que Moggle avait bien tout filmé.

TURBULENCES

Attraper le train fut plus facile cette fois-là.

Aya se glissa à travers l'onde de choc, comme si son corps avait appris à négocier les secousses et les trous d'air. Une fois à l'intérieur de la bulle de calme, elle se retrouva sur le toit, debout, avant même que le convoi magnétique commence à se redresser.

La ville rapetissa dans son dos et, tandis que l'obscurité des régions sauvages enveloppait le train, Aya réalisa tout ce qu'elle avait raté dans la panique de sa première chevauchée. De gigantesques arbres séculaires filaient de part et d'autre, aussi noueux et ridés que des Crumblies immortels. Des nuées d'oiseaux s'envolaient en ombres chinoises contre le ciel nocturne, effrayés par le bruit du train. Aya perçut aussi le cri d'un singe des montagnes – pas des plus féroces ni mangeur d'hommes, mais l'idée qu'il y ait des animaux sauvages en liberté là dehors lui donna le frisson. À moins que ce ne soit le froid. En dépit de ses deux blousons de dortoir, le vent de 300 kilomètres à l'heure la transperçait jusqu'aux os.

La chevauchée était toute en contrastes : la ligne du train fendant les ombres biscornues de la forêt ; sa vitesse furieuse sous l'immobilité du ciel ; les montagnes s'élevant avec solennité, ponctuées par le scintillement des signaux de décapitation. Aya ressentit de nouveau un étrange contentement, comme si ses propres soucis s'estompaient devant l'immensité des régions sauvages.

Sa seule inquiétude concernait Moggle. Même en traquant le signal de son antenne dermique, l'aérocam se voyait distancer un peu plus à chaque minute. Les suspenseurs de Ren ne lui permettaient pas de voler à plus de 100 kilomètres à l'heure – le tiers de la vitesse du train. Moggle les rattraperait lorsqu'elles auraient sauté, mais Aya ignorait combien de temps son cerveau limité fonctionnerait sans instructions. Si elle s'emmêlait les pinceaux, l'aérocam risquait d'oublier qu'elle devait demeurer hors de vue, et cela sonnerait le glas de la carrière de Rusée d'Aya Fuse.

Bien sûr, elle n'y pouvait pas grand-chose dans l'immédiat, coincée par son mensonge. Elle se demanda si c'était la raison pour laquelle Frizz avait inventé la Sincérité radicale. Celui qui ne mentait jamais ne devait pas éprouver cette sensation de nœud à l'estomac, cette peur continuelle de se voir démasqué.

Les montagnes se rapprochèrent. Aya distingua leurs pics noirs marbrés de neige, semblables à des perles brillant sous la clarté lunaire. Une lumière rouge s'alluma à l'avant du train, suivie d'une série de signaux de décapitation. Aya sortit sa propre lampe de poche, la régla sur la position rouge et l'agita en direction des Rusées derrière elle.

Elle s'agenouilla pour récupérer l'un de ses bracelets anticrash fixés aux chevilles, puis se coucha, attendant d'être avalée par la gueule noire du tunnel.

Cette fois-ci, il n'y eut pas d'arrêt imprévu.

Le train fonça à travers la montagne et en ressortit dans un rugissement furieux qui déboucha les oreilles d'Aya mieux qu'une descente rapide en aérocar. La porte secrète, totalement invisible, avait dû passer sous leur nez en une fraction de seconde.

Elle se souvint que le prochain virage arrivait très vite. Devant elle, Miki rampait déjà vers le bord du toit, prête à sauter. Aya se dirigea vers l'endroit où elle avait laissé sa planche.

Descendre du train était plus délicat qu'y monter. En ville, le réseau magnétique opérait partout mais là, il fallait prendre garde à rester près de la voie. Si l'on s'en éloignait trop, les suspenseurs magnétiques perdaient leur appui sur le métal et les planches, comme les bracelets anticrash, cessaient de fonctionner.

À 200 kilomètres à l'heure, cela pouvait se révéler fatal.

Le train ralentissait, infléchissant sa course avec un bourdonnement qui allait crescendo. Aya libéra son poignet droit et tendit le bras pour le plaquer contre sa planche.

La nuit précédente, elle était descendue trop prudemment. Elle s'était retrouvée beaucoup plus loin que les autres sur la voie. Cette fois-ci, elle avait décidé d'être la première à s'arrêter.

Aya tira sur sa planche, la décolla du train et la fit basculer en position horizontale. La planche lutta contre le vent puis se stabilisa au moment où le train magnétique ralentissait dans la courbe.

Alors que le bourdonnement atteignait son point culminant, peu à peu Aya s'écarta légèrement du train tout en restant à l'intérieur de la bulle de calme relatif qui l'entourait. À deux mètres, elle aurait pénétré dans l'onde de choc mortelle.

Le souffle du train s'engouffrait dans ses cheveux, faisait claquer ses blousons, mais Aya ne demeura pas couchée, elle s'attacha à ralentir. La Rusée qui la suivait la dépassa en coup de vent, suivie d'une autre, puis d'une troisième.

Elle freinait plus vite que tout le monde !

À sa gauche le train défilait dans un grondement de tonnerre. Son champ magnétique faisait courir des vibrations à travers sa planche. Aya lutta pour rester stable, assez près de la muraille roulante de métal.

Elle freinait peut-être un peu trop vite…

La queue du train passa en un éclair, aspirant violemment Aya dans son sillage. La planche magnétique bascula, et la terre et le ciel tournoyèrent autour d'elle.

Aya s'efforça de se remettre d'aplomb mais sa planchetanguait et se cabrait, comme un cerf-volant happé par un ouragan.

— Lâche tout ! lui cria quelqu'un.

Elle obéit : la planche lui échappa des mains, et elle plongea vers le brouillard flou des rails métalliques…

Les aimants de ses bracelets s'enclenchèrent, la retenant sèchement par les poignets. Elle bascula cul pardessus tête tel un gymnaste aux anneaux. Ses pieds manquèrent les rails d'un cheveu. Elle ricocha ainsi plusieurs fois au-dessus de la voie jusqu'à perdre tout élan.

Ses bracelets la déposèrent en douceur, face aux lumières du train qui s'éloignaient. Elle se massa les poignets, étourdie par ses culbutes.

— Ça va ?

Aya releva la tête et vit Eden Maru qui flottait auprès d'elle avec une expression amusée.

— J'ai l'impression, répondit Aya.

— Tu n'aurais pas dû freiner si vite.

Aya soupira. La nuit précédente, elle avait regardé Eden rouler du train. Avec sa combinaison d'aéroball, cela paraissait aussi simple que de se laisser tomber d'un immeuble en gilet de sustentation.

— J'ai vu ça. Merci de m'avoir conseillé de lâcher.

— Bah, il n'y a pas de quoi.

Eden jeta un coup d'œil vers le train qui rapetissait au bout de la voie.

— Ta planche va bientôt nous rejoindre, ainsi que les autres. Il faut un certain temps pour s'arrêter quand on ne tient pas à se casser la figure.

Aya contempla d'un œil mauvais le sourire d'Eden. Elle était si belle, et c'était la seule Rusée à jouir d'un rang facial élevé. Que faisait une célébrité de son calibre en compagnie d'une bande secrète ?

Peut-être était-il temps de s'en préoccuper. Aya porta les mains à son uniforme, afin de braquer sa caméra-espion vers Eden.

— Je peux te poser une question ?

— Si elle n'est pas trop indiscrète.

— Tu n'es pas comme les autres… je veux dire, le reste d'entre nous. Tu es une célébrité.

Eden tournoya lentement sur elle-même.

— Ce n'est pas une question.

Aya se souvint des rumeurs concernant l'ex-petit ami d'Eden.

— Oui, en effet. Mais n'y aurait-il pas une certaine…

divergence d'ambitions entre toi et les Rusées ? Toi qui es une star de l'aéroball, alors qu'elles se donnent tant de mal pour rester des Extras.

Eden ricana.

— J'aurais dû m'attendre à ce genre de question stupide. Je parie que tu ne sais même pas d'où vient ce mot.

— Extras ? (Aya haussa les épaules.) Ça veut dire : des gens supplémentaires, superflus, quoi.

— C'est ce qu'on t'enseigne à l'école. Mais le mot avait une signification différente à l'époque Rouillée.

— Ben, évidemment, dit Aya. Les Extras se comptaient par milliards en ce temps-là.

Eden secoua la tête.

— Cela n'a rien à voir avec la surpopulation, Aya-chan. Tu as sans doute déjà vu des vieux films sur l'écran mural ?

— Bien sûr. C'est ainsi que les Rouillés devenaient célèbres.

— Oui, mais écoute le plus drôle : les logiciels de l'époque n'étaient pas suffisamment au point pour simuler le décor, ce qui obligeait les Rouillés à le construire. Ils bâtissaient des villes entières, rien que pour y faire évoluer les acteurs.

— De fausses *villes* ? dit Aya. Ouah, quel gaspillage !

— Et pour animer ces fausses villes, ils embauchaient des centaines de personnes chargées de s'y déplacer. Mais ces gens ne jouaient aucun rôle dans l'histoire. Ils faisaient partie du décor. Voilà ce qu'on appelait des Extras.

Aya haussa un sourcil, ne sachant si elle devait la

croire. Cela paraissait tellement dingue, hors de proportions… et rappelait une caractéristique des Rouillés.

— Ce n'est pas ce que tu ressens parfois, Aya-chan ? demanda Eden. L'impression que l'histoire se déroule sans toi, et que tu restes plantée dans le décor ?

— Tout le monde éprouve ça à un moment ou à un autre.

— Mais toi, tu ferais n'importe quoi pour te sentir plus importante, pas vrai ? Même s'il te fallait trahir tes amies ?

Aya serra les dents.

— Je suis une Rusée maintenant, Eden. Tu n'as pas entendu ?

— Si, j'ai écouté ton beau discours. (Eden prit de la hauteur et la dominait, telle une géante.) J'espère seulement que tu étais sincère, car la vraie vie ne ressemble pas aux vieux films rouillés, Aya-chan. Il n'y a pas juste une histoire devant laquelle le reste d'entre nous s'effacerait.

Aya plissa les paupières.

— Mais tu n'appartiens pas au décor, toi. Tu es célèbre !

— On peut se perdre au sein d'une foule, tu sais. À partir du moment où elle commence à te dicter ce que tu dois faire, quels amis tu dois fréquenter. (Eden effectua un salto, version gracieuse d'Aya dans ses bracelets anticrash.) Ici, avec les Rusées, je fais un truc qui n'appartient qu'à moi.

Aya entendit des éclats de rire – les autres Rusées s'approchaient le long de la voie. Elle avait à peine le temps pour une dernière question.

— Alors, si le rang facial n'a aucune importance à tes yeux, pourquoi avoir rompu avec ton petit ami ?

— Qui a dit que j'avais rompu avec lui ?

— Une bonne centaine de sites, au dernier recensement.

— Ne crois pas tout ce que tu lis sur les sites, Aya. C'est lui qui ne supportait plus d'entendre parler de notre « divergence d'ambitions ». Ce petit crétin s'est dégonflé.

Eden descendit de quelques centimètres et tendit un doigt vers le nez d'Aya.

— Et ça, ma petite Fouineuse-chan, c'est ce qu'on appelle se comporter comme un Extra.

DANS LA MONTAGNE

En approchant de la bouche du tunnel, plusieurs Rusées sortirent des lampes-torches. Les pinceaux de lumière rouge balayèrent l'ouverture, perçant à grand-peine les ténèbres.

Au moins, Aya n'était pas la seule démunie d'infrarouge.

— Et si un train arrive alors que nous sommes à l'intérieur ? interrogea Pana.

Kai haussa les épaules.

— Couche-toi sur ta planche et colle-toi au plafond.

Eden secoua la tête.

— Ça ne marchera pas. Tu serais aspirée par le souffle du train. (Elle indiqua Aya d'un geste du pouce.) Un peu comme ce qui est arrivé à notre Fouineuse-chan ici présente.

Quelques rires s'élevèrent. Sur le chemin de la montagne, Eden leur avait fait la démonstration du roulé-boulé d'Aya le long de la voie. Plusieurs fois.

— Bah, on s'en fiche de toute manière, affirma Kai. Il n'y a aucun autre train prévu cette nuit.

— Il n'y a jamais de train imprévu ? insista Pana.

Kai leva les yeux au ciel.

— Une fois par mois, grand maximum. Pas de quoi avoir la trouille, comparé à ce que nous faisons presque tous les soirs. Allons-y !

Eden et elle s'engagèrent dans le tunnel. Plusieurs Rusées restèrent sur place sans bouger, à les regarder d'un air maussade.

Aya alluma sa lampe-torche et fit avancer sa planche. Eden Maru se méfiait déjà suffisamment, elle ne donnerait pas aux autres la moindre raison de douter d'elle.

Et puis, une chance sur trente et une, ce n'était pas si mal.

Dans le faisceau rouge de sa lampe, la poussière soulevée par le passage du train continuait à tourbillonner au-dessus de la voie. Un long gémissement s'éleva dans le noir, lui donnant la chair de poule. Une brise régulière parcourait le tunnel, comme si la roche était animée d'une respiration.

Comment retrouveraient-elles la porte secrète ? La nuit dernière, celle-ci avait paru en tout point identique à la paroi. Des yeux retouchés ou l'un des objectifs améliorés de Moggle auraient peut-être permis à Aya de distinguer la matière adaptive de la roche, mais elle doutait que sa vision humaine ordinaire lui soit d'une grande utilité.

Miki s'éloignait, une torche à la main. Elle effleurait la paroi du bout des doigts, en scrutant la pierre avec attention.

Aya se rapprocha sur sa planche.

— Pas d'infrarouge, hein ?

— Non, soupira Miki. Et toi ?

Aya secoua la tête.

— Mes Crumblies sont contre. Mais toi tu as seize ans, non ?

— Oui, seulement j'aime bien mes globes oculaires.

— Ils peuvent te les reproduire à l'identique, tu sais.

— Ce sont les *miens* que je veux, pas une copie. Je sais que ça fait un peu pré-rouillé.

Aya haussa les épaules.

— Mon frère a claqué un truc un jour sur des adeptes de l'antichirurgie. Certains doivent porter des sortes de lunettes de soleil transparentes, rien que pour voir. Même à l'intérieur !

Miki plissa les paupières, l'air intrigué.

— Ton frère est très célèbre, hein ?

— On peut dire ça, reconnut Aya, regrettant brusquement d'avoir introduit la claque dans la conversation.

— C'est pour cette raison que tu es devenue claqueuse ? À cause de lui ?

— C'est ce que Hiro s'imagine, comme s'il était mon héros ou je ne sais quoi. En réalité, il me dégoûterait plutôt de la célébrité. Ça l'a rendu affreusement snob.

Miki s'esclaffa.

— Pas la peine de casser du sucre sur le dos de ton frère, Aya-chan. On ne déteste pas les claqueurs – on tient juste à éviter qu'ils claquent un sujet sur *nous*.

— Ouais, j'avais compris. (Aya se déplaça un peu sur sa planche, de manière à repositionner sa caméra-bouton.) Pourtant, je crois que pas mal de gens adoreraient nous voir surfer.

— Sûrement, sauf que tout le monde se mettrait à nous imiter et que les gardiens finiraient par s'en mêler, fit Miki. Non, nous devons garder ça pour nous. Tu comprends ?

— Bien sûr ! protesta Aya.

Mais Miki continuait à froncer les sourcils : il était temps de passer à autre chose.

— Merci de m'avoir soutenue, au fait, ajouta-t-elle.

— Pas de problème. Comme je l'ai dit, j'ai confiance en toi.

Aya, qui sentait de nouveau son estomac se nouer, se mit à étudier le mur de très près.

— O.K. Je te revaudrai cela.

Un tapotement se fit entendre un peu plus loin, et elles levèrent la tête.

C'était Kai, qui frappait la paroi avec le manche de sa torche. Les échos de ses coups roulaient le long du tunnel : la roche avait peu de résonance.

— Alors c'est ça, ton plan pour trouver la porte ? s'enquit doucement Aya. Cogner contre la paroi ?

— Tu crois qu'il serait possible de programmer la matière adaptive pour qu'elle sonne comme de la pierre ?

— Probablement, répondit Aya. Mais pourquoi se donner cette peine ?

Ren affirmait qu'on pouvait programmer la matière adaptive de manière à lui faire accomplir presque n'importe quoi. C'était l'une des plus grandes inventions depuis le déferlement d'intelligence, comme les IA ou les écrans oculaires internes, des innovations que le Prettytime avait retardées pendant des siècles.

— Ceux qui ont conçu cette porte, quels qu'ils soient, ne s'attendaient certainement pas que quelqu'un vienne fouiner par ici, ajouta-t-elle.

Miki tapota la paroi avec sa propre lampe-torche : la roche rendit un son mat.

— Autrement dit, si nous n'avions pas chevauché les trains magnétiques, personne n'aurait jamais trouvé cette ouverture. (Elle sourit.) Les adorateurs de Youngblood ont peut-être raison : être Crim peut changer le monde.

Aya se tourna de façon à la prendre dans le champ de sa caméra-bouton.

— Et en quoi le fait d'avoir trouvé cette porte pourrait-il changer le monde ?

— Eh bien... ça dépend de ce qu'il y a de l'autre côté... Si nous découvrons quelque chose d'effrayant derrière ?

— Comme un entrepôt secret de déchets toxiques ? (Aya sourit.) Imagine le mérite que nous attribuerait le Comité des bons citoyens pour une trouvaille pareille.

— Moins fort, Aya-chan. Kai déteste encore plus le mérite que la célébrité. (Miki continua de tapoter.) Cela dit, merci d'avoir mentionné les déchets toxiques. Ça change du train non programmé auquel je pensais.

— Hé, Eden ! cria une voix. Amène-toi par ici !

Plus loin, un groupe de Rusées s'était arrêté. Aya et Miki échangèrent un regard, puis accélérèrent le pas.

Alors qu'elles approchaient, Aya tendit l'oreille. Cette portion de tunnel ne sonnait-elle pas creux ?

— Laisse-moi passer, Fouineuse-chan, fit la voix d'Eden Maru dans son dos.

Tandis qu'elle se reculait, Aya aperçut l'instrument que tenait Eden, et son cœur s'emballa : un craqueur de matière.

Il ne s'agissait plus d'une simple incartade ; l'affaire devenait sans conteste illégale. Un craqueur de matière pouvait reprogrammer la matière adaptive de n'importe quelle façon – avec lui, on pouvait raser un immeuble *entier*, pour peu qu'on soit assez dingue.

Et elle qui n'avait que cette ridicule caméra-bouton, alors que les clichés d'un craqueur de matière étaient assurés de faire un malheur !

Aya fouilla les ténèbres du regard, espérant que Moggle traînait dans les parages. Elle mourait d'envie de vérifier si elle captait son signal mais, dans la noirceur du tunnel, la lueur de son écran oculaire la trahirait aussitôt.

Les Rusées s'écartèrent devant Eden. Celle-ci colla son instrument contre la paroi et manipula les commandes.

Après un moment, elle hocha la tête.

— C'est bien ça. Reculez, il peut y avoir n'importe quoi derrière.

— Ou n'importe *qui*, murmura Miki.

Aya songea de nouveau aux silhouettes Inhumaines, à leur étrange visage et à leurs longs doigts maigres.

— Ces monstres difformes se sont juste arrêtés pour déposer un truc, protesta Aya. Personne ne peut habiter là-dedans.

Miki haussa les épaules.

— Je suppose que nous n'allons pas tarder à le savoir.

Un bourdonnement emplit le tunnel tandis que les molécules de matière adaptive entreprenaient de se réorganiser. La paroi ondoya, et sa texture perdit le grain rêche de la pierre pour prendre la brillance nacrée du plastique. La forme de la porte se précisa. Rectangulaire, elle correspondait exactement aux dimensions de la trappe de chargement d'un train magnétique.

La paroi s'écarta alors, couche après couche, glissant comme de l'eau sur une surface lisse. À l'instar de la nuit précédente, l'air prit une saveur particulière, annonciatrice d'orage.

Un frisson parcourut Aya, comme si le craqueur de matière la transformait elle aussi…

La dernière couche disparut. Dans l'ouverture devant elles, un long couloir s'enfonçait à perte de vue, baigné d'une lumière orange.

— Ça, c'est très rusé, murmura Kai avant de franchir le seuil.

LA MOUCHARDE

Les Rusées s'enfoncèrent dans la galerie souterraine, chacune voulant être la première à découvrir les merveilles qui s'y dissimulaient. Des appels et des rires emplissaient le lieu et se réverbéraient le long des parois.

Pas le moindre angle droit, rien que des arcs et des angles arrondis. À intervalles réguliers, une ouverture ovale menait à d'autres salles sinueuses, formant un véritable dédale rocheux ondulant.

— En tout cas, ceux qui habitent ici sont en train de déménager, commenta Miki.

Aya acquiesça de la tête. La galerie principale était encombrée de matériel et de caisses entassés en désordre, recouverts d'une fine couche de poussière.

— On devrait peut-être chercher ces gros cylindres en métal qu'ils apportaient la nuit dernière, suggéra-t-elle.

— Tant qu'on ne croise aucun être vivant…

Miki fit un geste en direction d'un amas de fauteuils de bureau empilés les uns sur les autres. Leur forme était atypique : trop étroits, trop hauts, leurs proportions ne correspondaient pas à celles des humaines.

Aya balaya le sol de la galerie avec le faisceau de sa

torche. Des clous métalliques formaient une bande scintillante d'un mètre de large au milieu.

— C'est pour donner un point d'appui aux drones suspenseurs. Les objets lourds doivent certainement passer par là. Viens.

Toutes deux suivirent la bande cloutée. Les ouvertures ovales dévoilaient des salles vides, dont le sol poussiéreux portait encore les traces d'un mobilier qu'on avait emporté.

À mesure qu'elles s'enfonçaient dans la montagne, l'écho des voix des autres filles leur parvint de plus en plus faiblement. Aya se demanda combien de tonnes de rocher on avait déblayées pour ménager cet endroit. Les bâtisseurs du lieu avaient dû trafiquer les trains magnétiques automatiques afin qu'ils acceptent un sérieux supplément de charge. À moins que le gouvernement d'une ville ne soit impliqué dans l'affaire, l'ensemble paraissait trop énorme pour que personne ne soit au courant.

Les villes s'étaient toutes agrandies depuis le déferlement d'intelligence. Elles avaient dû démanteler les Ruines rouillées afin de récupérer le métal dont elles manquaient désespérément.

— Qui possède assez de ressources pour construire une chose pareille ? murmura Aya.

— C'est peut-être l'un de ces endroits où les Rouillés cherchaient du métal. Une… mine, c'est ça ?

Aya se rendit compte qu'elles chuchotaient. Les parois de pierre réverbéraient les sons, la rendant consciente du moindre bruit.

Son manque de sommeil la rattrapait enfin, et un engourdissement général gommait peu à peu l'excitation qui l'avait soutenue sur le toit du train. Le maigre éclairage orange lui jouait des tours. Des ombres interminables dansaient sous les pinceaux des torches, et Aya doutait que sa caméra-bouton ait pris le moindre cliché exploitable.

Soudain, Miki fit volte-face.

— Tu as vu ça?

— Quoi donc?

— Je ne sais pas. (Miki braqua sa torche vers la portion de galerie derrière elle.) J'ai cru voir un mouvement dans l'ombre. Comme si quelque chose nous suivait.

— Quelque chose? répéta Aya.

Elle se retourna à son tour pour scruter la pénombre, tout à fait réveillée maintenant.

— Peut-être un effet de mon imagination, fit Miki.

Aya soupira.

— Super! Je me mets à imaginer des trucs, moi aussi.

— Allez, viens, dit Miki. J'ai le sentiment que nous approchons de quelque chose.

Dans la salle suivante, la bande cloutée menait à une grande baie dans la paroi. Elle ouvrait sur un escalier qui descendait. Les veilleuses orange s'arrêtaient: les marches étaient plongées dans le noir.

Aya s'immobilisa.

— On ferait peut-être mieux d'appeler les autres?

— Et Kai s'imaginerait que tu as peur du noir? ricana Miki avant de s'engager dans l'escalier.

Aya soupira, puis lui emboîta le pas.

À mesure qu'elles descendaient, l'écho de leurs pas prit de l'ampleur, signe que l'espace s'agrandissait. La lampe d'Aya éclaira de hautes arcades, semblables à la voûte de pierre du réservoir géant, sous la ville. Pendant un moment, elle se demanda si la montagne entière n'avait pas été évidée pour servir de trop-plein à la saison des pluies – mais pourquoi construire un système d'évacuation des eaux aussi bizarre ?

Puis le pinceau de sa lampe tomba sur les cylindres. La salle en était pleine. Soigneusement rangés comme de lourds soldats en armure pour la parade, ils s'alignaient dans les ténèbres à perte de vue.

— D'accord, on les a trouvés, murmura Miki. Mais qu'est-ce que c'est ?

Aya secoua la tête, interrogative. Elle s'approcha du premier cylindre et plaqua sa paume dessus : du métal froid, impeccablement lisse. Lorsqu'elle se dressa sur la pointe des pieds pour examiner le dessus, elle ne vit aucune trace de soudure.

— Ça m'a tout l'air d'être de l'acier massif.

Miki la dépassa, dans un tournoiement d'ombres fuyantes engendrées par sa torche. Aya s'enfonça à sa suite au milieu de l'armée des cylindres, cherchant le moindre indice concernant leur nature. Mais les formes métalliques, lisses et sans la moindre indication, étaient semblables aux pions géants d'un jeu d'échecs infini. Toutes les mêmes.

N'y avait-il pas une pénurie de métal en ce moment ? Or cette salle contenait assez d'acier pour doubler la taille de la ville !

Miki s'arrêta brusquement.

— Ça recommence.

— Quoi ?

Miki se retourna et braqua sa lampe derrière Aya.

— J'ai aperçu un reflet dans le métal. Il y a quelqu'un là-bas !

Aya pivota et balaya de sa torche les rangées de cylindres. Des ombres bondirent et se dérobèrent sous le faisceau, mais elle ne distingua rien, sinon le reflet déformé de son propre visage sur le flanc arrondi des cylindres.

— Tu essaies de me faire peur ? siffla-t-elle.

— Non, je suis sérieuse, murmura Miki, les yeux écarquillés dans la lueur rouge de leurs torches. Je vais chercher de l'aide.

— Tu es sûre ? Nous devrions peut-être… commença Aya.

Miki filait déjà vers l'escalier, appelant les autres à grands cris.

Aya scruta les ténèbres. Du coin de l'œil, elle vit quelque chose scintiller, mais, quand elle pivota dans cette direction, elle ne discerna que des ombres créées par sa torche. Elle fit rapidement quelques pas de côté afin d'examiner la rangée suivante. Toujours rien.

Des cris lui parvinrent alors du haut de l'escalier : les autres filles répondaient aux appels de Miki. Elles arrivaient, mais pas assez vite au goût d'Aya.

Celle-ci se dirigea vers l'escalier, jetant des regards nerveux derrière elle. Elle avait beau promener sa lampe de part et d'autre, cela faisait seulement danser et tournoyer les ombres autour d'elle, emplissant la salle de mouvements furtifs.

Puis elle la vit, reflétée sur une rangée de flancs métalliques : une silhouette noire qui volait entre les ombres.

Aya se figea, tâchant de repérer quelle direction elle

prenait, mais autant jouer à chat dans la maison des glaces.

— Miki ! appela-t-elle. Je crois que…

Sa voix mourut. La silhouette s'était tournée vers elle, et la lueur rouge avait rapidement éclairé une disposition familière de minuscules lentilles.

C'était Moggle.

FUITE

— Miki ! cria Aya. Tout va bien ! Pas la peine de…

— Ne t'inquiète pas, Aya-chan. Elles arrivent !

Aya s'agenouilla et fit signe d'approcher à la petite aérocam.

— Merde, grommela Aya. Viens ici !

La machine hésita un instant : cet ordre contrevenait à ses instructions précédentes de rester cachée. Mais quand Aya l'appela de nouveau, elle fila le long des cylindres et vint se blottir entre ses bras.

— Hé, Moggle ! murmura-t-elle, tu m'as trouvée ! Mais tu dois faire plus attention.

— Ça va ? cria Miki d'en haut.

— Impeccable ! Tu sais, je crois qu'il n'y a rien là-dessous ! répliqua Aya, avant de souffler à son aérocam : On va devoir trouver un endroit où tu te planqueras.

Elle éteignit sa lampe-torche, la fourra dans sa poche et chercha une autre issue. Hélas, les alignements de cylindres se prolongeaient toujours à l'infini dans les ténèbres.

D'autres cris lui parvinrent du haut des marches. Miki redescendait ; une poignée de points lumineux sautillaient derrière elle.

Aya s'éloigna. Le seul éclairage provenait des Rusées qui dévalaient l'escalier, munies avec leurs lampes dont les lueurs rouges et jaunes se reflétaient sur le flanc arrondi des cylindres. Aya cacha Moggle dans les pans de son blouson.

— Dès mon alerte, file te cacher quelque part. Compris ?

Pour toute réponse, Moggle lui alluma brièvement ses feux en pleine figure.

— Arrête ! siffla Aya.

Elle trébucha, un instant aveuglée.

— Qu'est-ce que c'était ? cria Miki. Aya, où es-tu ?

Aya battit des paupières et se redressa un peu pour regarder par-dessus les cylindres. Les Rusées se dispersaient en éventail à travers la salle.

Eden Maru, elle, s'élevait dans les airs, avec sa combinaison d'aéroball à laquelle les cylindres en métal assuraient une portance suffisante. Elle avançait, les bras écartés semblables aux ailes d'un oiseau de proie. Elle possédait l'infrarouge, bien sûr – la plupart des matchs interurbains d'aéroball se déroulaient le soir.

Aya jura, se plia en deux et partit en courant aussi vite qu'elle put. Elle devait à tout prix passer dans une autre salle.

Mais y avait-il seulement une issue quelque part ?

Soudain, Moggle se débattit entre ses mains.

— Pas encore ! murmura-t-elle, mais l'aérocam se libéra d'un coup et partit comme un boulet de canon entre les rangées de cylindres.

Aya s'immobilisa et scruta les ténèbres, tâchant de repérer l'endroit où Moggle avait disparu.

— Tu as perdu ta lampe, Fouineuse ?

Eden Maru flottait dans les airs au-dessus d'elle.

Aya chercha une excuse valable pour avoir remis sa lampe dans sa poche et n'en trouva aucune.

— Ouais, je crois que je l'ai lâchée.

— Tu es allée loin. Que poursuivons-nous, au juste ?

Aya haussa les épaules, prenant garde à ne pas regarder dans la direction où s'était enfuie Moggle.

— Aucune idée. Miki a peut-être eu la berlue.

— Ce n'est pas son genre, murmura Eden, sans cesser d'étudier les cylindres. (Son regard parcourut la voie empruntée par Moggle.) Qu'y a-t-il là-bas ?

Aya plissa les yeux. Les lampes des autres Rusées se rapprochaient et ses yeux naturels distinguaient désormais le fond de la salle. Elle s'avança sur quelques pas et vit un cercle noir d'un mètre de diamètre : l'entrée d'un passage.

Aya était soulagée. Moggle avait certainement décidé de se cacher là-dedans. Eden Maru s'approchait déjà, fendant l'air.

— Nous ferions peut-être mieux d'attendre les autres, lança Aya en la suivant au petit trot. Il pourrait y avoir du danger.

— Je croyais que tu disais que Miki avait la berlue, rétorqua Eden.

Elle atterrit devant le trou et se glissa au travers.

Piquant un sprint pour la rejoindre, Aya réalisa que l'ouverture avait le diamètre idéal pour laisser passer les cylindres. Elle se mit à quatre pattes, et perçut les fameux clous sous ses paumes – du métal pour soutenir les drones suspenseurs.

Aya rampa aussi vite qu'elle put à la suite d'Eden.

— Tu as trouvé quelque chose ?

— Oui. Mais je n'y comprends rien.

Plusieurs Rusées avaient atteint l'entrée du passage derrière Aya. La lueur de leurs torches se répandit à l'intérieur, révélant la découverte d'Eden.

Une lourde porte en métal, grande ouverte, avec une petite lucarne scintillante au milieu.

Aya fronça les sourcils.

— C'est la première porte qu'on voit, non ?

— Un sas, tu veux dire, corrigea Eden en pointant le doigt devant elle. Il y en a un autre là-haut.

— Un *sas* ? (Aya secoua la tête.) À quoi peut bien servir un sas au fond d'une montagne ?

Mais lorsqu'elles eurent rampé encore un peu, elle aperçut un scintillement de métal devant elle – une autre porte massive, ouverte, comme la première. Aya avala sa salive. S'il s'agissait vraiment d'un sas, ce tunnel s'achevait forcément en cul-de-sac.

Ce qui voulait dire que Moggle était piégée.

— J'y vais la première ! dit-elle, jouant des coudes pour passer devant Eden.

— Mais tu n'y vois rien !

Aya l'ignora et continua sa reptation. Elle pourrait au moins prévenir Moggle que quelqu'un – *tout le monde*, à en juger par l'écho des voix dans son dos – arrivait.

— Moggle ! appela-t-elle dans un souffle.

Elle ralentit un peu, tendit l'oreille. L'atmosphère était différente par là.

Aya se tordit alors la cheville et tendit les mains devant elle pour se retenir… Ses bras plongèrent sans rencontrer de résistance.

Elle bascula dans le vide.

LE PUITS

Aya chutait dans les ténèbres, la tête la première au cœur de la montagne.

Elle saisit ses bracelets anticrash, en priant qu'il se trouve assez de métal alentour pour l'empêcher de s'écraser. À la première torsion, l'aimantation opéra et la redressa, avec une violence à vous déboîter l'épaule. Ses jambes continuèrent à se balancer et l'une d'elles vint cogner contre la roche.

Aya demeura étourdie un moment. Des étincelles dansaient devant ses yeux. Quand elle recouvra son sang-froid, elle entendit son propre souffle résonner autour d'elle. Ses pieds entrèrent en contact avec une surface dure et la projetèrent en arrière contre la roche. L'impact lui arracha un cri de douleur.

— Arrête de donner des coups de pied ! fit la voix d'Eden, au-dessus de sa tête.

Quelques secondes plus tard, des bras vigoureux se refermaient sur sa taille et la soulevaient. Ses épaules soumises à la torture en furent un peu soulagées.

— Ça va, Fouineuse ? s'inquiéta Eden.

— Je survivrai. Mais je vais peut-être arrêter mes culbutes pour ce soir.

— J'espère que tu ne faisais pas ça uniquement pour m'impressionner ?

Aya se contenta de grommeler. Tandis qu'Eden la hissait au cœur des ténèbres impénétrables, elle sentit le sang revenir dans ses doigts.

Eden la déposa fermement sur une corniche – celle-là même d'où elle venait de basculer.

— Tu devrais laisser explorer celles qui voient dans le noir – et qui peuvent voler.

— Ouais, bougonna Aya en se massant les épaules. Merci, en tout cas.

— Merci *encore*, tu veux dire.

Des voix s'élevèrent : les autres Rusées les rejoignaient au fond du passage.

— Plus bas ! fit Eden. C'est un piège... ou quelque chose qui y ressemble.

— Oui, qui y ressemble, marmonna Aya.

Elle sortait sa lampe-torche et se pencha prudemment au-dessus du puits.

Il était circulaire, assez large pour que les cylindres puissent y descendre. Des fils de cuivre aussi épais que le bras d'Aya couraient le long de la paroi, incrustés dans la pierre sous une couche de plastique transparent.

Le puits se prolongeait vers le haut, au-delà de la portée de sa torche.

Moggle avait trouvé une bien étrange cachette.

Eden grogna.

— Je vois que tu as retrouvé ta torche, Fouineuse ?

— Ah, oui. (Aya haussa les épaules.) Je l'avais sans doute dans ma poche depuis le début.

— Vous avez vu quelque chose ? lança Kai.

Elle joua des coudes pour dépasser les Rusées couchées dans le passage, rampa jusqu'au bord du puits et se pencha au-dessus du vide.

— Ouah ! C'est quoi ? ajouta-t-elle.

— Nous n'en savons rien, fit Eden. Pas vrai, Fouineuse ?

— Pas la moindre idée, confirma Aya en se frottant les poignets. Mais un bon conseil : ne saute pas dedans.

Kai s'accroupit au bord de la corniche, et palpa les clous métalliques plantés dans le sol. Elle jeta un coup d'œil en direction de la salle où les cylindres patientaient sagement.

— C'est sans doute là que finissent ces gros trucs en métal.

— J'imagine, approuva Aya. Il s'agit peut-être d'une sorte d'ascenseur.

— Un ascenseur équipé d'un sas ? (Kai secoua la tête.) Peu probable. Est-ce que vous apercevez le fond ?

— Non, mais je peux y aller. (Eden s'avança dans le vide, et sa combinaison la rattrapa avant qu'elle se soit enfoncée d'un centimètre.) Désolée de te voler la vedette, Kai.

Eden sourit et se laissa tomber dans le noir.

Aya la regarda disparaître dans les profondeurs, espérant que Moggle ait choisi de monter, non de descendre…

Kai se tourna vers elle.

— Après quoi couriez-vous, Miki et toi, au fait ?

Aya haussa les épaules, ce qui lui arracha une grimace.

— Ça va ?

— J'ai un peu tiré sur mes bracelets anticrash cette nuit.

— J'avais remarqué. (Kai gloussa.) Je savais que tu étais l'une des nôtres, Aya-chan.

Aya sourit, l'air épuisé :

— Merci. Mais je crois que je vais souffler une minute. Le temps de refaire le plein d'adrénaline.

— Pas de problème. (Kai se pencha pour scruter le fond du puits et soupira :) On risque d'en avoir pour un bout de temps.

Aya croisa le reste des Rusées, s'extirpa du passage, remonta les rangées de cylindres et s'engagea dans l'escalier. Parvenue à mi-hauteur, elle s'accroupit et alluma son écran oculaire.

— Moggle ? chuchota-t-elle.

Le point de vue de l'aérocam apparut. Aya mit un moment à s'accoutumer à la vision infrarouge, mais Moggle regardait vers le bas.

Les taches de chaleur corporelle correspondaient aux Rusées massées au bord du puits. Eden Maru se réduisait à un minuscule point de lumière tout au fond. Les suspenseurs de sa combinaison d'aéroball scintillaient contre la pierre froide.

Moggle avait eu de la chance jusque-là. Bien sûr, Eden finirait tôt ou tard par explorer le haut du puits.

— Continue à grimper, murmura-t-elle. Et cherche une issue.

La paroi du puits défilait, immuable, parsemée d'épaisses boucles de cuivre tous les mètres environ, sans la moindre ouverture visible. Mais une lueur infrarouge subtile se dessinait au-dessus de Moggle, un mince éclat de chaleur au sommet du puits.

— Va voir ce que c'est. *Sans* allumer tes feux !

Aya diminua l'intensité de son écran oculaire, afin de vérifier que personne ne l'avait suivie. La salle des cylindres restait déserte.

À mesure que Moggle grimpait, son signal se brouillait, et des grésillements d'électricité statique dansèrent devant les yeux d'Aya. La connexion était difficile à travers une telle épaisseur de roche. Aya s'interrogea sur la hauteur du puits. La portée de son antenne dermique ne dépassait pas un kilomètre en dehors des limites de la ville.

Le temps que Moggle atteigne le sommet, Aya ne distinguait presque plus rien dans le brouillard d'interférences. L'aérocam semblait se trouver dans une bulle transparente ; une lueur douce éclairait la paroi circulaire en plastique.

On aurait dit… des étoiles.

Aya grimpa quelques marches, et la liaison s'améliora un peu. Moggle avait émergé au sommet de la montagne.

Soudain, la montagne tout entière apparut. Les pics escarpés se détachèrent contre le ciel nocturne. Plus bas, dans la vallée, la clarté des étoiles se mirait sur les panneaux solaires de la voie magnétique. Aya pouvait même voir les lumières de la ville scintiller à l'horizon.

Mais pourquoi vouloir transporter ainsi les cylindres d'acier jusqu'au sommet ? Il existait d'autres moyens plus simples — comme les rotors de sustentation, ou les véhicules lourds.

Et pourquoi le faire à l'intérieur de la montagne ?

Le signal grésilla de nouveau, et Aya se déplaça dans l'escalier jusqu'à ce qu'elle trouve une meilleure place. Quand l'image eut retrouvé sa netteté, elle fronça les sourcils : quelque chose clignotait.

— Tourne-toi un peu sur la gauche, Moggle.

La vision pivota face à la ligne magnétique, et Aya avala sa salive. Les feux d'avertissement s'allumaient le long des rails...

Puis elle l'aperçut dans le lointain, fine rangée de lumières qui rampait silencieusement hors de la ville. Un de ces trains imprévus, comme il n'en passait guère qu'une fois par mois, se dirigeait droit vers le tunnel.

Et Kai avait laissé la porte secrète grande ouverte.

PRESSION DE L'AIR

— Reste là-haut jusqu'à ce que je t'appelle, murmura-t-elle. Mais tiens-toi prête à filer !

Aya dévala l'escalier. Qu'arriverait-il si le train passait en coup de vent devant la porte ouverte ? Il y avait du matériel et du mobilier empilés près de l'entrée, sans oublier les planches des Rusées. Elle avait expérimenté elle-même les effets du sillage d'un train magnétique qui fonçait.

Elle courut parmi les cylindres, le cerveau fonctionnant à plein régime. Comment allait-elle expliquer qu'elle *savait* qu'un train arrivait ?

La bouche de la galerie était éclairée par les lampes des Rusées. Celles-ci se pressaient à l'entrée comme à l'intérieur, occupant l'espace étroit.

Elle s'engouffra dans le passage, rampant, bousculant les filles, sans prêter attention à leurs protestations indignées.

— Poussez-vous ! Écoutez-moi, tout le monde ! Il y a un train qui arrive !

Le silence se fit, et Kai se tourna vivement vers elle.

— Comment ça ?

— Tu sais, ces trains non programmés dont il n'y

a pas lieu de s'inquiéter? Eh bien, l'un d'eux se pointe droit sur nous! Il sera là dans quelques minutes.

Kai plissa les yeux, suspicieuse.

— Qu'est-ce qui te fait penser ça?

— Je retournais à l'entrée principale... pour récupérer une planche. Je me disais qu'on pourrait peut-être explorer le puits avec.

— Tu as fait l'aller-retour en cinq minutes?

— Non... mais à mi-chemin, j'ai senti une vibration dans le sol. Allez, Kai. Il n'y a pas un instant à perdre!

Kai hésita, tandis qu'un murmure d'incrédulité parcourait le tunnel.

Aya, insistante, se traîna jusqu'au bord du puits.

— Eden... *Un train arrive!*

Quelques secondes plus tard, Eden Maru surgissait.

— Un train? Nous n'avons pas refermé la porte!

— Et alors? rétorqua Kai. À cette vitesse, qui remarquera quoi que ce soit? La plupart des trains magnétiques n'ont même pas de conducteur.

— Mais nos planches! Elles vont se faire aspirer!

— Tu ne pouvais pas le dire plus tôt? s'écria Kai.

— C'est *toi* qui disais qu'il n'y aurait pas d'autre train.

— J'ai dit: probablement!

— Dégagez!

Eden joignit les mains telle une plongeuse et s'enfonça dans le tunnel.

Aussitôt, le passage étroit fut le lieu de la plus grande confusion: les Rusées criaient et se poussaient du coude pour en ressortir à la suite d'Eden.

Kai hésita un instant, le regard fixé sur Aya.

— Tu es sûre de ne pas te tromper?

Aya acquiesça, encore tout essoufflée.

Kai finit par se redresser et s'éloigna dans le passage derrière les autres.

Aya attendit que tout le monde se soit éloigné, puis elle ralluma son écran oculaire. Elle se coucha sur le sol de pierre, le regard fixé vers le haut du puits obscur.

Il n'y avait plus aucun obstacle entre Moggle et elle désormais, et l'image qui lui parvenait était claire comme du cristal. Le train était de plus en plus proche, à quelques minutes tout au plus.

— Viens tout de suite, Moggle ! ordonna-t-elle. Ne vole pas ! Laisse-toi tomber !

Moggle braqua ses lentilles vers le bas et Aya assista à sa chute du point de vue de l'aérocam. La tache jaune clair que formait sa propre tête à l'infrarouge grossissait à mesure que Moggle accélérait dans le puits, jusqu'à ce qu'elle distingue son expression effrayée.

— Stop ! hurla-t-elle.

L'aérocam s'immobilisa à quelques centimètres de son nez, et alluma joyeusement ses feux.

— Je suis contente de te revoir moi aussi. Et aïe, tu m'éblouis !

Aya s'engagea accroupie dans le passage étroit.

— Suis-moi, mais pas de trop près. Et si on tombe sur qui que ce soit, n'oublie pas de te planquer !

Au pas de course, Aya remonta les galeries successives, en suivant les clous jusqu'à l'entrée. Voilà comment Moggle l'avait retrouvée, bien sûr. À l'instar des cylindres, l'aérocam ne pouvait se déplacer que le long de la bande métallique.

Le temps qu'elle regagne la salle principale, Aya était hors d'haleine, le cœur battant. Devant elle, le groupe des Rusées se découpait à l'entrée du tunnel.

En s'arrêtant pour reprendre son souffle, Aya perçut le grondement du train à travers ses semelles.

— Il est presque là, disait Kai.

— Je fais ce que je peux ! protesta Eden agenouillée près de l'entrée, le craqueur de matière dans une main, l'autre main sur les commandes.

Mais la matière adaptive de la porte refusait de bouger.

Aya jeta un coup d'œil derrière elle et aperçut Moggle qui se plaçait de manière à ne pas perdre une miette du spectacle. Elle sourit. Que la porte se referme ou non, ce qui se passerait ensuite promettait de claquer !

— Cramponnez-vous, tout le monde ! prévint Eden. Juste au cas où.

Les Rusées se relièrent par l'intermédiaire de leurs bracelets anticrash, de manière à former une chaîne humaine. Cela ne leur servirait pas à grand-chose : si le matériel et le mobilier se mettaient à voler dans la salle, elles allaient passer un mauvais quart d'heure.

Finalement, Eden Maru lâcha un grognement de triomphe. La matière adaptive réagit en ondulant, et ses filaments noirs se tendirent à travers l'ouverture.

Le train fonçait déjà dans le tunnel – Aya pouvait le *sentir* à ses oreilles qui se bouchaient sous la pression de l'air repoussé à 300 kilomètres à l'heure. L'odeur d'orage de la matière adaptive en transformation la submergea.

Le grondement enflait rapidement désormais, et des tourbillons de poussière s'élevaient dans le faisceau des torches. Une première épaisseur de porte bouchait déjà l'entrée, se gonflant en direction d'Eden.

Si la porte éclatait, quelles en seraient les conséquences pour le train ? Le brusque changement de pression suffirait-il à le faire dérailler ?

Au pied de la porte boursouflée Eden continuait à s'escrimer sur les commandes de son boîtier, criant quelque chose qui fut noyé dans le rugissement du train.

D'autres couches se mirent en place...

Le grondement de tonnerre atteignit son paroxysme tandis que les empilements de matériel commençaient à tressauter. La surface de matière adaptive vibrait si vite qu'elle en devenait floue, comme une corde de guitare qui vient d'être pincée.

Au bout d'un moment, le vacarme s'estompa peu à peu. Le train s'éloignait.

La porte avait tenu ; maintenant que le danger était passé, Aya parvenait même à distinguer la matière adaptive de la pierre.

Alors qu'Eden se laissait glisser jusqu'au sol, Kai adressa aux autres un sourire où l'on devinait la fatigue.

— Je crois que ça fait suffisamment d'émotions fortes pour cette nuit.

Un murmure de lassitude générale lui répondit ; Aya n'était peut-être pas la seule à manquer de sommeil. Les Rusées entreprirent de se distribuer les planches entre elles, se préparant à prendre le chemin du retour.

Le seul problème, c'était que Moggle puisse sortir discrètement.

— Hé, Kai ! lança Aya, est-ce qu'on peut emporter deux- trois trucs ?

Kai jeta un coup d'œil au matériel qui encombrait la salle.

— Pourquoi pas ? Attention quand même à ne pas laisser de traces de notre passage.

— Dans ce bric-à-brac ? s'esclaffa Aya. Ils sont en train de piller les lieux, pas d'en dresser l'inventaire.

Marquant leur assentiment d'un hochement de tête, plusieurs Rusées se mirent à fouiller parmi les cartons. Sans rang facial ni mérite, réalisa Aya, leurs possibilités de réquisition devaient être limitées. Les écrans muraux et autres postes de travail qui gisaient là pêle-mêle constituaient un butin tentant.

Elle retourna promptement vers la cachette de Moggle, en ramassant une boîte en plastique au hasard. Après en avoir vidé le contenu – crayons lumineux et tablettes graphiques –, elle fit signe à l'aérocam de se glisser à l'intérieur. Le couvercle se referma de manière hermétique avec un petit pop ! qui dissimula Moggle.

Aya appela sa planche magnétique d'une torsion de ses bracelets anticrash. Elle posa le carton dessus, et sentit les suspenseurs de Moggle se coller à la surface antidérapante à travers le plastique.

Elle était prête à partir, avec dans ses bagages une aérocam truffée de séquences à tout claquer.

— Une drôle de chance, que tu aies senti venir ce train.

Aya leva les yeux pour découvrir Eden Maru qui flottait au-dessus d'elle.

Elle haussa les épaules.

— Ce n'était pas vraiment de la chance. Le sol vibrait.

— Curieux, observa Eden. En arrivant ici, je n'ai

rien senti du tout. Pas avant que le train soit beaucoup plus près. Mais toi, tu l'as perçu de plus loin encore.

— C'est peut-être à cause de cette combinaison d'aéroball que tu ne quittes jamais, plaisanta Aya. Tu n'es plus habituée à fouler la terre ferme comme nous autres Extras.

— Oui, c'est sûrement ça. (Eden baissa les yeux sur la boîte qui contenait Moggle.) Tu as trouvé quelque chose d'intéressant ?

— Rien que des crayons lumineux, des trucs de ce genre. Tu en veux un ?

Eden hésita, puis secoua la tête.

— Non merci. Je n'ai pas besoin de voler. Je suis célèbre, rappelle-toi.

— Désolée, j'avais oublié.

Eden finit par sourire.

— Ne sois pas désolée, Fouineuse-chan. Ça montre que tu commences à être dans le coup.

Elle frappa Aya sur son épaule endolorie, puis s'envola jusqu'à son craqueur de matière et entreprit de rouvrir la porte.

REINE DE LA VASE

Le lendemain, Aya dormit toute la matinée, ratant un cours d'anglais et deux cours de maths.

Quand elle s'arracha enfin au sommeil, le soleil se déversait par sa fenêtre, à son grand désespoir. Sécher les cours venait de lui coûter un sacré mérite, de quoi stagner pendant un mois.

Mais alors qu'elle restait là étendue dans son lit, à fixer le plafond en frottant les bleus ramassés au cours de son expédition nocturne, Aya réalisa qu'elle n'aurait bientôt plus à se préoccuper de son mérite. Une fois l'histoire des Rusées mise en ligne, elle deviendrait assez célèbre pour ne plus s'embêter avec des examens et autres corvées de garderie ou de nettoyage – cela serait aussi inutile que les billets moisis des Rouillés au musée de la ville.

Avec un rang facial élevé, on se moquait de faire bonne impression auprès du Comité des bons citoyens. Il suffisait de rester célèbre, ce qui, comme les claqueurs d'ego se plaisaient à le répéter, était autrement plus facile que de le devenir.

Aya se frotta les yeux. Elle s'était endormie en visionnant les images prises par Moggle et par sa caméra-bouton : celles de surf, de tunnels mystérieux et de Rusées en gros plan qui déballaient les secrets de leur bande. Tout cela éminemment claquable.

Elle avait presque trop de matière pour son histoire, qui promettait de dépasser en complexité tout ce qu'elle avait claqué jusqu'ici. Hiro prétendait qu'en dépit des images les plus hallucinantes, les gens se lassaient toujours au bout de dix minutes. Comment pouvait-elle évoquer un repaire secret, des aliens et les folles cascades des Rusées dans un laps de temps aussi court ?

Bien sûr, dans n'importe quelle histoire, la plupart des images étaient mises en ligne après coup, afin que les autres claqueurs les exploitent à leur tour, ou vérifient qu'elles ne travestissaient pas la réalité, contrairement à l'usage des sites rouillés. Mais si Aya devait trahir les Rusées, elle tenait à les mettre en valeur, pas à cacher leurs meilleurs tours là où seuls quelques accros des sites les verraient jamais. Elle leur devait au moins cela.

Allongée sur son lit, elle envisagea de décomposer l'histoire en plusieurs épisodes. L'été précédent, Hiro avait claqué un cycle de dix sujets à propos de gens prêts à souffrir pour devenir célèbres : adeptes de l'automutilation ou de la grève de la faim, originaux cherchant à faire pousser du tabac... Mais l'idée d'élaborer quelque chose d'aussi complexe avec des personnages récurrents, des thèmes à décliner, sans tomber dans la répétition, était trop intimidante.

Le pire, c'étaient les silhouettes à l'allure Inhumaine. Personne ne voudrait jamais croire à des aliens, d'autant qu'Aya n'en avait pas le moindre cliché. Autant glisser des licornes dans son histoire.

Elle alluma son écran oculaire et vit que Ren se trouvait chez Hiro. Lui saurait quoi faire, et peut-être même qu'Hiro accepterait de l'aider, maintenant qu'Aya était capable de lui démontrer la réalité des Rusées.

Elle était sur le point d'appeler Ren mais des centaines de messages défilèrent dans son champ de vision, émanant presque tous d'inconnus. Apparemment, on l'avait bombardée d'appels la nuit précédente.

Puis un nom familier retint son attention : celui de Frizz Mizuno.

Aya hésita. Et s'il lui avait écrit quelque chose de radicalement sincère, par exemple qu'il avait commis une grosse erreur en l'appréciant ? Ou qu'Aya Fuse était juste une Extra anonyme avec laquelle *personne* n'aurait voulu sortir, encore moins un individu aussi célèbre et aussi beau que lui ?

Il n'y avait qu'une seule manière de s'en assurer. Elle ouvrit le message.

J'ai été harcelé par des aérocams toute la journée !
Et je viens seulement de comprendre pourquoi.
Oups… Vraiment désolé.
Frizz

Aya fronça les sourcils. Pourquoi s'excusait-il, alors que c'était elle qui s'était ridiculisée la veille ? Et que voulait dire cette histoire d'aérocams ? Puis elle remarqua que le message se terminait par un lien, et un picotement nerveux lui traversa l'estomac.

Elle suivit le lien, et un site de démolisseur de mode s'afficha sous ses yeux…

La séquence avait été prise la veille, juste après qu'elle

eut récupéré Moggle. Elle portait encore son uniforme de dortoir ruisselant de vase et discutait avec Frizz, près du terrain de foot d'Akira Hall. Même à travers l'objectif granuleux d'une minicam, il était plus beau que jamais, assis en tailleur sur sa planche. Aya, par contre, donnait l'impression de s'être échappée d'un égout.

La légende proclamait : *Une Ugly vaseuse bavasse avec Frizz Mizuno !*

Aya ferma les yeux. Pas cela… pas maintenant.

Le plus grave, c'était qu'elle aurait dû le prévoir. Frizz venait de fonder une nouvelle bande et caracolait vers les sommets du rang facial. Il était probablement suivi en permanence par des caméras de paparazzi. Mais elle avait été à ce point flattée par l'intérêt qu'il lui témoignait que l'idée de faire attention ne lui avait même pas traversé l'esprit.

Juste au moment où elle essayait de rester incognito, elle se retrouvait à faire les gros titres.

Aya visionna une nouvelle fois la séquence ; au moins n'entendait-on pas leur conversation, à Frizz et elle. Quant à Moggle elle se trouvait hors champ, à pourchasser des missiles en plastique et des disques de guerre mécas.

Et puis, ce n'était qu'un stupide site de démolisseur, une histoire comme Aya en parcourait chaque jour d'un regard négligent avant de les oublier tout aussi vite. Il lui suffisait de ne pas y prêter attention…

Mais elle ne put s'empêcher d'y revenir. Elle examina les autres clichés à l'arrière-plan, des douzaines de portraits d'elle, tous plus vilains les uns que les autres. Naturellement, celui qui avait claqué cette séquence ne s'était pas donné la peine de la montrer *après* qu'elle eut pris sa douche. Où aurait été l'intérêt ?

Le pire, c'étaient les discussions suscitées par les images, les parodies, les blagues et les théories grotesques : que son opération de Sincérité radicale avait sérieusement atteint le cerveau de Frizz, qu'il en pinçait désormais pour les gros nez, que les égouts se mettaient à vomir des petites amies d'un genre nouveau.

Tard dans la nuit, un résident anonyme d'Akira Hall avait reconnu Aya et claqué un lien vers son site mais, à ce moment-là, son nom n'avait plus la moindre importance. Tout le monde ne l'appelait plus que la « Reine de la vase ».

Aya se renfonça dans son lit, se demandant comment on pouvait être assez abject sur le plan de l'intégrité pour envoyer des caméras-espions filmer les gens à leur insu. Comme l'avait dit Ren la veille, ces sites de démolisseurs ne s'adressaient qu'aux imbéciles. Il s'agissait sans doute de jaloux, agacés devoir Frizz s'intéresser à une Ugly anonyme plutôt qu'à une célébrité.

Mais Aya avait beau les rejeter dans un coin de son esprit, en se répétant qu'ils étaient stupides et minables, cela n'arrangeait rien. Leurs moqueries l'affectaient tout de même.

Un carillon discret retentit à son oreille, et elle geignit : probablement un autre message des nouveaux fans de la Reine de la vase. Mais en voyant apparaître le nom de son correspondant, elle se redressa d'un coup.

— Frizz ?

— Salut, Aya-chan. Heu… tu as vu les sites ce matin ?

Elle se laissa retomber en arrière sur son lit en soupirant.

— Oui. La Reine de la vase, à ton service.

— Je suis vraiment désolé, Aya. Je n'ai pas encore l'habitude de ces histoires de paparazzi. Je n'avais pas pensé que…

— Tu n'y es pour rien, Frizz. C'est *moi* qui aurais dû me méfier. Hiro est célèbre depuis sa première histoire. Je connaissais la musique. Je l'ai seulement oubliée quand je t'ai vu en train de m'attendre.

Un silence passa, puis il dit :

— C'est plutôt flatteur, j'imagine.

Un sentiment autre que l'angoisse de s'être fait piéger envahit Aya. Au moins Frizz n'appelait-il pas pour lui dire à quel point il la trouvait nulle.

— Oui, tu peux le prendre comme ça.

— Et si tu me rejoignais ? On pourrait aller piqueniquer quelque part.

— Je croyais que tu étais harcelé par les caméras.

— Exact, et alors ? Ce serait l'occasion pour tout le monde de te découvrir autrement que dans ta dimension… vaseuse.

Il rit.

— Je ne peux pas, répondit Aya. Tu te souviens de cette histoire sur laquelle je travaille ? Elle doit encore rester secrète.

— Très bien, nous n'en parlerons pas. Je ne suis au courant de rien, de toute façon.

— Le problème, c'est que les personnes auxquelles je m'intéresse ont une drôle de conception de la célébrité, une véritable aversion pour elle, en fait. Si elles me voient sur des sites avec toi, elles risquent d'avoir des soupçons.

— À quel sujet ? Le fait que tu apprécies les pique-niques ?

— Frizz, gémit Aya. Je suis incognito, tu te rappelles ? Ces personnes ne savent pas que je prépare un sujet sur elles.

Il y eut une longue pause.

— Attends une seconde... Je croyais que tu gardais le secret par rapport aux autres claqueurs, mais celles que tu filmes ne sont pas au courant non plus ?

— Non. Elles ignorent que je suis une claqueuse.

— Tu veux dire que tu leur fais ce que l'on a subi ? Tu les filmes à leur insu ?

Aya ouvrit la bouche, puis la referma. Les mots s'embrouillaient dans sa tête. En fin de compte, elle ne put que s'écrier :

— C'est *complètement* différent !

— En quoi ?

— Je ne les dénigre pas. Au contraire, je veux montrer à quel point elles claquent ! Cette histoire va les rendre célèbres !

— Je croyais qu'elles avaient horreur de la célébrité.

— Oui, c'est vrai, mais... commença Aya.

Elle perdit à nouveau le fil de ses idées. La Sincérité radicale de Frizz lui donnait envie de s'arracher les cheveux ! Parfois, on aurait dit qu'il débarquait d'une ville où l'on ignorait le rang facial.

— J'ai besoin de réfléchir à tout ça, Aya, déclara-t-il doucement.

— Tu as besoin de... hein ?

— Désolé, mais cette histoire d'incognito est trop

bizarre pour moi. J'ai l'impression qu'il vaut mieux que tu évites de m'approcher. On devrait peut-être prendre un peu de recul.

La première impulsion d'Aya fut de protester, ou même de courir le retrouver, aérocams ou non. Mais elle ne pouvait pas mettre sa couverture plus en péril. Les choses étaient assez graves sans qu'elle voie son nom s'étaler sur les sites.

Peut-être avait-il raison en proposant qu'ils s'évitent pendant quelques jours, même si elle rechignait à l'admettre.

— Tu en es sûr, Frizz?

— Oui. Je veux y réfléchir à tête reposée. Ce n'est pas toujours facile de savoir quel genre de personne tu es vraiment.

Aya serra les poings, cherchant quelque chose à dire. Voilà que Frizz la prenait pour une saleté de démolisseuse ! Si seulement elle avait pu lui expliquer que cette histoire était plus importante que l'intimité des Rusées ; que ce qui se cachait dans la montagne pouvait être dangereux…

Mais en raison de sa Sincérité radicale et de sa célébrité, tout ce qu'elle lui révélerait se retrouverait en ligne dès le lendemain. Alors elle se tut.

Ils finirent par se dire au revoir.

Aya demeura allongée, effaçant les messages moqueurs, de plus en plus abattue. Éviter Frizz ne suffirait peut-être pas. Et si l'une des Rusées tombait sur cette histoire de Reine de la vase ? La blâmerait-on pour ce brusque regain de célébrité ? Après tout, ce n'était pas sa faute si Frizz était beau, célèbre et qu'il attirait les aérocams comme des mouches…

Exactement le genre de petit ami pour lequel elle aurait été prête à tuer une semaine plus tôt.

Aya fronça les sourcils, réalisant que pour la première fois depuis qu'elle n'était plus une gamine, elle n'avait pas vérifié son rang facial – alors qu'il avait une chance d'avoir progressé. Elle ferma le site du démolisseur de mode ainsi que les arborescences et les lignes de discussion qui encombraient son écran oculaire, afin de distinguer son petit coin de honte personnel.

Elle resta un moment à le fixer, ne sachant quoi penser.

Son rang facial oscillait autour de 26 213… plus haut qu'il n'avait jamais été. Aya Fuse était enfin célèbre…

… pour son penchant à se couvrir de vase.

CATAPULTE ÉLECTROMAGNÉTIQUE

Plusieurs aérocams traînaient devant Akira Hall.

L'intérêt suscité par la Reine de la vase retombait déjà – la ville ne manquait pas d'autres célébrités à prendre pour cible, après tout – mais Aya préféra se montrer prudente. Encore quelques jours d'anonymat et il serait temps pour elle de se réjouir du harcèlement des aérocams.

Les bras noués autour de Moggle, elle sauta de sa fenêtre du cinquième, et atterrit lourdement dans le nouveau parterre de chrysanthèmes du dortoir. Un drone de surveillance émit une petite sonnerie de protestation ; elle avait écrasé une fleur.

Cela ne serait pas une bonne journée, question mérite…

— Va chercher ma planche, Moggle, ordonna Aya. Mais ne te fais pas repérer par ces caméras.

Moggle pivota vers le râtelier de planches magnétiques, non sans jeter un coup d'œil vers le coin du bâtiment. Après l'aventure de la nuit passée, elle commençait enfin à comprendre le concept de discrétion.

Aya scruta les bosquets, se demandant si des caméras de paparazzi ne seraient pas cachées parmi les arbres. L'idée lui donna la chair de poule. Était-ce cela que Kai ressentait ? Cette nécessité permanente du secret, cette crainte du moindre sursaut de réputation ? Cela paraissait un mode bien paranoïaque.

Moggle réapparut, accompagnée de sa planche, et Aya bondit dessus.

— Retrouve-moi chez Hiro, lui dit-elle.

Moggle fit clignoter ses feux puis fila dans la forêt, vers le quartier des célébrités.

— Salut, Reine de la vase !

Aya grommela.

— Laisse-moi entrer, Hiro. Quelqu'un pourrait me reconnaître.

— Impossible. Tu ne portes pas ton costume de vase.

— *Hiro !*

Ils rirent, mais la porte de l'ascenseur finit par s'ouvrir et Moggle et Aya s'engouffrèrent à l'intérieur du bâtiment.

Hiro et Ren riaient encore quand elles apparurent devant eux. Tous deux étaient affalés sur le canapé, en train de jouer à un jeu digital sur l'écran mural géant. Les explosions et les détonations faisaient tressauter les guirlandes de grues en papier.

— Qu'est-ce que vous fabriquez ? cria Aya dans ce vacarme.

— L'Indicible vient de claquer une histoire pour démolir les jeux digitaux, répondit Ren sur le même ton. Alors, nous avons décidé de nous offrir une journée de guerre !

Elle leva les yeux au ciel. Hiro ne pardonnait pas à l'Indicible d'avoir démoli les Crumblies de son sujet sur l'immortalité, en les traitant d'abominations et en les accusant de mener le monde à la ruine.

— Le son n'est pas un peu fort ?

— Désolé, ô Vaseuse-senseï, cria Hiro. Bravo pour ton rang facial, au fait. Encore quelques apparitions en tant que Reine de la vase et tu te retrouveras invitée à la soirée des Mille Visages !

Elle se renfrogna.

— Ce n'est pas toi qui dis toujours qu'il n'y a pas de mauvaise célébrité ?

— Non, c'est l'interface de la ville, rétorqua Hiro. Je suis contre la célébrité vaseuse !

Ren gloussa, s'écroulant sur le flanc pour commander une manœuvre périlleuse au personnage de son jeu.

— Qu'est-ce qu'il y a de drôle ? lui cria Aya. C'est toi qui m'as fait plonger sous l'eau !

— Je ne savais pas que tu avais l'intention de discuter avec un beau garçon célèbre sur le chemin du retour.

— Moi non plus ! hurla Aya dans le fracas des explosions.

— Ben voyons, ricana Hiro. Et quand nous avons vu le site de Frizz Mizuno hier, tu ignorais *complètement* qui il était.

— Je ne le connaissais pas hier. Enfin, je ne connaissais pas son nom. Je venais de le rencontrer la nuit précédente… à une soirée.

Hiro fronça les sourcils, puis fit un geste. L'image à l'écran se figea, tandis que le son se coupait d'un coup.

— Depuis quand es-tu invitée aux mêmes soirées que Frizz Mizuno ?

— Je n'étais pas tout à fait invitée, reconnut Aya. (Hiro haussa un sourcil, et elle grogna.) Je me suis incrustée dans une soirée pour technos, d'accord ? J'étais à la recherche des Rusées.

— Oh, encore ces Rusées imaginaires. (Hiro laissa échapper un long soupir.) Pourquoi gaspiller ton temps à poursuivre des licornes, Aya-chan ?

— Elles n'ont rien d'imaginaire. J'ai intégré leur bande la nuit dernière.

— Tu fais partie de la bande des licornes ? demanda Hiro.

— Des Rusées, espèce d'idiot. Je suis même allée surfer avec elles.

— Comment ça ?

— Quoi, vous n'avez jamais entendu parler des trains magnétiques, tous les deux ?

Aya fit un geste, et Moggle se mit à télécharger ses clichés sur l'écran mural d'Hiro.

— Alors, il faut que vous voyiez ça, conclut-elle.

Hiro ouvrit la bouche pour rétorquer, mais son écran s'animait déjà. Il croisa les bras et regarda en silence la nuit d'Aya en tant que Rusée se dérouler sous ses yeux.

Quand ce fut terminé, la première chose que déclara Hiro fut :

— Papa et maman vont te tuer.

Aya ne trouva rien à objecter. Leurs parents n'approuvaient même pas le saut en gilet de sustentation. Elle imaginait déjà la réaction de sa mère après l'avoir vue surfer sur un train magnétique.

— Vos Crumblies devraient être le cadet de tes soucis, intervint Ren. Quand tu auras mis ça en ligne, attends-toi surtout à une petite visite des gardiens.

Aya soupira.

— Je sais. C'est l'inconvénient qu'il y a à claquer cette histoire. Personne ne pourra plus surfer, après.

— Je ne parlais pas de ça, rectifia Ren d'une voix douce. Les gardiens se ficheront pas mal du surf une fois qu'ils auront vu cette catapulte électromagnétique.

Aya jeta un coup d'œil à Hiro, mais son frère semblait aussi perplexe qu'elle.

— Une catapulte électromagnétique ? C'est quoi ?

Ren se leva, marcha jusqu'à l'écran mural et fit défiler les images en arrière. Il arrêta la séquence à l'instant où Moggle montait dans le puits, et pointa du doigt le câble de métal incrusté dans la pierre.

— C'est une boucle en cuivre, pas vrai ?

— Je suppose, admit Aya. Comme dans un moteur électrique ?

— Ou une voie magnétique, dit Ren. Un train magnétique fonctionne avec deux sortes d'aimants. Ceux qui assurent la lévitation, et ceux qui le catapultent.

— Quelle est leur fonction ? interrogea Aya.

— Ils le font avancer. Quand le train passe dessus, ils basculent du négatif au positif – ils le tirent par-devant, le poussent par-derrière, de plus en plus vite. On peut faire la même chose de bas en haut.

— Alors, ce puits serait une sorte de voie magnétique verticale ? Une sorte d'ascenseur, en somme ?

Ren secoua la tête.

— Ce système a sans doute une accélération mille fois supérieure à celle d'un ascenseur. Tu as vu ce sas ?

Si tu chasses l'air en dehors du puits, cette accélération s'effectue dans le vide. Sans la moindre friction – toute en vitesse pure. Si elle a suffisamment de jus, une catapulte électromagnétique peut t'envoyer en orbite.

— Mais quel intérêt ? demanda Hiro. Et pourquoi dissimuler ça au cœur d'une montagne ?

Ren se reporta à l'image des boucles en cuivre.

— Tout dépend de ce que cachent ces cylindres.

Aya haussa les épaules.

— On dirait simplement des gros blocs de métal.

— Et s'ils contenaient de la matière adaptive ? Ils pourraient changer de forme en vol, faire apparaître des ailettes pour se guider vers une cible. Peut-être même déployer un bouclier thermique en retombant.

Hiro se redressa sur le canapé.

— Allez, Ren. J'ai l'impression que l'Indicible a raison : l'abus de jeux digitaux est en train de te transformer en foudre de guerre !

— Très drôle, Hiro. (Ren fit reculer la séquence jusqu'à un gros plan d'un cylindre.) Effectuons un rapide calcul. Quelle taille font-ils, Aya ?

— Heu… environ un mètre de diamètre à l'endroit le plus large. Et ils sont un petit peu plus grands que moi. (Aya fronça les sourcils.) À quoi penses-tu ?

— Il est en train de se prendre la tête, commenta Hiro.

Les doigts de Ren tournèrent et virevoltèrent, et des chiffres défilèrent en cascade sur le gros plan du cylindre.

— Disons deux mètres de haut. Soit un quart de mètre pour le rayon, au carré, fois π : disons 0,75. Fois 2 mètres de haut, ça nous donne 1,5. Hé, chambre ? Combien pèse environ 1,5 mètre de cube d'acier ?

— Quel genre d'acier ? voulut savoir la chambre.

— Je m'en fiche. Donne-moi une approximation.

— Quasiment 12 tonnes.

— Douze *tonnes* ?

Ren se recula et se laissa tomber dans le fauteuil d'Hiro, fixant l'écran mural avec des yeux écarquillés.

— Quel est le problème ? s'enquit Aya d'une voix douce.

Hiro se pencha en avant, et son expression amusée s'effaça de ses traits.

— Heu, chambre ? Combien d'énergie dégageraient 12 tonnes d'acier qu'on lâcherait sur Terre depuis l'orbite ?

— De quelle hauteur en orbite ? demanda la chambre.

Hiro jeta un coup d'œil à Ren, qui haussa les épaules et répondit :

— Deux mille kilomètres, à peu près ? Oublie la résistance de l'air et donne-nous un chiffre en gros.

La chambre répondit presque instantanément.

— L'objet atterrirait à 2 000 mètres par seconde, en libérant 24 gigajoules, soit l'équivalent de 6 tonnes de TNT.

— D'accord… C'est pas bon, conclut Hiro.

— De TNT ? répéta Aya.

— Aujourd'hui c'est une unité d'énergie, expliqua Ren. Mais il y a très longtemps, c'était un produit chimique dont se servaient les Rouillés pour fabriquer des bombes.

— Des *bombes* ? (Elle s'interrompit et inspira un grand coup.) Comme les missiles qu'ils s'envoyaient à la figure ?

— Dis donc, Reine de la vase ! s'exclama Hiro. Tu comprends vite.

Ren acquiesça lentement.

— Il pourrait s'agir de tueurs de villes.

— Vous n'êtes pas sérieux.

Aya se souvint des armes rouillées qui rasaient des villes entières en quelques secondes, incendiant le ciel et laissant le sol empoisonné pour des décennies.

— Mais les missiles en question avaient des têtes explosives. Ces cylindres sont en acier massif !

— Oui, Aya, et les dinosaures ont été anéantis par du fer, fit valoir Ren. Du fer *tombé de l'espace*. Ces projectiles ne frapperaient pas au hasard. La matière adaptive pourrait les fragmenter, un éclat pour chaque bâtiment. Combien de cylindres as-tu dit qu'il y avait là-dedans ?

— Plusieurs centaines, Ren, murmura Aya.

— Des milliers de tonnes ? protesta-t-il. Avec la pénurie de métal actuelle ?

Aya acquiesça.

— Dites, vous n'avez pas l'impression de sauter un peu vite aux conclusions ? Nous ne savons même pas s'ils contiennent effectivement de la matière adaptive.

— Je pourrais peut-être te dénicher un truc pour les tester, fit Ren.

— Un craqueur de matière pourrait-il faire l'affaire ? s'enquit Aya. (Leurs regards se braquèrent sur elle.) Parce que les Rusées, heu... en ont un.

— Aya, ne me dis pas que tu as joué avec un craqueur de matière ! s'exclama Hiro.

— Je ne l'ai même pas touché !

— Aya ! On ne parle plus d'un truc qui risque de te

faire perdre du mérite, là. Un craqueur de matière peut t'envoyer tout droit en prison !

— Cela dit, ce serait l'idéal, observa Ren. Donne n'importe quel ordre simple à l'un de ces cylindres, et observe le résultat.

— Ren ! s'écria Hiro. Il n'est pas question que ma sœur passe une seconde de plus en compagnie de ces Rusées. Tu veux que je me fasse tuer par nos Crumblies ?

Ren se tourna vers Aya.

— Si tu ne veux pas y retourner, je pourrais essayer d'y aller moi-même. Seulement, c'est ton histoire...

Aya ne répondit pas aussitôt. Elle continua à fixer les chiffres affichés à l'écran, en se rappelant ses dix ans : on avait emmené tous les gamins de sa classe en aérocar visiter les décombres d'une ancienne ville, datant de la Deuxième Guerre planétaire rouillée. Un dôme calciné, posé comme une coquille vide sur des murs en ruine aux fenêtres brisées, marquait l'emplacement où cent mille personnes étaient mortes dans un éclair aveuglant. Elle n'avait pas cru cela possible alors, pas même de la part des Rouillés.

Mais il semblait que quelqu'un soit en train de marcher sur leurs traces.

— Désolée, Hiro, mais il faut que je le fasse, dit-elle. La fin du monde n'est pas une affaire qu'on peut se permettre de claquer à moitié.

Deuxième partie

TUEURS DE VILLES

Traquer la moindre chance de se réaliser pleinement à travers la célébrité, c'est affûter la hache de son démembrement futur.

LEO BRAUDY, *The Frenzy of Renown*

BANNIE

Les Rusées n'apprécièrent pas du tout la Reine de la vase.

Kai surveillait le rang facial des autres d'aussi près que le sien, semblait-il. Et la brusque ascension d'Aya, passée de l'anonymat à une quasi-célébrité, ne lui avait pas échappé. Après l'échange de plusieurs messages, Kai voulut bien admettre qu'Aya n'en était peut-être pas entièrement responsable. Le problème demeurait, néanmoins.

Il n'y avait pas de place dans la bande pour un aimant à aérocams.

Aya fut donc renvoyée des Rusées, le temps de retomber à un rang facial à six chiffres. Elle crut devenir folle à cause de ce contretemps. Elle tenait une grosse histoire, le sujet de sa vie, et elle devait attendre que des idiots cessent de se moquer d'elle pour une bêtise. Pire, elle n'osait pas rappeler Frizz Mizuno avant que tout soit terminé. Si on les apercevait ensemble, les rieurs se déchaîneraient à nouveau sur la Reine de la vase et son rang facial repartirait à la hausse. Mais, à mesure que les jours s'écoulaient, elle se rendit compte que l'attente n'était pas si pénible.

Aya garda la chambre, séchant les cours sous prétexte que son rhume attrapé lors du plongeon dans le lac souterrain l'avait épuisée. Elle ôta ses vieilles histoires de son site pendant une semaine et ne répondit plus qu'aux appels d'Hiro, de Ren ou de Kai. Aya Fuse (ainsi que son alter ego, la Reine de la vase) commença ainsi à disparaître. Son rang facial dégringolait un peu chaque jour.

Le plus étrange pour elle fut de renoncer temporairement à son site. Depuis deux ans, Aya y stockait ses images, ses histoires, son emploi du temps et ses cours. La liste de tout ce qu'elle avait fait, pensé et souhaité, comme celle de ses amis et de ses ennemis. Interrompre son propre site lui donnait l'impression de s'effacer même si personne ou presque ne le consultait jamais.

Heureusement, Aya avait de quoi s'occuper.

Il lui fallut la semaine entière pour monter une première maquette, où elle dissimulait l'abominable vérité, tout en distillant assez d'informations pour tenir son public en haleine. Ce serait la plus longue histoire qu'elle avait jamais claquée – presque vingt minutes. Hiro lui conseilla de raccourcir chaque version qu'elle lui montra, mais Aya ne craignait pas de lasser qui que ce soit.

Cette histoire renfermait tous les ingrédients: des inconnues extravagantes, une technologie mystérieuse, de spectaculaires séquences en extérieur et même une collision avec un train magnétique évitée de justesse. Sans oublier cette bonne vieille humanité qui s'efforçait une fois de plus de bousiller la planète – bref, tous les espoirs et les dangers du déferlement d'intelligence réunis en un seul et même sujet.

La seule impasse qu'elle fit concernait le trio de créatures Inhumaines que Miki et elle avaient aperçu.

Elle n'en possédait aucune image, après tout. Et puis, des armes tueuses de ville devaient suffire, sans y ajouter d'improbables aliens. Elle ne voulut même pas les mentionner à Hiro et Ren, qui l'auraient accusée sans doute de croire aux licornes.

À la fin de sa maquette, elle conserva un blanc pour y inclure la vérité au sujet des cylindres, une fois qu'elle aurait prouvé la théorie de Ren à propos de la matière adaptive. Mais Aya était déjà convaincue : les calculs tombaient juste, et elle avait découvert que les Rouillés avaient creusé des montagnes afin que leurs chefs puissent y survivre pendant que le reste du monde disparaissait dans les flammes. C'était un rappel épouvantable des anciennes guerres qui avaient fait des millions de victimes.

Peut-être qu'en apprenant la vérité les Rusées lui pardonneraient d'avoir claqué cette histoire. Même Kai pouvait comprendre que la sécurité du monde était plus importante que la préservation de petits secrets.

Alors Aya attendit patiemment, peaufinant le montage de son histoire, tenant compte des savants commentaires d'Hiro et accordant une minute pleine à Ren afin qu'il explique les principes de la mécanique orbitale et de l'énergie cinétique. Cette partie-là était plutôt ennuyeuse, mais s'achevait par des explosions, des scènes d'une beauté perverse où des bâtiments entiers s'effondraient, détruits par des éclats de métal à demi fondu.

Enfin, à l'issue d'une longue semaine, son rang facial retomba sous la barre des 100 000. La Reine de la vase avait vécu, et Aya Fuse redevint une Rusée pour la dernière fois.

MISE À L'ÉPREUVE

— Tu es sûre que personne ne t'a suivie ? lança Kai.

— On ne peut plus sûre, répondit Aya, immobilisant sa planche en un léger dérapage.

Par mesure de précaution, Moggle l'avait suivie discrètement, attentive à la moindre aérocam rescapée du bref règne de la Reine de la vase. Par précaution supplémentaire, Ren avait cousu six caméras-espions sur son blouson de dortoir, pointées dans toutes les directions, et aucune n'avait remarqué quoi que ce soit.

— Où sont les autres ? s'enquit Aya.

Eden et Kai étaient les seules Rusées à l'attendre à la bordure de la ville.

— Elles n'ont pas voulu venir ce soir, expliqua Eden. Il y a un peu trop de vent pour surfer. Mais après ta période de probation, on a pensé que tu avais bien mérité de sortir.

Aya fronça les sourcils. Elle avait remarqué le vent en venant, mais ne l'avait pas trouvé si fort.

— Vraiment ? C'est gentil. Je commençais à m'ennuyer ferme, dans ma chambre de dortoir.

— Voilà ce qui arrive quand on fréquente des célébrités (Kai rit.) Peut-être que si tu faisais raboter ce nez, tu attirerais un peu moins de jolis garçons.

Aya leva les yeux au ciel. Son nez avait *trop de charme*, maintenant ?

— Laisse tomber, Kai. Je désire simplement retourner à l'intérieur de cette montagne. J'ai procédé à certaines recherches, et j'ai une théorie à propos de ces cylindres.

— J'ai hâte de l'entendre, dit Eden. Mais j'ai peur que tu ne retardes un peu.

— Tu veux dire que vous savez déjà ce qu'ils sont ? murmura Aya.

Eden sourit et secoua la tête.

— Non, seulement que Kai s'appelle *Lai* désormais.

— Demeurer anonyme est une lutte de tous les instants, soupira Lai. Mais tu es au courant maintenant, pas vrai, Reine de la vase ?

— Ne m'en parle pas, Lai.

Aya dissimula son soulagement en jetant un coup d'œil derrière elle. La vibration du train commençait juste à se faire sentir à travers ses semelles.

— N'aie pas peur de manquer un peu de pratique, Fouineuse, lui dit Lai en souriant. Surfer sur un train magnétique, c'est comme faire de la planche. Ça ne s'oublie pas.

Le souffle du train fut pire que jamais.

Le vent forcit encore tandis que le train approchait de la bordure de la ville. Aya, couchée à plat ventre sur sa planche, le sentait pousser et tirer par à-coups. Dans la courbe du virage, le vent se mêlait aux turbulences suscitées par le passage du train, telles deux rivières impétueuses qui confluent en bouillonnant dans des rapides.

Le souffle fit partir Aya dans une succession de tonneaux. Ciel et terre se mirent à tourner autour d'elle. Seuls les poignets anticrash trafiqués que lui avait donnés Eden lui permirent de se cramponner du bout des doigts à l'avant de sa planche.

Elle lutta pour reprendre le contrôle de sa planche et la remettre d'aplomb. Mais chaque fois qu'elle la ramenait vers le train, les tourbillons l'écartaient de nouveau.

Pas étonnant que Lai et Eden aient conseillé aux autres filles de rester à la maison !

Le train commença à bourdonner – il se redressait en prenant de la vitesse – et Aya serra les dents. Elle n'allait certainement pas rester une soirée de plus enfermée dans sa chambre, assise sur la plus grosse histoire de tous les temps depuis le déferlement d'intelligence...

Elle s'inclina d'un coup sur la gauche, bascula sa planche vers le train et fonça résolument à travers la barrière des turbulences.

La planche repartit dans une succession de tonneaux mais, cette fois-ci, Aya ne chercha pas à lutter.

Une fois dans la bulle de calme, Aya ramena brutalement sa planche en vol horizontal. La tête lui tournait encore, mais le train à côté d'elle était devenu stable.

Elle se plaqua contre son flanc métallique et grimpa à bord.

Quelques mètres plus loin, Lai et Eden, déjà debout, l'observaient avec amusement.

— Pas mal, commenta Lai. On dirait que tu es prête à apprendre de nouveaux trucs !

Le train accélérait. Aya ne répondit pas mais s'empressa de détacher l'un de ses bracelets pour le fixer à sa cheville. Elle se releva alors que le train atteignait sa vitesse de croisière et les trois filles surfèrent en silence, plongeant de temps à autre pour éviter la décapitation, tandis que les régions sauvages défilaient de part et d'autre.

Les montagnes ne tardèrent pas à s'élever à l'horizon. Leur masse sombre paraissait cent fois plus menaçante maintenant qu'Aya savait ce qu'elles renfermaient.

Ren lui avait fait parvenir d'autres calculs ce jour même : seule une montagne pouvait contenir une catapulte électromagnétique.

Alors que les pics sombres grandissaient devant elle, Aya se demanda si les détracteurs du déferlement d'intelligence tels que l'Indicible n'étaient pas dans le vrai. L'humanité était peut-être trop dangereuse pour demeurer en liberté. Trois ans à peine s'étaient écoulés depuis la guérison, et quelqu'un avait déjà mis au point une arme qui aurait fait la fierté des Rouillés.

Au moins, cette découverte avait-elle un avantage : quand elles connaîtraient la destination de cette catapulte électromagnétique, les Rusées comprendraient forcément qu'elles ne pouvaient pas la tenir secrète plus longtemps.

— Alors, cette fameuse théorie ? voulut savoir Lai.

— Eh bien, c'est en rapport avec ça, répondit Aya en pointant le faisceau de sa torche sur la porte cachée.

Eden Maru était agenouillée devant, le craqueur de matière entre les mains, les doigts effleurant les commandes. Le tunnel était plongé dans le noir complet à l'exception de la torche d'Aya – les deux Rusées possédaient l'infrarouge –, et les ténèbres s'animèrent quand la porte se mit à bourdonner.

— La matière adaptive, tu veux dire ? demanda Lai.

— Exact.

Aya promena sa lampe sur la surface, la regardant se brouiller et onduler en dégageant des senteurs de pluie.

— Et si les cylindres en étaient truffés ? ajouta-t-elle.

Eden jeta un coup d'œil à Lai, mais aucune ne prononça un mot.

— Ce puits qu'a trouvé Eden m'a tout l'air d'être une catapulte électromagnétique, poursuivit Aya. Si les cylindres peuvent changer de forme, ça signifie à coup sûr que ce sont des espèces de missiles.

Pendant un moment, on n'entendit aucun bruit en dehors du bourdonnement de la matière adaptive. Puis Lai dit :

— Autrement dit, la montagne entière serait une arme ?

— C'est ça. Une arme à l'ancienne, comme en fabriquaient les Rouillés.

— Théorie intéressante. (Eden regarda les dernières couches de la porte se retirer, dévoilant le tunnel.) Tu es certaine de ce que tu avances ?

— Presque. J'en aurai la preuve quand nous arriverons devant les cylindres.

Elles pénétrèrent dans la galerie et Eden referma la porte derrière elles. Comme prévu, Moggle resterait bloquée à l'extérieur cette nuit. À présent, Aya disposait de ses caméras-espions.

— Astucieux, approuva Lai. Mais tu n'es pas la seule à avoir été maligne cette semaine.

Aya fronça les sourcils. Les Rusées n'avaient pas l'air surprises.

— C'est très grave, Lai. Ces cylindres seraient capables de raser une ville entière. Ils sont encore plus dangereux que tout ce qui a été utilisé lors de la guerre de Diego.

— Peut-être bien, Fouineuse. Mais attends de voir ce que nous avons concocté.

— Vous ne comprenez pas. Ça pourrait signifier la fin de…

— Aya, je t'ai dit *d'attendre* !

La porte se referma en ondulant, et Aya se tut. Elle avait oublié qu'Eden Maru était aussi une techno, et autrement plus célèbre que Ren. Qu'avait-elle bien pu manigancer avec les autres au cours de cette semaine ?

Les trois filles s'enfoncèrent à travers la galerie, parmi les piles de matériel et d'équipement. En parvenant à la salle des cylindres, Aya s'arrêta au sommet des marches, laissant ses caméras-espions filmer les rangées de missiles en métal.

— Alors, Fouineuse ? lança Eden.

— Si je peux t'emprunter ton craqueur de matière une minute, je vais vous montrer quelque chose.

— Ce n'est pas un jouet, l'avertit Eden.

— Je sais. Je veux seulement essayer un truc.

— Laisse-la faire, intervint Lai. Ça risque d'être intéressant.

Eden soupira, puis tendit l'appareil à Aya. Plus lourd qu'il en avait l'air, il avait la base bardée de boutons et de voyants. Ren l'avait prévenue que c'était une machine conçue pour dérouter l'utilisateur – sans interface vocale ni écran d'instructions, aussi opaque et impénétrable que les gadgets des Rouillés au musée.

Aya descendit l'escalier et choisit un cylindre au hasard. Elle sortit de sa poche la bande mémoire que lui avait remise Ren et l'engagea dans le lecteur du craqueur.

— Tu sais programmer un craqueur de matière? (Eden ricana.) Décidément, tu es pleine de talents cachés.

Aya haussa les épaules. Elle était lasse de mentir.

Le craqueur s'alluma, et elle le pressa contre le flanc métallique du cylindre. Un bourdonnement emplit l'air, une sorte de grondement avec la rondeur d'un archet sur une corde de violoncelle.

Une odeur monta aux narines d'Aya, qui fleurait la pluie et le tonnerre.

Le cylindre commença à se dérouler lentement pour adopter une nouvelle forme, tel un sirop métallique versé dans un moule invisible. Il se mua d'abord en cône, dont la pointe était d'un blanc pâle. Cette partie blanche, composée de matière adaptive, était un bouclier thermique destiné à empêcher le projectile de brûler lors de sa montée en orbite. Quatre moignons d'ailes sortirent de ses flancs, l'un d'eux s'allongeant vers Aya à la manière du pseudopode de quelque bactérie métallique.

Elle battit en retraite, fascinée par les formes ondulantes.

Les ailes étaient conçues pour utiliser les hautes couches de l'atmosphère afin de guider le missile jusqu'à l'orbite voulue. Puis les transformations s'interrompirent et le métal, pareil à un liquide figé soudain par le froid, s'immobilisa devant les Rusées.

Peut-être attendait-il des instructions plus précises, au-delà des ordres simples que Ren avait programmés.

— C'est tout ? demanda Lai.

— J'ai l'impression. (Aya fronça les sourcils.) Mais vous avez vu ces ailettes. C'est bien un missile, non ?

Eden sourit.

— C'est ce que nous pensions, oui. Mais c'est super d'en avoir la preuve.

— Vous le *saviez* ? s'écria Aya.

Lai haussa les épaules.

— Une fois que nous avons compris que ce puits était une catapulte électromagnétique, le reste coulait de source. Mais je dois admettre que nous n'avions pas pensé à tester les cylindres. Nous nous intéressions plutôt à l'autre moitié de l'équation.

— Quelle autre moitié ?

— Viens donc voir par toi-même, Reine de la vase.

Eden la prit fermement par la main et l'entraîna vers l'accès à la catapulte. Les trois filles s'engagèrent dans le tunnel, passèrent les deux sas et parvinrent au bord du puits. Lai pointa le doigt vers le bas.

— Tu ne remarques rien de nouveau ?

Le pinceau de la torche d'Aya s'estompait avant d'atteindre le fond.

— Je ne vois rien du tout, Lai. Je n'ai pas l'infrarouge, tu sais ?

— Oh, c'est vrai. Va donc regarder de plus près, dans ce cas.

Lai posa la main dans le dos d'Aya et la poussa dans le vide.

AU FOND DU TROU

Les bracelets anticrash d'Eden Maru avaient dû être reprogrammés. Au lieu de stopper brutalement Aya, ils la firent descendre en douceur dans le noir.

Après un bref instant de panique, elle se demanda si Eden et Lai n'auraient pas découvert qui elle était, et n'envisageaient pas de l'abandonner là. Puis elle les entendit glousser derrière elle.

— Très drôle ! leur cria-t-elle.

Eden la dépassa en lui disant :

— J'espère que tu n'as pas peur du vide, Aya. Ça risquerait de poser un problème.

— Que veux-tu dire par là ?

Sans répondre, Eden se contenta d'attraper la cheville d'Aya pour la guider vers le bas jusqu'au sol de pierre.

Aya se massa l'épaule, tout en braquant sa torche avec l'autre main. Le puits s'élargissait à la base, et un étrange assemblage en occupait le centre. Il se composait de quatre planches magnétiques longue distance grossièrement reliées les unes aux autres par des tubes en métal. Un fouillis de suspenseurs industriels en occupait le centre.

— Vous n'avez pas trouvé ce truc-là ici, pas vrai? C'est vous qui l'avez construit.

— Bien sûr. C'est mon petit traîneau. (Eden tapota la planche la plus proche.) Je parie que tu es impatiente de l'essayer.

— L'essayer? Pour aller *où*?

Eden tira la chaînette qu'elle portait au cou et sortit un sifflet de sa combinaison d'aéroball. Gonflant les joues, elle émit un long sifflement à déchirer les tympans.

— Aïe! protesta Aya en se bouchant les oreilles. Tu ne pourrais pas prévenir, non?

Lai atterrit près d'elle avec un gloussement, et un deuxième sifflement leur répondit d'en haut.

Aya leva les yeux, et découvrit un minuscule scintillement loin au-dessus de sa tête: la lueur de la lune.

— L'ouverture était scellée afin de permettre l'évacuation de l'air, expliqua Lai. Bien sûr, ces cylindres peuvent traverser directement le plastique. Mais vu que le projectile, ce sera *nous*, j'ai préféré envoyer les filles dégager le passage.

— Ce sera nous... ? commença Aya, avant de froncer les sourcils. Tu disais que les autres ne viendraient pas ce soir.

— J'ai menti, reconnut Lai avec un soupir. C'est mal, je sais.

Aya jeta un coup d'œil au traîneau.

— Attends une minute, vous n'avez quand même pas l'intention de faire fonctionner cette catapulte?

— Ne t'inquiète pas, la rassura Eden. Avec la puissance contenue dans ces boucles, l'accélération nous tuerait. Par contre, il y a suffisamment d'acier dans le tube pour assurer la propulsion des planches. Mon petit traîneau peut atteindre une sacrée vitesse.

— Nous ? Que se passera-t-il une fois que nous serons sorties du tube ?

— Ce sera le retour de l'inertie, prédit Lai. Le vol libre. Un pur moment de plaisir.

Aya n'en revenait pas.

— Et le retour de la gravité ? Nous risquons de nous retrouver à plusieurs centaines de mètres d'altitude !

Eden secoua la tête.

— Oh, beaucoup plus haut que ça, Fouineuse-chan.

— Et comment ton petit traîneau est-il supposé atterrir ? Il n'y a pas de grille là dehors. Ces planches vont tomber comme des pierres.

Lai sourit.

— Que fais-tu des rumeurs qui courent à notre sujet, Fouineuse ?

Elle indiqua le sol. La lampe d'Aya révéla quatre gros paquets évoquant des sacs à dos bourrés de linge avec des sangles de gilet de sustentation.

Aya se souvint alors de ce que lui avait raconté Hiro à propos des Rusées. Qu'elles s'amusaient à sauter du haut des ponts... en parachute.

En parachute *maison*, puisque aucune faille murale n'accepterait d'en fournir de vrais.

— Oh, non !

— Par contre, ne tire pas sur la poignée avant d'avoir compté jusqu'à trente, prévint Eden. Par une nuit comme celle-ci, le vent risque de t'emmener à des kilomètres si tu ouvres ton parachute trop tôt.

— Pas question que je...

— La première fois, la coupa Lai, je me suis retrouvée

à mi-chemin de l'océan. Il m'a fallu des heures pour regagner la voie à pied.

Aya en avait le tournis.

— Tu veux dire que vous l'avez déjà fait ?

— Cinq fois ! annonça triomphalement Lai en brandissant sa main, doigts écartés. On s'est entraînées toute la semaine, rien que pour toi !

Aya fixa le petit éclat de clarté lunaire.

— Comment ça, rien que pour moi ?

Soudain, ses bracelets anticrash s'activèrent et la plaquèrent sur le traîneau. Elle eut beau se débattre, se tortiller, essayer de les démagnétiser, ils tinrent bon.

— Qu'est-ce que vous fabriquez ? s'écria-t-elle.

Eden attrapa l'un des sacs et le colla au dos d'Aya. Ses sangles s'animèrent et s'enroulèrent comme des serpents autour de ses épaules et de ses cuisses.

— On s'assure simplement que ton histoire ait une fin qui claque, dit Eden.

Lai rit.

— On ne voudrait pas décevoir tes fans !

— Mais je ne suis pas une...

La voix d'Aya mourut, et elle se laissa retomber sur le traîneau, vaincue. D'une étrange manière, elle était soulagée qu'elles sachent la vérité.

— Comment m'avez-vous percée à jour ? fit-elle.

— Tu nous prends pour des imbéciles, Fouineuse ? demanda Eden. Tu t'imagines qu'on ne s'est pas rendu compte que tu cherchais à nous tirer les vers du nez, à Miki et moi ?

— Ou que nous avons vraiment cru que tu avais entendu le train à plus de cinquante kilomètres ? ajouta

Lai. Comment as-tu fait, d'ailleurs, tu avais une aérocam postée au-dessus de la voie ?

Aya secoua la tête, les yeux humides de larmes.

— Non. Moggle se cachait au sommet du puits.

Lai s'esclaffa.

— Ah oui, Moggle. C'était la preuve définitive. Ces clichés de toi, en compagnie de Frizz Mizuno.

— Moi avec Frizz ? Mais Moggle n'était pas près de nous à ce moment-là !

— C'est vrai, mais on la voyait passer à l'arrière-plan sur l'une des images, à poursuivre des missiles en plastique et des disques de guerre pendant que vous vous regardiez avec des yeux de merlan frit. Je n'avais pas reconnu Moggle au début, jusqu'à ce qu'Eden remarque ces gros suspenseurs installés dessous. Et alors, nous nous sommes demandé pourquoi cette aérocam ne se trouvait plus au fond du lac où nous l'avions laissée.

— D'accord, je suis une claqueuse. (Aya avala sa salive.) Qu'avez-vous l'intention de me faire ?

— Quoi, ça ne se voit pas ?

Eden resserra les sangles de son parachute.

— On va t'offrir une dernière virée.

DERNIÈRE VIRÉE

Lai et Eden sanglèrent leurs propres parachutes, puis fixèrent le quatrième au traîneau. Elles se tenaient autour de l'engin, chacune à égale distance d'Aya, face à face comme trois gamines se tenant par la main.

Aya se sentit quelque peu soulagée : au moins, ses amies l'accompagnaient.

— Quelle impression te fait ton parachute, Fouineuse ? Est-il bien attaché ?

— Très bien.

Les sangles du parachute provenaient sans doute d'un gilet de sustentation ; elles se détendaient en fonction de ses mouvements, tout en demeurant solidement bouclées autour de ses bras et de ses cuisses. Néanmoins, Aya ne parvenait pas à oublier que les suspenseurs du gilet avaient été remplacés par un vaste morceau de soie.

Sa vie serait ainsi suspendue à un bout de tissu.

Elle se rappelait vaguement la théorie : un parachute offrait une surface de résistance plus vaste que votre propre corps, ce qui vous permettait de tomber comme une plume et non comme une pierre. À condition de tirer au bon moment sur la poignée, et sous réserve que le mécanisme rudimentaire veuille bien s'ouvrir sans s'emmêler…

— C'est vrai, vous l'avez déjà fait ?

— Vingt-sept catapultages individuels en tout, répondit Eden. Une seule jambe cassée.

— Drôlement rassurant.

— Détends-toi. (Lai sourit.) Voici une chose que nous avons apprise en sautant des ponts : seules celles qui ont peur y laissent leur peau.

Aya réalisa qu'elle n'avait pas envie de savoir si Lai plaisantait ou non. Peut-être était-ce la vraie raison pour laquelle les Rusées détestaient à ce point être mises en ligne : ce genre d'acrobaties pouvait très, très mal tourner.

Elle tira une dernière fois sur ses bracelets anticrash, mais ils semblaient soudés au cadre du traîneau.

Eden avait déjà entamé le décompte :

— Trois… deux… un…

Aya s'attendait à subir une secousse, mais le lancement s'opéra avec la même douceur qu'un décollage en planche magnétique. Le traîneau prit bientôt de la vitesse, et les anneaux de cuivre défilèrent de plus en plus vite.

Aya dirigea son regard vers le minuscule rond de clarté lunaire. Alors que les parois du puits se brouillaient autour d'elle, un sentiment de panique l'envahit. Et si les Rusées voyaient là un moyen amusant de se débarrasser d'elle à tout jamais ? Et si ce n'était pas un parachute qu'elle portait, mais un sac à dos rempli de linge sale ?

— Vous comprenez pourquoi j'ai dû mentir, hein ? expliqua-t-elle. Cette histoire est trop grave pour être tenue secrète.

— Tu nous as trompées depuis le départ, Fouineuse ! cria Eden pour couvrir le bruit du vent. Pas pour sauver le monde, mais dans le seul but de devenir célèbre.

Aya ouvrit la bouche, mais aucun son n'en sortit. Quoi qu'elle ait pu raconter, une vérité n'en demeurait pas moins : sa carrière de Rusée avait débuté par un mensonge.

Elle parvint enfin à bredouiller :

— J'étais furieuse contre vous pour avoir jeté Moggle dans le lac.

— C'était ton choix, fit observer Lai.

— D'accord, j'ai menti ! Ça reste quand même une affaire très grave. Il faut que les gens l'apprennent.

Personne ne lui répondit. Le vent avait emporté ses paroles.

— Cette arme pourrait frapper n'importe où dans le monde ! cria-t-elle. Il faut que vous me laissiez...

— On y est ! hurla Lai.

Le monde s'éclaira soudain : elles avaient jailli dans le clair de lune ! Aya sentit ses oreilles se boucher, la tête lui tourner. Elle aperçut fugitivement des Rusées qui les acclamaient du sommet de la montagne, mais elles disparurent en une fraction de seconde tandis que l'horizon s'étendait tout autour d'elle.

— Que dis-tu du spectacle ? hurla Lai, avec un sourire crispé aussi éblouissant que celui d'une Pretty. J'espère que tu as amené des caméras-espions !

Aya était stupéfaite de voir à quelle altitude elles montaient. Au-dessus d'elles, elle vit un mince nuage refléter le clair de lune. Il parut s'effilocher à leur approche, se changer en filaments épars.

Elles étaient en train de s'élever à travers la couche inférieure des nuages... Une chaîne de montagnes entière s'étendait sous elles, fendue par la ligne argentée de la voie magnétique.

Lai détacha l'une de ses mains et indiqua les panneaux solaires qui luisaient de part et d'autre de la voie.

— C'est de là que la catapulte électromagnétique tire son jus: elle est branchée sur l'alimentation de la voie. En imposant une pause à chaque train, elle récupère assez de courant pour tirer un cylindre à la minute.

Aya braqua la caméra-espion de son épaule gauche dans la direction indiquée. Cette séquence serait la plus spectaculaire de toutes. Pour peu que son parachute veuille bien fonctionner...

Leur ascension se terminait, et le ciel bascula autour d'elles tandis que le traîneau amorçait sa rotation. Aya connut un bref moment de vertige.

— Vous allez vraiment me laisser claquer tout ça?

— Bien sûr, dit Eden.

— Vous ne pourrez plus jamais revenir ici.

Lai s'esclaffa.

— Il se trouve qu'on aime le monde, heureusement pour toi. Nous ne sommes peut-être pas des gratteuses de mérite mais ça ne veut pas dire qu'on doit tolérer les machines de mort!

Aya baissa les yeux vers les lumières de la ville à l'horizon, tâchant d'imaginer d'innombrables tonnes d'acier, modelées de façon aérodynamique et ciblées avec précision, qui s'abattaient des basses couches de l'atmosphère.

Son estomac se noua: le ciel s'était soudain figé autour d'elles. Le vent avait cessé de souffler.

— Heu, on ne serait pas en train de tomber ?

— On redescend, confirma Eden. Mais tu vas bientôt découvrir une nouvelle définition du mot *tomber*, Aya-chan.

— Ah.

Son estomac se rebella de nouveau, comme si quelque chose cherchait à en sortir – quelque chose qui ne voulait pas se trouver à plusieurs kilomètres en l'air sans rien d'autre qu'un sac à dos bourré de soie, avec deux folles et quatre planches magnétiques inertes pour seule et unique compagnie.

— Écoute-moi bien, Aya, cria Eden. Quand tu auras atterri, retourne jusqu'à la voie magnétique et appelle une planche avec tes bracelets. On t'en a laissé une au bord des rails.

Aya acquiesça, s'efforçant de se concentrer. Elle tenait la meilleure fin qui soit pour son histoire, et n'avait plus que quelques secondes pour en boucher les trous éventuels.

— Qu'allez-vous faire, maintenant que vous allez toutes devenir célèbres ?

— On quitte la ville cette nuit, répondit Lai.

Le vent s'était remis à souffler et ses cheveux se dressaient sur sa tête, lui donnant un air encore plus fou que d'habitude.

— On va changer de visage. Voilà pourquoi nous t'avons offert cette virée, pour avoir un peu d'avance.

Aya ne parvenait pas à le croire.

— Vous réalisez le rang facial que vous vaudrait une histoire pareille ? Le mérite que ça pourrait vous rapporter ?

— Oh, ça ne va pas remuer que du mérite.

Lai détacha l'un de ses bracelets, tendit le bras par-dessus le traîneau et serra la main d'Aya.

— Sois très prudente, lui conseilla-t-elle.

— Ne t'en fais pas. Je compterai jusqu'à trente.

— Non, je voulais dire : une fois que tu auras claqué ça.

Le traîneau pivotait de plus en plus vite en retombant, et le ciel et la terre se mirent à tourbillonner.

— Prudente vis-à-vis de quoi ?

— De tout et de tout le monde ! répondit Lai. Ceux qui ont bâti cette monstruosité sont dangereux !

Le traîneau commençait à basculer désormais, à s'enfoncer d'un côté et à partir en vrille.

— En parlant de prudence, ne devrait-on pas sauter ? demanda Aya en tirant sur ses bracelets.

— Fais attention à toi ! lui cria Lai. Et bonne chance avec la célébrité !

Elle posa sa botte sur la poitrine d'Aya et la repoussa avec force.

Aya se décrocha du traîneau en roulant cul par-dessus tête, le souffle coupé. Elle se retrouvait brusquement seule, en chute libre. Jusque-là, elle avait pu se cramponner à quelque chose, même si ce n'était qu'un tas de planches inutilisables : désormais, il n'y avait plus qu'elle et le rugissement de l'air.

Écartant les bras, Aya tâcha de contrôler sa chute. Elle était supposée compter jusqu'à trente avant de tirer la poignée. Mais à partir du point où elles avaient entamé la descente… ou à compter du moment où Lai l'avait éjectée ?

Et combien de secondes s'étaient déjà écoulées ?

Progressivement, la descente d'Aya se stabilisa. Mais

ses yeux larmoyaient, et le sol n'était qu'une masse sombre indistincte sous elle. Si elle ouvrait son parachute trop tôt, qui sait jusqu'où le vent risquait de l'emporter.

Elle chercha les autres du regard et les aperçut à une dizaine de mètres, toujours accrochées au traîneau. Eden plongeait la main en son centre pour attraper la poignée du parachute. Les deux filles s'écartèrent du traîneau tandis qu'une traînée de soie se déroulait.

Le parachute s'ouvrit en corolle et l'assemblage fit un bond dans la nuit, loin de Lai et d'Eden.

Le sol grossissait à vue d'œil. Aya repéra les lampes des Rusées, en cercle autour de la gueule de la catapulte.

Lai et Eden se trouvaient à une dizaine de mètres, hurlant à tue-tête, savourant chaque seconde de leur dernier saut. Attendre qu'elles ouvrent leurs propres parachutes, se dit Aya, n'était peut-être pas une bonne idée.

Aya contempla le sol tournoyant : arbres, rochers, buissons se précisaient. Elle s'imagina les heurter de plein fouet... et tira la poignée.

Son parachute se déploya au-dessus d'elle, flotta un instant puis se tendit brusquement avec un bruit sec. Les sangles la redressèrent d'un coup brutal, comme une marionnette arrachée du sol au bout de ses ficelles.

Un bref instant de violence... et puis soudain, l'air fut immobile autour d'elle.

La lune brillait à travers la soie translucide, et Aya distingua le dessin rectangulaire des draps de soie et autres taies d'oreillers cousues par les Rusées. Le panorama montagneux se stabilisa autour d'elle.

Lai et Eden l'avaient déjà dépassée en trombe. Elles tombaient de plus en plus bas, bras en croix comme pour étreindre la montagne en contrebas.

Cherchaient-elles à se tuer ?

À la dernière seconde, leurs parachutes s'échappèrent de leurs sacs à dos en longs filets clairs avant de s'ouvrir en corolles.

Cependant, Lai et Eden descendaient encore très vite. Le vent les rabattait vers le flanc de la montagne, que dévalaient les autres Rusées. Elles flottèrent un moment à quelques mètres de hauteur, puis atterrirent tant bien que mal en dérapant dans la poussière et les buissons.

Les filles les rejoignirent et entreprirent aussitôt de ramasser leurs parachutes.

Aya, elle, se trouvait encore à plus d'une centaine de mètres de hauteur. Le vent parut forcir, et l'entraîna au-delà de la catapulte. Elle passa au-dessus de Lai et d'Eden, emportée par son parachute comme par une voile de soie. Le bord de la montagne se déroba sous ses pieds, dévoilant la vallée en contrebas, et Aya réalisa que sa descente était loin d'être finie.

Voilà pourquoi les Rusées avaient choisi une nuit aussi venteuse. Il s'écoulerait de longues minutes avant qu'elle atterrisse, peut-être des heures avant qu'elle regagne la voie à pied. Elles auraient largement le temps d'organiser leur disparition avant qu'Aya puisse claquer son histoire.

Elle braqua son regard sur la ligne argentée de la voie magnétique, balança les jambes, tira sur les sangles, cherchant à diriger sa chute vers les rails. Mais le parachute se gonfla au-dessus d'elle, soulevé par un courant d'air ascendant.

La promenade promettait d'être longue. Dans l'immédiat, elle ne pouvait que laisser tourner ses caméras-espions et tomber lentement, très lentement.

Le dernier avertissement de Lai résonnait encore à ses oreilles, mais Aya n'avait pas peur. Une fois qu'elle aurait mis son histoire en ligne, rien de tout cela ne la concernerait plus. Depuis la guerre de Diego, le monde avait des lois très strictes concernant les caches d'armes. Le Comité de concorde planétaire interviendrait en quelques heures, pour éventrer la montagne.

Quelqu'un allait avoir de gros ennuis.

Mais pas Aya Fuse. Son plus gros souci désormais serait de savoir quoi porter à la soirée des Mille Visages de Nana Love. Car avec une scène finale pareille, son histoire de tueurs de villes allait la rendre célèbre au point d'y être invitée.

Célèbre pour le restant de ses jours, peut-être.

LA CLAQUE

— Tu ne vas quand même pas t'habiller de cette façon !

— Pourquoi pas ? rétorqua Aya en tortillant ses bouclettes.

Elle s'était coiffée comme une face de manga, les cheveux teints en violet. Sa robe était couverte d'étinceleurs, ses chaussures avaient des semelles compensées à friction variable, et elle glissait dans l'appartement d'Hiro comme sur une patinoire. Elle empoigna sa robe à deux mains et l'étala sous ses yeux.

— C'est une tenue qui claque ! ajouta-t-elle.

— Pour une gamine de quinze ans, peut-être, marmonna Hiro.

Aya leva les yeux au ciel.

— Oui, eh bien, il se trouve que *j'ai* quinze ans. Et ce n'est pas toi qui vas me dire comment m'habiller pour cette soirée. Je te rappelle que c'est uniquement pour mon histoire que nous y allons !

— Et de mon côté, je te rappelle que c'est moi qui suis invité. Tu ne fais que m'accompagner.

— Pour l'instant, murmura Aya.

La réception de ce soir n'était pas *la* soirée – les Mille

Visages n'auraient pas lieu avant une semaine encore –, mais une fête techno mensuelle. Ren avait insisté pour qu'Aya y soit quand son histoire de tueurs de villes claquerait sur le réseau. Avec tous les petits génies de la physique et autres maniaques des trains qui s'y trouveraient, sa présence allait générer des interviews, une guerre des sites et la réorientation à grande échelle qu'une histoire de ce calibre réclamait.

— D'accord, Aya-chan. Mais s'il te plaît, *s'il te plaît*, attends que ces tatouages s'effacent avant d'aller rendre visite à maman et papa.

Aya lui tira la langue, ce qui fit tournoyer les spirales de ses joues. Les tatouages temporaires la chatouillaient encore un peu lorsqu'elle remuait, et elle gloussa.

— Ren Machino, ordonna Hiro à la chambre, avant de demander : Mais qu'est-ce que tu fabriques ?

— J'arrive.

— Attends-nous en bas. On descend.

— Pourquoi se presser ? (Ren paraissait amusé.) L'histoire ne claquera pas avant une heure.

— Je suis au courant. Je n'ai pas quitté l'horloge des yeux de toute la soirée.

— Fixer l'horloge le rend grognon, intervint Aya en pivotant sur ses semelles compensées. C'est *mon* histoire, tu sais, mais c'est lui qui a le trac.

Hiro soupira.

— Elle a refusé de masquer la séquence du traîneau àl'arrière-plan, Ren. Mes parents vont en faire une attaque.

— Et Hiro n'arrive pas à se mettre dans le crâne que c'est moi que ça regarde ! dit Aya. Mais ne t'en fais pas. Je me charge de le lui rappeler.

Le rire de Ren résonna dans la pièce.

— Je le lui rappellerai moi aussi, Aya-chan !

Hiro renifla avec dédain, coupa la communication d'un claquement de doigts et transforma l'écran mural en miroir géant. Il avait emprunté l'un des anciens costumes officiels de leur père : soie noire arachnéenne et boutons en vrai bambou. Il avait beaucoup de classe.

Aya glissa en souplesse à travers la pièce, observant dans le miroir mural l'effet produit par sa traîne étincelante. Moggle n'en perdit pas une miette. Elle avait dû payer sa robe avec la réputation d'Hiro, mais le rembourser serait un jeu d'enfants.

Elle ne comprenait pas la nervosité de son frère. À ses yeux, cette soirée lui était promise depuis longtemps, bien plus réelle que la quête du mérite et l'anonymat auxquels se résumait sa vie jusqu'à présent. Tout cela n'avait été qu'une préparation à cet instant... à la célébrité.

Et puis surtout, Frizz serait présent à la fête. Il s'en voulait toujours pour cette histoire de Reine de la vase. Ce soir pourtant, la gêne qui s'était installée entre eux se dissiperait. Frizz ne le savait pas encore, mais Aya et lui se rencontreraient enfin sur un pied d'égalité. Sans parler de la soirée des Mille Visages à laquelle ils iraient ensemble la semaine suivante.

— Arrête un peu tes glissades ! grommela Hiro. On dirait une Ugly sur le point de claquer des images de son chat !

Elle s'immobilisa en douceur.

— Oh, non !

— Quoi ? Tu as oublié une séquence ?

— Non, c'est juste que... cette histoire serait sans doute meilleure avec un chat !

Hiro consentit enfin à sourire, avant de se retourner vers le miroir.

— En fait, elle est parfaite comme ça, Aya-chan. Même si elle doit provoquer une crise cardiaque à maman et papa.

— Parfaite ? répéta-t-elle, en espérant que Moggle enregistrait. Sérieusement ?

— Sérieusement. (Il haussa les épaules.) Crois-tu que je la relayerais, sinon ? Laisse-moi te montrer quelque chose.

Il agita le doigt, et l'écran se modifia pour afficher le plan d'un appartement. Il était immense, avec des placards assez grands pour y entrer debout, des fenêtres en matière adaptive et une fente murale capable de fournir à peu près n'importe quoi.

— Qu'est-ce que c'est ? s'enquit-elle.

— Un appartement aux Écrins changeants. Il vient de se libérer.

Aya cligna des yeux. La résidence des Écrins changeants hébergeait les plus grandes célébrités de la ville. Elle offrait une vue imprenable, une intimité à toute épreuve, et même ses murs témoignaient à la célébrité une profonde sensibilité : chaque semaine ils se déplaçaient légèrement, d'où le nom de la résidence, afin de refléter au centimètre près l'évolution du rang facial des différents locataires.

— Aux Écrins changeants ? Tu crois que je vais devenir célèbre *à ce point* ?

Il haussa les épaules une fois encore.

— Tu vas peut-être bien désamorcer une guerre, Aya-chan. Ça veut dire le mérite en plus de la gloire. Tu es prête ?

Aya sentit ses joues chauffer, et pas uniquement à cause de ses tatouages mobiles. Elle jeta un dernier coup d'œil à son reflet dans le miroir et fit un geste, pour s'admirer de profil. Ce soir, elle se trouvait presque jolie. Même son nez lui paraissait parfait.

Elle acquiesça.

— On ne peut plus prête.

Il était grand temps.

Dix aérocams flottaient au-dessus de leurs têtes, et des douzaines d'autres les attendaient en haut des marches de la résidence. Leurs lentilles reflétèrent la lueur des torches en faisant le point sur Hiro, Aya et Ren.

Tout le monde savait que la nouvelle histoire d'Hiro Fuse sortait ce soir, et la rumeur voulait qu'elle soit plus brûlante encore que celle sur l'immortalité. Ce que chacun ignorait cependant, c'est que l'histoire en question ne contenait qu'un relais vers le site de sa petite sœur. Aya n'appréciait guère de devoir s'appuyer ainsi sur la renommée de son frère, mais il fallait bien admettre que c'était la manière la plus rapide de faire connaître son histoire.

En atteignant les marches de la résidence, elle monta l'étincelage de sa robe à fond.

— N'épuise pas tes batteries, lui chuchota Ren, en souriant aux caméras.

— Mais Hiro m'a dit de soigner mon entrée !

Son propre sourire s'effaça quelque peu alors qu'elle grimpait les marches. Elle s'était légèrement foulée une cheville dans les cailloux à cause de ce stupide parachute.

— Je n'aurais peut-être pas dû m'habiller comme ça, grommela-t-elle.

— Tu es magnifique, lui assura Hiro. Par contre, fais attention à ne pas couper la friction de tes chaussures – tu ne voudrais pas devenir célèbre pour t'être étalée comme une crêpe sur le tapis rouge !

— Et n'oublie pas, ajouta discrètement Ren, que d'ici une heure, tu seras la plus célèbre de toutes les personnes ici présentes.

Aya jeta un regard nerveux en direction d'Hiro, qui lui prit la main.

Elle consulta son écran oculaire : le rang facial moyen de la soirée atteignait déjà les 2000, bien supérieur à celui de la soirée dans laquelle elle s'était faufilée dix jours plus tôt. Et ce chiffre grimperait encore à mesure qu'arriveraient les plus grandes célébrités, les claqueurs de technologie capables d'expliquer le principe d'une catapulte électromagnétique en termes que n'importe quel Extra puisse comprendre.

À l'intérieur, l'air bruissait : les aérocams étaient en si grand nombre qu'Aya se demanda comment elles réussissaient à filmer. Certaines évoluaient en essaims, pareilles à des vairons dans un aquarium surpeuplé. Moggle se joignit à leur ballet, l'air massif et maladroit au milieu des engins gros comme le doigt.

Le plus drôle, c'est qu'elle avait suivi en ligne des milliers de soirées semblables à celle-ci sans jamais prêter attention aux aérocams. Là, leur grouillement incessant était plus agaçant que celui des moustiques à la saison des pluies.

Elle comprenait néanmoins leur présence. Les fondus de la retouche à eux seuls auraient valu le déplacement. Les nouvelles textures de peau s'affichaient par dizaines : fourrure, écailles, couleurs étranges ou membranes translucides – elle vit même des croûtes granitiques, comme si des statues vivantes étaient venues se joindre à la fête. Aya repéra des visages inspirés d'animaux ou de personnages historiques, qui tous cherchaient à capter l'attention du plus grand nombre possible d'aérocams.

À la pensée que Nana Love donnerait sa fête une semaine plus tard, les gens lâchaient la bride à leur créativité pour tenter de s'imposer parmi les mille premiers.

Toutefois, aucun de ces fondus de la retouche n'était aussi dérangeant que les mystérieuses créatures aperçues par Miki et Aya dans le tunnel du train. Pour cette soirée, tout n'était qu'affaire de mode et de spectacle, alors que les êtres en question avaient quelque chose... d'Inhumain.

Aya prit une grande respiration, chassant les modifs corporelles de ses pensées. Il n'y avait pas que des fondus de la retouche dans cette fête. On y trouvait également des génies : matheux qui jouaient avec des casse-tête cubiques et autres labyrinthes holographiques, scientos en blouse de laborantin, réunis pêle-mêle dans ce paradis des claqueurs de technologie.

Aya parcourut la foule à la recherche de Frizz, mais son regard butait sans cesse sur d'autres visions extraordinaires.

— Regardez ces peaux de pixels ! s'écria-t-elle.

À l'autre bout de la pièce se tenait un couple à demi nu, le dos parcouru d'images mouvantes. Les cellules de leur peau changeaient de couleurs assez vite pour afficher les images d'un site. On aurait dit des caméléons cramponnés à un écran mural.

— Je trouve ça vulgaire, dit Ren. Et pas nouveau, en plus. Vise plutôt les quatre dans ce coin-là.

Aya suivit son regard.

— Eh bien, quoi ? Je ne vois personne.

— Justement. C'est la dernière génération d'épiderme pixélisé – un camouflage quasi parfait.

— Très drôle, Ren. Je suis pliée de...

Sa voix mourut. Le coin venait de *bouger*, de frissonner de manière presque imperceptible, comme une ondulation dans le papier peint. Le mouvement avait dessiné l'empreinte d'un corps humain. Elle chuchota :

— Tu as pris ça, Moggle ?

— Bah, fit Hiro. Les pieuvres en font autant.

— C'est elles qui ont inspiré le truc, confirma Ren. Les cellules de leur peau renferment des petits sacs de pigments, qu'elles peuvent contrôler par...

— Une seconde, l'interrompit Aya. Comment se fait-il qu'on ne voie pas leurs vêtements ?

Hiro gloussa, et Ren demanda :

— Quels vêtements ?

Aya ouvrit de grands yeux.

— Oh. C'est... intéressant.

— Je remarque quand même un problème, réfléchit Hiro à voix haute. L'invisibilité n'est-elle pas le *contraire* de la célébrité ?

— Hiro ! siffla Ren. Alerte à l'Indicible !

Aya leva la tête à temps pour voir Toshi Banana se frayer un chemin dans la salle. Sa fameuse aérocam en forme de requin fendait l'air au-dessus de sa tête. Une cohorte de claqueurs à la petite semaine et de groupies suivait dans son sillage.

— Que vient-il faire ici? grommela Hiro. Il est bien trop célèbre pour cette soirée. En plus, il déteste les technos!

— Heu, on dirait qu'il vient vers nous, observa timidement Aya.

— Aucune chance, dit Hiro.

Pourtant, la silhouette imposante de Toshi se dirigeait droit vers eux, bousculant au passage une fondue de la retouche à peau de léopard ainsi qu'une bande de faces de manga.

Son escorte se déploya en cercle autour d'eux, tandis qu'une petite armada d'aérocams prenait place au-dessus de leurs têtes. Aya se souvint soudain des interviews dévastatrices claquées par Toshi au fil des ans – il était passé maître dans l'art de faire passer ses interlocuteurs pour des idiots.

— Hiro Fuse? C'est toi?

La voix de Toshi était grave et rauque, susceptible d'exploser de rage à tout moment, tout comme sur son site. Aya remarqua qu'il n'avait pas pris la peine de s'incliner.

— Heu... commença Hiro.

— Tu n'en es pas sûr? Moi, en tout cas, je crois que c'est toi. Et je me trompe rarement. (Toshi gloussa, et ses groupies éclatèrent de rire.) J'ai adoré ton histoire d'immortalité.

— Oh, merci, Toshi-senseï. (Hiro s'éclaircit la voix.) Ça me touche beaucoup.

Aya leva les yeux au ciel. Un seul compliment de l'Indicible, et Hiro était déjà en train de lui lécher les bottes.

— Ces clonages de cœur ! Répugnant ! (Toshi jeta un coup d'œil par-dessus son épaule à la fille-léopard et secoua la tête.) Certaines personnes ne peuvent pas s'empêcher de bouleverser l'ordre naturel des choses, hein ?

— Ces Crumblies, tu veux dire ? (Hiro haussa les épaules.) Je crois qu'ils ont simplement peur de mourir.

— La peur, exact ! C'est le grand cadeau que nous a fait le déferlement d'intelligence.

— Tu ne rates pas une occasion de dénigrer le déferlement d'intelligence, intervint Ren. Pourquoi ne pas te faire opérer pour redevenir stupide, comme les anciens Pretties ?

Toshi fit pivoter sa carcasse massive et toisa Ren.

— Je te connais ?

Ren s'inclina de façon imperceptible.

— J'en doute.

— Eh bien, contrairement à ce que les gens s'imaginent souvent, tout le monde n'était pas stupide durant le Prettytime. Il fallait bien que certains puissent faire tourner la ville. (Toshi se retourna vers Hiro :) Ton rang facial semble avoir décliné depuis cette histoire, Hiro-chan. C'est peut-être dû à tes fréquentations.

— Hé ! protesta Aya en effectuant une volte-face sur ses semelles sans friction. Les fréquentations en question se tiennent juste devant toi !

Toshi baissa les yeux vers elle.

— Une Extra ? Tu sors avec une anonyme, Hiro-chan ?

— Sortir ? Non, c'est ma… commença Hiro, mais sous le regard de l'escorte de Toshi, il n'osa pas achever sa phrase.

L'Indicible relâcha lentement sa respiration, laissant

son regard dériver au-delà de l'épaule d'Hiro, comme s'il cherchait quelqu'un de plus important.

— Eh bien, si ton sujet de ce soir en vaut la peine, je t'inviterai peut-être sur mon site. Ça pourrait t'aider à accéder à la cour des grands.

— Laisse tomber ! cracha Aya. Après cette soirée, nous serons mille fois plus célèbres que toi !

Les aérocams pivotèrent en bloc vers Aya et firent le point sur elle. Toshi la dévisagea comme s'il venait de ramener un cafard au bout de ses baguettes.

— Cette *Ugly* est-elle dans ton histoire, Hiro-chan ? Parce que si c'est le cas, je n'en veux pas.

Alors qu'Aya s'apprêtait à répliquer, une idée troublante se fit jour en elle. Aux pourfendeurs du déferlement d'intelligence tels que l'Indicible, les tueurs de villes offriraient une preuve supplémentaire que l'humanité représentait une menace pour la planète, un argument de plus en faveur d'un contrôle global de la population.

Avec ses dizaines d'aérocams, Toshi était déjà en train de réunir des éléments pour fausser son histoire sous cet angle-là. Il avait auparavant exploité l'immortalité d'Hiro afin de ranimer les craintes de surpopulation. Qu'arriverait-il à tirer d'une histoire de tueurs de villes ?

— Ne t'en fais pas, Toshi-*chan*, dit Ren. Tu le sauras très bientôt. Comme tout le monde. (Il se tourna vers Aya :) Claquons ça en avance. Claquons-le tout de suite.

— Tu crois ?

— Bonne idée, approuva Hiro. Ça ajoutera un élément de surprise.

Aya leva les yeux vers l'Indicible. Tout ce qui était susceptible de le décontenancer était bon à prendre. Elle s'inclina.

— Excuse-nous. On a quelque chose d'important à préparer.

Il fit mine de bredouiller une riposte, mais les trois amis avaient tourné les talons. Des codes de déverrouillage défilaient sur l'écran oculaire d'Aya, tandis que les doigts d'Hiro s'activaient. Elle adressa un bref message à Frizz afin de s'assurer qu'il découvre son histoire parmi les premiers.

Les mains d'Hiro se calmèrent, et il se tourna vers elle.

— Alors, sœurette. Tu es prête ?

Elle acquiesça lentement et sentit ses tatouages tournoyer.

— Prête.

— Lancement dans trois... deux... un...

Ils formulèrent ensemble le dernier code de déverrouillage, puis se regardèrent.

L'histoire des tueurs de villes était en ligne.

Ren s'enfonça dans la foule en jouant des coudes et vint se placer au centre de la salle, à côté d'une face de manga dont la coiffure étincelante se dressait à plus d'un mètre. Il tapa deux fois dans ses mains.

— Mesdames et messieurs, j'ai une annonce à faire !

Il marqua une pause, le temps que les conversations s'éteignent. Même les psalmodistes furent réduits au silence par son audace, mais Ren, imperturbable, dévisagea une à une toutes les personnes présentes.

Il s'inclina bien bas devant l'assemblée.

— Navré de vous interrompre, mais la nouvelle histoire d'Hiro et Aya Fuse vient d'être mise en ligne. Et elle concerne une chose qui devrait intéresser chacun d'entre vous : la fin du monde !

DÉFORMATION DE LA VÉRITÉ

Quinze minutes plus tard, la rumeur commença à enfler.

Naturellement, la plupart des participants à la soirée avaient repris leur conversation aussitôt après l'annonce de Ren. Quelques portables s'allumèrent, mais les grands écrans muraux de la résidence demeurèrent sombres. Pourquoi interrompre une fête pour consulter un site parmi un million ? Surtout si c'était la petite sœur d'Hiro Fuse qui claquait ce soir, et non monsieur Superstar soi-même.

Dans son coin, Toshi Banana mettait un point d'honneur à ignorer le reste des invités, à raconter des blagues à son entourage et à savourer l'hilarité qu'il provoquait. Mais Aya vit que l'une de ses groupies suivait quelque chose sur son écran oculaire. Après le passage concernant les tueurs de villes, la fille se dressa sur la pointe des pieds et glissa quelques mots à l'oreille de l'Indicible. Celui-ci afficha une expression pensive.

Dehors, la rumeur grossit plus rapidement à travers la ville – le bouche-à-oreille se mit de la partie, et les sites étaient de plus en plus nombreux à relayer l'histoire qui se répandit comme un feu de brousse à la saison sèche. Aya regarda l'indice des consultations de son site augmenter peu à peu, ainsi que son rang facial, qui avait déjà repassé la barre des 100 000.

— Je viens d'intercepter un message sur le site des gardiens, annonça Ren.

Avec ses deux écrans oculaires allumés, le défilement des caractères lumineux rendait son regard totalement inexpressif.

— Les aérocars sont en train de décoller.

Aya sourit. En bonne citoyenne, elle avait collé une bannière de vigilance sur son histoire afin de s'assurer que le gouvernement la visionnerait en priorité. Les gardiens seraient sur place dès ce soir, pour tenir les casse-cou et les paparazzi à l'écart des lieux et s'assurer que personne ne se fasse aplatir par un train magnétique. Bien sûr, ce n'était pas qu'une question de sécurité individuelle – d'ici le lendemain, les navettes suborbitales du Comité de concorde planétaire convergeraient sans doute par ici de tous les continents.

Perdu dans la contemplation de ses écrans oculaires, Ren éclata de rire.

— C'est trop drôle ! Gamma Matsui est en train de te casser du sucre sur le dos : elle pense que tu as trafiqué la séquence du traîneau ! Elle prétend qu'il est impossible de rester en l'air aussi longtemps – que toute l'histoire est un pur canular.

Aya n'en revenait pas.

— C'est méchant ! Qu'est-ce qu'elle en sait, de toute manière ?

— On s'en fiche, Aya, rétorqua Ren. C'est surtout la claqueuse la plus célèbre à t'avoir remarquée jusqu'ici.

Il avait raison : l'indice des consultations de son site venait d'effectuer un nouveau bond. Aya afficha Gamma sur son écran oculaire, et tendit l'oreille pour bien l'écouter.

— Je donnerais n'importe quoi pour être devant ton écran mural en ce moment, Hiro, dit-elle, prise d'une subite envie de voir son histoire se propager à travers une vingtaine de sites à la fois. Pourquoi me suis-je laissé convaincre de venir ici ?

Ren posa la main sur l'épaule d'Aya et lui proposa une coupe.

— Relax, bois un peu de champagne. Tu vois cette fille qui a l'air d'une Extra, celle qui joue avec le casse-tête cubique ? Elle peut calculer la vélocité terminale du traîneau de tête, rien qu'en le regardant. En matière de physique, elle mange deux Gamma au petit déjeuner. Voilà pourquoi nous sommes là.

— Mais elle n'est même pas en train de regarder mon site ! s'écria Aya. Tu ne crois pas que je devrais aller lui expliquer ?

— Surtout pas, lui déconseilla Hiro. Personne d'autre ne parle de canular pour l'instant. Pas la peine de souffler sur des braises refroidies.

Aya bougonna, et posa sa coupe de champagne. Rester sans rien faire était parfois la chose la plus difficile au monde.

— Il y a quand même de bonnes nouvelles, observa Hiro. L'Indicible nous quitte.

Aya leva les yeux à temps pour voir Toshi Banana et

son escorte se diriger vers la porte. Ils paraissaient tous très pressés.

Ren gloussa.

— Il est probablement impatient de retrouver ses écrans muraux pour démonter ton histoire avant qu'elle ne fasse trop de bruit.

— Et si nous l'attaquions les premiers ? demanda Aya.

Ren éteignit ses écrans d'un battement de paupières et se tourna vers elle.

— Pas la peine. On parle de tueurs de villes, d'accord ? C'est une affaire trop importante pour que ce débile puisse se l'approprier.

Un quart d'heure plus tard l'histoire avait grossi hors de toutes proportions, inondant chaque site, débordant de l'interface de la ville pour se répandre sur le réseau planétaire. Tout semblait se produire simultanément, dans l'une de ces explosions de notoriété inexplicables, ou du moins, beaucoup trop rapide pour qu'Aya puisse en discerner la logique sur son petit écran oculaire.

Les participants à la fête multipliaient les regards dans sa direction, conscients que quelque chose d'important agitait l'interface de la ville. Ils sortaient des portables, qu'ils allaient consulter dans un coin.

— Jusqu'ici, tout marche comme sur des roulettes, annonça Hiro. Ton rang facial vient de rentrer au niveau des 10 000. Tu es en train de battre le psalmodiste de ce soir !

— Chouette !

Elle grimaça : son signal d'alerte venait de s'emballer, comme un minuscule marteau-piqueur qui lui martelait le tympan.

— J'ai un problème avec mon écran oculaire !

— Tout va bien, Aya, la rassura Ren. C'est seulement le flot des messages que tu reçois. Tu ferais mieux de couper le son.

Elle serra les deux poings, ce qui fit disparaître le bruit, puis se massa l'oreille.

— Aïe ! Ça peut être douloureux, la célébrité !

— Aya Fuse qui se plaint de la célébrité ? s'étonna quelqu'un. Voilà qui est nouveau.

Aya pivota et découvrit Frizz Mizuno planté là devant elle, les yeux immenses, très beau, le sourire jusqu'aux oreilles.

— Frizz ! s'écria-t-elle en se jetant à son cou. As-tu vu mon histoire ?

— Bien sûr.

Il la serra fort, puis se détacha pour s'incliner devant Hiro et Ren :

— Frizz Mizuno.

Hiro lui retourna la politesse avec un petit sourire rusé.

— Tu es donc le célèbre Roi de la Vase.

— Et toi, le célèbre grand frère d'Aya, dit Frizz, qui fronça les sourcils. Quoique… plus aussi célèbre désormais, comparé à elle.

Hiro ouvrit de grands yeux, et Aya l'empoigna par le bras.

— Va donc t'occuper ailleurs, Hiro, lui ordonna-t-elle.

La Sincérité radicale causait déjà bien assez de problèmes sans la présence de son grand frère.

Hilare, Ren entraîna Hiro vers un groupe de claqueurs qui attendaient une interview.

— Je n'ai qu'une minute, Frizz. Je vais devoir répondre à un tas de questions très bientôt. Mais je suis heureuse que tu sois venu !

— Tu m'as manqué. (Il se rapprocha, le regard plongé dans celui d'Aya.) Je n'ai pas eu l'occasion de te dire en face combien j'étais désolé pour cette mauvaise publicité.

Aya détourna la tête en frémissant devant ces yeux de manga.

— Ce n'était pas ta faute, Frizz, j'aurais dû faire plus attention. Et puis, être la Reine de la vase s'est révélé plutôt... intéressant.

— Personne ne t'appellera plus ainsi après cette nuit. (Il lui prit le bras.) Je ne t'ai jamais trouvée vaseuse, de toute façon.

Elle se risqua à l'affronter de nouveau, en parlant à voix basse pour échapper aux oreilles indiscrètes des aérocams.

— Te souviens-tu de ce que tu m'as dit ce jour-là ? Que tu ne savais pas quel genre de personne j'étais ? Tu comprends, maintenant, pourquoi il fallait que je mente ?

Ce fut Frizz qui se détourna cette fois-ci.

— Ça me semblait plutôt moche, de trahir ses amies de cette manière. Mais je comprends, oui. (Il soupira.) J'imagine que parfois, on est obligé de mentir pour découvrir la vérité.

Il paraissait si triste en disant cela qu'Aya le prit de nouveau dans ses bras en le serrant fort. Elle se moquait de savoir combien d'aérocams étaient braquées sur eux, ou combien de sites de casseurs compareraient sa laideur à la beauté de Frizz.

— Mais je ne te mentirai jamais à toi, Frizz.

Elle discerna une crispation chez lui.

— Alors, dis-moi une chose.

— Tout ce que tu veux.

— Si vous n'aviez pas trouvé ces tueurs de villes, s'il n'y avait eu que les Rusées, le surf et les trains magnétiques dans ton histoire, l'aurais-tu claquée quand même ?

Aya se dégagea. Frizz n'était pas stupide ; il avait bien noté qu'elle déformait la vérité longtemps avant la découverte des cylindres.

Mais aurait-elle *vraiment* trahi ses amies pour devenir célèbre ? Comme Miki l'avait dit, chevaucher le train à travers les régions sauvages lui avait ouvert l'esprit, et le temps passé en compagnie des Rusées lui avait permis de se sentir l'une des leurs. Elle aurait pu changer d'avis... peut-être.

Est-ce mentir lorsqu'on parle sans être certain de connaître la vérité ?

Elle s'éclaircit la voix.

— Quand j'ai rejoint les Rusées, j'étais juste à la recherche d'une bonne histoire, n'importe laquelle. Mais après notre discussion ce jour-là, j'ai commencé à me poser des questions.

— Alors, tu avais déjà changé d'avis ?

Aya fixa ses yeux immenses, démesurés : il avait envie de la croire. Ce serait si simple pour elle de se contenter d'acquiescer. Et puis, à quoi bon lui faire de la peine ? Elle ne serait plus jamais incognito. Dès ce soir, tout le monde saurait qu'Aya Fuse était une claqueuse – elle ne pourrait plus mentir pour obtenir une histoire. Alors, quelle importance si elle se comportait en Reine de la vase falsificatrice une dernière fois ?

— Tout s'est passé si vite, répondit-elle. D'abord, ce n'était qu'une farce et puis soudain, le sort du monde s'est retrouvé dans la balance. (Elle détourna le regard.) Mais, non... Je n'aurais pas pu leur faire ça.

Frizz la ramena contre lui.

— Ça me soulage.

Aya ferma les yeux très fort, pour ignorer ses propres doutes. Frizz l'avait crue avec beaucoup de facilité. Peut-être n'était-elle pas si loin de la vérité. La question était purement hypothétique, après tout.

Ce serait stupide de devoir renoncer à Frizz à tout jamais, alors qu'il suffisait d'une légère entorse à la sincérité pour le garder.

— Heu... Aya? lui murmura Frizz à l'oreille. J'ai l'impression que ton frère te réclame.

Elle resserra son étreinte.

— Je m'en fiche.

— En fait, il n'y a pas que Hiro. C'est... un tas de gens.

Aya soupira, se détacha de lui et jeta un coup d'œil derrière elle : une foule l'attendait. Elle en resta bouche bée.

La folie médiatique était lancée.

FOLIE MÉDIATIQUE

Les gens faisaient le pied de grue par dizaines. Ren était en train de les placer dans l'escalier principal de la résidence, les plus célèbres en bas. Une moitié était des technos aux retouches incroyables et aux habits en matière adaptive, le reste se composant de visiteurs qui semblaient curieusement déplacés dans cette soirée – claqueurs d'ego, débutants, une poignée d'élus municipaux. Quelques sommités dans le lot.

Et tous ces gens brûlaient de la voir.

Hiro prit Aya par le bras et l'entraîna vers un endroit dégagé, au bas des marches. Plusieurs centaines d'aérocams restaient braquées sur elle, se bousculant constamment pour la prendre sous un meilleur angle, traquant le moindre de ses gestes. Aya se sentait minuscule sous ce regard collectif, aussi insignifiante que lors de sa première échappée nocturne dans les régions sauvages.

Voilà ce qu'était la célébrité, se rappela-t-elle. Ce dont elle avait toujours rêvé : que l'on fasse attention à elle, que l'on boive chacune de ses paroles.

— Coupe ton écran oculaire, lui souffla Hiro. Tu vas avoir besoin de toute ta concentration.

Aya acquiesça. Mais devant ces visages attentifs rivés sur elle, les explications qu'elle avait conçues la veille s'effacèrent soudain de son esprit.

— Hum, c'est plutôt intimidant, murmura-t-elle.

Hiro lui pressa le bras.

— Je suis juste derrière toi.

Elle hocha la tête et se racla la gorge.

— D'accord, allons-y.

Les questions fusèrent.

— Comment as-tu découvert les Rusées, Aya ?

— Un coup de chance. Je les avais vues surfer un soir, et je les ai cherchées lors d'une soirée qui ressemblait beaucoup à celle-ci.

— Pourquoi certains visages sont-ils floutés à l'arrière-plan ?

Aya s'éclaircit la gorge, ébahie qu'on ait déjà visionné son histoire d'aussi près.

— Les Rusées tenaient à demeurer anonymes. Alors, j'ai effacé quelques images. C'est tout.

— Es-tu sûre de ne protéger personne d'autre ?

— Qui donc ?

— Ceux qui ont construit la catapulte électromagnétique, par exemple.

— Bien sûr que non !

— Donc, tu ne sais vraiment rien à leur sujet ?

Aya marqua une pause, regrettant de n'avoir pas mentionné les personnages à l'allure Inhumaine. Mais ç'aurait été trop incroyable, surtout sans la moindre image à l'appui. Des constructeurs aliens paraîtraient encore plus invraisemblables si elle en parlait maintenant.

— Pourquoi voudrais-je les protéger ? Les architectes

de ce projet sont des cinglés. Vous n'avez pas vu la partie consacrée aux tueurs de villes?

— À propos de ce titre, tu n'as pas l'impression d'en rajouter un peu, Aya? s'enquit un autre claqueur. Quelques tonnes d'acier ne peuvent pas aplatir toute une ville, n'est-ce pas?

Aya sourit. Ren l'avait préparée à cette question.

— À la vitesse atteinte lors de la rentrée dans l'atmosphère, il suffirait d'un petit projectile pour renverser un bâtiment érigé sur piliers magnétiques. Alors, un cylindre qui se fragmenterait en plusieurs milliers de morceaux... Je vous laisse faire les calculs. Mieux encore, posez donc la question à cette jeune femme là-bas. Celle qui tient le casse-tête cubique.

— Ne pourrions-nous pas stopper ces cylindres? Comme les Rouillés le faisaient autrefois avec les missiles?

Elle avait prévu cette réponse-ci toute seule.

— Les Rouillés n'ont jamais réussi à intercepter les tueurs de villes – sauf dans leur propagande. Et les missiles produisaient un énorme panache de fumée. Des fragments de métal seraient beaucoup plus petits, presque invisibles.

— Pourquoi avoir laissé la montagne déserte, à ton avis?

— Ren Machino, qui m'a aidée à présenter cette histoire, pense que la catapulte électromagnétique était conçue pour un fonctionnement entièrement automatique.

— Crois-tu qu'il pourrait en exister d'autres, ailleurs dans le monde?

Elle cligna des paupières.

— J'espère bien que non.

— Avec la pénurie de métal en cours, d'où peut sortir tout cet acier, à ton avis ?

— Je n'en ai aucune idée.

— Qu'est-ce qui t'a poussée à devenir claqueuse, Aya ?

— Heu…

Elle s'interrompit, prise au dépourvu, bien que Hiro l'ait prévenue qu'il y aurait fatalement un imbécile pour poser des questions personnelles.

— Après le déferlement d'intelligence, dit-elle, j'avais un peu de mal à suivre l'évolution du monde. Et raconter l'histoire des gens m'a paru un bon moyen de le faire.

Le claqueur sourit.

— N'est-ce pas le genre de réponse type que ton grand frère donne chaque fois ?

— Heu… pas de commentaires, fit Aya.

Voyant l'assistance s'esclaffer, elle sourit et commença enfin à se détendre.

— Quel genre de visage as-tu l'intention de prendre à seize ans ? cria un claqueur de mode dans le fond.

— Je ne sais pas encore. J'aime bien les faces de manga.

— On avait remarqué, Reine de la vase !

— D'accord. Pas de commentaires, là non plus.

— Ne crains-tu pas de glorifier des activités illégales et dangereuses, Aya ?

Elle haussa les épaules.

— Je ne fais qu'exposer la vérité au grand jour.

— Sauf que tu n'as pas dit la vérité aux Rusées…

Avec un coup d'œil vers Frizz, Aya répondit :

— Parfois, il faut savoir mentir pour découvrir la vérité.

— Selon toi, qu'est-ce qui peut attirer une célébrité comme Eden Maru chez les Rusées ?

— Elle l'explique elle-même dans son interview : le besoin de prendre de la distance avec vous.

— As-tu pensé que c'était peut-être *notre* ville qui avait construit cette catapulte ? cria quelqu'un dans le fond – l'une des groupies de Toshi Banana, réalisa Aya.

— Pourquoi ferions-nous une chose pareille ?

— Notre ville est la plus proche des montagnes. Si c'était le cas, cette révélation ne s'assimilerait-elle pas à une trahison ?

— À une… *quoi* ?

— Cette catapulte électromagnétique est peut-être nécessaire à notre défense.

Aya se tourna vers Hiro, qui répondit :

— S'il s'agissait de nous défendre, nous serions en droit d'être informés, tu ne crois pas ?

— Et toi, Hiro ? lança un claqueur techno. Que ressent-on lorsque sa petite sœur vous passe sous le nez ?

— C'est plutôt vexant, admit Hiro. (Puis il sourit.) Mais ça vaut mieux que de voir sa résidence bombardée.

Les questions se poursuivirent : sur l'enfance d'Aya, son claqueur favori, la suite qu'elle pourrait donner à son histoire. On discuta longuement de calculs mathématiques et de missiles, de Rusées et de caméras-espions, de parachutes et de paparazzi. Chaque fois qu'un claqueur s'arrachait à la foule pour aller mettre son interview en ligne, un autre le remplaçait, et les questions commencèrent bientôt à se répéter. Aya s'efforçait de leur apporter des réponses différentes, mais se retrouva à formuler toujours les mêmes explications.

Frizz finit par l'entraîner dans un coin, en promettant qu'elle reviendrait bientôt. Hiro prit le relais sans tarder.

— À boire, croassa-t-elle.

Frizz lui fourra un verre d'eau entre les mains.

— Merci, souffla-t-elle après avoir vidé son verre.

L'air grouillait d'aérocams braquées sur elle mais les gens gardaient leurs distances, en se retenant de la dévisager. Pour la première fois de sa vie, une bulle de réputation s'était constituée autour d'elle.

À l'autre bout de la salle, un groupe de technos s'était rassemblé devant le grand écran mural de la résidence sur lequel Ren se livrait à une macabre démonstration mathématique concernant les missiles balistiques et l'effondrement des bâtiments. Aya se retrouvait momentanément seule en compagnie de Frizz.

— Comment je m'en sors ? demanda-t-elle à voix basse.

— À merveille. (Il sourit.) Alors, quelle impression ça fait d'être célèbre ?

Elle grommela : elle n'avait pas oublié sa Stupidité radicale de la dernière fois.

— Très drôle.

— Non, vraiment, insista-t-il, qu'éprouve-t-on lorsqu'on fréquente quelqu'un d'aussi anonyme que moi ?

— Arrête ! Où est passée ta Sincérité radicale ?

— Charrier n'est pas mentir, fit valoir Frizz. Et puis, je me demande sincèrement comment tu me vois désormais.

Aya leva les yeux au ciel.

— Ce n'est pas comme si tu étais une sorte d'Extra. Il n'y a pas de divergence d'ambitions entre nous !

— Oh, si.

— Mais encore ?

— Tu veux dire que ça fait une heure que tu n'as pas consulté ton rang facial ? (Il s'esclaffa.) Je suis sur le cul. Dis un chiffre, vite, avant que je ne puisse plus me retenir.

Aya avait à peine pris le temps de respirer depuis la mise en ligne de son histoire, et encore moins de suivre l'évolution de son rang facial. Maintenant, elle avait peur d'allumer son écran oculaire pour le découvrir.

— Quoi, je serais plus célèbre que toi ? Sous la barre des 1 000 ?

— Ne sois pas absurde, Aya ! Les Crumblies immortels ont propulsé ton frère sous la barre des 1 000. Là, on parle de tueurs de villes ! Dis un *vrai* chiffre.

Aya haussa les épaules, ne voulant pas paraître trop vaniteuse.

— Heu… 500 ?

— Toujours absurde ! (Le visage de Frizz se crispa.) Ne pas te le dire, c'est insupportable.

— Alors crache le morceau ! s'écria Aya.

— Tu es la *dix-septième* personne la plus célèbre de toute la ville ! lâcha Frizz, qui se massa les tempes. Ouille ! Ça fait mal.

Aya le fixa : même s'il était incapable de mentir, Frizz avait pu se tromper.

— La *dix-septième* ?

— Nana Love a claqué un truc sur toi.

— Tu rigoles ? s'exclama Aya. Depuis quand s'intéresse-t-elle aux armes rouillées ?

— Nana-chan s'intéresse à la survie de l'humanité. Ce qui est plutôt gentil de sa part. Elle va peut-être t'appeler.

— C'est une blague !

Aya alluma son écran oculaire, le cœur battant à tout rompre.

— Tu crois vraiment ?

— Probablement. Elle m'a bien appelé quand j'ai intégré le top 1 000.

L'interface d'Aya s'afficha, noyée sous une énorme pile de messages, des dizaines de milliers de messages ! Elle n'aurait *jamais* le temps de tout lire !

— Si tu voyais ta tête, gloussa Frizz. On dirait une gamine qui fait une indigestion de glace.

— Indigestion, c'est le mot. Regarde un peu tous ces messages !

Elle se souvint de ce que faisait Hiro après avoir claqué un scoop, quand il était submergé de propositions. Ses doigts s'agitèrent d'eux-mêmes.

— Attends, je vais les classer par rang facial. Ceux des Extras tout au fond, et les plus importants sur le dessus. Si Nana-chan m'a réellement appelée, elle apparaîtra tout en… ouah !

Il y avait tant d'appels qu'ils ne cessaient de bouger, reclassés par l'interface de la ville qui les vérifiait un à un en se reportant à un classement facial constamment réactualisé. Plusieurs noms commencèrent à surnager – claqueurs célèbres, personnalités politiques, un mot de remerciement du Comité des bons citoyens…

— Je vais sûrement récolter pas mal de mérite dans cette histoire, murmura-t-elle. À moi les Écrins changeants !

Puis, elle le vit... un message scintillant porté sur des ailes d'ange.

— Oh, Frizz. Tu avais raison... Nana-chan m'a vraiment regardée !

Il rit.

— Je te l'avais dit !

Aya était sur le point d'ouvrir le message, quand il descendit brusquement d'un cran. Elle contempla le nouveau message avec incrédulité. Sans la moindre fioriture, son lettrage noir semblait aussi dépouillé qu'une réponse automatique.

— Heu... Frizz, j'en ai reçu un autre encore mieux classé.

— Un autre quoi ?

— Je crois que quelqu'un de plus célèbre que Nana Love vient de m'écrire.

— Mais il n'y a personne de... Enfin, à l'exception de... (Frizz faillit s'étrangler :) Tu veux dire que *Tally Youngblood* t'a écrit ?

Aya acquiesça. C'était là, en lettres tracées au laser sur son globe oculaire. Un message de la personne la plus célèbre au monde – la fille responsable du déferlement d'intelligence. Celle dont le nom était loué chaque matin par les sectes de Youngblood, maudit par Toshi Banana lorsqu'il démolissait la dernière mode issue du déferlement d'intelligence, répété chaque fois que l'on enseignait la guerre de Diego à l'école...

— Comment est-elle déjà au courant ? murmura Aya. Je croyais qu'elle se cachait quelque part dans la nature ?

— L'histoire s'est répandue sur le réseau planétaire il y a deux heures, répondit Frizz. Elle doit avoir des complices qui suivent l'actualité des sites pour son compte.

— Mais depuis quand Tally Youngblood envoie-t-elle des *messages* aux gens ?

Sa gorge était desséchée rien qu'en prononçant ce nom.

— On s'en fiche. Ouvre-le !

Aya bougea le doigt et le message se déplia. Il portait le cachet de l'interface planétaire, certifié authentique. Mais en lisant le texte, Aya se demanda si son anglais n'était pas un peu rouillé.

— Que t'écrit-elle ? s'écria Frizz.

— Seulement six mots.

— *Quels* mots ? « Merci » ? « Félicitations » ? « Salut » ?

— Non, Frizz. Elle m'écrit : « Cours vite te planquer. On arrive. »

REPÉRÉE

— Tout ça est ridicule, siffla Hiro. Nous devrions retourner à la fête. Nous avons l'air d'une bande d'idiots, à nous enfuir ainsi !

— Tu voudrais que j'ignore Tally Youngblood ? dit Aya. Son message était clair : courir me planquer !

— Tu appelles ça se planquer ? fit Ren.

Aya leva la tête. Une bonne centaine d'aérocams les avaient suivis, probablement étonnées de voir la dix-septième personne la plus célèbre de la ville détaler subitement au milieu de sa première interview. Leurs lentilles scintillaient dans la nuit, pareilles aux yeux d'une meute de prédateurs.

— Il a raison, dit Frizz. Il faut trouver un endroit plus discret.

— J'essaie, soupira Aya.

Ils avaient quitté la fête par la porte de derrière et s'étaient engagés au hasard sur le terrain de base-ball plongé dans la pénombre. Des fusées de détresse continuaient à partir du toit de la résidence, et finissaient leur course en crachotant sur la pelouse.

Elle se souvint du dernier avertissement de Lai sur

le traîneau : « *Ceux qui ont bâti cette monstruosité sont dangereux !* »

— Pourquoi un endroit, discret ? protesta Hiro. Si le risque existe qu'on s'en prenne à nous, ne serait-il pas plus intelligent de rester au contraire là où tout le monde peut nous voir ?

Aya cessa de courir, s'arrêtant si brusquement que Moggle vint se cogner dans son dos. En effet ils seraient peut-être plus en sécurité dans la foule. Personne n'oserait rien tenter au beau milieu d'une fête, ni sous le regard d'une centaine d'aérocams, du reste.

Elle soupira.

— Je suppose que nous n'avons plus qu'à retourner à l'intérieur.

— Exactement ! s'écria Hiro. On pourrait claquer en ligne le message de Tally Youngblood. Vous imaginez l'impact, si tout le monde apprenait qu'elle vient ici ?

Frizz s'éclaircit la voix.

— Le moment me paraît mal choisi pour se préoccuper de rang facial, Hiro.

— Je ne te parle pas de rang facial, tête vide !

— Techniquement parlant, je ne suis pas une tête vide, rétorqua Frizz sans se départir de son calme. Raison pour laquelle je ne suis pas en train de crier nos plans sur les toits, là où n'importe qui peut les entendre.

Aya leva les yeux en l'air. Les aérocams respectaient une bulle de réputation de bonne taille autour d'eux, mais certaines étaient assez proches pour avoir capté les paroles d'Hiro.

— Quoi qu'on décide, évitons de crier, dit-elle. Je ne crois pas que Tally-sama tienne à ce que la ville entière soit au courant de sa venue.

Ren secoua la tête.

— Elle n'est pas d'ici, Aya, elle ne peut pas connaître le fonctionnement de notre économie de la réputation. Un demi-million de personnes ont les yeux braqués sur nous en ce moment. Ta célébrité nous protège.

— Tu ne *peux pas* disparaître, Aya, dit Hiro. Tout le monde sait précisément où tu te trouves. C'était le but de cette soirée, tu as déjà oublié ?

Frizz la dévisagea en fronçant les sourcils.

— Je croyais que le but consistait à sauver le monde ?

Aya soupira.

— Il y avait peut-être plusieurs buts, d'accord ? Et maintenant, taisez-vous tous pendant que je réfléchis !

Les trois autres devinrent muets comme des carpes. Aya sentit peser sur elle le poids de leur regard, celui aussi de la centaine d'aérocams et du demi-million de personnes qui les observaient. Même Moggle gardait son objectif braqué sur elle.

Ce n'était pas le meilleur endroit pour réfléchir.

Frizz s'approcha et passa le bras autour de ses épaules.

— Si nous retournons à la soirée et que des intrus débarquent pour venir te chercher, qui les en empêchera ? Une bande de peaux de pixels ?

Hiro haussa les épaules.

— Les gardiens, comme dans n'importe quelle agression.

— Pouvons-nous avoir confiance en eux ? insista Frizz. Rappelez-vous ce que disait ce claqueur. C'est peut-être bien notre ville qui a construit cette chose !

— Ce type qui a accusé ma sœur de trahison ? s'esclaffa Hiro. Il était complètement cinglé !

— Pas si sûr, dit Ren. Cette catapulte électromagnétique a été construite grâce à des trains qui venaient de chez nous. Ses architectes doivent au moins avoir des complicités dans la ville.

— À des postes très haut placés, renchérit Frizz. Pour sortir autant d'acier sans que personne s'en aperçoive.

Aya avala sa salive. La catapulte était gigantesque – ceux qui l'avaient bâtie disposaient de moyens suffisants pour évider une montagne. Quelques gardiens suffiraient-ils à les arrêter ? L'existence d'un demi-million de témoins saurait-elle retenir leur main, alors qu'ils préparaient sans frémir l'anéantissement de villes entières ?

En balayant du regard le cercle sombre des arbres autour du terrain de base-ball, elle se souvint des mots d'Eden Maru…

« On peut se perdre au sein d'une foule, tu sais. »

— Moggle, grimpe aussi haut que tu le peux et jette un coup d'œil aux alentours, d'accord ? (Elle se tourna vers Hiro.) Je vais faire ce que me dit Tally-sama… et me planquer.

Elle se remit en marche, loin des lumières de la résidence, loin de tout.

Hiro lui emboîta le pas, protestant toujours.

— Tu continues à raisonner comme une Extra. Tu ne *peux pas* te cacher ! Quelqu'un qui aurait envie de te retrouver n'aurait qu'à consulter n'importe quel site !

Aya se sentit gagnée par une sensation de vertige. Les aérocams au-dessus de sa tête la suivaient pas à pas, comme si elle avançait sur place dans une roue de hamster. Piégée dans l'œil de leurs objectifs, elle se faisait l'impression d'un papillon épinglé dans une boîte.

— Peux-tu nous débarrasser de ces caméras ? demanda-t-elle à Ren.

— Peut-être. (Ren sortit une sorte de télécommande de sa poche.) Quand les grands claqueurs technos veulent s'arroger une bulle de réputation de taille industrielle, ils brouillent toutes les ondes dans un rayon de cent mètres. Je devrais pouvoir nous obtenir quelques minutes d'intimité.

— Fais-le, s'il te plaît.

Aya jeta un coup d'œil vers les caméras au-dessus d'elle.

— Un peu d'intimité ne me déplairait pas dans l'immédiat. Je me sentirais plus tranquille.

— Mais pourquoi voudrait-on s'en prendre à toi ? insista Hiro. Le monde entier connaît déjà l'existence de cette arme. Que pourrais-tu révéler encore ? Tu n'as rien caché d'autre, n'est-ce pas ?

Aya secoua la tête :

— Bien sûr que non. Ren et toi prétendez toujours que conserver des images sous le coude revient à déformer la réalité. Alors j'ai tout mis. Enfin, sauf...

Elle s'interrompit en pensant aux créatures Inhumaines que Miki et elle avaient surprises.

— Sauf quoi ? s'enquit Frizz d'une voix douce.

— Il y a une chose que je n'ai pas mentionnée. (Elle se tourna vers Hiro :) Mais je n'avais aucune image.

Il plissa les yeux, interrogatif.

— Aucune image de quoi, Aya ?

— Eh bien, la nuit où j'ai chevauché le train... Oh, et puis quelle importance d'ailleurs ?

Hiro insiste !

— C'est important parce que si tu n'as pas tout dit,

on peut encore te réduire au silence ! Qu'as-tu laissé de côté ?

— Eh bien, dans le tunnel, cette nuit-là, j'ai aperçu des gens qui n'étaient pas tout à fait, heu… humains.

Le silence se fit. Les trois autres la dévisageaient, abasourdis.

Un choc sourd retentit dans le noir, faisant sursauter tout le monde. Une aérocam gisait sur la pelouse à quelques mètres, couchée sur le flanc, lumières éteintes. Un autre choc similaire se fit entendre un peu plus loin, puis un troisième. Aya leva la tête.

Les aérocams se mirent à pleuvoir.

Elle sourit.

— Waouh ! Comment as-tu fait ça, Ren ?

Ren abaissa sa télécommande en affichant une expression perplexe.

— J'ai une mauvaise nouvelle. Je n'y suis absolument pour rien : ça vient de quelqu'un d'autre.

Les bruits sourds crépitaient dans toutes les directions, comme une grêle qui prend de l'ampleur. Levant les bras au-dessus de sa tête, Aya constata que le ciel était déjà à moitié vide.

Elle redeviendrait bientôt invisible. Et lorsque plus personne ne la regarderait, Aya Fuse risquait bien de disparaître pour de bon.

Elle se mit à courir.

COURS VITE TE PLANQUER

— Je veux quatre planches, hurlait Hiro. Réquisition prioritaire ! Je me fiche de savoir à qui elles appartiennent, il s'agit d'une urgence !

Aya les ramena en direction de la fête. À ce stade, la foule paraissait préférable à l'obscurité. Les dernières aérocams les suivirent à toute allure, avant de s'écrouler une à une.

— Moggle, tu es toujours là-haut ? siffla-t-elle.

La vision de l'aérocam s'afficha : ils étaient réduits à des points sur l'immensité du terrain de base-ball. Il n'y avait personne d'autre en vue.

— Ne descends surtout pas ! Quelqu'un brouille toutes les émissions autour de nous.

À ce moment précis, une autre aérocam s'écrasa au sol devant elle. Elle l'enjamba d'un bond, manquant s'emmêler les pieds dans sa robe de soirée.

— Les voilà ! cria Hiro.

Quatre planches magnétiques filaient droit sur eux au ras du terrain.

— Ne risquent-elles pas de s'écraser ? s'inquiéta Aya. Comme les caméras ?

— Je devrais pouvoir bloquer le brouillage, dit Ren en tapotant sa télécommande. Restez près de moi.

— Mais y a-t-il vraiment quelqu'un à nos trousses ? interrogea Frizz.

Aya parcourut la zone d'ombre entre les résidences. Toujours personne en vue – rien, hormis les caméras inertes qui jonchaient la pelouse.

Puis elle entendit le chuintement d'un aérocar.

Il surgit juste au-dessus d'eux, noyant le martèlement de leurs pas et faisant voler leurs cheveux. Pendant un moment Aya crut qu'il s'agissait des gardiens, mais elle entendit le hurlement des rotors de sustentation. L'engin était conçu pour fonctionner hors de la ville, là où les gardiens ne s'aventuraient jamais.

Et elle doutait que les nouveaux venus soient des rangers.

Le véhicule vira sur la tranche avant de descendre. L'herbe se mit à onduler autour de lui, roulant par vagues sous le souffle des rotors. Des tourbillons de poussière s'élevèrent.

Derrière le pare-brise, le conducteur et le passager fixaient Aya avec une expression de calme étrange – les yeux très écartés, le teint pâle et parfaitement glabre, comme les visages fantomatiques aperçus dans le tunnel.

Elle s'immobilisa en dérapant. Ainsi que l'avait dit Miki cette nuit-là, ils ne paraissaient pas humains.

Frizz l'entraîna par la main pour lui faire contourner l'aérocar. La poussière qui volait l'obligeait à plisser les paupières, et sa robe se gonflait autour d'elle à la manière d'un parachute.

Alors que l'engin se posait, son flanc s'ouvrit, jetant un rai de lumière à travers le terrain. Deux autres silhouettes se découpèrent brièvement à l'intérieur à travers le nuage de poussière.

Puis Aya entendit un cri : Ren et Hiro sortaient des tourbillons de poussière, suivis par deux planches vides.

— Je ne suis jamais monté sur un de ces trucs ! cria Frizz.

— Grimpe avec moi !

Aya bondit sur une planche en l'entraînant derrière elle. Ils oscillèrent un moment. Frizz agitait les bras comme un gamin en équilibre sur une poutre.

— Collez-moi de près, ou vous allez vous faire brouiller ! brailla Ren, qui les dépassait en agitant sa télécommande.

Aya vira sèchement dans le sillage de Ren et Hiro. Elle sentit Frizz nouer les bras autour de sa taille et se presser contre elle tandis qu'ils prenaient de la vitesse.

Derrière eux, le gémissement de l'aérocar enfla de nouveau. L'air tremblait sous le souffle de ses rotors. Aya écarta les bras, maudissant ses chaussures à semelles compensées. L'exercice de ces deux dernières semaines portait ses fruits : monter à deux sur une planche au milieu des turbulences était une promenade de santé lorsqu'on avait chevauché des trains magnétiques.

Cependant, le poids de Frizz présentait un problème. Hiro et Ren gagnaient du terrain. Aya poussa la planche au maximum. S'ils perdaient trop de champ, ils s'écrouleraient comme les aérocams.

Et ils ne portaient même pas de bracelets anticrash...

— Attendez-nous ! cria-t-elle, mais le bruit de l'aérocar noya ses paroles.

Heureusement, la résidence n'était plus très loin. Elle voyait les fêtards sur le toit observer la poursuite, croyant probablement à une sorte de mise en scène publicitaire.

L'aérocar vint de nouveau se placer au-dessus d'eux, les ballottant d'un côté et de l'autre. Aya dut se contorsionner en tous sens pour maintenir la planche d'aplomb.

— Là-haut ! cria Frizz.

Deux silhouettes avaient bondi par la portière ouverte de l'engin, leurs membres inhumains largement écartés. Elles tournoyèrent avec frénésie dans les turbulences des rotors mais redressèrent bien vite leur trajectoire. Aya repéra des plaques de sustentation le long de leur corps maigre.

— Ils portent des combinaisons d'aéroball ! cria-t-elle. Pas bon !

Les inconnus fondaient sur eux, emportés par le sillage de l'aérocar comme des surfeurs en pleine tempête.

— Accroche-toi ! s'écria-t-elle.

Elle bascula la planche et fit demi-tour, retournant vers le centre du terrain. Frizz resserra les bras autour de sa taille, pour tenter de suivre le mouvement.

Les créatures les rattrapaient. Quand Hiro et Ren virèrent à leur tour, les silhouettes fuselées les dépassèrent sans leur accorder un coup d'œil.

Elles ne s'intéressaient qu'à Aya Fuse.

Celle-ci se dirigea vers les arbres les plus proches, tâchant de pousser sa planche le plus vite possible. Mais ce n'était qu'un jouet de la ville, sans commune mesure avec les planches à grande vitesse des Rusées.

Les arbres se dressèrent devant eux et Aya s'engagea sous les branches, zigzaguant entre les troncs épais.

Les phares de l'aérocar transperçaient les feuillages et semaient des taches de lumière sur le sol de la forêt.

Frizz colla ses lèvres à son oreille.

— Pourquoi on ne s'écrase pas ?

Aya cligna des paupières – Ren et Hiro devaient se trouver à une bonne cinquantaine de mètres.

— Mais bien sûr ! s'écria-t-elle. Ils ont cessé le brouillage pour utiliser leurs combinaisons, ce qui veut dire... Moggle, viens tout de suite ! J'ai besoin de toi !

— Aya ! l'alerta Frizz. À ta droite !

L'un des poursuivants allongeait le bras vers eux, ses longs doigts recourbés comme des griffes. Frizz se baissa, forçant Aya à s'accroupir pendant que la silhouette les dépassait.

— Aïe ! grommela Frizz. Quelque chose m'a piqué !

— Quoi ? (Aya prit un autre virage serré. Elle se dévissa le cou pour le regarder :) Tu n'as rien ?

— Ça va. Mais je me sens un peu... attention !

Aya tourna la tête. La deuxième créature se dressait en travers de leur chemin, les bras largement écartés, les doigts terminés par des aiguilles.

Elle se jeta de tout son poids sur le côté, stoppant brutalement la planche dans son élan. Frizz, quant à lui, devenait flasque, et ses bras glissaient de la taille d'Aya.

— Frizz ! lança-t-elle, mais pour toute réponse elle n'obtint qu'un gémissement...

Puis il bascula par-dessus la planche.

— Frizz !

Elle tendit le bras pour le retenir mais il volait déjà à travers les airs, droit vers la créature, dans laquelle il se cogna avec un bruit sourd. La mince silhouette referma les bras autour de Frizz et s'abattit avec lui dans l'obscurité.

Subitement allégée, la planche partit en vrille. Les troncs tournoyèrent autour d'Aya, les branches lui cinglèrent le visage, les mains. Elle se mit à genoux, s'agrippa à sa planche et attendit que la rotation se calme d'elle-même.

Lorsque la planche eut ralenti un peu, Aya lâcha prise et se laissa rouler dans les feuilles de la forêt. Elle se releva et courut à l'endroit où les deux silhouettes gisaient, immobiles.

Son regard fut irrésistiblement attiré par l'étrange visage de l'Inhumain au teint blafard. Les aiguilles au bout des doigts de la créature ne laissaient planer aucun doute : elles étaient destinées à faire mal.

Le plus curieux restait ses pieds. Nus et difformes, ils ressemblaient presque à des mains, avec de longs orteils repliés comme les pattes d'une araignée morte.

Aya arracha Frizz aux bras de son assaillant.

— Tu m'entends ?

Il ne répondit pas. Aya remarqua alors la minuscule marque rouge qu'il portait au cou. Une seule piqûre de ces doigts-aiguilles avait suffi à l'endormir… ou pire.

Elle le ramena contre elle, prise de vertige. L'aérocar décrivait des cercles au-dessus de sa tête, cherchant à percer les feuillages avec ses phares. Les ombres bougeaient avec lui, comme si le monde entier tournait sur place.

— Aya ! cria une voix.

Levant les yeux, elle vit Hiro et Ren s'approcher en zigzaguant entre les arbres.

Mais la deuxième créature les précédait, fondant droit sur elle, les bras tendus et les doigts luisants. Sa peau pâle brillait dans l'obscurité.

Elle serra Frizz dans ses bras, se sentant totalement

abandonnée. Où étaient donc les gardiens ? Où étaient le demi-million de personnes qui suivaient le moindre de ses gestes cinq minutes plus tôt à peine ?

L'autre n'était plus qu'à dix mètres, cinq...

Une petite forme noire jaillit alors de l'ombre pour le cueillir au creux de l'estomac. L'Inhumain se recroquevilla sur lui-même avec un grognement, puis tournoya devant Aya, emporté par sa combinaison d'aéroball.

— Moggle, souffla Aya.

L'aérocam rebondit et roula dans les buissons.

L'Inhumain s'éloigna en dérivant lentement, inconscient, avec ses pieds en forme de mains qui se balançaient à un mètre du sol. Un grognement s'échappa de ses lèvres, et il commença à battre des paupières...

Aya courut derrière lui, et s'élança pour s'accrocher à ses épaules. Ils s'éloignèrent ainsi au ras des feuilles, la combinaison s'adaptant à ce poids supplémentaire.

La créature leva la main sur Aya, mais celle-ci lui tordit le poignet et lui enfonça ses propres doigts-aiguilles dans le cou. Elle balbutia un instant, les yeux écarquillés, avant de s'évanouir pour de bon.

— Aya ! cria Hiro en s'immobilisant dans un dérapage. Tu n'as rien ?

— Ça va.

Elle se laissa glisser au sol et leva la tête en direction de l'aérocar. Ce dernier attendait au-dessus d'eux, en vol stationnaire, fouillant les frondaisons.

— Aide-moi à soulever Frizz.

Ren s'arrêta à côté d'Hiro.

— Ils ne lui feront rien, Aya. Ils se fichent pas mal de lui.

— Pas moi.

Elle courut auprès de Frizz étendu sans connaissance au milieu des feuilles, traînant sa planche derrière elle. Elle s'agenouilla et le tira par le bras, pour tenter de le hisser en travers de sa planche.

Frizz gémit.

— Comment te sens-tu ?

— Bizarre, répondit-il. Comme si je pesais une tonne.

— Ne m'en parle pas ! grogna Aya. Si seulement nous avions un moyen de…

Son regard se posa sur la silhouette inanimée couchée près de Frizz.

Hiro descendit de sa planche et baissa les yeux sur leur poursuivant.

— Ouah ! C'est *ça* que tu voulais passer sous silence ?

— Aide-moi à lui retirer sa combinaison d'aéroball. (Aya grogna, tirant vainement sur la jambière de la créature.) On va la mettre à Frizz !

— D'accord, dit Hiro en s'agenouillant.

Il défit les sangles d'une main experte, dégagea la jambière et la glissa autour du mollet de Frizz.

— Que lui est-il arrivé ? s'enquit Ren.

— Cette saleté l'a piqué avec l'une de ses aiguilles.

Aya jeta un coup d'œil vers l'aérocar. Sa portière coulissait de nouveau, et deux autres silhouettes se découpèrent dans l'ouverture.

— Mince, en voilà d'autres qui arrivent !

— J'ai fini, annonça Hiro en bouclant la dernière sangle du deuxième brassard. J'ai réglé la combinaison sur zéro G. Il ne pèse plus rien.

Frizz, devenu léger comme une plume, s'arracha facilement du sol. Aya l'installa tant bien que mal sur sa planche et s'agenouilla sur lui.

Hiro et Ren se placèrent de part et d'autre et la prirent par la main, l'entraînant comme une gamine entre ses parents. Bientôt, ils filaient par une trouée dans les arbres.

— Est-ce qu'ils nous suivent ? s'inquiéta Aya.

Ren jeta un coup d'œil en arrière.

— Je n'en ai pas l'impression. Ils sont en train de ramasser leurs copains.

— Ils ne peuvent pas les abandonner derrière eux, dit Hiro. Ce serait pire que de laisser un témoin en liberté. En parlant de ça, tu vas avoir pas mal d'explications à nous fournir, Aya.

— Une fois que nous serons en sécurité.

— C'est-à-dire, de retour à la fête. Pas vrai ?

— Non. On va obéir aux instructions de Tally : se planquer.

— Où ça ? voulut savoir Ren.

Aya se mordit la lèvre, serrant les genoux pour éviter que Frizz glisse de la planche.

— Dans le réservoir souterrain.

— Plutôt froid et humide, grommela Ren. Mais c'est le seul endroit en ville où il n'y ait pas de caméras.

— Exactement, dit Aya.

Quelque chose filait au ras des arbres, à la lisière de son champ de vision, et elle se risqua à regarder. C'était une aérocam peinte en noir mat, encore flageolante à la suite d'une collision récente.

L'engin fit joyeusement clignoter ses feux, et des images tremblotantes commencèrent à défiler sous les yeux d'Aya.

Elle sourit.

Moggle avait tout filmé.

LA SAGESSE DE LA FOULE

Un éclairage orangé baignait le nouveau chantier de construction, où les pelleteuses géantes reposaient en silence au creux des fondations.

— Vérifie tes messages une dernière fois, conseilla Hiro. Avant que la liaison soit coupée.

Aya parcourut son écran oculaire. Elle avait reçu quelques messages prioritaires du canal des gardiens – ainsi qu'une dizaine de milliers d'autres lui demandant ce qui se passait, sans parler du million de théories en train de s'échafauder sur les sites –, mais pas d'autres nouvelles de Tally Youngblood.

— Si elle a pris un vol suborbital, elle va être coupée du réseau pendant quelques heures, observa Ren.

Aya soupira.

— Pourvu qu'elle arrive au plus vite.

Ils piquèrent vers l'ouverture de la galerie et s'enfoncèrent à l'intérieur.

— Heu… je suis encore en train de m'évanouir ou quoi ? gémit Frizz en remuant, alors que les ténèbres se refermaient sur eux.

— Non, nous descendons seulement sous terre. (Aya resserra sa prise sur lui.) Pas de lumière, Moggle. Ce serait trop repérable.

— Ta robe, murmura Frizz. Elle fait des étincelles.

En effet, sa robe de soirée s'était mise à crépiter. Malgré la batterie quasi épuisée, le peu d'étincelles qu'elle put produire suffirent à repousser l'obscurité.

— Je t'avais bien dit que c'était la tenue adéquate, Hiro ! lança-t-elle.

— Très drôle. Vas-tu oui ou non te décider à nous raconter ce qui se passe ?

— Tout à l'heure.

Ils continuèrent à descendre. Les lumières orangées du chantier s'estompèrent derrière eux. Au bout de longues minutes, l'écho d'un ruissellement parvint à leurs oreilles, puis le tunnel s'ouvrit sur la vaste caverne du réservoir.

Aya immobilisa sa planche à mi-hauteur.

Les derniers feux de sa robe jetaient autour d'eux un éclairage diffus, que l'eau renvoyait sur la voûte en reflets tremblotants. Moggle parut reconnaître l'endroit et se mit à tourner en rond avec nervosité, cherchant s'il n'y avait pas quelques Rusées dans les parages avec des sabots de verrouillage.

Hiro s'arrêta en douceur près d'Aya et s'assit en tailleur sur sa planche.

— Super cachette, Aya. Si je comprends bien, on ne peut même pas se poser ?

— Non, reconnut Ren. Mais on ne manquera pas d'eau.

— D'accord, ce n'est pas tout à fait les Écrins changeants, soupira Aya.

Elle revoyait encore l'appartement que lui avait fait miroiter Hiro : les pièces immenses, la vue imprenable sur la ville. Et voilà qu'elle s'enterrait dans un trou pour sa première nuit de célébrité.

Le souffle régulier de Frizz se réverbérait sous les arches de pierre. Il remua sous elle ; les effets de la piqûre qu'il avait subie se dissipaient. Elle inspecta la marque sur son cou : la rougeur avait pratiquement disparu.

— Le produit qu'ils ont mis dans ces aiguilles était destiné à t'endormir, Aya, dit Ren. Mais Frizz est un Pretty. Il va bientôt se réveiller.

Elle acquiesça. L'Opération ne rendait pas seulement le corps plus beau, mais aussi plus résistant et plus prompt à se rétablir.

— Alors, qui sont ces gars-là ? interrogea Hiro.

— Aucune idée, avoua-t-elle. Je ne les avais vus qu'une fois auparavant.

— Quand la montagne s'est ouverte sous tes yeux ? demanda Ren.

— Oui. Miki et moi étions couchées juste au bord du train. Ils étaient trois, très grands et très maigres. Mais il faisait si sombre que j'ai cru à une simple déformation des ombres… au début.

Hiro s'éclaircit la voix.

— Et tu n'as pas jugé utile de les mentionner ?

— Je n'avais aucune image d'eux ! Et puis, c'était tellement incroyable ! J'ai pensé que si je démarrais sur ces affreux, les gens ne verraient qu'une simple histoire de maniaques de la retouche. Les aliens ne s'inscrivent pas vraiment dans le thème des tueurs de villes.

— Ils ne *s'inscrivent pas dans le thème* ? s'écria Hiro.

Tu as appris la claque avec les Rouillés, ou quoi ? À quoi sert la toile de fond, sinon à ça ?

— Tu lui feras la leçon plus tard, Hiro, intervint Ren. Dans l'immédiat, on doit surtout découvrir qui ils sont et pourquoi ils en ont après Aya.

Hiro renifla.

— On devrait remonter à la surface et claquer tout ça ! Et prévenir les gardiens par la même occasion.

— Oui, mais peut-on se fier aux autorités ? s'inquiéta Ren.

— Je veux bien me fier à n'importe qui, tant que c'est sous l'œil de plusieurs centaines de milliers de personnes, marmonna Hiro. Ce que je me demande, c'est comment ces fondus de la retouche ont compris que tu les avais vus ?

— Peut-être par un détail révélateur dans la toile de fond, suggéra Ren. Dommage que nous soyons coupés des sites, ici.

— Moggle a une sauvegarde de chaque séquence, dit Aya.

— O.K., je vais examiner ça. Secouez-moi s'il se passe quelque chose.

Ren s'allongea sur sa planche et ses écrans oculaires clignotèrent, signalant une immersion complète.

Aya avala sa salive. Avec Ren qui parcourait ses enregistrements et Frizz à demi conscient, elle se retrouvait presque seule en compagnie d'Hiro. Sa robe crachotait ses dernières étincelles et l'obscurité accentuait l'expression fâchée de son frère.

— Si tu nous donnais un peu de lumière, Moggle ?

L'aérocam alluma ses feux, illuminant la caverne. Les ombres bougeaient au gré des mouvements de Moggle au-dessus du réservoir. Hiro, figé comme une statue, la contemplait fixement.

Elle soupira.

— Je n'avais pas l'intention de mentir.

— Non, Aya. Mais quand tu choisis certains faits et que tu en écartes d'autres, tu finis toujours par déformer la vérité. Voilà pourquoi les bons claqueurs mettent *tout* en ligne. Ils laissent la manipulation aux Extras qui zappent au bout de dix minutes.

— Je te le répète: je n'avais aucune image des affreux!

— Quand même, tu les avais vus et tu n'as rien dit. C'est comme si tu avais menti.

Aya gémit, baissant les yeux vers l'eau, dont la surface s'assombrissait à mesure que les étinceleurs de la robe d'Aya s'éteignait un à un.

— J'ai tout gâché, hein?

— Pas tout. (Ses épaules s'affaissèrent.) Mais si tu avais parlé de ce que tu avais vu, nous saurions peut-être déjà qui sont ces créatures.

— Comment ça?

— La sagesse de la foule, Aya. Si un million de personnes se penchent sur un puzzle, il y en aura bien une pour le débloquer. Ou peut-être que dix personnes reconnaîtront chacune une pièce, et que ça suffira pour reconstituer l'ensemble.

Aya soupira.

— Tu as sans doute raison. Je n'avais jamais envisagé les sites sous cet angle.

— Parce que tu songeais uniquement à devenir célèbre, dit Hiro. Les sites représentent bien plus que ça. Comme je le dis toujours, pratiquer la claque, c'est donner corps à la marche du monde.

Elle leva les yeux au ciel. Voilà ce qui lui manquait : un cours de philosophie par son prétentieux de grand frère. Les dernières étincelles de sa robe moururent ; les batteries avaient enfin rendu l'âme.

— Eh bien, je ne vois aucune foule à proximité. Alors donne-moi ton avis sur ces affreux. Des aliens ?

— Non, plutôt des fondus de la retouche. (Le tapotement des doigts d'Hiro sur sa planche résonna à travers la caverne.) Des admirateurs de la gent simiesque, probablement.

— Comment ça ? Ils n'avaient pas de fourrure.

— D'accord, mais as-tu remarqué leurs orteils ? Ils étaient préhensiles, comme ceux des singes. Je crois qu'ils possèdent quatre mains.

— C'est absurde, soupira Aya. À quoi bon se faire retoucher si c'est pour se cacher en permanence ?

— Je ne crois pas qu'il s'agisse d'une simple question esthétique, Aya. Comme pour mes Crumblies immortels : leur opération chirurgicale signifie quelque chose. Cela s'inscrit sûrement dans un vaste plan d'ensemble.

— Quoi, les tueurs de villes, la base secrète et les orteils de singes ?

Hiro sourit.

— Bon, je reconnais qu'il n'aurait pas été facile de faire tenir tout ça dans un sujet de dix minutes.

Ils demeurèrent silencieux un moment. Aya regardait scintiller les prunelles de Ren. Peut-être qu'après la nuit, la folie des tueurs de villes serait un peu retombée. Tout le monde finirait par aller se coucher, au fond. Dans quelques heures, elle pourrait remonter discrètement à la surface pour adresser un message à Tally Youngblood.

Elle se souvint de son avant-dernière année d'école, quand elle avait étudié les origines du déferlement d'intelligence : la Fumée, les Specials, l'effroyable guerre de Diego. Un thème commun parcourait chacune de ces leçons : quand Tally-sama débarquait, les méchants en prenaient pour leur grade.

Le temps s'écoulait d'étrange manière dans la caverne. Coupée de l'interface de la ville, l'horloge de l'écran oculaire d'Aya ne fonctionnait plus, et les minutes semblaient interminables. Elle s'assoupit brièvement et se réveilla en proie à la panique, ne sachant plus où elle était.

Mais Frizz était toujours là, éliminant dans le sommeil les effets de sa piqûre. Pelotonnée contre lui, elle percevait son souffle, et la chaleur de son corps repoussait la fraîcheur ambiante. Quoi que dise Hiro sur l'aspect protecteur de la célébrité, Aya se sentait plus en sécurité auprès de Frizz que sous le regard d'un million d'inconnus.

Hiro était assis en tailleur sur sa planche, les yeux clos. Il hochait la tête. Ren avait les yeux ouverts ; ses écrans oculaires clignotaient comme deux lucioles suspendues en l'air, mais il n'émettait pas un son.

Frizz commença à s'agiter contre Aya. Puis, il se redressa à moitié en se massant la nuque.

— Comment te sens-tu ? lui chuchota-t-elle.

— Beaucoup mieux. (Il jeta un regard hébété autour de lui.) Où sommes-nous ?

— Sous terre. (Elle lui pressa la main.) Ne t'inquiète

pas. Nous sommes en sécurité jusqu'à l'arrivée de Tally-sama.

— Tu m'as amené jusqu'ici ? Comment as-tu... hé !

Pendant un instant, Frizz avait commencé à s'élever au-dessus de la planche.

— Qu'est-ce qui m'arrive ?

Aya sourit.

— On a piqué la combinaison d'aéroball de l'un de nos poursuivants. Tu es léger comme une plume.

Il cessa de bouger, et se laissa retomber doucement près d'elle.

— Tu m'as sauvé.

Elle soupira.

— Je t'ai mis dans de beaux draps, tu veux dire. Si je n'avais pas déformé la vérité, tu ne serais pas ici.

— Déformé la vérité ?

Aya lui expliqua :

— J'avais déjà aperçu ces créatures voilà une dizaine de jours, mais je ne savais pas qui elles étaient. Alors, je les ai... laissées en dehors de mon histoire.

Frizz ne fit aucun commentaire. Il se contenta de fixer les eaux noires.

— Je dois être une falsificatrice compulsive, murmura-t-elle enfin.

Il secoua la tête.

— Non, ce n'est pas vrai.

— Si, insista-t-elle. Il ne peut pas s'écouler dix secondes sans que je sois en train de déformer la vérité. Je suis la dix-septième personne la plus célèbre de toute la ville en ce moment, et pourquoi ? Pour avoir fait croire à une bande de filles que j'étais leur amie !

Après quoi, je n'ai pas pu claquer l'histoire sans laisser quelque chose de côté. Tu dois me détester.

Frizz prit une longue respiration.

— Je ne t'ai jamais raconté comment j'en suis arrivé à inventer la Sincérité radicale, pas vrai ?

— Je ne te l'ai jamais demandé. Je me suis surtout étendue en long et en large sur mon obsession de la célébrité.

— Eh bien, avant, je mentais… *constamment*, avoua Frizz. Parfois pour une raison, mais la plupart du temps pour le plaisir. J'étais toujours en train de faire semblant, de présenter un nouveau Frizz à ceux que je rencontrais – surtout les filles, tu comprends.

Il haussa les épaules, et ses yeux de manga scintillèrent dans la pénombre.

— Petit à petit, j'en suis venu à oublier qui j'étais. Ça doit te sembler bizarre.

— Pas tellement, dit Aya. C'est un peu ce qui m'est arrivé avec les Rusées. J'aimais bien l'Aya que je prétendais être, elle était plus courageuse que moi.

— Parfois, ça peut être amusant de se faire passer pour un autre. Mais je voulais voir comment c'était de vivre en dehors du mensonge, ce que devenaient les relations quand on ne dissimulait rien.

Il lui prit la main, et un frisson parcourut Aya.

— Comment c'était de faire ça…

Il réduisit la mince distance entre leurs deux visages, et l'embrassa.

Quand ils se détachèrent, Frizz acheva dans un murmure :

— … sans mentir.

— J'ai la tête qui tourne, souffla Aya.

Elle avait le visage brûlant, mais n'éprouvait aucun embarras. Elle sentait encore les lèvres de Frizz sur les siennes. Un nouveau frisson courut sur sa peau.

— Tu as raison. Ça donne le vertige, c'est exactement ça.

— Même avec moi, la Reine de la vase, la grande déformatrice de vérité ?

— Tu ne fais pas que tricher, Aya. Tu te dévoiles toujours dans tes histoires, d'une manière ou d'une autre. Même dans ton sujet sur...

Frizz s'interrompit, et examina la caverne d'un air pensif.

— Dis donc, on ne serait pas près de l'endroit où tu as filmé ces graffitis ?

— Si, ces tunnels se rejoignent tous ici. (Elle rit doucement.) Tu veux les voir ?

Il secoua la tête.

— Mais cette histoire est sur ton site, non ? Au vu et au su de tous ?

Aya hésita à répondre. Avant cette nuit, personne ou presque ne consultait jamais son site. Mais avec un rang facial de dix-sept, elle allait sûrement avoir un flot de visiteurs. Alors même que tout le monde était en train de discuter et de théoriser sur les raisons de sa disparition, sur l'endroit où elle se cachait...

Peut-être y aurait-il juste quelques milliers de personnes qui prendraient la peine de se pencher sur ses vieilles histoires, dont la plupart ne remarqueraient pas la cachette idéale que constituaient les tunnels des graffs. Mais sur une population d'un million, il se trouverait bien *une personne* au moins pour envoyer son aérocam vérifier...

— Oh, oh. Tu as raison. Hiro ! Je crois qu'on devrait décamper !

Son frère se réveilla en sursaut.

— Hein ? Quoi ?

— Les tunnels qui mènent à cet endroit, ils sont sur mon site. Dans cette histoire de graffs que j'ai claquée.

— Bah, c'était il y a deux semaines…

La voix d'Hiro mourut.

— Comment appelles-tu ça, déjà ? s'enquit-elle. La sagesse de la foule ?

Dérangé par la conversation, Ren s'assit et chassa d'un battement de cils le clignotement de ses écrans oculaires.

— Que se passe-t-il ?

— Aya a fait passer cet endroit à la postérité sur son site, expliqua Frizz.

Ren comprit aussitôt, et se mit à geindre.

— Ce qu'on est bêtes !

— Moggle ! siffla Aya. Éteins tes feux !

L'aérocam obéit, et les plongea dans le noir complet.

Aya cligna des paupières, serrant Frizz dans ses bras. Ses yeux s'habituèrent progressivement à l'obscurité, et elle aperçut quelque chose…

De l'un des conduits d'écoulement s'échappait un mince scintillement de lumière, qui faisait vaciller les ombres dans la caverne.

PAPARAZZI

— Suis-moi à la voix, Moggle, ordonna-t-elle en dirigeant sa planche vers la paroi la plus proche.

Les boyaux d'écoulement de ce côté-ci du réservoir n'apparaissaient pas dans son sujet sur les graffitis. Ses poursuivants n'étaient tout de même pas assez nombreux pour couvrir la totalité des tunnels et des conduits de la ville !

— La paroi est juste là, murmura Frizz.

Elle tendit le bras, toucha la pierre froide et se laissa dériver vers un bruit de gouttelettes, jusqu'à la bouche d'un conduit d'écoulement.

— Moggle ? Amène-toi, appela-t-elle à voix basse.

Un instant plus tard, l'aérocam se cognait contre elle.

— Va vérifier qu'il n'y a personne. Sans allumer tes feux !

Moggle s'éclipsa.

La lumière se rapprochait dans l'autre conduit. Aya distinguait désormais Hiro et Ren sur le fond plus clair.

— Sais-tu vraiment brouiller une aérocam, Ren ? demanda-t-elle.

— Je peux essayer.

Son visage apparut dans le noir, illuminé par les voyants de sa télécommande.

— Aya, chuchota Frizz, si tu as besoin de filer en vitesse, tu n'as qu'à me laisser derrière. Je te ralentis. Et puis, personne n'en a après moi.

— Ne dis pas de bêtises, Frizz, siffla-t-elle. Les affreux savent que tu les as vus. Pas question de t'abandonner ici !

Elle alluma son écran oculaire. Le point de vue de Moggle montrait un tunnel se prolongeant à l'infini, désert et sans lumière.

— La voie est libre, annonça-t-elle.

— Allons-y, alors, murmura Hiro. Cette lumière se rapproche.

Aya se coucha sur sa planche, tout contre Frizz. Ils se glissèrent dans le tunnel et s'élevèrent rapidement.

Moggle se trouvait non loin de la surface ; la lueur orange des feux de chantier brillait à l'autre bout du tunnel. Aya vit les sites s'afficher de nouveau sur son écran oculaire. D'après l'horloge, il ne restait plus que deux heures avant l'aube.

— Attention, Moggle, chuchota-t-elle. Ne te fais pas repérer !

L'aérocam ralentit, le temps de jeter un coup d'œil prudent par l'entrée du conduit. Aya examina le chantier avec lui : rien que des engins immobiles, et la charpente métallique d'un bâtiment en cours de construction.

— C'est bon, Moggle. Attends-nous.

Aya et Frizz continuèrent à grimper, jusqu'à ce qu'elle sente un souffle d'air frais contre son visage. La silhouette de Moggle apparut. Les sites revinrent en force, encombrant son champ de vision par une centaine de débats animés : inquiétude suscitée par sa disparition, hypothèses sur les constructeurs de la catapulte électromagnétique, doutes quant à la véracité de toute l'histoire. La plupart des gens s'imaginaient qu'elle avait été enlevée par le mystérieux aérocar. L'Indicible avait décrété que les tueurs de villes constituaient l'arme secrète de la ville, et réclamait l'arrestation d'Aya pour trahison.

Elle interrompit ce déluge d'informations d'un battement de cils et se focalisa sur la situation présente. Le battage effectué autour de la Reine de la vase lui avait appris à quel point les sites se passionnaient facilement pour des bêtises.

Parfois, la sagesse de la foule ne produisait qu'un bruit de fond.

À l'embouchure du conduit, Aya put inspecter le chantier de ses propres yeux.

— O.K., j'ai l'impression que c'est calme. Tout le monde est prêt ?

— Juste une question, dit Frizz. Où allons-nous ?

— Oh, c'est vrai.

Aya fronça les sourcils. Si la foule avait réussi à localiser le réservoir souterrain, que lui restait-il comme cachette ? Chaque lieu digne d'intérêt qu'elle avait eu l'occasion de visiter s'était retrouvé dans une histoire ou une autre. Son dortoir, le nom de ses amis, et même sa couleur favorite : Aya avait tout claqué. Elle n'avait pas conservé le moindre secret.

— Si on allait chez toi, Hiro ?

— Chez *moi* ? Difficile de trouver plus évident, non ?

— Au moins, l'endroit est tranquille. Comme c'est une résidence pour célébrités, aucune aérocam ne peut s'en approcher. Et ce n'est pas très loin d'ici.

— Oublie ça. Pas question de ramener tout le monde à... (Sa voix mourut.) Mais tu as raison quand tu parles de tranquillité. Pourquoi ne pas essayer les Écrins changeants ? Tu te rappelles cet appartement que je t'ai montré ?

— Bien sûr, dit Aya. Sauf qu'il n'est pas à moi.

— Il est libre, insista Hiro. Tu n'as qu'à t'y présenter et le déclarer. Avec ton rang facial de... ouah ! Tu es à douze, maintenant !

— Rien de tel qu'un bon petit enlèvement par des aliens, approuva Ren.

— Qu'en dis-tu, Frizz ?

Il hésita, puis lâcha un soupir.

— Ce sera toujours mieux qu'un trou dans le sol.

Ils s'élevèrent lentement hors du conduit d'écoulement, en grelottant dans la brise.

Aya baissa les yeux sur sa robe. Elle était couverte de feuilles mouillées et d'éclaboussures – le retour de la Reine de la vase. Mais l'odeur des pins et l'air frais furent un soulagement pour elle, après des heures parmi les déjections et les feuilles mortes en décomposition.

À une heure aussi tardive, la ville paraissait plus animée que de coutume : les lueurs vacillantes aux fenêtres indiquaient que tout le monde était installé devant les sites. Aya se sentit gagnée par un sentiment d'oppression, ainsi exposée, l'exact opposé de la crainte de l'anonymat.

Soudain, il y avait trop de gens qui connaissaient son nom.

Ils s'envolèrent droit vers le quartier d'Hiro. Les fruits de la célébrité défilèrent devant leurs yeux : piscines volantes qui passaient en fumant dans le froid, sentiers illuminés par des torches en contrebas.

Mais on ne voyait personne dehors, et même ici, les fenêtres reflétaient la lueur vacillante des écrans muraux. Qu'il s'agisse de célébrités ou non, tout le monde semblait s'intéresser au drame en train de se dérouler.

— Oh ! oh ! annonça Ren en levant la tête de sa télécommande. Nous avons de la compagnie.

Aya suivit son regard : une aérocam grimpait à leur rencontre, reflétant dans son objectif la lueur des torches.

— Peux-tu la brouiller ? lui lança-t-elle.

Il secoua la tête.

— C'est une aérocam de paparazzi à plein temps, spécialement conçue pour traquer les célébrités.

— Les Écrins changeants ne sont plus très loin. Allons-y ! s'écria Hiro, filant en avant.

— Accroche-toi, Frizz ! s'exclama Aya.

Elle piqua vers le sol, prenant de la vitesse.

Frizz la serrait de près. Leurs deux corps se tordaient comme s'ils ne faisaient qu'un. Il semblait plus assuré que la première fois, et Aya décida de prendre quelques risques.

Elle vira sèchement derrière une grande résidence arachnéenne et s'engagea entre deux appartements séparés par des piliers magnétiques. Les suspenseurs de la planche frémirent, les secouèrent en une succession de sauts de carpe, et Frizz affirma la prise de ses bras autour d'Aya. Quelques mètres au-dessus de lui, Moggle était ballottée dans les puissants courants magnétiques.

Aya jeta un coup d'œil en arrière : l'aérocam de paparazzi était toujours là. Ren disait vrai : elle était conçue pour pister les célébrités. Ils ne s'en débarrasseraient pas facilement.

Aya perdit encore de l'altitude et fonça en rase-mottes à travers un jardin de plaisirs, cinglée de part et d'autre par la chaleur des torches, une odeur de fumée dans les narines. La caméra les suivait de près, suffisamment pour permettre de reconnaître leurs visages.

Se présenter aux Écrins changeants avec une centaine d'aérocams sur les talons était bien la dernière chose qu'elle souhaitait.

— Une fois au bout du jardin, grimpe tout droit ! cria Frizz.

— Tu as un plan ?

— Fais ce que je te dis !

La dernière paire de torches fondait sur eux, alors que le sentier désert débouchait sur une prairie semée d'autels et de temples pré-rouillés. Au moment de quitter le jardin, Aya fit basculer son poids vers l'arrière et la planche fit un bond dans les airs ; Moggle suivit, décrivant de joyeux tonneaux.

— Repasse me prendre après ! cria Frizz...

Et il bondit de la planche.

— Frizz ! hurla Aya.

Elle se dévissa le cou pour suivre sa chute du regard.

Bien sûr, il portait toujours sa combinaison d'aéroball, qui annulait son poids. Son élan le catapulta droit vers l'aérocam de paparazzi. Il se roula en boule. La caméra le cueillit en plein sur ses jambières, avec un craquement de plastique ultrarésistant qui sonna comme un clap de tournage.

Le choc le fit valser en arrière. Aya vira pour venir se placer sur sa trajectoire.

Frizz lui rentra dedans avec un grognement sourd et la jeta au bas de sa planche. Ils tournoyèrent ensemble dans les airs, jusqu'à ce que les suspenseurs de la combinaison compensent le supplément de poids.

— Moggle ! souffla Aya, à demi étouffée tant Frizz la serrait fort. Ramène la planche par ici !

La planche s'était immobilisée, sans doute déconcertée de voir ses passagers l'abandonner l'un après l'autre. Moggle vint se ranger près d'elle et la poussa vers Frizz et Aya qui flottaient dans les bras l'un de l'autre.

— Je l'ai eue ? demanda Frizz.

Aya baissa les yeux et vit la caméra s'écraser, éclatant en morceaux parmi les autels et les temples.

— Oui. Mais tu peux te vanter de m'avoir fichu la trouille !

Moggle guida la planche sous leurs pieds, et Frizz put enfin relâcher Aya.

— Sans compter que je me suis fait mal, dit Frizz en se baissant pour se masser les mollets.

Ses plaques s'étaient fendues sous le choc.

— Ça t'apprendra, dit Aya en faisant pivoter sa planche vers les Écrins changeants.

Elle resta au ras du sol, filant sous le bassin de méditation du quartier, à la lueur des étoiles qui filtrait entre les feuilles de nénuphars et les poissons rouges.

— Aya ? fit la voix de Ren dans son oreille. On vous attend aux Écrins. Où êtes-vous ?

— On arrive. On semait cette caméra.

— J'ai peur que vous n'en ayez une autre sur le dos. Jette un coup d'œil aux fenêtres.

Aya fronça les sourcils.

— Quelles fenêtres?

— N'importe lesquelles, dit Ren. Elles sont pareilles sans exception!

— Qu'est-ce que...? commença-t-elle.

Alors qu'ils sortaient de sous le bassin de méditation, une vaste résidence à l'ancienne s'étala sous leurs yeux. Ses fenêtres illuminées par la lueur des écrans muraux clignotaient à l'unisson – des centaines de fenêtres passant simultanément de l'ombre à la lumière, toutes branchées sur le même site.

— Oh! oh! dit Frizz. Tu as vu ça?

— Oui. (Elle avala sa salive.) Tout le monde regarde la même chose, ce qui n'arrive pratiquement jamais, à moins que...

— Soit Nana Love vient d'annoncer ses fiançailles, dit Frizz, soit nous avons une caméra braquée sur nous.

Après un tour d'horizon, Aya finit par la repérer: une autre caméra à quelques mètres de distance, ses minuscules lentilles focalisées sur son visage.

— Merde, lâcha-t-elle.

Puis elle en aperçut une nuée, des dizaines d'aérocams arrivant de toutes les directions, de toutes formes et de toutes tailles. Certaines manœuvraient en escadrilles, virant de bord tel un banc de poissons.

— Fonce, Aya! cria Frizz.

— Aveugle-les, Moggle!

Aya se pencha en avant, filant droit vers les Écrins changeants.

Moggle se rua derrière eux, pleins phares sur le ciel;

les lentilles de leurs poursuivants scintillaient dans la nuit comme un feu d'artifice.

Le temps qu'ils parviennent aux Écrins changeants, l'essaim de caméras gagnait sur eux, les encerclait, les filmait sous toutes les coutures après qu'ils piquaient vers les marches de la résidence.

— Bravo pour la discrétion ! commenta sèchement Hiro en se tournant vers la porte. Dépêchons-nous d'entrer.

— Je regrette, s'excusa la porte. Mais les Écrins changeants sont un bâtiment privé.

— Sans blague, dit Aya. C'est bien pour ça que je suis là. Je déclare, heu...

— Résidence légale, lui souffla Hiro. Appartement trente-neuf.

— Je déclare l'appartement trente-neuf comme ma résidence légale. Et je demande l'intimité complète ! dit-elle. Oh, je m'appelle Aya Fuse, au fait. Hum, salut !

La porte marqua un temps d'hésitation et promena des lasers à rubis sur le visage et les mains d'Aya. Par-dessus son épaule, celle-ci vit les caméras se regrouper, s'arrêtant presque toutes à la limite d'intimité. Quelques-unes s'approchèrent au-delà et s'écroulèrent aussitôt. Les Écrins changeants ne plaisantaient pas avec le respect de la vie privée.

La porte s'ouvrit dans un chuintement léger.

— Déclaration acceptée, annonça-t-elle. Bienvenue chez toi, Aya Fuse.

LES ÉCRINS CHANGEANTS

La fenêtre encadrait le panorama comme un tableau rassemblant la ville, la mer, les montagnes et même un aperçu de l'immense terrain de football en contrebas. La vue était parfaite.

S'il n'y avait pas eu toutes ces caméras…

Elles étaient moins nombreuses maintenant que la traque était terminée, mais il en restait tout de même quelques douzaines derrière la limite des cinquante mètres. Aya pouvait distinguer la courbure du champ d'intimité à la manière dont elles se déployaient à travers le ciel, dessinant une vraie bulle de réputation autour de la résidence. Même Moggle devait patienter dehors, car l'interdiction des aérocams s'étendait également à l'intérieur des bâtiments.

Aya lui adressa un signe de main, espérant que Moggle l'apercevrait.

— Fermeture des fenêtres, ordonna Hiro de l'endroit où il s'était accroupi sur le sol.

Pendant une seconde, Aya se demanda pourquoi la pièce n'obéissait pas, puis elle sourit.

— C'est *ma* chambre, Hiro ! Tu n'as aucun ordre à lui donner.

— *Tes* chambres, rectifia Ren. Au pluriel.

Aya s'esclaffa, et pivota sur ses épaisses semelles sans friction avant de traverser l'appartement en patinant. Elle pouvait se promener partout les bras en croix, y compris dans les placards vides. Aya avait déjà fourré sa robe de soirée pleine de vase dans la fente murale, et portait désormais des chaussures neuves avec une combinaison de ranger équipée d'un chauffage interne, de filtres à eau intégrés et d'une multitude de poches.

Le vêtement était également imperméable à la vase.

— Alors, tu te fiches que ces affreux soient en train de nous regarder ? demanda Hiro. Eux aussi peuvent consulter les sites, tu sais.

— Je suppose que tu as raison. (Elle soupira et, d'un geste, rendit les fenêtres opaques.) Intimité et sécurité maximales, veux-tu ?

— Tout de suite, Aya-senseï, répondit la pièce.

— Vous avez entendu ça ? dit-elle, en décrivant un tour complet sur elle-même. Cette chambre n'arrête pas de m'appeler senseï !

— Tu es dans le top 1 000, après tout, lui rappela Ren.

Allongé à même le sol, il fixait les lustres. Ses deux écrans oculaires clignotaient.

— Le top 20, corrigea Aya.

En fait, tous quatre étaient senseïs désormais : Aya avait entraîné les autres dans sa spirale de réputation.

— D'accord Aya, tu es célèbre et tout le monde est très content pour toi, s'agaça Hiro. Et maintenant, pourrait-on, s'il vous plaît, envisager la suite des opérations ?

Elle s'immobilisa et haussa les épaules.

— *Quelle* suite des opérations, Hiro ? Tally va bientôt atterrir, et ensuite, nous ferons ce qu'elle nous dira.

— Quoi, tu n'as pas l'intention de claquer ce qui vient de nous arriver ?

Aya leva les yeux au ciel. Le déferlement d'intelligence s'était produit après qu'Hiro eut quitté l'école, de sorte qu'il avait raté les cours concernant Tally Youngblood. Il ne semblait pas réaliser qu'une fois Tally parmi eux, ils ne courraient plus aucun danger.

— Attendons Tally avant de décider quoi que ce soit, trancha-t-elle. Nous sommes en sécurité ici, non ?

— Ça m'en a tout l'air. (Ren tapota le carreau opaque.) Eh, chambre ! En quoi est faite cette vitre ?

— En diamant artificiel renforcé de matière adaptive et de composants électroniques, répondit la chambre. Conçu pour protéger les résidents contre les traqueurs de célébrités et les nanos fouineurs. Totalement impénétrable.

— Nous aurions dû venir ici tout de suite, grommela Hiro. Mais vous devez être cinglés pour proposer de suivre à la lettre les instructions de Tally-sama.

Aya ricana.

— Tu voulais retourner à la fête, Hiro ! Crois-tu réellement qu'une bande de peaux de pixels aurait pu me sauver ?

— J'aurais fini par me rappeler cet endroit tôt ou tard, maugréa-t-il.

— Tôt ou tard veut bien souvent dire trop tard, observa Frizz.

Hiro se retourna pour le foudroyer du regard, mais Frizz avait déjà décollé du sol. Il s'éleva lentement pour examiner de plus près les deux lustres pendus au plafond, faits chacun d'un million d'éclats de verre illuminés par un laser de couleur bleue.

Maintenant qu'il avait récupéré ses esprits, Frizz commençait à expérimenter sa combinaison, planant avec de grands gestes des bras à travers l'immense appartement dépourvu de mobilier. Aya se sentit troublée par ce spectacle, qui lui rappelait ses poursuivants volants.

— Hé, Hiro ! lança Frizz d'en haut. Pourquoi dit-on toujours que c'est un truc à se casser le cou ?

— Essaie un peu de voler *vraiment* et tu verras, répondit Hiro. Là, tu te contentes de rebondir en mode zéro G.

— Et comment faut-il faire pour voler vraiment ?

— Laisse tomber, tête vide. Tu te déboîterais les deux épaules.

— J'ai peut-être subi une opération au cerveau, reconnut Frizz, mais je ne suis pas une tête vide.

— Techniquement, non, marmonna Hiro.

Aya renifla.

— Qui ne réfléchit pas ici, Hiro ? Sans Frizz, ces caméras de paparazzi nous auraient coincés au réservoir.

— D'accord, tu as raison.

Hiro soupira, se redressa et s'inclina légèrement devant Frizz.

— Désolé de t'avoir traité de tête vide. Tu es plutôt malin, tout compte fait.

Frizz lui retourna sa courbette.

— Et toi, tu n'es pas aussi snob qu'Aya le prétendait.

Hiro s'en décrocha la mâchoire.

— Tu lui as dit *quoi*, Aya ?

Ren se redressa brusquement.

— J'ai trouvé quelque chose sur ton site, Aya, qui laisse entendre que tu as vu les affreux.

— Super ! s'exclama Aya, trop heureuse d'échapper au regard noir de son frère. Peux-tu nous le montrer ?

— Bien sûr, dès que j'aurais trouvé l'écran mural.

— Tiens, c'est vrai, où est le… ? commença Aya, mais la baie vitrée se mit à scintiller.

— Ouah ! siffla doucement Ren. Du diamant qui se transforme en écran mural. La classe !

Une image apparut, floue et tremblotante. Aya reconnut la séquence tournée avec sa caméra-bouton, une semaine plus tôt : Miki en train d'étudier la paroi du tunnel du train, à la recherche de la porte secrète.

Revoir son visage de miss tout-l'monde ranima chez Aya toute la culpabilité étouffée par sa célébrité soudaine. Elle se demanda ce que Miki devait penser d'elle en cet instant, maintenant que chacun connaissait les loisirs secrets des Rusées, leurs tours pendables.

La voix d'Eden Maru s'éleva hors champ, résonnant dans le tunnel.

— C'est bien ça. Reculez, il peut y avoir n'importe quoi derrière.

Miki inspira lentement, avant de murmurer :

— Ou n'importe *qui*.

Ce fut la voix d'Aya qui répondit :

— Ces monstres difformes se sont juste arrêtés pour déposer un truc. Personne ne peut habiter là-dedans.

L'image se figea, et Hiro gémit.

— Monstres difformes ? Voilà comment ils savaient que tu les avais vus. Tu l'avouais toi-même !

Aya secoua la tête.

— Ça ne colle pas. De quelle façon l'auraient-ils découvert si rapidement ? La séquence durait des heures et des heures, et ils nous sont tombés dessus à l'instant où nous avons quitté la fête.

— C'est peut-être la sagesse de la foule ? suggéra Ren à voix basse.

Aya fronça les sourcils.

— Comment ça ?

— Nous ignorons le nombre de ces créatures, expliqua-t-il. Elles doivent être des centaines. Il en existe peut-être une pleine montagne quelque part.

— Ou toute une ville, enchérit Frizz. La construction de cette catapulte électromagnétique a sans doute nécessité pas mal de monde.

Un doigt glacé descendit le long de l'échine d'Aya. Elle avait toujours pensé aux affreux comme à une petite bande ; la notion d'une *ville* entière d'Inhumains lui donnait le vertige.

— Ça n'a aucun sens, protesta Hiro. Pourquoi toute la population d'une ville irait…

— La ferme, Hiro ! (Ren ferma les yeux.) Vous entendez ça ?

Aya tendit l'oreille, et perçut un léger bourdonnement qui emplissait la pièce.

Frizz s'éloigna du plafond où il évoluait toujours et redescendit vers les autres.

— J'ai l'impression que ça vient de l'écran mural.

Aya sentit alors au creux de sa langue un goût de pluie et d'orage.

— La matière adaptive, murmura-t-elle. La vitre est faite ainsi…

Ils se tournèrent tous vers l'écran mural. Sa surface se brouillait, déformant l'arrêt sur l'image du visage de Miki. Le bourdonnement devint dissonance, chœur de tonalités incompatibles en lutte les unes contre les autres, qui faisaient trembler l'air même. Le goût de pluie se fit amer dans la bouche d'Aya.

— On est en train de pirater ta fenêtre ! s'écria Ren, bondissant sur ses pieds.

Des formes commencèrent à émerger, trois silhouettes humaines moulées par la surface plane. Un bras en sortit, enveloppé par l'image de Miki, pareil à une momie drapée dans un écran mural.

Frizz attrapa Aya et fit mine de l'entraîner vers la porte.

— Attends ! s'exclama-t-elle. Regardez leurs corps...

Les silhouettes qui se détachaient de la vitre n'avaient rien de difforme, contrairement aux créatures Inhumaines ; elles étaient grandes et vigoureuses. Elles s'avancèrent dans la pièce, étrangement dépourvues de visage et toujours recouvertes par les couleurs de l'écran, comme si la matière adaptive s'était collée sur elles.

— Des peaux de pixels ? suggéra Aya.

Les intrus se mouvaient avec une élégance de prédateurs. Leurs couleurs s'estompèrent peu à peu pour laisser place à un gris terne.

— Non, souffla Ren. Ils portent des combinaisons furtives.

Le plus grand des trois leva la main et baissa son capuchon gris, dévoilant un visage féminin d'une beauté glaciale, très intimidante. L'inconnue avait des yeux de louve, noirs comme du charbon, une peau couverte de tatouages tourbillonnants, des traits fins et cruels.

C'était la personne la plus célèbre du monde.

— Mon nom est Tally Youngblood, déclara-t-elle. Désolée de faire irruption ainsi, mais il s'agit d'une circonstance spéciale.

LES SCARIFICATEURS

Aya avait appris à l'école qui étaient les Specials, bien sûr.

Voilà longtemps, la ville de Tally Youngblood avait créé une sorte bien particulière de Pretties – cruels, impitoyables et mortels, tout le contraire des têtes vides. À l'origine ils étaient supposés protéger la ville, traquer les fugitifs et maintenir l'ordre. Mais petit à petit, ils se muèrent en organisation secrète, chaque génération modifiant la suivante, comme de la mauvaise herbe hors de tout contrôle. Les Specials n'avaient que dédain pour ceux qui n'étaient pas semblables à eux, et souhaitaient prendre le monde entier sous leur coupe. Finalement, ils renversèrent le gouvernement de leur ville et déclenchèrent la guerre de Diego.

Tally et ses amis étaient des Specials eux aussi, mais d'une variété particulière appelée « Scarificateurs ». Jeunes et indépendants, ils avaient découvert comment se reprogrammer le cerveau. Ils s'étaient rebellés contre le chef des Specials pour libérer leur propre ville et sauver Diego. Ensuite, ils avaient propagé le déferlement d'intelligence à travers le monde entier, mettant un terme définitif au Prettytime.

Se trouvant ainsi face à Tally, Aya fut parcourue d'un frisson de réputation cataclysmique. Cette personne avait *fait* son monde. Les sites, les technos, la célébrité : tout ce qui comptait à ses yeux provenait directement du déferlement d'intelligence.

Cela lui donnait le tournis de contempler un visage si familier, et pourtant si étrange.

Jamais les cours d'Aya ne lui avaient dépeint une Tally-sama aussi effrayante. Elle avait des ongles longs et acérés, des yeux noirs et pénétrants. Elle comptait trois ans de plus que durant le déferlement d'intelligence, évidemment. À presque vingt ans, elle vivait désormais dans les régions sauvages, qu'elle protégeait contre l'expansion des villes.

Tally avait comme un *air* sauvage avec ses longs cheveux flottants, ses tatouages délavés par le soleil, sa peau bronzée.

Aya s'arracha à la poigne de Frizz et s'inclina nerveusement, espérant ne pas avoir oublié son anglais.

— C'est un honneur de te rencontrer, Tally-sama.

— Tally *Youngblood*.

Aya s'inclina de nouveau.

— Je suis désolée. *Sama* est un titre honorifique.

— Génial, encore un culte d'admirateurs. (Tally leva les yeux au ciel.) Le monde est sauvé.

Aya entendit glousser. Les deux autres Scarificateurs – un garçon, une fille – avaient ôté leur capuchon pour dévoiler des traits semblables à ceux de Tally : beaux et cruels, rehaussés de tatouages mobiles. Leur regard balayait la pièce avec énergie, mais ils souriaient en même temps, comme s'ils savouraient la situation.

— Je m'appelle Aya Fuse.

Tally rit, sans s'incliner en retour.

— Sans blague. Il n'y a pas une personne qui l'ignore dans toute la ville. Et arrête un peu tes courbettes !

— Heu... désolée, s'excusa Aya en inclinant la tête.

Elle aurait volontiers passé la parole à un autre, mais Hiro, Ren et Frizz semblaient encore plus intimidés qu'elle.

Les trois Scarificateurs se déployèrent dans l'appartement, examinant chaque pièce.

— Quelqu'un d'autre a-t-il essayé d'entrer ? voulut savoir Tally.

— Non, répondit Aya. C'est un immeuble très bien protégé.

— Oui, on a pu s'en apercevoir au cours des dix secondes qu'il nous a fallu pour entrer, railla l'autre Scarificatrice. C'est ça que tu appelles te planquer, au fait ? Il doit y avoir une cinquantaine d'aérocams là dehors !

— Nous avons essayé de nous cacher, mais mon rang facial est particulièrement élevé en ce moment.

La fille lui lança un regard inexpressif, comme si ces mots ne signifiaient rien pour elle.

— Ton rang facial ? Qu'est-ce que ça veut dire, que tu es une sorte de fonctionnaire haut placée ? Tu n'es pas un peu jeune pour ça ?

— Non. Le rang facial mesure la... réputation.

La fille balaya l'appartement du regard.

— C'est vraiment chez toi, ici ? Pas étonnant que les villes soient en pleine expansion. Encore Ugly, et elle a déjà un cinq-pièces !

— J'habite ici, mais tous les Uglies n'ont pas...

Aya n'acheva pas, en butte aux limites de son anglais.

Hiro avait raison : aucune personne extérieure à la ville ne comprendrait l'économie de la réputation. Et le moment était mal choisi pour une explication.

— Tu es Shay-sama ! s'exclama Frizz, qui venait de consulter son écran oculaire. (Il se tourna vers Aya et lui glissa en japonais :) Deux cent quatorze, principalement grâce au fait qu'elle est mentionnée en cours d'histoire.

Aya hocha la tête, mortifiée de ne pas avoir reconnu Shay. Tous les Scarificateurs étaient célèbres. Certains faisaient même l'objet d'un culte en propre, mais Aya ne parvenait jamais à se rappeler lesquels.

— Toutes mes excuses, Shay-sama, dit-elle. L'histoire récente n'a jamais été ma matière favorite.

Tally et le garçon gloussèrent. Shay arqua l'un de ses sourcils, et Aya se sentit rougir, telle une gamine qui sollicite un autographe.

— Ne t'en fais pas pour ça, dit Shay. Et tu peux t'épargner le « sama » avec moi aussi.

Tally ricana.

— Oui, elle préfère se faire appeler Patronne.

— Toi aussi tu m'as manqué, Tally-wa, lui dit Shay.

— Je suis un peu largué, avoua Frizz.

Aya hocha la tête, se demandant si les Scarificateurs ne pratiqueraient pas une sorte de dialecte que ses cours d'anglais n'avaient pas abordé. Hiro et Ren semblaient avoir encore plus de mal à suivre. Les langues étrangères n'étaient guère populaires avant le déferlement d'intelligence, à l'époque où ils se trouvaient à l'école.

Mais Frizz vint à sa rescousse.

— Nous cherchons simplement à vous témoigner le respect approprié.

— Eh bien, ne cherchez plus. (Tally se tourna vers

Aya.) Il faut te faire sortir d'ici, et vite. L'affaire que tu as déterrée est plus grosse que tu ne l'imagines.

— Plus grosse ? répéta Aya. Que la *fin du monde* ?

— Plus grosse qu'une simple catapulte électromagnétique. On en a retrouvé à travers toute la planète.

La gorge d'Aya se noua. Et si Ren avait vu juste ? Peut-être existait-il véritablement un grand nombre d'Inhumains, et même une ville entière, quelque part.

— Pourquoi ne pas l'avoir révélé sur le réseau mondial ?

— Les autres montagnes étaient vides, expliqua Tally. Tu es la première à mettre la main sur les projectiles. Et nous ne tenions pas à ce que tout le monde se mette en quête de ceux qui les ont construites. Ces gens-là sont dangereux.

Aya acquiesça.

— Je sais, Tally-sama. Je les ai observés de mes yeux.

— C'est ce qu'on s'est dit en les voyant se lancer à tes trousses. Ceux qui les repèrent ont une fâcheuse tendance à disparaître, c'est le cas de l'un de nos amis. C'est pour ça que nous sommes là.

— Il faut filer, Tally-wa, intervint le troisième Scarificateur. Le soleil va bientôt se lever.

— D'accord, Fausto, mais d'abord, deux questions. (Tally scruta Aya de ses yeux noirs.) Tu n'as prévenu personne de notre venue, n'est-ce pas ?

Aya secoua fièrement la tête en guise de réponse, résistant à l'envie d'adresser un sourire de triomphe à Hiro.

— Brave fille, fit Tally en souriant. Deuxième question : je sais que tu es très forte pour chevaucher les trains, mais as-tu jamais volé à deux sur une planche ?

— Oui.

— Tout récemment, précisa Frizz.

— Tu monteras derrière moi, dans ce cas. (Tally se tourna vers le Scarificateur.) Bon, Fausto. Comment va-t-on se débarrasser de ces aérocams là dehors ?

Il haussa les épaules.

— Avec des nanos. Ou peut-être des bombes éclairantes ?

— Les bombes éclairantes, je préfère, trancha Tally en frissonnant. Shay et moi avons eu une mauvaise expérience avec des nanos.

— Va pour les bombes, Tally-wa !

Fausto fit glisser le sac de son épaule et entreprit de fouiller à l'intérieur.

— Excuse-moi, Tally...-wa ? dit Aya, espérant ne pas écorcher le titre. Mes amis aussi ont vu les... êtres étranges.

— Vous les avez vus ? (Tally se tourna vers les autres :) Tous les trois ?

Hiro, Ren et Frizz acquiescèrent à regret. Tally geignit.

— Nous attirerons moins l'attention s'ils sont quatre autour de nous, Tally-wa, fit valoir Shay. Et ils courent moins de risques à nous accompagner qu'à rester là en attendant de se faire kidnapper.

— Sauf que nous n'avons que trois planches ! dit Tally. Un peu maigre, pour sept personnes.

— Cette fente murale peut fabriquer de grandes choses, dit Hiro dans un anglais quelque peu approximatif.

— Des planches à rotors de sustentation ? demanda Fausto. Qui fonctionnent hors de la ville, au-delà de la grille ?

Hiro fronça les sourcils.

— Peut-être pas.

— Super, grogna Tally. Il ne nous reste plus qu'à faire venir David, ce qui flanque tout notre plan par terre. Et vous savez à quel point il a horreur des villes.

— Pardonne-moi, Tally-sama, intervint Ren dans son anglais hésitant. Hiro sait évoluer en combinaison d'aéroball. S'il reste à proximité, nous pourrons le remorquer.

Tally hésita un moment, jeta un coup d'œil à Shay, puis hocha la tête.

— D'accord. Ça devrait marcher.

Hiro entreprit d'ôter sa combinaison à Frizz et de l'enfiler à son tour, en secouant la tête devant les jambières fissurées. Ren commanda des bracelets anticrash à la fente murale et rappela à chacun de couper son localisateur. Les Scarificateurs se tartinèrent le visage et les mains de plastique adaptif afin de camoufler leurs tatouages et la cruauté de leurs traits.

Aya se demanda pourquoi ils avaient besoin de se faire passer pour des Uglies en pleine nature.

— Excuse-moi, Tally-wa, mais *où* allons-nous ?

Les Scarificateurs échangèrent un regard, et la question flotta dans l'air un moment.

— On n'en sait rien encore, avoua Tally. Mais on finira bien par trouver.

SCARIFICATRICE HONORAIRE

Leurs planches les attendaient sur le toit.

Les trois Scarificateurs partirent devant. Dans leurs combinaisons furtives, ils fendaient l'air nocturne en ondulations gracieuses. Aya les vit à peine déclencher l'assaut : d'une rotation presque invisible du bras, leurs mouvements soulevèrent poussière et feuilles du toit. On aurait dit une brise soudaine.

Tout cela paraissait bien silencieux, irréel... jusqu'à ce que les premières explosions retentissent.

Une succession d'éclairs blancs illumina le ciel, projetant des ombres syncopées sur le toit. Une cascade de détonations cogna aux tympans d'Aya.

— Viens ! lui dit Frizz en la tirant par la main.

Après quelques pas, à moitié aveuglée par les flashs, elle sentit la surface d'une planche sous ses semelles. Une silhouette de haute taille vint se plaquer contre elle et passa un bras autour de sa taille.

— Accroche-toi ! cria Tally, et la planche s'arracha au toit dans le hurlement de ses rotors.

Tally avait un corps dur et noueux, pareil à celui d'une gymnaste aux muscles d'acier.

— On ne t'avait pas dit de fermer les yeux ? ajouta-t-elle.

— Désolée.

Aya se cramponna de son mieux à Tally, clignant les yeux pour chasser les points lumineux. Cela lui rappelait les innombrables fois où Moggle l'avait éblouie...

Moggle ! Son aérocam se trouvait là quelque part, probablement secouée et perturbée par les bombes aveuglantes.

— Excuse-moi, Tally-wa. Mais est-ce que Moggle peut nous accompagner ?

— Qui ça ?

— Mon aérocam.

— Ton... une seconde. Tu *possèdes* une aérocam ?

Aya continua à clignoter. La vue lui revenait lentement.

— Presque tout le monde en a une. Comment ferait-on pour alimenter nos sites, sinon ?

— Tu veux dire que tout le monde tient son propre site en ligne ? (Tally s'esclaffa.) C'est une ville de fous !

Aya jeta un coup d'œil derrière elle. Affolées par le déluge de bombes aveuglantes, les caméras erraient, en proie à la confusion totale. En quelques secondes, les planches ultrarapides des Scarificateurs les avaient laissées sur place.

— Je t'en prie ; Moggle déteste rester seule.

— Pas question, cria Tally. L'idée, c'est plutôt qu'on se cache, tu n'avais pas remarqué ?

— Bien sûr... mais c'est pour plus tard. Pour l'histoire.

— Oublie ça. L'histoire n'est pas ma matière favorite non plus. Surtout quand elle tourne autour de *moi*.

Aya leva les yeux vers le visage camouflé de Tally qui, l'espace d'un instant, lui rappela étrangement celui de Lai. Mais la comparaison était absurde. Tally était la personne la plus célèbre au monde, alors que Lai restait de son plein gré Extra. En tout cas, l'était restée jusqu'à ce qu'Aya la propulse vers les sommets de la célébrité.

— Tally-wa ? Pourquoi êtes-vous déguisés en Uglies, tous les trois ?

— Au cas où l'une de ces aérocams réussirait à prendre un cliché. Je ne tiens pas à ce que l'on sache que nous sommes dans le coin. Ce qui me fait penser...

Tally fit un geste et sa combinaison furtive se transforma, prenant la texture et la coupe d'un uniforme de dortoir.

Aya comprenait son explication, mais elle n'en était pas moins frustrée. Elle était là, à fendre les airs sur la planche de Tally Youngblood, et il n'y avait personne pour la voir ! Elle ne portait même pas de caméra-espion !

Elle réalisa qu'elle n'avait jamais vu la moindre photo de Tally. Même dans les livres d'histoire, ses représentations étaient invariablement des tableaux ou des mangas, comme si Tally était une sorte de Pré-Rouillée d'avant l'époque des caméras.

Mais les Extras avaient besoin d'un lien sensible avec leurs héros. Voilà pourquoi Nana Love était toujours Nana-*chan*, et non Nana-*senseï*, en dépit de sa notoriété. Les gens célèbres avaient le *devoir* d'offrir leur image au reste du monde.

Quelques clichés pour l'histoire ne sauraient faire de mal.

Alors qu'ils survolaient le chantier de construction

en rase-mottes, dans le hurlement des rotors et le défilement de l'acier rouillé, Aya alluma son écran oculaire. Elle ouvrit un signal de pistage et chuchota un bref message en japonais à l'intention de Moggle…

— *Suis-nous aussi vite que tu pourras.*

Quoi qu'il arrive, ce serait sûrement une belle claque.

Ils progressèrent jusqu'en bordure de la ville, ayant largement distancé leurs poursuivants.

Il faisait un froid mordant en cette période intermédiaire, juste avant l'aube, mais Tally ne semblait pas s'en apercevoir. Aya monta le chauffage de sa combinaison de ranger, bien contente de s'être débarrassée de sa robe de soirée souillée de vase.

Les planches des Scarificateurs étaient très puissantes, même avec deux passagers chacune. Bien sûr, elles devraient ralentir au moment de quitter la grille et de prendre Hiro en remorque.

Et une fois hors de la ville, Moggle ne pourrait plus les suivre.

— Tally-wa ? risqua Aya. Et si nous suivions la voie magnétique ? Il y aurait tout le métal nécessaire.

Tally secoua la tête.

— Trop de circulation. Il y aura certainement une foule de gardiens en route vers la montagne, sans oublier le Comité de concorde planétaire qui s'amène.

— Mais on te laisserait passer sans difficulté, non ? Tu es Tally Youngblood ! Tu dois avoir des tonnes de mérite !

— Des tonnes de… quoi ?

— Oh. Dans ma ville, le mérite traduit…

Aya se creusa les méninges à la recherche de la traduction adéquate en anglais.

— ... le respect que vous témoignent les autorités. Un peu comme la célébrité, mais en récompense de services rendus à la communauté. Puisque tu as sauvé tout le monde du Prettytime, ma ville t'accorderait sûrement toute l'assistance dont tu aurais besoin.

— Je ne veux pas de son assistance.

Aya marqua une pause, se demandant si la groupie de l'Indicible n'aurait pas mis dans le mille en fin de compte.

— Es-tu inquiète à l'idée que ma ville ait pu construire cette arme ?

Tally haussa les épaules.

— Je ne dirais pas que ça m'*inquiète*. En fait, ça rendrait les choses beaucoup plus simples. Après tout, d'autres gouvernements ont déjà été renversés par le passé...

Elle se retourna vers Aya et lui adressa un large sourire.

— ... par moi.

L'aube pointa, et les régions sauvages s'étendirent à l'infini devant eux. Les lumières des quartiers industriels s'espacèrent en contrebas, et l'écran oculaire d'Aya commença à perdre la connexion avec les sites.

Non pas qu'ils aient grand-chose de nouveau à claquer : Où donc était encore partie Aya Fuse ? Ses disparitions n'étaient-elles que de simples coups publicitaires ? La découverte de la catapulte électromagnétique annonçait-elle un nouvel âge marqué par les conflits ?

Personne n'avait réalisé que Tally Youngblood était

en ville. La première nuit de célébrité d'Aya ne s'était peut-être pas déroulée tout à fait comme elle l'avait espéré, mais au moins tenait-elle une suite formidable à son histoire de tueurs de villes…

Elle sourit : sauvée des aliens par Tally Youngblood !

En approchant des limites de la grille, ils resserrèrent la formation afin de croiser leurs champs magnétiques. Aya sentit la combinaison d'Hiro se connecter aux planches avec un frémissement.

— *À plus tard, Moggle*, murmura Aya en japonais. *Attends-moi tranquillement ici.*

— Prête ? demanda Tally. Les choses risquent de se corser un peu à partir de maintenant.

— Ne t'en fais pas pour moi. Ça ne peut pas être pire que chevaucher un train magnétique.

— Pas sûr. (Tally jeta un coup d'œil par-dessus son épaule, les yeux à demi fermés.) Quand Shay et moi avons regardé ton histoire et vu tous ces risques que tu prenais – infiltrer cette bande de filles, surfer sur des trains, faire un tour en catapulte magnétique –, on s'est dit que tu étais une sacrée dure à cuire.

Aya baissa la tête, rougissante.

— Vraiment ?

— Vraiment. On a pensé que tu ne refuserais pas une aventure de plus, Aya-la, puisque ta mission de sauver le monde est si bien placée dans la liste de tes priorités.

Aya plongea son regard dans les yeux de Tally, cherchant à déchiffrer son expression. Elle était presque certaine que *-la* était un titre flatteur. Tally n'avait-elle pas appelé son amie *Shay-la* tout à l'heure ?

— Une aventure ?

— C'est pour ça que nous sommes là, pour t'offrir une nouvelle aventure.

Aya acquiesça, ne sachant toujours pas quoi penser.

— Je croyais que vous étiez venus me protéger de…

Elle ne trouva pas de mot anglais pour désigner les créatures Inhumaines.

— … de gens étranges. Non ?

— Eh bien, oui, en partie. (Tally haussa les épaules.) Mais nous voulons surtout aller au fond de cette affaire, et retrouver notre ami qui a disparu. Alors, nous nous sommes dit qu'une dure à cuire comme toi serait prête à nous aider, Aya-la. Comme une sorte de Scarificatrice honoraire, si tu veux.

Aya sentit un sourire se dessiner sur son visage, et dut se retenir de s'incliner.

— Bien sûr. J'en serais très honorée.

— Je savais que tu réagirais ainsi. Navrée que tes amis soient obligés de nous accompagner.

— Ils doivent se sentir honorés eux aussi, Tally-wa.

— N'en sois pas si sûre. Tu sais, ce signal de pistage que tu envoyais à ton aérocam ?

— Heu… ma quoi ?

— Ton aérocam, Aya-la… celle qui nous suivait discrètement à distance. (Le sourire carnassier de Tally réapparut.) Eh bien, nous l'avons un peu amplifié. Pas au point d'attirer l'attention des gardiens, mais assez quand même.

Aya encaissa.

— Assez pour quoi ?

Tally se retourna.

— Pour ça.

Aya regarda au loin. Elle ne vit que la noirceur des

régions sauvages et les premières lueurs de l'aube qui commençaient à se répandre à l'horizon.

— Fais-moi signe quand tu les verras, dit Tally. Je veux que ça paraisse réaliste.

— Réaliste ? murmura Aya.

Quelques instants plus tard, elle repéra un clignotement au sein des étoiles en train de s'estomper. Elle coupa son écran oculaire et réalisa ce que c'était.

Les feux de position de trois aérocars.

— Des amis à toi, Tally-wa ?

— Je ne les ai jamais rencontrés. Mais je crois que toi, si.

Aya battit des cils, en proie à une nervosité qui lui nouait l'estomac. Les aérocars fondaient sur eux, dans le grondement de leurs rotors de sustentation... Les Inhumains l'avaient retrouvée.

Et Tally Youngblood les y avait aidés.

LE PLAN

— Ohé, tout le monde ! cria Tally. On retourne vers la ville !

La planche fit demi-tour et Aya banda ses muscles, en se rappelant que ses bracelets anticrash ne lui servaient à rien en pleine nature.

— Et mon frère ? s'écria-t-elle.

— Je l'ai, répondit Tally en se rapprochant d'Hiro. (Elle lui cria :) Accroche-toi quand même, par précaution !

Tally passa au-dessus des bras tendus d'Hiro et, quelques secondes plus tard, Aya vit les doigts de son frère se cramponner au rebord de la planche.

Ils bondirent en avant, droit vers la ville. En dépit de l'aimantation, les jointures d'Hiro blêmirent sous l'accélération.

Aya baissa les yeux sur la forêt noire qui défilait sous eux. Cette histoire de remorquage lui avait déjà paru assez dangereuse quand ils allaient lentement.

— Et s'il se casse la figure ici ? cria-t-elle à l'oreille de Tally. Nous sommes sans défense ! Tu t'es servie de nous comme…

Son anglais lui fit défaut.

— … comme *appât*, acheva Tally à sa place. Je t'expliquerai plus tard, Aya-la. Il va falloir me faire confiance.

Aya ferma les yeux, en se rappelant à qui elle avait affaire. Elle volait en compagnie de Tally Youngblood – la personne la plus célèbre au monde –, pas d'une Rusée à la cervelle en compote.

Aussi effrayante que paraisse la situation, tout allait bien se passer.

Elle risqua un coup d'œil derrière elle. Les trois aérocars prenaient de l'avance sur les planches surchargées. L'air se mit à vibrer sous le souffle de leurs rotors.

Tally se mit à zigzaguer, et Aya dut se cramponner de plus belle.

— Qu'est-ce que tu fabriques ?

— Ils essaient de nous affoler. Il faut leur donner l'impression que ça marche !

— Mais pourquoi ? s'écria Aya, tâchant de conserver son équilibre sans déplacer les pieds.

Un faux mouvement, et elle piétinait les doigts d'Hiro !

— Pour ne pas trahir notre couverture, cria Tally. Essaie de suivre un peu !

Aya fronça les sourcils. À quoi servait-il de paraître sans défense ? Quel que soit le piège tendu par les Scarificateurs, n'était-il pas grand temps de le refermer ?

La bordure de la ville était en vue – peut-être avaient-ils prévu de passer à l'action à cet endroit-là. Une fois de retour au-dessus de la grille, Hiro pourrait voler et leurs bracelets anticrash fonctionneraient de nouveau.

Elle regarda autour d'elle. Frizz et Fausto se trouvaient à moins d'une dizaine de mètres. Les yeux de manga de Frizz étaient plus écarquillés que jamais.

Fausto balançait leur planche d'avant en arrière, affichant une expression ravie sur son vilain visage en plastique. Ren et Shay filaient devant, tout droit et en rase-mottes.

L'un des aérocars se porta à la hauteur d'Aya et de Tally. La portière coulissante s'ouvrit, dévoilant deux affreux en combinaison de sustentation, prêts à bondir.

— Ils attendent que nous ayons regagné la grille, cria Tally. Ça veut dire qu'ils n'ont pas l'intention de nous tuer.

— Génial.

Aya avala sa salive : les créatures devaient sûrement leur réserver un sort pire que la mort.

Un autre aérocar se rapprocha, et Aya perçut dans l'air un frémissement familier.

— Gaffe à l'onde de choc ! cria-t-elle, alors que le souffle les frappait de plein fouet.

Ses oreilles se bouchèrent ; le vent l'obligea à fermer les yeux. Puis la planche entra dans un trou d'air et s'enfonça brusquement. Aya sentit ses pieds décoller. Elle s'accrocha de toutes ses forces à Tally.

Puis la planche remonta, et Aya se tordit la cheville en marchant sur quelque chose de mou…

Les doigts d'Hiro.

Aya l'entendit crier dans sa chute, alors que la bordure de la ville était encore loin.

— Tally ! hurla-t-elle.

— Ne t'en fais pas.

Tally lança la planche dans un virage vertigineux. Pendant un moment il n'y eut rien sous Aya sinon des arbres et des buissons. Elle avait presque la tête en bas, et les rotors les précipitaient en rugissant vers la silhouette tournoyante d'Hiro.

Aya aurait voulu hurler, mais préféra employer toute son énergie à étreindre la taille de Tally.

Elles dépassèrent Hiro et ses hululements de panique avant d'opérer un rétablissement en souplesse. Tally allongea le bras, cueillit au vol Hiro et le balança négligemment sur la planche.

Il était livide.

— Désolée pour la récupération *in extremis*, s'excusa Tally en levant les yeux vers les aérocars. Il ne fallait pas que ça paraisse trop facile.

Ils se répartirent tous les trois sur la planche instable, cramponnés l'un à l'autre. Les rotors chuintèrent sous le surplus de poids.

Une odeur de métal brûlé parvint aux narines d'Aya.

— On ne serait pas en surchauffe ?

— Si, confirma Tally. Pile au bon moment.

Ils passèrent la bordure de la ville alors que les rotors se bloquaient avec un crissement métallique. La planche frémit, et le système de répulsion magnétique prit le relais.

Mais ils continuaient à perdre de l'altitude…

— Nous sommes trop lourds ! s'écria Hiro. Laisse-moi sauter ! Je peux voler, maintenant !

— Pas encore, dit Tally qui avait toujours un bras sur ses épaules.

Au-dessus d'eux, six Inhumains avaient bondi des aérocars et fonçaient à la poursuite des Scarificateurs à raison de deux par planche. Leurs doigts-aiguilles scintillaient dans la lueur de l'aube comme des stalactites de glace.

— C'est là que vous allez passer à l'action, hein? demanda Aya.

Elle espérait que Moggle était assez près pour filmer les Scarificateurs en train d'arracher leurs masques et de bondir sur les Inhumains.

— Pas encore, répéta Tally.

Au loin, Aya vit Frizz et Fausto partir en vrille, perdant le contrôle de leur planche alors que deux créatures fondaient sur eux.

Elle baissa les yeux. Le sol se rapprochait beaucoup trop vite à son goût. Tally les entraîna vers une ruelle étroite entre deux usines, où l'un des Inhumains les attendait, les quatre bras écartés.

— Lâche-moi ! cria Hiro.

Tally acquiesça.

— D'accord, à trois, deux…

En disant *un*, elle le poussa hors de la planche. Hiro bondit, bras en croix – mais quelque chose n'allait pas : il roulait follement sur lui-même, en tournoyant comme une toupie. Un Inhumain le rattrapa et lui planta une aiguille dans le corps.

— Hiro ! hurla Aya. Tally ! Fais quelque chose !

— Ne t'en fais pas, Aya-la. Tout se déroule selon le plan.

Tally esquiva adroitement le premier Inhumain. Mais un autre les attendait à l'autre bout de la ruelle. Elles fonçaient droit sur lui.

— Tally ! Grimpe !

— Arrête d'agiter les bras comme ça, Aya-la, ou ça risque de mal tourner.

— C'est déjà en train de mal tourner !

Elles se jetèrent droit dans les bras de la créature, et

Aya sentit une aiguille s'enfoncer dans son flanc. Une sensation de froid se répandit en elle, enveloppant son cœur et ses poumons.

— Fais quelque chose, murmura-t-elle à Tally.

Elle croyait que son masque en plastique adaptif allait exploser pour dévoiler ses traits implacables de Scarificatrice. Puis elle remarqua ce que Tally tenait à la main : l'une des épaulières d'Hiro, sangles défaites. Tally l'avait détachée exprès. Elle la lâcha tandis que la planche magnétique continuait sa dégringolade.

— Accroche-toi encore quelques secondes, Aya-la. Je ne voudrais pas que tu te cognes la tête.

Tally s'écroula lentement sur la planche, les paupières papillonnantes. Pourtant, elle semblait bien lucide en lui sifflant :

— Et quand tu te réveilleras, cesse de m'appeler Tally. Nous sommes de simples copains Uglies, c'est compris ?

— Mais pourquoi... ?

— Fais-moi confiance, Aya-la. Ce n'est pas toujours joli, joli de sauver le monde.

Prise de vertige sous l'effet de la piqûre, Aya perdait pied peu à peu mais parvint malgré tout à comprendre le plan élaboré depuis le début : un moyen pour les Scarificateurs de se faire capturer incognito.

Aya et les autres n'avaient joué que le rôle d'appâts.

Et Tally Youngblood – maître d'œuvre du déferlement d'intelligence, la personne la plus célèbre au monde – n'était qu'une foutue Reine de la vase falsificatrice.

Troisième partie

LE GRAND DÉPART

La réputation est un préjugé vain et fallacieux : souvent gagnée sans mérite et perdue sans justice.
SHAKESPEARE, *Othello* (Acte II, scène 3)

UN PUBLIC CAPTIF

Elle avait la tête qui tournait.

Le monde entier oscillait, se dérobait sous elle, comme dans un rêve. Un mélange confus de colère, de griserie et de terreur envahit ses pensées, rehaussé par la saveur amère de la trahison.

Puis se précisa une pointe de douleur parmi le magma de ses sensations. Quelque chose lui transperçait l'épaule, se répandait en brûlant dans ses veines…

Aya Fuse se réveilla d'un coup.

— Non !

Elle se redressa d'un bloc, mais des mains vigoureuses la repoussèrent en arrière.

— Ne gueule pas comme ça, lui souffla une voix. En principe, nous sommes encore endormies.

Endormies ? Pourtant le cœur d'Aya battait la chamade, son sang bouillonnait d'énergie. Son corps se convulsa et ses mains se replièrent, griffant le sol en métal dur sur lequel elle se trouvait.

Après un long frisson, sa vision finit par s'éclaircir.

Une Ugly était penchée sur elle. Deux doigts se rapprochèrent et lui soulevèrent avec soin les paupières pour inspecter un œil, puis l'autre.

— Essaie de te détendre. J'ai peur de t'en avoir injecté un peu trop.

— Trop de quoi ? demanda Aya dans un souffle.

— De ma potion de réveil, répondit l'Ugly. Ça va passer dans une minute.

Aya resta allongée là, le cœur battant, tandis que la sensation de brûlure s'estompait dans son épaule. Elle s'appliqua à respirer régulièrement, dans l'attente que la réalité cesse d'osciller.

Mais la stabilité qu'elle retrouva était toute relative. Tandis que son corps absorbait peu à peu la folle énergie qui l'avait possédée, Aya réalisa qu'elle se trouvait dans la soute d'un gros aérocar qui traversait un violent orage. La charpente vibrait, le sol métallique se tordait sous elle et la pluie battait aux hublots. Les rotors de sustentation luttaient pour maintenir le véhicule d'aplomb, ajoutant leur cacophonie aux gémissements du vent.

Dans le maigre éclairage qui tremblotait, Aya mit un moment à se rappeler que la fille aux traits banals qui lui faisait face portait un déguisement.

— Tally Youngblood, cracha-t-elle. Tu n'es qu'une saleté de falsificatrice, un foutu gaspillage de gravité !

Tally gloussa.

— Je suis bien contente que tu aies parlé en japonais, Aya-la. Parce que tes mots n'avaient pas l'air très respectueux.

Aya obligea les rouages de son cerveau à fonctionner en anglais.

— Tu… nous as menti.

— Jamais de la vie, rétorqua Tally, tranquille. J'ai simplement omis de m'étendre sur les détails de notre plan.

— Tu appelles ça un détail ?

Aya jeta un coup d'œil sur la soute obscure ballottée par l'orage. Une porte métallique barrait l'accès à la cabine de pilotage. Les parois étaient tendues de sangles de chargement qui tressautaient et se balançaient à chaque secousse du véhicule. Il faisait chaud, humide, et Aya sentit des filets de sueur couler à l'intérieur de sa combinaison.

— Nous t'avons fait confiance, et tu nous as livrés à ces monstres ! Exprès !

— Désolée, Aya-la. Mais dévoiler notre plan à une gamine adepte de la mise en ligne ne semblait pas une excellente idée. C'était notre seule chance de découvrir d'où viennent ces kidnappeurs. On ne pouvait pas courir le risque que tu ailles tout claquer sur les ondes.

— Je n'aurais jamais fait ça !

— C'est aussi ce que tu avais raconté aux Rusées.

Aya ouvrit la bouche, mais aucun mot n'en sortit. Les dernières traces de potion de réveil lui firent bouillir les sangs, et la colère la reprit. Pourquoi Tally déformait-elle tout ce qu'elle disait ?

— C'était complètement différent ! éclata-t-elle enfin. Je les ai peut-être induites en erreur, mais je ne m'en suis jamais servie comme appât.

— Pas comme appât, non, mais tu as profité d'elles, Aya-la. Nous avons fait la même chose avec toi.

— Tu nous as *menti* !

Tally haussa les épaules.

— Comme tu l'as dit dans ton interview, parfois, il faut savoir mentir pour découvrir la vérité.

Aya se retrouva de nouveau à court de mots, stupéfaite d'entendre ses propres paroles se retourner contre elle. Elle se souvint alors de celui qui les avait prononcées en premier : Frizz. La dernière fois qu'elle l'avait vu, il tournoyait vers le sol sur la planche de Fausto.

— Mes amis… comment vont-ils ?

— Relax. Tout le monde va bien, répondit Tally en s'écartant sur le côté.

Aya se redressa et s'adossa à la paroi frémissante de l'aérocar. Shay et Fausto étaient assis en tailleur de l'autre côté de la soute, avec Hiro recroquevillé entre eux, toujours inconscient. Ren gisait de tout son long au milieu de la soute, ronflant allègrement.

Frizz était allongé à côté d'Aya, dans une parfaite immobilité. Elle roula jusqu'à lui et lui prit la main… mais il n'eut aucune réaction.

— Tu es sûre qu'il va bien ? insista Aya. Frizz a été piqué deux fois par ces aiguilles la nuit dernière.

— J'ai contré l'effet des nanos qu'ils vous ont injectés. Il dort, c'est tout.

Tally retroussa sa manche et jeta un coup d'œil aux tatouages de son avant-bras. Les motifs ressemblaient à une interface, plus qu'à un simple ornement décoratif.

— Vous êtes inconscients depuis six bonnes heures, poursuivit-elle, ce qui me paraît quand même beaucoup. Vous dormez toujours jusqu'à midi ?

L'aérocar eut un soubresaut, qui réveilla les multiples douleurs et contusions d'Aya. Ses muscles étaient ankylosés après les heures passées à se cacher dans le réservoir, à fuir les paparazzi et à dormir sur un sol métallique qui vibrait.

— Non, pas du tout. On est seulement fatigués, après avoir couru toute la nuit en attendant que tu viennes nous sauver.

Elle avait craché ce dernier mot.

— Écoute, Aya-la. Crois-le ou non, vous êtes bien plus en sécurité ici avec nous que dans votre ville. Ces créatures vous auraient enlevés tôt ou tard. Là, au moins, nous pouvons vous protéger.

Aya ricana.

— Comme vous nous avez protégés jusqu'ici ?

— Tu es toujours en un seul morceau, non ? (Tally plissa les yeux.) Pour l'instant.

— Mais d'après toi, qu'est-ce qu'on ressent ? s'écria Aya. Tu es la personne la plus célèbre au monde, et tu t'es *servie* de nous !

— Ce qu'on ressent ? (Tally se pencha plus près, ses yeux noirs brillant d'un éclat soudain.) Je *sais* ce qu'on éprouve à se faire manipuler, Aya-la. Comme je sais ce que c'est d'être en danger. Pendant que ta ville vous bâtissait des résidences, mes amis et moi nous chargions de protéger la planète. Nous avons versé plus de sang qu'il n'en coule dans tes veines. Alors n'espère pas que *je* vais me sentir coupable !

Aya se fit toute petite. Pendant quelques secondes terribles, elle avait entrevu la Special derrière le masque, et perçu l'acier dans la voix de Tally. Elle se souvint des histoires épouvantables qu'on racontait à l'école sur la véritable origine des Scarificateurs.

Tout à coup, elle y croyait.

— Doucement, Tally-wa, intervint Shay de l'autre côté de la soute. Les Aléatoires sont fragiles, et nous avons encore besoin de leur aide.

La colère reflua du visage de Tally, et elle s'adossa lourdement contre les sangles de chargement, comme si cet éclat l'avait épuisée. Elle avait repris soudain son apparence laide et banale.

— D'accord, mais à *toi* de lui parler. Elle me tape sur les nerfs.

Shay se tourna vers Aya, en écartant les mains.

— Je comprends ton irritation, Aya-la. Tu sais, ce que tu éprouves envers Tally en ce moment, eh bien, disons que je l'ai déjà ressenti moi-même. Plusieurs fois.

Tally sourit.

— Tu ne pourrais pas vivre sans moi, Shay-la.

— Je *vivais* sans toi, rétorqua Shay. Les autres Scarificateurs et moi prenions du bon temps, à Diego, jusqu'à ce que tu débarques avec ce plan débile.

— Débile ? (Le regard d'Aya passa de Shay à Tally.) Je vous croyais amies, toutes les deux.

— Amies pour la vie, confirma Shay d'une voix douce. Il se trouve que me faire capturer par une bande d'affreux ne m'amuse pas, c'est tout. Et toi, Fausto ? Tu aimes te retrouver dans cet aérocar pourri ?

— J'adore, répondit-il machinalement, trop occupé à transformer sa combinaison furtive en différentes tenues de dortoir, comme s'il ne voulait surtout pas prendre parti.

— Je ne me souviens pas que tu aies proposé une meilleure idée, dit Tally.

— J'avais un tas d'idées. (Shay se retourna vers Aya.) Mais j'ai appris que, quand Tally a un plan derrière la tête, mieux vaut se ranger à son avis. Sinon, on découvre qu'elle peut devenir très, très spéciale.

Aya se demanda si son anglais n'avait pas quelque peu pâti de l'injection que lui avaient faite les Inhumains. La tournure de la conversation lui redonnait le tournis.

Les carificateurs se montraient si différents des célébrités héroïques et pleines de mérite qu'ils étaient supposés incarner.

— Par « spécial », tu veux dire quelque chose de bon ou de mauvais ?

— Ni bon ni mauvais. Juste spécial. (Shay haussa les épaules.) Tally a le don de faire évoluer les choses, c'est tout, et le plus facile consiste à suivre le mouvement. Alors, veux-tu être une gentille petite Aléatoire et nous donner un coup de main ?

— Mais vous êtes les Scarificateurs ! s'exclama Aya. Vous avez mis fin au Prettytime. Et puis, je n'ai que quinze ans. Comment voulez-vous que je vous aide ?

Shay sourit.

— Oh, s'il faut en croire la version anglaise de ton histoire, tu as l'air plutôt douée pour rouler les gens dans la farine.

Aya soupira.

— Merci.

— Pas de quoi, dit Shay. Tout ce qu'on te demande, c'est de mentir encore un peu. D'expliquer à nos ravisseurs pourquoi une bande d'Uglies étrangers essayait de t'emmener discrètement hors de la ville. (Elle indiqua son masque.) Ces déguisements ne tiendront pas longtemps s'ils commencent à avoir des soupçons.

Aya fronça les sourcils, prenant conscience de la complexité du problème.

— Mais vous ne parlez même pas japonais.

— À toi d'inventer une explication, dit Shay, qui s'esclaffa. Imagine un peu l'histoire que tu pourras en tirer. Scarificatrice honoraire !

Aya acquiesça lentement. Elle tenait un sujet extraordinaire : la manière dont une Ugly avait aidé les Scarificateurs à sauver le monde. Sans compter qu'elle pourrait montrer l'illustre Tally Youngblood sous son vrai jour.

— Mais je n'ai même pas de caméra-espion. Il n'y a pas d'histoire sans images.

— En es-tu sûre ? Jette un coup d'œil à ton écran oculaire.

Aya plia l'annulaire. Les sites habituels faisaient défaut, mais plusieurs signaux flottaient à la limite de son champ de vision : des bribes d'une langue inconnue provenant d'une ville voisine, des extraits de l'interface de l'aérocar sous le cryptage de sécurité. Et dans un coin, son rang facial tel qu'il s'affichait à l'instant où ils s'étaient enfuis au milieu d'un déluge de bombes aveuglantes : 8.

— J'ai atteint le top 10, dit-elle doucement.

Puis elle le vit : le signal de Moggle, à puissance réduite mais régulier, qui lui parvenait d'une distance de quelques mètres seulement.

Elle écarquilla les yeux.

— Moggle s'est collée sous l'aérocar.

— Oui. Elle s'est glissée là pendant qu'on nous hissait à bord. Drôlement futée, ta caméra.

Aya baissa les yeux vers la forme endormie de Ren.

— Ce sont ses modifs, pas les miennes.

— Un petit malin…

— D'accord, tu tiens une bonne histoire, dit Tally. Vaut-elle la peine que tu nous aides à sauver le monde, oui ou non ?

— Tu promets de nous protéger ?

— Oui, soupira Tally. Je promets.

Aya prit une grande respiration, en se rappelant les paroles de Lai sur le traîneau.

— Bien sûr que je vais vous aider. J'aime le monde, après tout.

— C'est très gentil de ta part, Aya-la, dit Shay. Et tes amis ? Vont-ils nous poser un problème ?

— Non, je suis sûre qu'ils voudront participer eux aussi.

Aya prit la main de Frizz. Elle se demandait s'il ne vaudrait pas mieux réveiller le groupe. Ce serait sans doute préférable de leur expliquer de quoi il retournait, pour ne pas risquer que l'un d'entre eux aille... *tout déballer*.

Frizz commençait à remuer. Un gémissement léger s'échappa de ses lèvres... ces lèvres parfaites qui ne savaient prononcer que la vérité.

Et Aya réalisa soudain que la situation se prêtait plutôt mal à la Sincérité radicale.

CONCILIABULE

— Aya ? murmura Frizz en ouvrant péniblement les yeux. C'est toi ?

— Oui, c'est moi. (Elle se pencha sur lui.) Ça va ?

— J'ai l'impression d'être couvert de bleus, répondit-il. Et je *sais* que j'en veux beaucoup à Tally Youngblood.

Aya lui pressa la main, ne sachant quoi dire de leur situation. Après ce que Shay lui avait appris, elle s'interrogeait sur la décision de Tally concernant Frizz si elle découvrait que son opération au cerveau menaçait ses plans.

L'assommer de nouveau ? Le balancer hors de l'aérocar ?

Aya décida qu'elle avait besoin d'aide.

Elle se tourna vers Shay.

— Tu veux bien réveiller les autres, Shay-la ? Autant que j'explique à tout le monde d'un coup.

Shay acquiesça, puis secoua Hiro et Ren. Ils se réveillèrent peu à peu, en promenant des regards incrédules sur la soute cahotante.

— Que s'est-il passé ? demanda Hiro en s'asseyant.

On l'avait débarrassé de sa combinaison d'aéroball, et ses habits de fête étaient irrémédiablement chiffonnés.

Aya aida Frizz à s'asseoir, puis fit signe aux autres de se rapprocher. Lorsqu'ils furent tous réunis en cercle, elle les mit rapidement au courant en japonais.

— Ils se sont servis de nous comme appâts, en nous laissant tous capturer. Je crois que nous sommes en route pour le repaire des affreux.

Ren jeta un coup d'œil à Shay.

— Voilà donc la véritable raison de leur déguisement.

— Oui. Et maintenant, ils ont besoin de notre aide, poursuivit Aya. Ils veulent se glisser incognito dans la base des Inhumains. Nous allons devoir les faire passer pour des amis.

— Ils sont cinglés ! s'écria Hiro. Comment osent-ils nous entraîner là-dedans ?

Aya se tourna vers lui avec un haussement d'épaules.

— Je suppose que Tally est si célèbre qu'elle croit pouvoir tout se permettre.

— Eh bien, qu'ils ne comptent pas sur moi. (Hiro croisa les bras.) Pas après nous avoir fait kidnapper exprès !

— Nous n'aiderions pas qu'eux, fit valoir Frizz. Tally nous a dit qu'il existait d'autres catapultes électromagnétiques. Beaucoup d'autres. Tu ne crois pas qu'il y a peut-être un cylindre quelque part pointé sur notre ville, Hiro ? Peut-être même programmé pour aplatir ta résidence ?

— C'est possible, oui, grommela Hiro en adressant un regard agacé à Tally.

— Et tu ne penses pas que cela ferait une meilleure histoire si nous les aidions ? plaida Aya. Ils veulent que nous soyons une sorte de... Scarificateurs honoraires.

— Scarificateurs honoraires ? chuchota Ren. Waouh, ce serait formidable !

Hiro secoua la tête.

— Pas sans caméra, non.

— Aucun problème, lui assura Aya. Moggle est toujours avec nous, collée sous l'aérocar.

— Moggle a réussi ça alors que nous étions tous assommés ? (Ren s'esclaffa :) Je suis un génie !

Aya hocha la tête.

— Alors Hiro, qu'en dis-tu ? D'accord pour la claque ?

L'aérocar pénétra dans une zone de turbulences et se déroba soudain sous eux. Tous restèrent un instant suspendus dans les airs, avant de retomber durement sur le plancher métallique. Mais Hiro demeura assis sans bouger, indifférent à l'orage, plongé dans une réflexion intense.

Il acquiesça enfin.

— D'accord, à condition que nous claquions tous nos histoires en même temps. Et que chacun puisse exploiter à sa guise les images tournées par Moggle.

— Marché conclu, déclara Aya.

— Vous êtes bizarres tous les deux, par moments, dit Frizz. Vous ne voyez pas que nous avons un problème beaucoup plus sérieux que la mise en ligne de cette histoire ?

Aya soupira.

— Tu n'as pas tort, malheureusement.

L'enthousiasme de Ren retomba d'un coup, et il siffla entre ses dents :

— La Sincérité radicale !

— Et alors ? fit Hiro. Il te suffit de la boucler, non ?

Frizz secoua la tête.

— Je ne sais même pas garder le secret à propos d'une fête d'anniversaire. Comment pourrais-je dissimuler le fait que la personne la plus célèbre au monde se tient juste à côté de moi sous un déguisement ?

— Tu ne peux pas tenir ta langue à propos d'un anniversaire ? s'exclama Hiro. O.K., c'est officiel, la Sincérité radicale est le truc le plus idiot dont j'ai jamais entendu parler !

— Oui, eh bien, quand j'ai inventé ça je n'avais pas l'intention d'introduire clandestinement Tally Youngblood dans une base remplie d'aliens, d'accord ? s'écria Frizz. Et toi non plus, d'ailleurs, jusqu'à ce que tu découvres que tu pourrais claquer l'histoire !

— Quel est le rapport ? s'indigna Hiro.

— Encore un détail, intervint Aya. J'ai peur que Tally ne soit un petit peu... instable.

Hiro et Ren la dévisagèrent avec l'air de penser qu'elle plaisantait, mais Frizz hocha la tête.

— Quand l'idée de la Sincérité radicale m'est venue pour la première fois, j'ai passé un peu de temps à étudier l'histoire des opérations du cerveau. Pas seulement celle des têtes vides, mais toutes, même celle que la ville de Tally faisait subir aux Specials. (Il jeta un coup d'œil aux trois Scarificateurs.) Ils pouvaient se montrer impitoyables quand on se mettait en travers de leur route. Leur devise était : « On ne veut pas vous faire de mal, mais on le fera si vous nous y obligez. » Et ils le faisaient. Il leur arrivait même de tuer.

Hiro regarda Aya par-dessous.

— Et tu voudrais qu'on devienne Scarificateurs honoraires ?

— Je croyais qu'ils avaient tous été soignés, protesta-t-elle.

Frizz approuva de la tête.

— La plupart furent complètement déspécialisés. Mais les Scarificateurs qui avaient défendu Diego durant la guerre furent autorisés à conserver leurs réflexes et leur force, puisque leur cerveau était guéri. (Il se pencha en avant.) Sauf Tally Youngblood, qui demeura inchangée. Elle ne voulait pas être « reprogrammée », disait-elle. Voilà pourquoi elle disparut dans la nature.

— Mince, dit Ren. Ce n'est pas du tout comme ça qu'on le raconte sur les sites historiques.

Aya avala sa salive. C'était encore pire que ce qu'elle redoutait. Elle se tourna vers Frizz.

— Tu vois le problème ? Tu ne peux pas parler à Tally de ta Sincérité radicale. On ne sait pas comment elle réagirait en apprenant que tu risques de faire capoter ses plans.

Frizz haussa les sourcils.

— Voyons si j'ai bien compris, Aya-chan. Tu voudrais que moi, qui suis incapable de mener quiconque en bateau, je dissimule le fait que je ne sais pas mentir ?

— Il nous faut un autre plan, conclut Hiro.

— Et la barrière de la langue ? suggéra Ren. Tu n'aurais qu'à tout lui raconter, mais... en japonais ?

Frizz secoua la tête.

— Ça ne marche pas de cette manière, Ren. Ce serait juste une autre manière de camoufler la vérité. Je suis incapable d'abuser qui que ce soit.

— Et si tu oubliais qu'ils ne comprennent pas le japonais ? insista Ren.

Frizz poussa un gémissement.

— Je ne peux pas plus me mentir à moi-même que leur raconter des histoires. Plus nous en discutons, plus j'y pense. Et plus j'y pense, plus j'ai besoin de leur faire savoir que nous avons un secret !

Il se lamenta de nouveau en se tournant vers Tally. Celle-ci croisa son regard.

— Alors, ça y est ? Vous êtes parvenus à une décision ?

Dans un anglais parfait, Frizz répondit :

— Ils ne veulent pas que je te parle !

Il s'interrompit en plaquant ses deux mains sur sa bouche.

Tally haussa un sourcil.

— Quoi ?

— Rien ! fit Aya. On est encore en train d'en discuter, c'est tout.

Shay fit un geste du menton.

— Eh bien, vous feriez mieux de vous dépêcher. On dirait que nous allons avoir de la visite.

Aya leva les yeux et vit la porte de la cabine de pilotage s'ouvrir en grand.

Super, songea-t-elle. *Encore plus de monde pour entendre les confidences de Frizz.*

UDZIR

Deux Inhumains s'avancèrent.

Même là, à l'intérieur de l'aérocar, ils portaient des combinaisons d'aéroball. L'homme traversa la soute en planant au-dessus d'eux tandis que la femme était, agrippée au montant de la porte, le bout des doigts hérissé d'aiguilles. Derrière elle, Aya aperçut la cabine de pilotage où deux autres étaient installés aux commandes de l'appareil.

D'aussi près, leurs traits monstrueux étaient encore plus déstabilisants. Leurs yeux étaient si écartés qu'ils semblaient pointer dans deux directions différentes, comme ceux des poissons. L'homme volant pouvait ainsi surveiller tout le monde sans même tourner la tête. Il épinglait Aya sous son regard d'acier. Il se tenait en place en brassant l'air chaud et humide avec ses mains et ses étranges pieds nus.

— Je vois que vous êtes réveillés, dit-il. Personne n'est blessé ?

Son japonais était hésitant – Aya réalisa qu'après six heures de vol, l'aérocar pouvait se trouver n'importe où en Asie. Elle se demanda d'où venaient donc ces créatures.

— Nous sommes en un seul morceau, répondit-elle. Mais pas vraiment enchantés.

— Nous n'avions pas prévu de ramener sept personnes, s'excusa-t-il avec une courbette. Pardonnez l'inconfort de la situation.

— L'inconfort ? explosa Hiro. Vous nous avez kidnappés !

L'autre acquiesça, et une expression de regret passa sur ses traits étranges.

— Il est nécessaire de cacher notre existence pour l'instant. Nous devons vous réduire au silence.

— Nous réduire au silence ? répéta Aya en avalant sa salive. Quoi, vous allez nous *éliminer* ?

— Non, pas du tout ! Je m'excuse pour mon japonais, s'empressa-t-il de répondre. Je voulais seulement dire que vous ne pouvez pas communiquer avec vos proches. Mais très bientôt, le secret ne sera plus utile et vous serez libres de retourner chez vous.

— Pourquoi pas à l'instant ? voulut savoir Aya.

— Nous atterrirons bientôt et vous expliquerons tout, lui assura-t-il. Au fait, mon nom est Udzir. Puis-je vous demander vos noms à chacun ?

Aya hésita un moment, puis s'inclina et se présenta. Ren et Hiro l'imitèrent. Les Scarificateurs firent de même, en donnant des faux noms.

Le regard de l'Inhumain s'attarda sur Tally.

— Tu n'es pas comme les autres, observa-t-il.

Aya se demanda ce qu'il entendait par là. À l'époque du Prettytime, le Comité de concorde planétaire avait aplani les particularités ethniques, et la chirurgie débridée consécutive au déferlement d'intelligence n'avait fait qu'embrouiller davantage les anciennes catégories génétiques rouillées. Néanmoins, les origines régionales des Uglies demeuraient sensibles, et les masques en plastique adaptif des Scarificateurs n'avaient pas l'air particulièrement asiatiques.

Pourtant, Udzir voyait que Tally ressortait du lot – avait-il remarqué une lueur spéciale dans son regard ?

— C'est vrai, confirma Frizz entre ses dents serrées. Elle *n'est pas* comme le reste d'entre nous.

Aya sortit brusquement de son mutisme.

— Il veut dire que nos amis sont des étudiants d'une autre ville. Ils ne parlent pas très bien le japonais.

— Ils n'en parlent pas un mot ! proclama Frizz.

Aya lui broya la main pour le faire taire.

— L'anglais, alors ? proposa Udzir en passant d'une langue à l'autre sans effort.

Tally hocha la tête.

— Oui, en anglais c'est mieux. Avez-vous dit où vous nous emmeniez ?

— Vous le saurez bientôt.

— Nous volons vers le sud depuis des heures, observa Fausto. Et il fait drôlement chaud. Nous ne devons pas être loin de l'équateur.

Udzir acquiesça en souriant.

— Vous êtes de *très bons* étudiants, à ce que je vois. Cela mérite une récompense. Je vous dirai donc que nous allons bientôt nous poser sur une île que les Rouillés appelaient Singapour.

Aya fronça les sourcils, tâchant de se remémorer sa géographie. Ce nom ne lui évoquait rien, mais des centaines de villes rouillées étaient tombées en poussière. Au moins le changement de sujet avait-il calmé le besoin de Sincérité radicale de Frizz.

L'aérocar entama sa descente et les secoua violemment tandis que les nuages assombrissaient les carreaux. La soute tangua de part et d'autre, faisant voler les sangles de chargement. Aya sentit son estomac faire un bond et se félicita de n'avoir rien avalé depuis la veille.

Tally, Fausto et Shay ne semblaient guère affectés par les turbulences. Ils déplaçaient leur poids comme des surfeurs, en compensant les moindres cahots de l'appareil. On aurait dit qu'ils avaient appris à déchiffrer les grondements de l'orage et anticipaient chaque saute de vent.

Udzir, flottant tranquillement au centre de la soute, étudia les Scarificateurs avec un intérêt accru.

— Vous avez déjà traversé une tempête tropicale ?

— Nous voyageons beaucoup, expliqua Tally.

— J'ai remarqué que vos planches étaient conçues pour voler en pleine nature. C'est très inhabituel, surtout pour des Uglies.

— Ah bon ? s'étonna Shay. Là d'où nous venons, elles font fureur en ce moment.

Frizz se crispa à côté d'Aya, et elle lui enfonça ses ongles dans la main.

— Et d'où venez-vous exactement ? s'enquit Udzir.

— De Diego, répondit Shay.

Aya sentit Frizz se détendre un peu au son de la vérité.

— Une ville réputée pour son avant-gardisme, approuva Udzir. Peut-être apprécierez-vous notre projet.

— À savoir… ? demanda Tally.

— Une fois que nous aurons atterri, répondit l'homme.

L'aérocar vira sur la tranche, et il se tourna brièvement vers la cabine de pilotage.

— Ce qui ne devrait plus tarder, poursuivit-il. Si vous souhaitez jeter un coup d'œil à notre base, vous le pouvez.

— Pourquoi pas ? dit Tally.

Elle se leva pour coller son œil à l'un des minuscules hublots. Les autres Scarificateurs l'imitèrent.

Moggle était sans doute en train de filmer du dessous de l'aérocar, mais Aya décida de regarder par elle-même. Elle inspira une profonde gorgée d'air dense et tiède pour lutter contre la nausée qui lui soulevait le cœur, et se hissa en tirant sur les sangles de chargement.

— Fais attention, Aya, lui recommanda Frizz.

Elle acquiesça, se mit tant bien que mal sur ses pieds. Le hublot était étroit, strié de pluie, fait d'un plastique épais qui troublait la vision.

L'appareil traversait une couche nuageuse et elle ne vit d'abord qu'une masse gris foncé et une pluie battante. Mais peu à peu, les nuages s'écartèrent et se déroulèrent en minces filaments vaporeux.

La vue se dégagea, et l'aérocar se stabilisa brusquement.

Un plafond gris s'étalait au-dessus d'eux, une voûte nuageuse épaisse. Sous l'orage, une forêt tropicale s'étendait jusqu'à un océan qui scintillait à l'horizon. La jungle recouvrait les ruines les plus vastes qu'Aya ait jamais contemplées. Des amas de tours immenses perçaient la cime des arbres ; leur carcasse métallique disparaissait dans les nuages.

Même au plus fort de l'orage, des engins de chantier s'accrochaient aux ruines rouillées, perchés tels des oiseaux de proie sur les poutrelles en fer, comme s'ils attendaient la première accalmie pour les démanteler.

L'aérocar s'inclina sans douceur sur la tranche et les tours rouillées disparurent dans un basculement vertigineux. Aya découvrit une vaste éclaircie à travers la jungle. Un aéroport s'étalait sous elle : des centaines de véhicules et d'engins de chantiers s'alignaient sur le terrain d'atterrissage, et des lignes magnétiques convergeaient de toutes les directions vers une gare centrale.

— C'est gigantesque, souffla Tally.

— Oui, reconnut Udzir, nous sommes très fiers du travail accompli.

— Vous êtes en train de déboiser, oui ! gronda Tally d'une voix menaçante.

— Nous servons une grande cause, plaida Udzir. Quand vous en saurez plus, vous comprendrez les sacrifices que nous avons dû consentir.

L'aérocar vira de nouveau, évoluant autour de l'aéroport comme une minuscule embarcation qui aurait été aspirée dans un tourbillon géant. D'autres bâtiments se profilèrent sous les yeux d'Aya. Vastes hangars, logements préfabriqués, usines automatiques se succédaient sans rime ni raison. Des petits personnages, vêtus de lourds cirés imperméables, filaient en... volant.

Personne ne marchait : tous se déplaçaient en planant d'un endroit à l'autre, s'accrochant des pieds et des mains à des poteaux plantés dans le sol, puis se propulsaient contre le vent.

Aya se détourna du hublot et se laissa glisser sur le plancher, reprise par des nausées.

— Que se passe-t-il ? demanda Frizz.

— Tu avais raison, Ren, déclara-t-elle à voix basse. Il y en a réellement toute une ville.

— Nous ne sommes pas une ville, corrigea Udzir. Nous sommes un mouvement.

— Ça paraît chouette, déclara Tally. Quel genre de mouvement ?

Udzir tournoya sur lui-même, se retenant d'une main aux sangles de chargement du plafond.

— Nous sauvons le monde des excès de l'humanité. Peut-être aurez-vous envie de vous joindre à nous.

Tally sourit.

— Peut-être bien.

— J'en doute, marmonna Frizz.

Aya reconnut la même expression douloureuse qu'il avait affichée lorsqu'il s'était retenu de crier son rang facial ; il était sur le point d'exploser ! Si seulement Udzir avait voulu se taire et regagner le poste de pilotage…

Mais les deux Inhumains se tournèrent vers Frizz avec curiosité, comme s'il avait lâché un peu trop de remarques radicalement sincères.

— Vos villes s'étendent partout comme un feu de brousse, jeune homme, lui dit Udzir. Alors attends de connaître nos desseins avant de nous juger.

— Je ne vous *juge pas*, grinça-t-il en serrant la main d'Aya à la broyer.

Udzir fronça les sourcils.

— Qu'es-tu en train de faire, dans ce cas ?

— Il a juste le mal de l'air, expliqua Aya.

— Je n'ai pas le mal de l'air ! protesta Frizz d'une voix étranglée. J'essaie de ne pas tout vous raconter !

— Nom de… commença Shay.

— Qu'essaies-tu de ne pas nous raconter ? demanda Udzir avec dureté.

Aya vit Frizz sur le point de céder, et voulut l'empêcher de parler. Mais l'une de ses mains était prisonnière de la sienne, et l'autre emmêlée dans les sangles de chargement.

— Que cette fille est Tally Youngblood ! explosa Frizz. Et qu'elle est là pour vous régler votre compte !

ATTERRISSAGE BRUTAL

Pendant un instant, personne ne dit plus rien.

Puis Shay rompit le silence en criant à Frizz :

— Espèce de crétin !

Tally se propulsa à travers la soute, volant entre Udzir et la femme qui planait à la porte. Son visage parut exploser quand le masque en plastique adaptif se vaporisa d'un coup.

La femme tendit ses doigts-aiguilles mais Tally lui tordit les poignets et son épaule la cueillit en plein dans l'estomac. La femme s'écroula aussitôt et Tally fit une roulade jusqu'à la cabine.

À l'autre bout de la soute, Shay se dressa presque nonchalamment et assomma Udzir d'un coup de poing au menton. Alors qu'il basculait en arrière, les membres flasques, elle le contourna et s'élança à la suite de Tally.

Fausto se leva à son tour. Son masque se détacha de son visage pour dévoiler ses beaux traits cruels.

— Je ne veux pas vous faire de mal, annonça-t-il. Mais ne *bougez* pas.

— On ne bouge pas ! se défendit Hiro.

Aya se tourna vers Frizz, qui avait blêmi.

— Ça va ?

— Je regrette, dit-il. Je n'ai pas pu m'en empêcher.

Soudain, l'aérocar gîta et entama une violente rotation. Le corps inanimé d'Udzir vint cogner au plafond puis il rebondit au milieu de la soute, tournoyant sur lui-même. En s'accrochant aux sangles de chargement, le cœur au bord des lèvres, Aya réalisa qu'en réalité il ne bougeait pas : il flottait en l'air. C'était l'aérocar qui pivotait *autour de lui*...

Shay, dans l'encadrement de la porte, repoussa la femme Inhumaine hors du passage.

— Petite question, annonça-t-elle en se cramponnant au montant : L'un de vous sait-il piloter un aérocar ?

— Quoi ? s'écria Aya. Vous ne savez pas ?

Shay écarta les mains en guise d'impuissance.

— Bah, on n'est pas des magiciens.

L'appareil se cabra brusquement et les deux Inhumains roulèrent à travers la soute comme des poupées de chiffons. Les doigts-aiguilles de la femme sifflèrent sous le nez d'Aya, qu'ils ratèrent de quelques centimètres.

— Que quelqu'un l'attrape ! cria Aya.

Frizz tendit la main et saisit la jambe de la créature, qui s'écrasa contre le plancher avec un choc sourd.

— Oups ! Désolé, s'excusa-t-il.

— Tally aurait pu poser la question *avant* d'assommer les pilotes, déplora Shay depuis la porte. Mais c'est notre Tally, on ne la changera pas.

— Ramène-toi par ici et viens m'aider ! rugit la voix de Tally.

Shay pivota et disparut dans le poste de pilotage tandis que l'aérocar reprenait ses cabrioles, continuant à perdre de l'altitude.

Fausto bondit à travers la soute, attrapa l'Inhumaine et la coinça dans les sangles de chargement en prenant garde à ne pas s'exposer aux aiguilles de ses doigts.

L'aérocar plongeait, basculait, décrivant une rotation complète toutes les deux ou trois secondes. Mais Fausto parvint à récupérer et attacher le corps d'Udzir avec une grande facilité. Il bondissait d'une surface à l'autre, passant du plancher à la cloison puis au plafond.

Les rotors de sustentation protestaient bruyamment, noyant le rugissement du vent. Cramponnée aux sangles de la soute, les jointures livides, Aya était sur le point de lâcher prise. La gravité la tirait dans tous les sens, à la manière d'un fauve cherchant à l'arracher du mur.

Et puis soudain, l'aérocar redressa sa course et le hurlement des rotors s'estompa. Au moins le plancher se retrouvait-il de nouveau en bas.

Shay apparut à la porte.

— Tout le monde va bien ?

— Plus ou moins, répondit Fausto. Vous en avez mis du temps à enclencher le pilotage automatique.

— Il aurait sans doute mieux valu qu'on s'abstienne, répondit Shay. Il était programmé pour nous ramener directement à l'aéroport. Et on dirait que les pilotes ont pu déclencher l'alerte, ce qui veut dire qu'on aura droit à un comité d'accueil. Il va falloir sauter. Tout le monde a des bracelets anticrash, j'espère ?

— Bien sûr, mais sommes-nous encore au-dessus de leur base ? s'inquiéta Fausto.

— Après toutes ces acrobaties ? dit Shay. À des kilomètres. Mais il devrait y avoir suffisamment de ruines rouillées là-dessous pour nous soutenir.

Fausto écarquilla les yeux.

— Tu plaisantes ? Est-ce que ce n'est pas un peu risqué ?

Shay haussa les épaules.

— Moins que rester ici.

— À cette vitesse, il va nous falloir davantage que des bracelets anticrash.

Fausto s'agenouilla, détacha les brassards d'Udzir et les lança à Shay.

Elle les enfila puis se tourna vers Ren.

— Allez ! Toi et moi en premier.

— On va sauter en plein orage, avec uniquement des ruines d'immeubles pour nous rattraper ? s'écria-t-il. Vous êtes cinglés !

Elle rit.

— Tu préfères te retrouver au milieu d'une bande de monstres avec des mains en guise de pieds ? Tu tiens vraiment à te joindre à eux ?

Ren maugréa, mais entreprit de s'extirper des sangles de chargement.

— Ouvre-nous la portière ! cria Shay à Tally. On se retrouve à l'endroit habituel !

La cloison devant laquelle se tenaient Aya et Frizz coulissa sur le côté. Ils s'en écartèrent précipitamment, mais pas assez vite pour éviter de se faire doucher par la pluie. Le vent s'engouffra à l'intérieur, faisant claquer leurs vêtements, leurs cheveux, tandis que l'aérocar se remettait à vibrer et à tanguer.

Dans la lumière grise et crue qui pénétrait dans la soute, Aya put constater à quel point ils avaient été près de se crasher : ils rasaient la cime des arbres, dont les plus hautes branches fouettaient le dessous de l'appareil.

— Prêt ? cria Shay pour couvrir le bruit du vent.

Ren hocha la tête. Elle le prit dans ses bras et bondit à travers la portière avec un cri sauvage.

— À ton tour, Hiro ! annonça Fausto, qui venait de boucler en hâte les jambières de la femme Inhumaine autour de ses avant-bras.

— Y a intérêt à ce que ça marche ! cria Hiro, avant de se tourner vers Aya. Bonne chance, et n'oublie pas Moggle !

Fausto l'empoigna et bascula avec lui hors de l'aérocar. Ils disparurent dans la pluie battante sans proférer un son.

— Nous sommes encore deux, dit Frizz. Et il ne reste plus que…

— Moi, acheva Tally.

Accroupie sur le seuil du poste de pilotage, elle enfilait une jambière de combinaison d'aéroball.

— Heureusement que ces affreux sont tous équipés de ces trucs-là. J'ai l'impression qu'ils ne peuvent pas marcher sur leurs foutus pieds.

— Tu vas pouvoir nous porter tous les deux ? demanda Aya.

Tally fronça les sourcils.

— Pourquoi voudrais-tu emmener ce petit salopard ? Il nous a trahis !

— Mais il ne pouvait pas s'en empêcher ! s'écria Aya.

— Pourquoi, il est simple d'esprit ?

— Non, répondit Frizz. Seulement tenu de dire la vérité.

— Tu es… *quoi* ?

— La Sincérité radicale, expliqua Frizz. C'est une sorte d'opération du cerveau.

Tally plissa les yeux.

— Ouah ! D'accord. Votre ville est officiellement la plus dingue de la planète. Pourquoi t'a-t-on infligé un truc pareil ?

Aya chercha un moyen de faire diversion, mais Frizz répondait déjà :

— C'est moi qui ai demandé. J'ai inventé le concept, en fait.

— Tu veux dire que tu étais volontaire pour devenir une tête vide ? Cette fois, c'est bon : je te laisse là. Viens, Aya, plus le temps de discuter !

Aya s'arracha à Tally.

— On ne peut pas l'abandonner ! Il serait capturé par les Inhumains !

— Et alors ? Il est comme eux. Ce sera suffisamment dangereux sans lui de toute manière.

— Je ne suis *pas* une tête vide, protesta Frizz. Mais elle a raison, Aya. Vous courrez moins de risques sans moi. Laissez-moi !

— Et merde, grogna Tally. Il *fallait* que tu dises ça !

Elle les empoigna tous les deux, et sauta.

À cette vitesse, la pluie avait la dureté de la pierre.

— Moggle ! cria Aya en basculant hors de l'aérocar. Suis-moi !

Ils atteignirent la cime des arbres dans un froissement de feuillage humide qui leur cingla le visage et les mains, tandis que des branches se brisaient sous leur poids. Tally serrait Aya à l'étouffer. Ils s'enfoncèrent à travers la voûte de la jungle, et la lumière grise céda la place à l'obscurité.

Le rugissement de l'aérocar s'éloigna. Tally se tortillait contre Aya, luttant dans sa combinaison d'emprunt afin de manœuvrer entre les troncs et les ruines rouillées. Aya sentit des forces magnétiques tirer sur ses bracelets, et tous trois jaillirent au-dessus des arbres en ricochant comme un galet à la surface de l'eau.

Ils retombèrent à grand fracas dans le feuillage, butant contre des obstacles alourdis par la pluie. Aya sentit des branches griffer ses vêtements, lui arracher des cheveux. Puis soudain, toute tension disparut dans ses bracelets anticrash et la terre se rua vers elle.

Ils touchèrent le sol en pente, culbutant dans les buissons et les feuilles mortes avant de glisser sur plusieurs mètres de boue épaisse. Aya sentit plusieurs de ses côtes craquer sous la prise de Tally, et le choc vida l'air de ses poumons comme un coup de poing à l'estomac.

Leur dérapage finit par s'arrêter dans une dernière roulade.

Aya inspira longuement, et prit son temps pour ouvrir les yeux.

Des nuées d'oiseaux s'égaillaient au-dessus d'eux, apeurées par leur arrivée brutale et inattendue. La jungle était très épaisse à cet endroit, le ciel presque entièrement caché. Aya distingua la voie qu'ils avaient creusée, tunnel de branches cassées à perte de vue. L'eau ruisselait des feuilles et des fougères qu'ils avaient secouées sur leur passage, comme si la pluie les avait suivis jusqu'en bas.

— Vous n'avez rien, tous les deux? s'enquit Tally.

— Hon, parvint à grommeler Aya.

Le seul fait de respirer était une souffrance.

— Laisse-moi deviner, dit Frizz. Nous sommes à court de métal.

— Presque, admit Tally. On a frôlé le crash.

— On *s'est* crashés, grogna Aya.

Ses cheveux trempés collaient à son visage, et chaque centimètre carré de son corps était recouvert de feuilles, de fougères et de boue.

Tally s'accroupit pour désigner une structure imposante à côté d'eux.

— D'accord, mais si nous n'avions pas chuté à côté de ça, nous serions aplatis comme des crêpes à l'heure qu'il est. Je ne sais pas ce que préparent ces affreux, mais ils sont en train de piller tout le métal présent dans ces ruines.

Aya gémit et s'assit lentement. S'ils avaient failli s'écraser, qu'en était-il de... ?

Elle fit mine de replier son annulaire.

— Pas d'appel ! aboya Tally en lui attrapant le poignet. Tu trahirais notre position. En plus, les autres doivent se trouver à plusieurs kilomètres. Trop loin pour ton antenne dermique.

— Mais ils sont peut-être blessés !

Frizz prit la main d'Aya et la détacha avec douceur de la poigne de Tally.

— Fausto et Shay ne portaient qu'un passager chacun. Ils ont sans doute atterri moins brutalement.

— Sans doute ? S'ils ne sont pas entrés en plein dans un arbre, tu veux dire ! s'écria-t-elle.

Elle résista néanmoins à l'envie pressante d'allumer son écran oculaire, et fouilla la jungle du regard, en se demandant si Moggle avait trouvé assez de métal pour descendre sans accroc.

— Je peux crier, au moins ? fit-elle.

Tally haussa les épaules.

— Vas-y.

Aya respira un grand coup, puis beugla :

— Moggle !

Dans les profondeurs de la jungle, un bref appel de feux lui répondit. Elle vit l'aérocam se rapprocher en oscillant à travers les fougères et les lianes, prenant appui sur le peu de métal que ses suspenseurs trouvaient dans le sol.

— Tu as filmé notre chute ? lui lança-t-elle.

Les feux clignotèrent une fois de plus, et Aya sourit.

Les modifs de Ren avaient encore fait merveille.

DANS LA JUNGLE

Aya n'avait jamais réalisé à quel point la nature sauvage pouvait se montrer agaçante.

La jungle était extraordinairement étouffante : des racines massives leur barraient la route dans toutes les directions, en un enchevêtrement formidable. Des toiles d'araignée scintillaient entre les fougères, et l'air moite était truffé d'innombrables insectes. Leurs chevilles se prenaient dans les lianes, au ras d'un sol que la pluie avait changé en un labyrinthe de cascades, ruisseaux et coulées de boue. La combinaison de ranger d'Aya avait bien du mal à demeurer étanche. Quant aux habits de Frizz – le costume classique qu'il avait enfilé pour la soirée techno de la veille au soir –, ils menaçaient de tomber en lambeaux.

Le foisonnement végétal présentait cependant un avantage : il rendait la pluie supportable. Si celle-ci parvenait jusqu'au sol, en giclant le long des troncs ou en ruisselant des feuilles gorgées d'eau, au moins ne la prenait-on pas directement sur le crâne.

Aussi surprenante que soit la conservation des ruines rouillées dans un pareil climat, Aya aperçut parmi les arbres les carcasses métalliques de nombreux bâtiments, à moitié ensevelis sous un enchevêtrement de lianes et de fougères. La jungle s'appliquait à en gommer les lignes droites et les angles.

— Où allons-nous ? voulut savoir Frizz. Comment sommes-nous censés retrouver les autres si nous ne pouvons pas les contacter ?

— Shay a dit « à l'endroit habituel », répondit Tally.

— Habituel ? (Aya écarta un moustique de son nez.) Je croyais que vous n'étiez jamais venus ici.

— Elle voulait parler de la plus haute des ruines. C'était toujours là qu'on donnait nos rendez-vous, à l'époque où nous étions Uglies.

Frizz fronça les sourcils. Aya sentit s'annoncer un nouveau moment de Sincérité radicale.

— Vous êtes bizarres, Shay et toi, avoua-t-il. Par moments vous avez l'air d'être les meilleures amies du monde, et à d'autres, on dirait que vous vous détestez.

— Peut-être parce que nous sommes amies par moments, répondit Tally, et qu'il nous arrive de nous détester.

— Je ne comprends pas.

Tally soupira.

— Au Prettytime, nous n'arrêtions pas de nous retrouver dans des camps opposés. Non pas que nous aimions nous battre, mais on ne cessait de nous reprogrammer, de nous manipuler afin que nous nous trahissions l'une l'autre.

Sa voix se radoucit.

— J'ai peur que ce ne soit toujours comme ça, désormais.

— Pourtant, quand l'histoire de la catapulte électromagnétique a éclaté, tu l'as appelée au secours, fit observer Frizz. Ça doit bien vouloir dire qu'elle est ton amie, non ?

— Bien sûr qu'elle l'est – elle m'a sauvée d'une existence de tête vide, moi et le reste du monde. Mais cela n'a pas été sans heurts. (Tally dévisagea Frizz en plissant les yeux.) C'est pour cette raison que ton opération au cerveau me fait bondir. Laisser les autres te reprogrammer peut entraîner toutes sortes d'effets pervers. Des choses impossibles à régler ensuite.

— Peut-être que tu pourrais régler ces choses, continua Frizz, si tu parlais aux gens au lieu de disparaître dans la nature.

Tally haussa les sourcils, et Aya s'empressa d'intervenir :

— Vous ne croyez pas que nous ferions mieux de remettre cette conversation à plus tard ?

— Je voudrais éclaircir un point, dit Tally à Frizz. Tu t'es fait opérer le cerveau afin d'être capable de *dire les choses* ?

— Je mentais sans arrêt, se défendit-il. Je ne pouvais pas me fier à moi-même. Il fallait bien que je change.

— Tu parles d'un dégonflé ! dit Tally. Et si tu avais appris à dire la vérité ?

— C'est justement ce que je suis en train de faire, Tally.

— Non, tu ne fais aucun choix ! (Tally indiqua du doigt sa propre tempe :) J'ai encore mes réflexes de Special là-dedans, mais je les combats tous les jours.

— Et parfois, tu perds, lui rappela Frizz.

Tally grinça des dents.

— Tu ne m'as *jamais* vue perdre le contrôle de moi-même, Tête-vide. Prie pour que ça n'arrive pas.

— Techniquement, je ne suis pas une...

Aya s'avança entre eux.

— Et si nous cherchions par où aller, au lieu de comparer vos opérations au cerveau? La pluie est en train de se calmer.

Tally fusilla Frizz du regard, puis leva la tête. Le battement régulier des gouttes sur les feuilles s'était atténué.

— Ça me va, cracha-t-elle.

Elle se détourna, bondit sur l'arbre le plus proche et s'éleva rapidement de branche en branche le long du tronc. Frizz et Aya l'observèrent en silence. Elle était fascinante à voir, se coulait dans le feuillage avec une grâce mortelle, évoluant sur des branches qui paraissaient pourtant trop fines pour supporter son poids.

— J'ai l'impression de lui porter sur les nerfs, dit Frizz.

Aya soupira.

— Je crois que Tally n'est pas faite pour la Sincérité radicale. Shay et elle se pratiquent depuis longtemps. Elles ont livré une guerre alors qu'elles avaient notre âge, après tout.

Il détacha les yeux des frondaisons.

— Et si elle avait raison? Je suis sans doute trop fainéant pour dire la vérité par moi-même.

— Tu n'es pas un fainéant, Frizz. Tu as quand même fondé ta propre bande! Tout le monde ne le fait pas.

— Peut-être, convint-il en frappant un moustique sur son bras. Mais sans ma Sincérité radicale, nous ne serions pas ici, perdus en pleine jungle.

— Non, nous serions encore prisonniers. (Aya se tourna vers lui et plongea son regard dans ses yeux de manga.) Et sans ta Sincérité radicale, tu ne m'aurais sans doute pas abordée cette nuit-là pour me complimenter sur mon nez.

— Ne m'en parle pas, dit Frizz en l'attirant contre lui. Quand je pense au hasard de notre rencontre, ça me fait peur. Si tu avais quitté la fête une minute plus tôt, nous ne nous serions jamais connus.

Elle ôta une fougère de ses cheveux.

— Et tu ne serais pas en train de te frayer un chemin à travers la jungle.

— Je préfère me trouver ici avec toi que n'importe où ailleurs, déclara-t-il.

Aya le serra dans ses bras. Sa veste était trempée, déchirée dans le dos depuis leur atterrissage forcé, et ses côtes la faisaient souffrir, mais elle l'étreignit de toutes ses forces.

— Je me fiche de ce que peut penser Tally-wa. Quand tu me dis des choses pareilles, je suis heureuse que tu ne puisses pas mentir.

Il lui releva doucement le menton, et leurs lèvres se joignirent en un baiser. Pendant un moment, les moustiques et la pluie parurent s'estomper : Aya ne sentait plus que la chaleur de Frizz entre ses bras.

Puis un fracas se fit entendre dans les branches au-dessus d'eux. Ils levèrent la tête.

C'était Tally… qui dégringolait de l'arbre, en glissant et se balançant d'un perchoir à l'autre, d'une prise à l'autre.

Elle se réceptionna en douceur à quelques mètres de distance, dans un massif de fougères. Elle resta un moment à les dévisager d'un air mauvais.

— Quoi ? demanda Aya, en se détachant de Frizz.

— J'ai repéré des Inhumains près d'ici.

— Est-ce qu'ils t'ont vue ?

— Bien sûr que non.

Tally se détourna, le visage sombre.

— Mais tu es fâchée, insista Frizz.

— Ce n'est rien.

Aya préféra ne pas approfondir mais Frizz, naturellement, ne l'entendit pas de cette oreille.

— Tu es fâchée parce qu'on s'est embrassés, c'est ça ?

Tally pivota vers lui, passant d'une surprise ébahie à la colère, puis à autre chose…

— Frizz, je crois que Tally-wa se fiche pas mal si…

— La dernière fois que j'ai embrassé quelqu'un, je l'ai vu mourir sous mes yeux, la coupa Tally. Et je me disais, en vous voyant, que mourir fait partie de ces choses qu'on ne *peut pas* régler. Ni par la discussion ni avec toute la chirurgie du monde.

Aya avala sa salive et serra Frizz plus fort, le cœur battant.

— Je suis désolé, Tally-wa, dit Frizz. C'est triste.

— Comme tu dis. (Elle détourna le regard.) Je n'arrive pas à croire que je viens de vous raconter ça. C'est contagieux ou quoi, ton truc de Sincérité radicale ?

Aya fit oui de la tête.

— Mais tu ne devrais pas renoncer aux baisers, dit Frizz. Uniquement à cause de ça.

Tally soutint son regard un moment, puis éclata de rire.

— Vous tenez vraiment à rester là et discuter d'histoire ancienne ?

— Non, s'empressa de répondre Aya. Je crois que nous avons assez de Sincérité radicale pour le moment.

— Alors suivez-moi, dit Tally.

Elle tourna les talons et s'éloigna en bondissant dans la masse des fougères, des arbres et de la boue.

Aya la regarda et soupira : où qu'ils aillent, la marche promettait d'être longue.

LES RUINES

Suivre le rythme imposé par Tally ne fut pas une partie de plaisir.

Grâce à ses muscles et à ses réflexes de Special, rien ne l'arrêtait – ni l'enchevêtrement des buissons, ni les troncs vermoulus qui gisaient partout, ni les trombes d'eau qui s'abattaient en grondant. Elle escaladait les arbres pour repérer le chemin, puis passait de branche en branche, bondissant comme un singe au-dessus de leurs têtes. Elle attendait ensuite Aya et Frizz, non sans agacement, tandis que la pluie et la boue glissaient sur sa combinaison furtive réglée sur un motif camouflage d'une centaine de verts différents.

Moggle effectuait des sauts de puce d'une ruine à l'autre, se servant des champs magnétiques comme relais. Dans les rares endroits où l'aérocam ne trouvait pas assez de métal pour passer, Aya et Frizz devaient la porter dans la chaleur étouffante. Tally, qui affirmait détester les caméras, refusa de les aider. Le plus surprenant pour Aya fut de découvrir le poids que pouvait atteindre cette masse de suspenseurs, d'appareillages optiques, sans oublier le cerveau électronique de la taille d'un ballon de foot.

Le pire fut de devoir se faufiler sous les racines des arbres, de ramper dans la boue et de se frayer un passage à travers les toiles d'araignée et les lianes. La lueur grise du ciel avait bien du mal à filtrer à travers les feuillages, et le sol de la jungle baignait dans une pénombre perpétuelle.

Pour se changer les idées, Aya se demanda à qui Tally avait pu faire allusion. Beaucoup de gens avaient trouvé la mort dans la guerre de Diego, mais à sa connaissance, aucun Scarificateur. Qui d'autre Tally aurait-elle embrassé ? À l'époque, les gens étaient soit des Uglies, soit des têtes vides. Il y avait un mystère là-dessous.

Tally était bien différente des autres célébrités. Si un petit ami de Nana Love était mort, tout le monde en ville se serait souvenu de son nom. Mais Tally se montrait très réservée, même ses bouffées de Sincérité radicale demeuraient obscures.

Aya sentit un moustique lui piquer le bras et l'écrasa d'une tape : trop tard, le corps broyé de l'insecte était gorgé de sang. Elle soupira et s'en débarrassa d'une pichenette.

— Comment Tally-sama peut-elle supporter de vivre dans la nature ? marmonna-t-elle à Frizz. C'est tellement inconfortable.

— Je ne crois pas qu'elle s'en soucie beaucoup, grogna-t-il.

Il portait Moggle et s'efforçait d'enjamber un arbre mort pourri sans la lâcher. Aya lui prit l'aérocam des mains.

— Pas plus que de ses amis, il semble. Alors, de *quoi* se soucie-t-elle vraiment ?

— Eh bien, d'abord de la planète. (Il retomba dans la

boue de l'autre côté du tronc et récupéra Moggle.) C'est quand même pour ça que nous sommes là, non ?

— Ah, oui... c'est vrai. (Aya reprit sa progression en soupirant.) J'étais loin de m'imaginer que sauver le monde serait aussi pénible et salissant. Tu es sûr que nous sommes toujours dans la bonne direction ? Ça fait un moment que je n'ai plus aperçu Tally. Elle a dû repartir devant en éclaireur.

— Je ne sais pas, mais au moins, il y a du métal à proximité.

Moggle venait de s'envoler de ses mains pour les précéder, ayant retrouvé suffisamment de portance.

Ils suivirent l'aérocam jusqu'à ce que la jungle s'écarte devant eux. Au centre d'une clairière artificielle récente se dressaient deux anciennes tours rouillées, aux poutres d'acier enveloppées de lianes.

Aya cligna des yeux dans la clarté soudaine ; l'orage avait dû cesser depuis un moment. On aurait dit deux mondes différents : dans la jungle, la pluie continuait de s'écouler des feuilles, de ruisseler le long des arbres détrempés et là, à découvert, quelques rayons de soleil jouaient sur les fougères.

Tally atterrit à côté d'eux avec un choc sourd.

— Ne faites pas de bruit, murmura-t-elle en regardant les tours. Les affreux que j'ai repérés tout à l'heure sont encore là-haut.

Aya recula dans l'ombre, et chuchota :

— Tu veux dire que tu nous as menés droit sur eux ?

— Il nous faut un moyen de transport. Tu ne t'imagines pas que je vais passer ma journée à vous regarder marcher à travers cette jungle ?

— Tu veux nous faire capturer de nouveau? demanda Frizz.

Tally soupira.

— Non, pas avec ton opération de vidage de tête. Tu leur déballerais tout notre plan.

— Techniquement, je ne suis pas une…

— Attendez-moi ici, le coupa Tally, avant de s'élancer à travers la clairière et de disparaître dans les fourrés.

Aya examina avec soin les deux tours.

L'une d'elles était beaucoup plus grande que l'autre, sans paraître aussi imposante que certaines ruines qu'ils avaient aperçues de l'aérocar. Mais à l'instar de toutes les constructions rouillées, elle était massive et rudimentaire – toute en angles droits, d'une simplicité enfantine, sans le moindre vide ou section mobile, pareille à une grande colonne dressée vers le ciel. Les lianes l'étouffaient, l'enserraient étroitement, comme si la jungle elle-même tentait d'abattre l'énorme squelette métallique.

Au sommet, on voyait trois Inhumains s'affairer autour d'un engin de chantier dont ils guidaient les pinces de manière à découper une large section de poutrelle. Dans leurs combinaisons d'aéroball, on aurait dit des nageurs évoluant dans l'air moite, avec leurs pieds à longs doigts qui leur faisaient une deuxième paire de mains.

Frizz tendit le bras.

— Elle est là.

Tally s'élevait au milieu de la plus haute tour, se glissant à travers les planchers troués et le fouillis végétal. Elle bondissait d'étage en étage, en s'aidant de sa propre combinaison de sustentation, gracieuse et silencieuse comme un chat se coulant vers sa proie.

– Suis-la, Moggle, chuchota Aya. Mais sans te faire voir.

Elle poussa doucement son aérocam, qui se faufila dans la clairière et s'enfonça dans les ruines.

Tally avait déjà atteint le sommet, mais les Inhumains étaient trop accaparés par leur travail pour la repérer.

Moggle s'éleva rapidement à travers les ruines. Le soleil miroitait sur ses lentilles. L'idée de suivre Tally du point de vue de son aérocam démangeait Aya, mais elle ne pouvait se servir de son antenne dermique sans trahir leur présence.

Les lames de l'engin se mirent à tourner, et des crissements insupportables éclatèrent lorsqu'elles mordirent le métal. Dérangés par ce vacarme soudain, des nuées de petits oiseaux bruns – de *chauves-souris*, réalisa Aya – jaillirent de l'intérieur des tours. Des cascades d'étincelles retombaient en arcs scintillants.

Alors que le son se propageait à travers la jungle, Tally bondit à découvert hors des ruines et donna un coup de tête dans le ventre de l'un des Inhumains. La créature se plia en deux puis bascula hors de la tour, pour aller flotter mollement dans les airs.

Les deux autres se retournèrent mais Tally avait déjà replongé dans sa cachette. Ils s'adressèrent des gestes confus, cherchant à comprendre ce qui s'était passé.

Tally ressurgit brusquement et déboula entre eux. Ses coups rapides et précis eurent vite raison d'eux.

— Oh ! oh ! fit Frizz.

Il indiquait la première victime de Tally, voltigeant au-dessus du vide. Emportée par son élan, elle dérivait petit à petit hors du champ magnétique de la tour et commençait à descendre...

— Crois-tu qu'il va atterrir en douceur ? s'inquiéta Aya.

— Ça m'étonnerait, dit Frizz, avant de sortir de l'ombre et de crier : Tally, regarde par là !

L'engin de chantier continuait son vacarme, tandis que Tally maîtrisait les deux Inhumains.

— Elle ne t'entend pas ! s'écria Aya. Que fait-on ?

— Est-ce que Moggle ne pourrait pas le soutenir ? suggéra Frizz. Comme en ville, quand nous sommes tombés de ta planche ?

— Sauf qu'elle ne nous entendra pas non plus.

La créature descendait de plus en plus vite, toujours sans connaissance, tournoyant droit vers les arbres.

— Alors, envoie-lui un signal ! s'écria Frizz.

— Mais Tally nous a interdit de...

— On n'a pas le choix !

Aya avala sa salive, puis replia son annulaire.

— Moggle, récupère l'affreux qui est en train de tomber ! Vite !

Elle coupa la communication, espérant que l'appel avait été trop bref pour être localisé.

Très haut, la minuscule silhouette de Moggle jaillit des ruines et se rua vers l'Inhumain. Elle le rattrapa juste au-dessus des arbres, avant de disparaître avec lui dans les feuillages.

— J'espère que ce n'était pas trop tard, murmura Frizz.

Le crissement du métal finit par cesser, et ses derniers échos cédèrent la place aux piaillements de protestation des oiseaux. L'engin de chantier s'éloigna de quelques mètres, puis se mit à descendre, pareil à une énorme paire de pinces tendue vers eux : Tally se trouvait aux commandes, les deux créatures à bord, inanimées.

— Je vous apporte des combinaisons d'aéroball ! leur cria-t-elle d'en haut. Ils ont dû tirer une ligne magnétique jusqu'ici pour ramener tout ce métal. Vous n'aurez plus à marcher !

— C'est super ! lui cria Aya. As-tu vu ce qui est arrivé au troisième ?

Tally balaya l'horizon.

— Tiens, c'est vrai. Où est-il passé ?

Aya attendit quelques secondes que l'engin se rapproche, hésitant à avouer ce qu'elle avait fait.

La Sincérité radicale de Frizz lui épargna cette peine :

— Il est tombé par là, expliqua-t-il. Hors du champ magnétique de la tour.

— Il s'est écrasé ? s'inquiéta Tally.

Frizz secoua la tête.

— Non. Nous avons envoyé Moggle le rattraper.

— Bien joué. (Tally sourit.) Vous ne vous en sortez pas si mal, pour des gosses de la ville.

— Il y a un problème, admit Frizz. Moggle était avec toi dans les ruines, trop loin pour nous entendre. Nous avons dû lui envoyer un signal.

— Vous avez… *quoi* ?

— C'était ça, ou laisser l'autre s'écraser.

Aya se prépara à une nouvelle explosion de fureur. Mais la voix de Tally resta calme et froide.

— Il a fallu que tu envoies ton gadget après moi, hein ? L'idée ne t'a pas effleurée que ton aérocam risquait de me trahir ? Ou que je n'avais peut-être pas envie que mes moindres faits et gestes soient mis en ligne ?

— Désolée, couina Aya, s'attendant toujours à subir les foudres de la Scarificatrice.

Tally se contenta de soupirer.

— D'accord, ne traînons pas ici. Ils vont bientôt nous envoyer du monde.

S'agenouillant, elle entreprit d'ôter aux deux Inhumains leur combinaison d'aéroball et lança une paire de jambières en direction d'Aya.

— Heu… Tally? fit Aya avec gêne. On ne sait pas s'en servir.

— Vous n'avez qu'à les régler sur zéro G, jeta sèchement Tally. Je vous tirerai.

Tout en bouclant les éléments suspenseurs, Aya jeta un coup d'œil vers l'endroit où Moggle et l'Inhumain étaient tombés. Rien ne bougeait sur la cime des arbres, à l'exception de quelques oiseaux qui redescendaient se poser plus bas. Aya regretta de ne pas pouvoir contacter Moggle, histoire de s'assurer que l'Inhumain et l'aérocam étaient indemnes.

Mais Tally désapprouverait sans doute.

Une fois Aya équipée, Frizz lui montra comment allumer sa combinaison. Une légèreté irréelle prit alors possession de son corps, comme si un esprit invisible la soutenait par les bras et les jambes. Elle fit un pas et s'éleva lentement au-dessus du sol, poussée par la brise.

— Arrête de jouer ! ordonna Tally. Attrape ma main !

— Mais Moggle n'est pas encore revenue !

— Que veux-tu que ça me fasse ? On y va !

— Je peux quand même l'appeler pour lui dire de nous suivre ? Sinon, elle risque de nous attendre ici !

— Ne t'en fais pas, Aya-la, dit Tally en l'empoignant fermement par le poignet. Tu continueras d'exister, même sans une caméra pour en témoigner.

Elle saisit la main que lui tendait Frizz et les entraîna tous les deux dans les airs.

MÉTAL

Ils jaillirent au-dessus des arbres, scrutant le ciel à la recherche du moindre signe de poursuite.

Tally avait vu juste : un assemblage de câbles épais se déroulait sur les feuillages, support magnétique pour le transport du métal récupéré dans les ruines – largement de quoi soutenir leur poids. Comparées à plusieurs tonnes de poutrelles, trois personnes en combinaison d'aéroball ne représentaient rien.

Voler sans planche avait tout de même quelque chose d'effrayant. Eden Maru avait toujours donné l'impression que c'était facile, mais Aya se sentait mal à l'aise dans cet équipement, comme si elle se balançait au bout de ficelles invisibles nouées autour de ses membres.

L'absence de Moggle était encore plus troublante. La deuxième paire d'yeux d'Aya était perdue, seule, probablement mal en point, un peu plus distancée à chaque seconde qui s'écoulait.

Et Aya n'avait même pas une caméra-bouton.

— Vous voyez ces ruines ? dit Tally. C'est là que nous retrouverons Shay et Fausto.

Devant eux sur leur droite, là où le soleil faisait scintiller un bout d'océan, une tour gigantesque émergeait de la jungle. Son sommet disparaissait dans les nuages bas. D'autres charpentes métalliques se dressaient autour d'elle, toutes à différents stades de démantèlement. Même à cette distance, Aya distinguait les cascades d'étincelles que projetaient les scies à métaux.

D'ici, au-dessus de la jungle, Aya put constater jusqu'où s'étendaient les ruines. Elle se souvint que les villes rouillées abritaient parfois des populations de dix ou vingt millions de personnes, beaucoup plus importantes que n'importe quelle ville moderne. Et les Inhumains étaient en train de les démonter.

— À quoi peut bien leur servir tout ce métal ? s'interrogea Aya à voix haute.

Frizz se tourna vers elle.

— Peut-être à fabriquer ces projectiles que tu as trouvés. Ils doivent le transporter par train magnétique jusqu'à leurs montagnes creuses.

— Jolie théorie, Frizz-la, mais je doute que ce soit aussi simple, rétorqua Tally. David et moi avons parcouru la planète de long en large. Les ruines se voient démanteler secrètement un peu partout. Quelqu'un est en train de recycler plus de métal que les villes ne pourraient en exploiter.

— Et ce sont toujours les affreux ? s'enquit Aya.

— Pour autant qu'on le sache. Un de nos amis les a vus découper les grandes ruines à proximité de ma ville natale. C'est lui qui nous a alertés. (Tally se tourna vers Aya :) Ensuite, il a disparu, comme vous l'auriez fait si nous n'étions pas venus.

— Ça explique la pénurie de métal actuelle, observa Frizz. Notre ville parlait même d'éventrer le sol à la recherche de gisements que les Rouillés auraient oubliés.

Tally le regarda froidement.

— Si elle essaie, elle recevra une petite visite des Special Circumstances.

Elle marqua une pause, puis s'immobilisa soudain et les entraîna sous les arbres. Ils s'enfoncèrent à travers une couche épaisse de branches, de lianes entremêlées et de toiles d'araignée poisseuses.

— Qu'y a-t-il ? chuchota Aya.

— Quelqu'un a entendu ton appel.

Aya scruta le ciel à travers les frondaisons, mais ne vit rien.

La combinaison furtive de Tally se mit à onduler, et son motif camouflage se transforma tandis qu'elle se découpait en plusieurs morceaux. Des écailles recouvrirent Aya. Frizz lui aussi subissait le même sort ; la combinaison de Tally les enveloppait maintenant comme deux ailes écailleuses.

— Ça cachera vos émissions infrarouges, murmura Tally. Ne bougez pas.

Une ombre passa au-dessus de la jungle, occultant les rais de soleil qui filtraient à travers le feuillage. Avant que le matériau furtif masque son visage, Aya en aperçut brièvement la source : deux aérocars en train de les survoler.

Un énorme craquement résonna dans la jungle, celui des câbles qui s'enfonçaient sous le poids des engins. Des oiseaux s'égaillèrent dans un battement d'ailes chatoyantes. Aya sentit enfler les courants magnétiques dans le tremblement de son attirail d'aéroball et le crépitement de ses cheveux.

Les aérocars parurent marquer une pause, et Aya entendit des voix : probablement des affreux en combinaison d'aéroball qui volaient en scrutant la jungle. Elle se focalisa sur le sol en contrebas et retint sa respiration.

Mais les ombres finirent par passer, et le craquement de la jungle s'estompa dans le lointain.

De longues secondes après que le bruit se fut éloigné, Tally relâcha Aya et Frizz. Sa combinaison se reconstitua autour d'elle, découvrant par endroits des plaques de peau nue. Aya aperçut ainsi plusieurs rangées de fines cicatrices le long de ses bras.

— Voilà pourquoi je ne veux pas que vous passiez le moindre appel.

— Tu sais, ils ont peut-être tout simplement remarqué que leurs ouvriers ne donnaient plus signe de vie, observa Aya, qui avait du mal à retrouver son souffle après l'étreinte de Tally.

— C'est juste. (Tally sourit.) En tout cas, ils savent que nous sommes quelque part sur cette ligne. Nous allons devoir attendre que ces engins soient hors de vue.

Ils demeurèrent donc sur place, prêtant l'oreille, soumis au bourdonnement incessant des insectes. Aya commençait à prendre confiance dans son attirail d'aéroball. Elle s'entraîna à évoluer dans l'air à la manière des Inhumains, en se laissant dériver selon les courants d'air.

Parmi les couches supérieures des arbres, la jungle était bien moins lugubre. Des fleurs poussaient sur les lianes, et les élytres des insectes chatoyaient dans les puits de lumière. Une nuée d'oiseaux à crête rose vint se poser au-dessus de leurs têtes. Ils pépiaient, se disputaient les meilleures branches, dévoilaient leur ventre blanc sous leurs ailes vertes. L'un d'eux jeta un regard méfiant à Aya. Son bec était jaune vif entre ses yeux ronds et noirs.

Après tout, la jungle n'était peut-être pas un endroit si épouvantable que cela, lorsqu'on pouvait flotter au-dessus de la boue et de la vase. Bien sûr, tant de beauté ne faisait qu'accentuer le regret d'Aya de ne plus disposer de sa caméra.

— Tally-wa, dit Frizz à voix basse. Je peux te poser une question ?

— Comment t'en empêcher ?

— Pas possible, c'est vrai, reconnut-il. Ces cylindres découverts par Aya... sont-ils véritablement des armes ?

— Que veux-tu que ce soit d'autre ? lui demanda Aya.

Frizz hésita un moment, fixant les câbles tendus autour d'eux.

— Et si ce n'était que du métal ? C'est bien l'enjeu, non ?

— Mais tu oublies qu'ils contenaient de la matière adaptive, lui rappela Aya. Ça prouve bien que ce sont des armes !

Il secoua la tête.

— Ça prouve simplement qu'ils possèdent un système de guidage. Et s'ils étaient programmés pour voler jusqu'à cette île ?

— Pourquoi iraient-ils se bombarder eux-mêmes ? protesta Aya.

— Ils n'auraient pas besoin de viser les bâtiments.

— Exact, intervint Tally. C'est leur île, après tout. Les cylindres pourraient tomber dans l'océan. Ça les refroidirait après leur rentrée dans l'atmosphère, et les affreux n'auraient plus qu'à repêcher le métal.

Frizz pivota pour lui faire face, en agitant les feuilles qui l'entouraient.

— Tu as dit que les Inhumains récupéraient du métal un peu partout. Peut-être que les catapultes électromagnétiques servent à le transporter jusqu'ici, voilà tout.

— Plus commode que de le convoyer clandestinement à travers la planète, approuva Tally. Peut-être que toutes ces montagnes vides que nous avons découvertes avaient déjà craché leur cargaison.

Frizz acquiesça.

— Ce qui expliquerait pourquoi ils déménageaient le repaire que vous avez mis à jour, Aya-chan. Ils étaient sur le point d'envoyer les cylindres ici.

— Frizz ! s'écria Aya. Pourquoi es-tu de *son* côté ?

— Ce n'est pas une question de côté. (Il haussa les épaules.) C'est une question de vérité.

— Qu'y a-t-il, Aya-la ? Tu as peur que ta petite histoire s'effondre ? (Tally gloussa.) Je ne serais pas surprise que tu te sois trompée. Quand on ne voit plus qu'à travers les aérocams et les sites, on devient aveugle à ce qu'on a sous son nez.

Aya voulut répondre, mais ne parvint qu'à bredouiller. Elle fusilla Frizz du regard.

Ce dernier se racla la gorge.

— Eh bien, on ignore toujours ce qu'ils veulent faire de ce métal.

— Ils ne sont pas en train de construire quoi que ce soit, en tout cas, bougonna Aya. Tout ce que nous avons vu pour l'instant, ce sont quelques usines et des entrepôts.

Tally soupesa la question.

— Vous avez entendu ce qu'a déclaré Udzir à propos de sacrifices, non ? insista Aya. Vous n'avez pas trouvé ça un peu *inquiétant* ?

— Il a seulement dit qu'ils voulaient sauver l'humanité. (Tally soupira.) Historiquement parlant, ça peut signifier n'importe quoi, depuis l'énergie solaire jusqu'au lavage de cerveau à l'échelle planétaire.

— Ou une destruction globale ! hasarda Aya.

— Oh, vu l'expansion galopante des villes, David et moi sommes parfois tentés de nous laisser aller nous-mêmes à de petites destructions. (Tally secoua la tête.) Par moments, j'ai l'impression que nous retournons tout droit à l'ère rouillée.

— Sauf qu'il faudrait du métal pour ça, conclut tranquillement Frizz.

Tally le dévisagea.

— Tu crois que les Inhumains chercheraient à freiner le développement ?

Frizz haussa les épaules.

— On ne peut pas construire d'immeubles ou de voies magnétiques sans métal, après tout.

— Et sans acier, rien ne vole, renchérit Tally. Adieu aérocars, planches magnétiques et autres demeures volantes.

— Est-ce que les villes ne se remettraient pas à creuser le sol, tout simplement ? interrogea Aya.

— Il est plus facile de faire sauter un robot minier qu'une résidence, répliqua Tally d'une voix douce.

Aya haussa les sourcils.

— Pour ceux qui seraient du genre à faire sauter des trucs... dans des circonstances spéciales. (Tally haussa les épaules.) Si c'est vraiment ce que les affreux ont derrière la tête, je me rangerai peut-être de leur côté. Une fois qu'ils arrêteront leurs kidnappings.

À travers les feuillages, Aya contempla les ruines au loin en plein démantèlement, atterrée à l'idée que Frizz et Tally puissent avoir raison.

Si les catapultes électromagnétiques n'étaient pas des armes, cela signifiait que la planète n'était pas sur le point de disparaître dans un conflit épouvantable. Et si les affreux avaient trouvé le moyen de préserver la nature contre les méfaits des villes, cela voulait dire que certains humains étaient moins fous que les autres. De plus cela clouerait le bec à Toshi Banana et ses semblables.

Malheureusement, cela signifiait aussi qu'une stupide gamine de quinze ans du nom d'Aya Fuse avait mis en pièces la plus grosse histoire de tous les temps depuis le déferlement d'intelligence.

COMME LES SINGES

Ils volaient au ras des arbres, Aya et Frizz donnant la main à Tally.

Des dizaines d'oiseaux miroitants jaillissaient de la jungle à leur passage, des singes moqueurs leur criaient dessus. Tally dut les entraîner tous deux sous les arbres, une nouvelle fois, pour échapper à d'autres aérocars, et ils descendirent au sein d'un nuage de papillons scintillants plus larges que la main, aux ailes orange vif.

Aya ne vit pratiquement rien de tout cela.

L'histoire des tueurs de villes lui avait paru très logique : une montagne évidée, évoquant un poste de commandement rouillé comme il s'en construisait trois siècles auparavant ; une catapulte électromagnétique pointée vers le ciel, prête à cracher ses cylindres bourrés d'acier et de matière adaptive.

Mais si elle avait tout compris de travers ?

Aya s'efforça de se rappeler l'instant précis où elle avait senti qu'elle n'avait plus besoin de preuves supplémentaires : quand elle avait réalisé à quel point une histoire d'armes tueuses de villes la rendrait célèbre ?

Les plus gros scandales constituaient toujours les meilleures histoires, après tout. Elle l'avait appris de Toshi Banana, avec ses mises en garde fracassantes contre les nouvelles bandes et les nouvelles coupes de caniche. Voilà pourquoi tous les sites de la ville avaient gobé son histoire sans se poser de questions. Bien sûr, ils seraient tout aussi prompts à lui tomber dessus s'il s'avérait qu'Aya s'était trompée.

Son bref triomphe en tant que Reine de la vase ne serait rien, comparé à cette humiliation. L'interface de la ville se moquait peut-être de savoir pourquoi on parlait de vous – que ce soit parce que vous étiez beau ou talentueux, ingénieux ou cinglé, préoccupé par le sort de la planète ou indigné par un petit détail de rien du tout –, mais Aya, elle, ne s'en moquait pas.

Elle ne tenait pas à être mondialement connue pour avoir crié au loup un peu trop vite.

Ils passèrent les quelques heures suivantes à sillonner le réseau de câbles, en se cachant des engins de chantier et des aérocars, revenant sur leurs pas quand ils aboutissaient à un cul-de-sac.

Cela n'avait rien d'une balade d'agrément. L'absence de Moggle tenaillait Aya à la manière d'une rage de dent. L'air qu'elle respirait était moite et lourd comme si elle avalait de la soupe. Sa combinaison de ranger était trempée de sueur.

Quand Aya grommela que Frizz et elle n'avaient rien mangé depuis la veille au soir, Tally sortit des barres énergétiques de sa combinaison furtive. Tandis qu'ils les dévoraient, Tally trouva et mâchonna un régime entier de minuscules bananes vertes à l'aspect immangeable. Apparemment, son estomac de Special était capable de digérer n'importe quoi.

Ils se rapprochèrent ainsi peu à peu des gratte-ciel. Un flot régulier de suspenseurs chargés de ferraille s'en écoulait, leur indiquant le chemin.

Lorsqu'ils ne furent plus qu'à quelques kilomètres, Tally ramena Aya et Frizz sous les frondaisons.

— Nous allons terminer en restant hors de vue.

Aya geignit.

— Ça veut dire qu'il va falloir marcher ?

— Non, je n'ai pas le temps de vous regarder ramper dans la boue, répondit Tally. Restez simplement à zéro G, et ne vous éloignez pas des câbles.

Elle les poussa un peu plus bas dans la jungle, jusqu'à ce que le soleil de l'après-midi ait disparu derrière l'enchevêtrement des lianes et des branches.

— Tu ne nous remorques pas ? s'inquiéta Aya.

Tally ricana.

— On est un peu à l'étroit pour se tenir la main, par ici. Vous n'aurez qu'à faire comme les singes.

Afin de leur montrer l'exemple, elle empoigna une branche et tira, fort, ce qui eut l'effet de la catapulter à travers la végétation. Attrapant un tronc au passage, elle s'arrêta dans un doux balancement.

— Vous voyez ? C'est facile, quand on ne pèse rien.

Aya échangea un long regard avec Frizz, puis soupira et chercha une prise du regard. Une tige de bambou voisine lui parut convenir. Mais en s'en approchant, elle repéra dessus une créature qui devait bien avoir un million de pattes. D'une main timide, prenant bien garde à ne pas toucher la bestiole, elle tira sur le bambou.

Cet effort la propulsa sur quelques mètres avant que l'atmosphère tropicale pesante l'arrête auprès d'un tronc moussu. Elle se tortilla sur le côté, donna un coup de talon sur le tronc et fut récompensée par une longue glissade à travers le fouillis de la jungle.

C'était une sensation étrange : malgré son poids soutenu par la combinaison d'aéroball, Aya conservait toute sa masse et son inertie. Se déplacer lui réclamait un réel effort, surtout dans l'air humide. Et dès qu'elle prenait de la vitesse, s'arrêter – ou juste changer de direction – devenait tout aussi délicat.

Que la moindre surface soit gluante, poissée d'insectes, ou que la végétation soit gorgée d'eau après l'orage, cela ne l'aidait en rien. Chaque fois qu'Aya plongeait à travers un massif de fougères, elle en ressortait ruisselante. Mais progressivement, elle commença à prendre le pli et apprit à repérer à la fois le chemin le moins encombré et son prochain point d'appui, tout en esquivant les toiles d'araignée et les fougères détrempées.

En glissant sous les feuillages, Aya s'émerveilla de la luxuriance et de la complexité de la jungle, vision plus riche qu'un sujet de dix minutes en ligne. Et si elle devenait ranger ? Au moins ferait-elle œuvre utile, en protégeant la beauté, au lieu d'agiter de fausses catastrophes pour le divertissement d'une bande d'Extras blasés.

Au bout d'une demi-heure de cette avancée entre lianes, troncs et branches, Aya réalisa qu'on l'observait.

Perchés dans les arbres voisins, une troupe de singes à face rouge suivaient en silence leur progression laborieuse. Aya ne leur en voulut pas de leur expression perplexe. Des millénaires d'évolution les séparaient d'eux, de son absence de réflexes simiens et… *d'orteils préhensiles.*

Aya saisit la liane suivante et s'arrêta.

— Ça va ? s'enquit Frizz en venant s'immobiliser près d'elle.

Elle hocha la tête.

— Oui. Mais je crois que je viens de comprendre la raison de leurs modifs corporelles.

— Celles des Inhumains ? demanda-t-il, avant de s'esclaffer. Tu veux dire que tu arrives à te concentrer tout en te balançant comme… (Sa voix mourut, et il leva les yeux vers les visages minuscules qui les contemplaient.)… un singe.

Elle acquiesça de nouveau. L'un des singes pendouillait par les pieds, ses longs orteils enroulés autour d'une branche à la manière de doigts.

— Même Hiro l'avait remarqué, dit-elle. Quand nous nous cachions en attendant Tally-wa… Les affreux ressemblent à des *singes.*

— Ce n'est pas bientôt fini, ces messes basses ? s'impatienta Tally un peu plus loin devant. Nous sommes presque arrivés !

Aya réalisa qu'ils avaient parlé en japonais et s'excusa d'une courbette.

— Désolée, Tally-wa. Mais je crois que nous avons mis le doigt sur quelque chose. Pour évoluer dans la jungle en combinaison zéro G, une deuxième paire de mains est beaucoup plus utile que des pieds.

— Vous pensez aux affreux ? (Tally réfléchit un moment, en dérivant lentement vers eux.) Ce n'est pas idiot d'avoir le double de doigts, si on ne touche jamais le sol !

— Peut-être recueillent-ils ce métal afin de constituer une grille gigantesque, suggéra Aya. Crois-tu qu'ils voudraient nous voir tous renoncer aux villes et vivre dans la jungle, à la manière de singes volants ?

— Et retourner cinq millions d'années en arrière ? Plutôt radical, comme moyen de vivre en harmonie avec la nature !

— Le déferlement d'intelligence a engendré toutes sortes d'idées radicales, Tally-wa, observa Frizz.

Tally soupira.

— Pourquoi me dit-on toujours ça comme si c'était de ma faute ?

Frizz la dévisagea et haussa les épaules.

— Parce que c'est toi qui as tout déclenché.

— Je n'y suis pour rien. Je n'ai jamais dit aux gens de devenir cinglés !

— Tu devais quand même bien t'attendre à des réactions étranges ? insista Aya.

Tally leva les yeux au ciel.

— Je ne m'attendais pas à ce que certains troquent leurs pieds contre des mains, se fassent suivre toute la journée par une aérocam, ou opérer le cerveau pour se contraindre à dire la vérité.

Frizz secoua la tête.

— Nous avons perdu tant de choses avec le Prettytime – tous les fondements de la société avaient disparu. Alors, nous sommes bien obligés d'improviser au fur et à mesure !

Tally éclata de rire.

— Il n'y a rien de nouveau là-dedans, Frizz ! La vie ne s'accompagne pas d'un manuel d'instructions. Alors, ne venez pas me dire que c'est *ma* faute si l'humanité se comporte de manière irrationnelle. (Elle pivota sur elle-même et indiqua les arbres.) En attendant, nous sommes presque arrivés aux gratte-ciel. Shay et Fausto doivent probablement nous attendre là-haut.

Au-dessus d'eux, les tours squelettiques scintillaient sous le soleil. Des machines de chantier grouillaient aux derniers étages, et le crissement des scies à métaux leur parvenait d'en haut.

— Mais comment va-t-on les trouver si on ne peut pas les appeler ? s'inquiéta Aya.

Tally haussa les épaules.

— On improvisera au fur et à mesure.

LE MONCEAU

On avait défriché la jungle afin de dégager l'accès aux tours mais les anciennes rues, en revanche, étaient jonchées de bouts de métal récupérés.

Cet empilement rappela à Aya le jeu de mikado auquel jouaient les gamins : on lâchait pêle-mêle une brassée de baguettes, puis on s'efforçait de les retirer une à une, sans faire bouger les autres. Sauf qu'en guise de baguettes, il s'agissait là d'énormes poutrelles d'acier, incrustées de béton et de câbles rouillés.

Aucune trace des affreux au niveau du sol. Les équipes de démantèlement se trouvaient toutes dans les étages, à découper de nouveaux morceaux de fer qu'elles balançaient sur le tas.

— Vous voyez la plus haute ? indiqua Tally du doigt. Restez à couvert tant que nous n'y serons pas.

— Tu veux que nous rampions là-dessous ? (Aya jeta un coup d'œil à Frizz.) Il paraît qu'il y a encore des squelettes de Rouillés dans certaines de ces ruines.

Tally s'esclaffa.

— Seulement dans le Nord. Ici, sous les tropiques, la jungle dévore tout.

Elle s'enfonça dans le monceau de débris et d'acier.

— Oh, génial ! grommela Aya avant de lui emboîter le pas.

Progresser parmi ce fouillis ressemblait un peu à ce qu'ils avaient connu dans la jungle. La pluie avait laissé les poutres humides et glissantes, et une mousse poussait déjà sur les portions rouillées.

Toutefois, l'acier se montrait moins indulgent que l'écorce ou les fougères. En flottant derrière Tally, entre les poutrelles de récupération et les fragments de béton, Aya et Frizz accumulèrent bientôt plus d'éraflures que s'ils avaient rampé dans un buisson de ronces.

— Rappelle-moi de prendre un truc contre le tétanos quand nous serons de retour à la maison, maugréa Frizz en examinant une estafilade sanglante au creux de sa paume.

— C'est quoi, le tétanos ? demanda Aya.

— Une maladie qu'on attrape avec la rouille.

— La rouille transmet des maladies ? s'écria Aya, en lâchant la poutre sur laquelle elle s'appuyait. Pas étonnant que les Rouillés soient tous morts !

— Chut ! siffla Tally. Quelque chose arrive.

Des ombres tournoyèrent autour d'eux : un objet de grande taille les survolait.

À travers le fouillis de métal, Aya put apercevoir un énorme engin de chantier, qui transportait un morceau de gratte-ciel découpé. On aurait dit la cage thoracique décharnée d'un géant dans la mâchoire d'un prédateur. Les sections de coupe scintillaient au soleil.

— Je me demande où ils ont l'intention de poser ça, souffla Frizz à voix basse.

L'engin s'arrêta juste au-dessus de leurs têtes, et les

poutres vibrèrent autour d'eux, soumises à la pression de plusieurs tonnes de métal rouillé.

Subitement, les tremblements cessèrent…

— Oh ! oh ! fit Frizz.

La pince de l'engin lâchait son morceau de gratte-ciel.

Aya empoigna la poutre la plus proche et, d'une violente traction, se propulsa en avant.

La carcasse de fer s'écrasa, dans un concert de grincements et de crissements qui retentirent à travers l'empilement tout entier. Une cascade de rouille et de béton pulvérisé s'abattit sur ses épaules, tandis que des tourbillons de poussière lui piquaient les yeux. Elle vit des barres d'acier se gondoler autour d'elle, ployant sous le poids de cet ajout.

— Aya ! cria Frizz.

Elle se retourna : sa veste s'était prise à un écheveau de câbles, dont les pointes barbelées s'enfonçaient dans la soie comme autant d'hameçons. Alors qu'il tirait pour dégager ses bras, les manches se retournèrent d'un coup, piégeant ses mains à l'intérieur.

Aya fit volte-face, se propulsa jusqu'à lui et le saisit sous les aisselles. Elle tira de toutes ses forces, et dans un déchirement de soie, Frizz se libéra enfin, laissant derrière lui une veste en lambeaux.

Au-dessus d'eux, le morceau de gratte-ciel oscillait encore, faisant pleuvoir des débris sur leurs têtes. L'enchevêtrement de fer continuait à se tasser, et les poutres se tordaient en projetant des particules de rouille en tous sens.

Ils s'élancèrent droit devant eux, à demi aveuglés par la rouille et le béton pulvérisé, entre les montants d'acier qui se resserraient de plus en plus. À travers la poussière Aya vit Tally qui les attendait, arc-boutée sous une barre d'acier aussi grande qu'elle. Coincée entre deux poutres, cette barre semblait maintenir ouverte une gueule géante… et ployait lentement sous la pression.

— Allez ! rugit Tally.

Aya décocha un violent coup de pied à la poutre la plus proche, et Frizz et elle volèrent en dépassant Tally.

Celle-ci bondit à leur suite, abandonnant sa barre qui ripa de côté avec un crissement métallique, se tordit puis glissa avant de rebondir au centre de la pile.

La structure entière s'effondra, mâchoire hérissée de crocs qui se referma sur le lieu qu'ils venaient d'évacuer. Le bout de gratte-ciel se balança lentement avant de s'immobiliser, soulevant un nouveau nuage de poussière de béton.

Les trois clandestins se laissèrent dériver à l'intérieur de la carcasse de la tour la plus proche.

— Ouah ! murmura Aya. Il s'en est fallu de peu.

— Il n'y a pas de quoi, grommela Tally en se massant les épaules.

Tally était vraiment extraordinaire, même en l'absence de Moggle pour filmer ses exploits. Elle avait su percevoir les pressions à l'œuvre dans le monceau de débris et placé sa barre de fer exactement au bon endroit, afin d'offrir à Frizz de précieuses secondes pour se dégager.

Aya s'inclina bien bas.

— Merci, Tally-sama.

Frizz contemplait le monceau aplati, muet de stupeur, le visage blanc comme un linge à cause de la poussière.

Tally eut un hochement de tête approbateur.

— Vous vous en êtes bien sortis.

Aya leva les yeux vers l'engin de chantier qui s'éloignait.

— De justesse. Ils essayaient de nous tuer, ou quoi ?

— Ils ne nous ont même pas vus, répondit Tally.

— Tu m'as sauvé la vie, Aya, déclara Frizz d'une voix douce.

— Oh, ce n'est pas moi qui… commença-t-elle, mais Frizz l'empoigna par les épaules et lui donna un baiser.

Ses lèvres avaient un goût de béton et de sueur.

Lorsqu'ils se détachèrent l'un de l'autre, Aya jeta un regard vers Tally, qui leva les yeux au ciel.

— Heureuse de voir que vous n'avez rien tous les deux.

— On va bien.

Aya sourit à Frizz, puis se pencha sur une écorchure qu'elle s'était faite au coude.

— Sauf que je vais sûrement attraper cette maladie de la rouille.

— Relax. Shay a des médicaments pour tout. (Tally leva la tête.) D'ailleurs, la voilà qui arrive.

Aya regarda vers le haut de la tour. La carcasse évidée se dressait à perte de vue, éclairée par des pinceaux de lumière obliques qui filtraient par les murs. On entendait les échos lointains du métal en train d'être découpé, et des débris dégringolaient bruyamment à travers les sols troués.

Sous le regard d'Aya, des silhouettes commencèrent à miroiter dans l'obscurité, pareilles à des ondulations de l'air. Elles prirent forme humaine en descendant tout autour d'Aya, de Tally et de Frizz. Elles se tenaient sur des planches magnétiques recouvertes d'un motif camouflage.

Un bras repoussa en arrière un capuchon furtif, dévoilant le visage de Shay.

— Eh bien, vous êtes dans un bel état tous les trois !

— D'où sortez-vous ? demanda Hiro en ôtant son propre capuchon. D'un concasseur ?

— Presque. (Aya indiqua le monceau de métal grinçant par-dessus son épaule.) On a failli rester là-dessous…

Elle s'interrompit. Elle comptait cinq silhouettes en combinaison furtive : Hiro, Ren, Fausto, Shay et… quelqu'un d'autre.

Un jeune homme ôta son capuchon, révélant un visage moche et balafré.

— Tu nous as retrouvés, fit doucement Tally.

Il haussa les épaules.

— Ce n'était pas gagné, quand j'ai compris que vous vous étiez échappés plus tôt que prévu. Mais j'ai bien pensé que vous viendriez à l'endroit habituel.

Tally se tourna vers Aya et Frizz, un large sourire aux lèvres.

— Je vous présente David. Il est là pour nous sauver.

L'ENDROIT HABITUEL

C'était David qui avait apporté les planches. Il avait également de la vraie nourriture de la ville, et l'air s'emplit bientôt de bruits de mastication et d'odeurs de plats auto-chauffants.

Aya et les autres étaient installés à mi-hauteur du gratte-ciel rouillé, à un niveau à peu près intact. L'équipe de démantèlement la plus proche se trouvait cent mètres plus haut. On entendait crisser ses lames rotatives contre l'acier. Mais ils ne craignaient pas d'être découverts : l'équipement de survie de David comprenait quantité de combinaisons furtives. Celle d'Aya épousait ses formes avec la douceur d'un pyjama de soie, même si, en surface, ses écailles avaient la dureté de l'acier. Ils étaient tous quasiment invisibles à partir du cou : leurs corps se fondaient aux murs à demi écroulés, tandis que leurs têtes semblaient flotter dans le vide.

— David nous a suivis jusqu'ici, expliqua Tally entre deux bouchées de NouCurry. Au cas où nous n'aurions pas pu nous libérer seuls.

Aya dévisagea David. Elle avait appris son nom en étudiant le déferlement d'intelligence en classe, bien sûr. Il était mentionné dans le fameux manifeste de Tally, où elle déclarait son intention de protéger le monde[1]. Au cours du Prettytime, il avait appartenu aux Fumants, un groupe clandestin qui vivait dans la nature, combattait les Specials et recueillait les fugitifs venus des villes. Rien d'étonnant à ce que Tally fasse appel à lui, maintenant qu'elle vivait dans la nature elle aussi. Mais Aya ne comprenait pas pourquoi il portait ce masque d'Ugly.

— Comme s'il existait quelqu'un capable de vous retenir de force tous les trois, s'esclaffa David. Mon travail consistait simplement à rapporter du matériel et un aérocar.

— Tu n'as pas eu trop de mal à nous suivre ? s'enquit Tally.

David secoua la tête.

— Je suis toujours resté à moins de 50 kilomètres. Le plan se serait déroulé à la perfection si vous n'aviez pas décidé de sauter en route.

Il jeta un coup d'œil à Frizz.

— C'est O.K., assura Hiro en aspirant ses nouilles avec un bruit mouillé. Je leur ai déjà expliqué le concept de Sincérité radicale.

— Décidément, je ne comprendrai jamais les gosses de la ville, marmonna David.

— Mais comment vous êtes-vous retrouvés ? voulut savoir Aya. Je croyais que les appels étaient interdits.

— En arrivant au-dessus des ruines, il m'a semblé voir des feux de Bengale au sommet de cette tour.

1. Voir tome 3, *Specials*.

(David rit en regardant les étincelles qui dégringolaient derrière les murs en ruine.) J'ai cru à un signal de votre part !

— On procédait de cette manière pour entrer en contact avec David, autrefois, expliqua Shay.

— Quand j'ai compris ce qu'étaient ces étincelles, j'ai préféré attendre ici malgré tout, poursuivit David. Au cas où vous décideriez de venir à l'endroit habituel.

— Tu sais toujours où me trouver, dit Tally avec un tendre sourire.

Aya fronça les sourcils.

— Il y a quand même un truc qui m'échappe, David. Pourquoi ce déguisement ?

— Je te demande pardon ?

— Oui, ce masque que tu… commença Aya. Quoi, ce n'est pas du plastique adaptif ? Tu es réellement moche ?

David leva les yeux au ciel, et Shay murmura :

— David n'a jamais subi la moindre chirurgie. Et j'éviterais d'employer le mot « moche » si j'étais toi. Tally risque de t'écharper.

— Je croyais que c'était un Scarificateur comme vous, mais vu son…

Elle n'osa pas poursuivre, réduite au silence par le regard meurtrier de Tally. Elle se remit à suçoter ses PatThai, regrettant de ne pas avoir été plus attentive en cours d'histoire.

David indiqua une minuscule antenne satellite posée sur le sol.

— Nous sommes parés à appeler des renforts si tu le souhaites, Tally. Cette antenne est pointée sur un satellite de télécommunications, et elle émet en ligne droite comme un laser : aucun risque de nous faire repérer.

Tout le monde se tourna vers Tally, qui s'interrompit, les baguettes à mi-chemin de sa bouche.

— Je ne veux pas d'aide pour le moment, répondit-elle. On ne sait toujours pas ce que nous préparent les Inhumains. Et je commence à avoir de sérieux doutes concernant les tueurs de villes d'Aya-la.

Les regards convergèrent vers Aya, qui mastiquait une bouchée de nouilles. Elle avala lentement, priant pour que Tally continue. Cela lui semblait mille fois moins honteux que leur expliquer elle-même son erreur.

— Oui, admit-elle enfin. Il est possible que ces catapultes électromagnétiques ne soient pas des armes.

— Que veux-tu qu'elles soient d'autre ? demanda Hiro.

— Un moyen de freiner le développement des villes, répondit Tally. D'organiser une pénurie de métal en l'envoyant ici. Plus d'acier à volonté, plus d'expansion.

— Tu rigoles ! s'écria Shay. Serais-tu en train de nous dire que ces tarés sont dans *notre* camp ?

— Ça se tient, approuva Fausto. Ils pourraient même se débarrasser à tout jamais de ce métal en l'envoyant en orbite. Rien n'indique que ces cylindres soient retombés.

Hiro poussa un soupir de dégoût.

— Autrement dit, Aya aurait tout compris de travers.

— *J'ai* tout compris de travers ? s'indigna Aya. C'est Ren et toi qui m'avez suggéré cette théorie des tueurs de villes !

— Mais c'était *ton* histoire, insista Hiro. Nous n'avons fait que te soumettre une idée.

— Sauf qu'avant que vous parliez de vitesse d'entrée dans l'atmosphère et de TNT, je prévoyais uniquement de claquer l'histoire des Rusées sur les trains magnétiques !

Frizz fronça les sourcils.

— Je croyais que tu n'avais pas l'intention de claquer ça ?

— Vous allez la fermer, oui ? gronda Tally d'une voix tranchante. Vous tenez vraiment à ce que les affreux qui sont là-haut nous entendent ?

Aya se tut, et fusilla Hiro du regard. Savoir que tous les sites de la ville allaient l'éreinter au sujet de cette histoire foireuse était assez moche comme cela ; elle n'avait pas besoin que son frère en rajoute. Elle jeta un coup d'œil vers Frizz, espérant que lui au moins la comprendrait.

— N'oubliez pas que nous ne sommes sûrs de rien pour l'instant, poursuivit Tally. Ils sont peut-être en train de construire une centaine de catapultes électromagnétiques ici même, afin de bombarder toutes les villes du monde. Il n'est pas encore exclu qu'on doive faire sauter quelque chose.

— Nous sommes presque au niveau de l'équateur, observa Fausto.

— L'équateur ? (Tally secoua la tête.) Quel rapport avec ce que je disais ?

— Plus on se rapproche de l'équateur, plus la vitesse de rotation de la Terre grandit – plus elle a de force centrifuge, expliqua Fausto. Comme avec une fronde prérouillée – plus elle est longue, plus elle donne d'élan à la pierre. En d'autres termes, nous sommes à l'endroit idéal pour envoyer quelque chose en orbite.

— Donc il y a peut-être vraiment des catapultes électromagnétiques par ici ! dit Aya.

Peut-être n'était-elle pas loin de la vérité, avec son histoire…

— Ne t'emballe pas trop vite, Aya-chan. (Ren se leva et marcha jusqu'au plus grand trou dans le mur.) Je n'ai pas aperçu la moindre montagne sur cette île.

— Les plus proches que j'ai vues sont à plus de cent kilomètres au nord, confirma David.

— Si tu enterres ta catapulte au niveau de la mer, tes projectiles partiront de trop bas, dit Ren. Et sur une île tropicale, il y aurait un risque permanent d'infiltrations d'eau. Ce serait un vrai cauchemar.

Aya soupira. Cette île n'était pas l'emplacement idéal pour préparer la fin du monde, semblait-il, et le regret qu'elle en éprouvait l'emplissait de culpabilité. Si seulement les Inhumains pouvaient poursuivre de noirs desseins, n'importe lesquels, par ici…

— Dans ce cas, à quoi leur sert d'exploiter ces ruines ? (Frizz s'interrompit pour prêter l'oreille au crissement lointain des scies.) Et de s'en tenir à des délais ? Dans l'aérocar, Udzir a promis qu'on nous relâcherait bientôt.

— Quand a-t-il promis ça ? demanda Tally.

— Oh, dit Frizz, ce devait être au moment où nous parlions en japonais.

— Merci de me tenir au courant ! Quand je pense que je viens de perdre une journée à faire du baby-sitting pendant que ces affreux se préparent à… je ne sais quoi !

Elle se dressa et appela sa planche d'un claquement

de doigts. David et les Scarificateurs bondirent sur leurs pieds.

— Parfait, dit Shay. Je commençais à en avoir marre d'être assise.

Aya se leva à son tour.

— Oui, allons chercher des réponses.

Tally se tourna vers elle.

— Où crois-tu aller comme ça ?

— Heu… avec vous !

— Oublie. Vous restez là tous les quatre.

— Ici ? s'écria Aya. (Elle avait une histoire à rectifier !) Et si vous ne revenez pas ? Ou si les Inhumains nous découvrent ?

— Ils ne vous verront jamais dans ces combinaisons furtives. (David indiqua l'antenne satellite.) Et si nous ne sommes toujours pas de retour demain, au coucher du soleil, vous n'aurez qu'à appeler à l'aide.

Tally grimpa sur sa planche magnétique, dont la surface miroita un moment avant de se fondre de nouveau dans le décor. Les quatre compagnons relevèrent leur capuchon et bientôt, ils ne furent plus que des ondoiements dans l'air.

— À plus tard, les Aléatoires ! leur lança la voix de Shay.

Les quatre silhouettes décollèrent, puis s'envolèrent sans un mot par une trouée dans le mur.

— Tally-wa, attends… cria Aya.

— Ils sont déjà partis, lui dit Frizz en lui posant la main sur l'épaule.

Aya se dégagea et courut jusqu'à la trouée qui surplombait la jungle. Le soleil disparaissait derrière les arbres et, dans le lointain, l'aéroport des Inhumains s'illuminait. Le contour des entrepôts et des usines scintillait dans la noirceur de la forêt.

Toutes les réponses se trouvaient là, devant elle. Il ne lui restait qu'à aller les chercher.

Aya baissa les yeux sur sa main, presque invisible dans le gant de sa combinaison furtive…

— Aya-chan, s'inquiéta Hiro, tu ne serais pas en train de préparer une bêtise ?

— Non. (Elle serra les mâchoires.) Je pense seulement que je me moque pas mal de ce que peut dire Tally Youngblood. C'est *mon* histoire.

REMAKE

— Tu es cinglée, déclara Hiro.

— Regarde, insista-t-elle. La base des affreux se trouve juste là. Et puis, nous avons nos combinaisons furtives.

— Mais les Scarificateurs ont emporté toutes les planches, lui rappela Ren. Tu voudrais qu'on marche jusque là-bas ?

— Eh bien… (Aya fronça les sourcils, en regardant le sol.) Il nous reste assez d'éléments de combinaisons d'aéroball pour nous trois. On peut aller très vite avec ça.

— Tu veux planer à travers la jungle en pleine nuit ? dit Frizz. C'était déjà dangereux quand on y voyait clair !

Ren approuva de la tête.

— Il y a des bêtes sauvages là-dessous, Aya-chan. Sans compter les serpents venimeux, les araignées…

Aya geignit. Pourquoi montraient-ils tous soudain si peu de courage ?

— Tu es morte de honte parce que tu t'es complètement trompée avec ton histoire, l'accusa Hiro.

— Ce n'est pas pour ça que je… commença Aya, puis elle jeta un coup d'œil à Frizz. D'accord, j'admets que c'est la honte. Mais on tient toujours un sujet formidable, et on reste des claqueurs, non ?

— Pour ma part je serais plutôt un fondateur de bande, rectifia Frizz.

— Peu importe qu'on tienne ou non une bonne histoire, observa Ren. Nous n'avons pas de…

Il s'interrompit, et dévisagea Aya.

— Au fait, où est passée Moggle ?

— C'est ça ! s'écria Aya. Moggle peut très bien me remorquer, ou même deux d'entre nous, en combinaison d'aéroball. Ainsi nous n'aurons qu'à voler au-dessus de la jungle, des lianes et de toutes ces bestioles venimeuses !

— Sauf qu'elle est restée là-bas dans cette tour, dit Frizz.

— Ne me dis pas que tu l'as *encore* perdue ? s'écria Hiro.

Aya secoua la tête.

— Moggle n'est pas perdue, d'accord ? Elle nous attend simplement dans un immeuble en ruine que nous avons trouvé. Il suffit de l'appeler.

— Mauvaise idée, pour deux raisons, dit Hiro. D'abord, au premier signal que nous émettrons, les Inhumains nous localiseront et nous captureront. Ensuite, ce signal ne porterait pas au-delà d'un kilomètre. Il n'y a pas d'interface pour le répéter, par ici, rien que la jungle.

— C'est juste, Aya, reconnut Ren. Il n'y a rien à faire sinon attendre le retour de Tally.

Aya soupira et se laissa glisser au sol.

Si elle ne trouvait pas un moyen de rectifier son histoire, elle resterait dans les mémoires comme la mocheté passée à côté du plus fumant des scoops depuis le déferlement d'intelligence. Une claqueuse de pacotille, qui aurait eu besoin de Tally Youngblood pour mettre à jour la vérité.

Le nom d'Aya Fuse serait à tout jamais synonyme de *falsificatrice*.

Elle releva la tête. Frizz émettait un grognement étrange à travers ses dents serrées.

— Ça va ? s'inquiéta-t-elle.

— Ce n'est rien… (Il grimaça.) Enfin, *presque* rien.

Aya reconnut son expression de douleur, et sourit.

— Tu as trouvé une solution, pas vrai ?

Il secoua la tête en se mordant la lèvre.

— Trop dangereux !

— Allez, l'implora-t-elle. Dis-moi !

— Une transmission linéaire ! bafouilla Frizz en indiquant l'antenne satellite laissée par David. (Il se massa les tempes.) Il suffit de la pointer dans la bonne direction.

Ren acquiesça lentement.

— David l'a dit lui-même : aucun risque que les Inhumains la repèrent.

Le soleil était couché, et les lumières de chantier et autres gerbes d'étincelles brillaient à l'horizon. Une petite brise de mer leur parvint, charriant des odeurs de sel et d'embruns.

— J'ai l'impression que c'est là-bas, indiqua Frizz en pointant le doigt dans l'obscurité. Deux tours dans une clairière, dont l'une deux fois plus grande que l'autre.

— Mais les Inhumains sont revenus. (Aya regarda

les étincelles qui tombaient de la plus haute des tours.) Ne risquent-ils pas de nous entendre ?

Ren examina l'antenne satellite.

— La transmission ne touchera qu'une zone restreinte, et ces ouvriers ont un immeuble à démanteler. Pourquoi iraient-ils écouter une fréquence au hasard ?

— Espérons que tu as raison.

Aya remua nerveusement les doigts, jouant avec les commandes de sa combinaison furtive. Les écailles se modifièrent et prirent une texture d'écorce. Son attirail d'aéroball était dissimulé sous la combinaison.

— Tu vois ce gros suspenseur ? demanda Ren en indiquant un engin qui quittait les ruines. Si Moggle suit la même ligne, puis tourne là, elle sera ici en vingt minutes.

Aya secoua la tête, se rappelant les nombreux tours et détours que leur avait fait prendre Tally pour se rendre jusqu'ici. Sous les arbres, l'assemblage de câbles avait été invisible. Mais à cette hauteur, le va-et-vient des suspenseurs et des aérocars en dessinait la forme, pareille à une carte mobile et scintillante étalée dans le noir.

— Je vais rester là pour guider Moggle pendant que vous attendez en bas. (Ren indiqua l'endroit où le monceau de métal s'enfonçait dans la jungle.) Ôtez vos capuchons. Je dirai à Moggle de chercher deux têtes flottantes à l'infrarouge.

— Nous serons trois, corrigea Hiro.

Aya se tourna vers lui.

— Désolée, Hiro. Mais Moggle ne pourra jamais remorquer trois personnes.

— Tu oublies que je sais voler en combinaison d'aéroball. Je n'ai pas besoin qu'on me remorque. (Il s'éleva dans les airs et tournoya sur lui-même pour en faire la démonstration.) Je ne vais pas laisser ma petite sœur me supplanter deux fois dans la même semaine.

Elle sourit.

— Je suis heureuse que tu nous accompagnes, Hiro.

Ren transporta l'antenne satellite auprès du mur, s'agenouilla et la coinça au sommet d'une pile de gravats. Il braqua soigneusement la parabole en direction des ruines.

Quelques voyants lumineux clignotèrent sur le boîtier de commandes, mais Ren garda les yeux fixés sur l'horizon. Il modifiait le réglage de l'antenne par minuscules retouches, sondant les ténèbres avec son rayon invisible.

De longues minutes s'écoulèrent ainsi. Les doigts de Ren bougeaient sur les commandes avec la lenteur de la grande aiguille d'une horloge. Le seul bruit était celui des scies rotatives au-dessus de leurs têtes.

— Je n'arrive toujours pas à croire que nous nous soyons fourvoyés à ce point, murmura Hiro.

Aya sourit.

— C'est gentil de dire *nous*, Hiro. Mais tu avais raison : c'est ma faute.

Ren grogna.

— Tu as de la chance, tu vas pouvoir faire un remake.

— Peut-être…

— Non, sérieusement, insista-t-il en étudiant les voyants lumineux. Je viens enfin d'obtenir une réponse !

— Moggle va bien ? s'enquit Aya.

— On dirait. Elle a même rechargé ses batteries. Elle a dû se dénicher un coin ensoleillé !

Le visage d'Aya s'illumina : elle avait de nouveau une aérocam.

— Allons-y, dit Hiro.

Il glissa jusqu'à un trou dans le sol et s'y enfonça, disparaissant hors de vue. Frizz le suivit en se propulsant avec les mains.

Avant de descendre à son tour, Aya se tourna vers Ren.

— Tu vas t'en sortir ?

— Bien sûr. Mais ne me faites pas mariner ici trop longtemps. (Il tapota l'antenne satellite.) Si je ne vois revenir personne d'ici vingt-quatre heures, je claque toute l'histoire sur le réseau planétaire.

VOL DE NUIT

Ils s'enfoncèrent dans le ventre de la tour, en franchissant les étages délabrés tels des plongeurs explorant une épave. Les stridulations des scies s'estompèrent à mesure que les ténèbres les enveloppaient.

Grâce à Moggle qui les rejoindrait bientôt, Aya allait enfin rattraper tout ce temps perdu à survoler la jungle sans pouvoir filmer. Non pas qu'on devienne jamais célèbre avec des images de nature – bien au contraire. Comme le disait Miki, l'intérêt de la célébrité consistait à se montrer, alors qu'une grande partie de la jungle demeurait dissimulée.

Aya tenait néanmoins à conserver un souvenir de sa magnificence discrète.

— Là-dedans ? s'alarma Hiro lorsqu'elle le rejoignit au niveau du sol.

Il indiquait le monceau d'acier et de décombres.

— Oui, mais attends une minute, dit Aya. Il y a un suspenseur qui arrive.

Ils restèrent cachés dans l'ombre, à regarder l'engin de chantier larguer son chargement. Le monceau de métal grinça, ploya, souleva un nuage de béton pulvérisé tandis que les nouvelles poutres s'immobilisaient dessus.

— Vite, maintenant, dit Frizz. Avant qu'un autre rapplique.

Hiro s'élançait déjà. Il s'engouffra dans le dédale de métal tordu sans un regard en arrière. Aya se promit d'apprendre à voler convenablement en combinaison d'aéroball un jour prochain. Flotter en mode zéro G était plus rapide que de ramper, mais beaucoup trop lent lorsque l'on pensait aux tonnes d'acier que les engins déversaient de façon régulière dans les parages.

Le franchissement du monceau de débris leur parut durer une éternité. Aya se prenait dans les bouts de câbles qui pendaient au milieu de l'obscurité. Seul le blindage de sa combinaison furtive lui épargna d'innombrables écorchures et le risque de contracter le tétanos. Elle redoutait sans cesse la présence d'un autre suspenseur sur le point de lâcher une énorme masse de débris qui les écraserait tous.

Enfin la jungle se fit plus proche. Des lianes s'infiltraient à travers le fouillis de métal, et le bourdonnement des insectes commençait à noyer le crissement lointain des scies. Aya n'y voyait goutte, mais le cri des oiseaux la guida vers le bord de l'empilement.

— Ouah ! s'émerveilla Frizz dans l'obscurité. C'est archi-différent de nuit.

Il avait raison – la jungle était transformée. La chaleur étouffante s'était dissipée, et les ténèbres résonnaient de mille bruits méconnaissables. L'air était chargé du parfum lourd des fleurs nocturnes, et des ombres furtives passaient devant les étoiles.

— Ôtez vos capuchons, dit Hiro. Moggle s'attend à nous voir tous les trois à l'infrarouge.

Aya se découvrit et une nuée d'insectes se mit aussitôt à tournoyer autour d'elle, si dense qu'à la première respiration, elle en avala plusieurs. Elle les recracha aussitôt.

— Ces moustiques vont me rendre cinglée !

Un bruit de claques lui parvint de l'endroit où se tenait Frizz.

— Il faudra prendre des médicaments contre la malaria quand nous serons rentrés chez nous, dit-il.

— C'est quoi, la malaria ? demanda Aya.

— Une maladie qui s'attrape par les piqûres de moustiques.

— Beurk ! Y a-t-il un seul truc dans cette jungle qui ne vous refile pas de maladies ?

— Hé, Frizz ! lança Hiro dans l'obscurité. Comment sais-tu tout ça, dis-moi ?

— En étudiant la chirurgie du cerveau, j'ai suivi quelques cours de médecine. Je deviendrai peut-être médecin quand la Sincérité radicale sera passée de mode.

— Elle est *déjà* passée de mode, dit Hiro.

— Médecin ? (Aya écrasa un insecte qui vrombissait à son oreille.) Je n'étais pas au courant.

Frizz gloussa.

— En dépit de ma Sincérité radicale, il reste beaucoup de choses que tu ignores à mon sujet.

— Taisez-vous une seconde ! siffla Hiro. Vous n'entendez rien ?

Ils se turent, et perçurent un son nouveau parmi le bourdonnement de la jungle. Une masse se faufilait avec prudence entre les lianes, faisant grincer les branches au-dessus d'eux.

La chose se rapprochait lentement.

— Heu… ohé ? appela Aya à voix basse.

Des reflets de clarté stellaire scintillèrent dans les feuillages. Aya reconnut la disposition familière des lentilles qui flottaient joyeusement dans les airs.

— Hé, pour une fois, tu ne m'as pas aveuglée ! s'exclama-t-elle, tandis qu'un sourire s'étalait sur son visage.

Elle avait retrouvé son aérocam.

Ils filaient si vite que même les moustiques ne pouvaient pas les rattraper.

Aya avait un bras autour de Moggle et l'autre autour de Frizz, dont le corps se pressait contre le sien. L'aérocam les emportait au ras des arbres, le long du réseau de câbles, vers la base des Inhumains. Hiro volait à côté d'eux, visible par intermittence, lorsque sa combinaison furtive occultait les étoiles.

Suspendue au-dessus de l'océan noir de la jungle, cinglée par un vent féroce, Aya avait presque l'impression de se retrouver à nouveau sur un train lancé à pleine vitesse. Mais c'était meilleur que le surf. Les courants magnétiques demeuraient invisibles et silencieux, de sorte qu'elle pouvait entendre le cri des oiseaux, des chauves-souris et d'autres créatures inconnues qui les croisaient de part et d'autre.

Elle se demanda où pouvaient bien être les Rusées en ce moment. Probablement en train de se cacher, attendant que leur célébrité importune s'estompe. Elles lui manquaient. D'une certaine manière, Tally Youngblood lui rappelait Lai. Celle-ci était en guerre contre le rang facial et le mérite ; Tally luttait contre la programmation de son cerveau de Special. Toutes deux souhaitaient disparaître, et se livraient néanmoins à des activités vouées à les rendre célèbres.

Et toutes deux évoluaient à la frontière de la folie. Aya se souvint du regard meurtrier qu'on lui avait lancé quand elle s'était étonnée de la mocheté de David. Qu'était-elle supposée dire ? Qu'il était beau ?

Tally pouvait-elle *l'aimer* ? Non, elle affirmait ne plus avoir embrassé personne depuis...

— Aya ? fit la voix d'Hiro derrière elle. Nous y sommes presque.

Aya parcourut l'horizon du regard et vit des aérocars et des engins de chantier dont les feux convergeaient en direction de la base.

Hiro miroita momentanément lorsque sa main couleur de nuit leur fit signe de plonger sous les frondaisons.

Ils descendirent, Moggle ralentit, et les ténèbres de la jungle se refermèrent sur eux. Aya resserra son capuchon lorsqu'ils s'immobilisèrent. Elle ne tenait pas à ce que le moindre insecte s'y infiltre.

— Vous voyez ce suspenseur ? interrogea Hiro.

Derrière eux, un gros engin s'approchait, les pinces chargées d'une cargaison de ferraille. La jungle gémissait sous le poids des câbles tassés par plusieurs tonnes de métal. Des cris d'agitation et des bruissements d'ailes agitaient l'air humide et odorant.

— On ne peut pas le rater, dit Aya.

Des nuées d'insectes dansaient dans le pinceau de ses phares, et elle se demanda si la peinture camouflage de Moggle rendait l'aérocam aussi invisible que leurs combinaisons furtives.

— Nous devrions peut-être descendre un peu plus bas, ajouta-t-elle.

— Non, dit Hiro. Plutôt le suivre.

— Le suivre ?

— Quoi qu'ils manigancent, ça concerne le métal, pas vrai ? Allons donc voir où ils emportent toute cette ferraille.

Aya regarda l'engin approcher. Des poutrelles d'acier oscillaient entre ses pinces, ainsi que des bouts de câbles et de tuyaux : les viscères métalliques des immeubles rouillés. On aurait dit un gigantesque fauve qui achève un repas sanglant.

— D'accord, approuva Frizz. Mais même en combinaison furtive, mieux vaut rester prudents.

— Aucun problème, lui assura Hiro. Tous les projecteurs sont installés au bord, tournés vers l'extérieur, tu vois ? En nous glissant dessous, nous serons en plein milieu.

Aya acquiesça.

— Et ils éblouiront quiconque lèvera les yeux vers nous.

Alors que la jungle s'emplissait progressivement d'ombres mouvantes, Aya se colla contre le tronc le plus proche. Elle sentit sa combinaison calquer la rugosité de l'écorce. Les câbles s'enfoncèrent autour d'elle, les branches ployèrent en grinçant, et son attirail d'aéroball se mit à vibrer dans les courants magnétiques.

Quand les pinces s'avancèrent au-dessus de sa tête, Aya sentit sa gorge se nouer. Une poussière de béton lui dégringolait dessus et elle dut se rappeler que les Inhumains ne récupéraient pas le métal pour le larguer n'importe où dans la jungle.

Du moins fallait-il l'espérer.

Enfin, la rangée de projecteurs passa juste au-dessus d'eux.

— Maintenant ! dit Hiro en s'élevant d'un bond.

Aya agrippa Moggle.

— Amène-toi, Frizz !

L'aérocam les catapulta dans les airs et, pendant un moment, Aya se retrouva aveuglée. Mais quelques secondes plus tard, Frizz et elle parvenaient sous le flanc de l'engin. Autour d'eux, les projecteurs pointaient dans toutes les directions, bourdonnant d'énergie et envoyant des ondes de chaleur dans l'air nocturne.

— Sacré spectacle, hein ? murmura Hiro.

Aya baissa les yeux vers la jungle éclairée en contrebas. Des dizaines d'oiseaux s'envolaient à l'approche de l'appareil, des nuées d'insectes tourbillonnaient dans les phares et les yeux brillants des créatures nocturnes ébahies fixaient l'étrange machine venue les survoler.

— J'espère que tu prends tout ça, Moggle, souffla Aya.

— Nous y voilà, dit Frizz.

Devant eux, ligne claire à l'horizon, la base des Inhumains n'était plus qu'à quelques kilomètres.

PRODUCTION DE MASSE

La jungle s'interrompait, s'ouvrait sur une trouée en friche, tandis que le réseau magnétique se terminait brusquement.

Les câbles n'étaient plus nécessaires : la terre battue était hérissée de poteaux d'acier. Tous les deux ou trois mètres, des poutrelles s'enfonçaient à moitié dans le sol, pareilles à des bougies sur un long, très long gâteau d'anniversaire.

— Visez-moi cette grille de fortune ! s'exclama Frizz. On ne connaît pas la pénurie de métal, par ici !

— Plutôt rudimentaire, observa Hiro. Ces poutrelles sont encore rouillées, comme si elles sortaient tout juste des ruines.

Aya fronça les sourcils. Jusqu'à présent ils n'avaient aperçu aucun chemin ni piste magnétique, rien que des fossés de drainage à moitié remplis d'eau après l'orage de ce matin.

— Cet endroit donne l'impression qu'ils ne sont là que depuis quelques jours.

— Ou sur le point de partir, suggéra Hiro.

— Chut ! souffla Frizz en pointant le doigt.

Une Inhumaine évoluait en contrebas, se repoussant

d'une poutrelle à l'autre, à la manière d'un oiseau qui zigzague entre les branches.

— Elle doit être nouvelle, murmura Hiro. Vous avez vu comme elle se repousse ? Elle n'a aucune technique. Elle flotte simplement en mode zéro G, de la même façon que vous.

— Je n'en sais rien, dit Aya.

Les mouvements de la femme lui paraissaient plutôt gracieux, comme une chorégraphie répétée avec soin.

— J'ai aperçu d'autres Inhumains dans l'aérocar, tout à l'heure, et chacun se déplaçait de cette manière.

Hiro renifla.

— Pourquoi porter une combinaison d'aéroball si ce n'est pas pour s'en servir correctement ?

— Bonne question, reconnut Frizz à voix basse.

L'engin de chantier obliqua le long d'une rangée de bâtiments bas, tous identiques à l'exception du motif camouflage de leur toit.

Aya sentit une chaleur monter des bâtiments. Les toits ondulaient, réalisa-t-elle, en frémissant comme des voiles.

— Des tentes, murmura Frizz.

— Cette base n'est que temporaire, dit Hiro. Ce n'est pas une vraie ville.

L'engin s'arrêta au-dessus d'un monceau de débris. De petits drones suspenseurs s'en approchaient et en repartaient, emportant des tronçons de poutres ou de câbles. Un signal inaudible les fit s'écarter d'un coup.

— Attention dessous ! dit Frizz.

Les mâchoires de l'engin s'ouvrirent, et sa cargaison s'effondra sur la pile, produisant une cacophonie rageuse, tandis que les poutrelles se tordaient et rebondissaient à la lueur des phares. La machine entama une rotation afin de reprendre la direction de la jungle.

— C'est là que nous descendons, annonça Aya. Il n'y a personne dans le coin ?

— Dans un secteur aussi dangereux, tout est sans doute automatisé, dit Hiro. Et puis, nous sommes invisibles. Par contre, réglez vos combinaisons d'aéroball un peu au-dessus de zéro G pour rester près du sol.

Il plongea soudain. Sa silhouette se découpait clairement dans les projecteurs.

— Hiro, fais attention ! siffla Frizz.

Aya régla son attirail.

— Allez, Moggle.

Elle se repoussa contre le ventre de la machine et se laissa descendre en douceur à côté de la pile. Tous trois demeurèrent accroupis là, à se fondre dans l'enchevêtrement de débris, pendant que l'engin repartait vers la jungle. La lumière des projecteurs s'éloigna et ils se retrouvèrent dans le noir.

— Vous voyez ? dit Hiro. Il n'y a pas d'éclairage par ici. Tout est automatique.

Il s'éleva en direction des usines.

— Hiro ! l'avertit Aya. Attention aux drones !

Les petits drones suspenseurs qu'ils avaient vus d'en haut revenaient de partout, droit vers le monceau de métal. Ils ressemblaient à d'énormes mains volantes.

L'un d'eux arrivait sur Hiro, les doigts grands ouverts…

Il bondit en hauteur et le drone lui passa dessous sans ralentir, continuant vers la pile.

— Hé, vous avez vu ça ? s'écria Hiro. Ils ne peuvent pas me voir !

Il effectua plusieurs saltos successifs, dans un tourbillon de miroitements furtifs, tandis qu'un autre drone passait sous lui.

Frizz rit.

— Ils doivent s'orienter à l'infrarouge. Nous sommes totalement invisibles !

Aya fronça les sourcils. Invisible ou non, Hiro s'amusait beaucoup trop avec sa combinaison furtive. Les grandes tentes n'étaient pas loin, et ils avaient déjà repéré au moins une Inhumaine dans l'obscurité.

Un autre drone suspenseur s'avança près d'Aya pour plonger les bras dans la pile. Moggle s'écarta d'un bond mais le drone, trop absorbé par sa tâche pour la remarquer, fouilla dans l'enchevêtrement jusqu'à ce que ses énormes doigts se referment sur une poutrelle. Il l'arracha du tas, emportant un fouillis de câbles qui manqua faucher Aya.

— Hé, doucement ! protesta-t-elle.

Le drone l'ignora et repartit avec sa poutrelle en direction des tentes.

— Viens, dit Frizz en entraînant Aya dans un bond léger à presque zéro G. Ces trucs te rentreraient dedans sans même s'en apercevoir.

Aya hocha la tête.

— J'imagine qu'être invisible n'a pas que des avantages.

Un deuxième bond les propulsa au bord de la tente la plus proche, où Hiro et Moggle les attendaient en glissant un coup d'œil sous la paroi de toile.

La tente recouvrait une fosse d'une dizaine de mètres de profondeur, brillamment éclairée. Des tonnes de poutrelles rouillées scintillaient sous les lampes.

Un Inhumain affublé d'un masque respiratoire planait en haut et vaporisait sur le métal une sorte de mousse, semblable à de la neige carbonique, mais de couleur argentée.

La mousse se mit à bouillonner, le métal à frémir et grésiller. La rouille et les morceaux de béton se détachèrent, tandis qu'un nuage de poussière s'élevait en sifflant dans les airs.

— Hé, Aya, chuchota Hiro. Ça ne te rappelle pas cette histoire ennuyeuse à mourir que tu avais claquée sur le recyclage des matériaux l'année dernière ?

— Si. (Aya flaira comme une odeur de pluie.) Cette mousse doit être un composé de nanos – une sorte de matière adaptive, en moins futée. On s'en sert pour purifier l'acier ou le combiner en alliages plus résistants.

— Ce genre de produit peut bouffer un bâtiment entier si on n'y prend pas garde, dit Hiro. C'est pour cette raison qu'ils travaillent dans une fosse, afin d'éviter les incidents.

— Donc les affreux pourraient se servir des nanos comme d'une arme ? dit Aya.

Hiro ricana.

— Si ça peut te faire plaisir, petite sœur.

— Je dis simplement qu'ils ne sont pas en train de préparer des sushis là-dessous, grommela-t-elle. J'espère que tu ne rates rien, Moggle.

L'Inhumain flotta au-dessus d'une poutrelle rouillée qu'un drone suspenseur venait d'apporter. Il lui vaporisa une giclée de nanos argentés, et une nouvelle bouffée de chaleur s'échappa de la tente.

Le drone abandonna la barre fumante et grésillante pour se diriger vers la pile de débris déjà traités.

La mousse s'en détachait peu à peu, laissant derrière elle un monceau d'acier brillant. Le drone referma ses pinces sur une poutrelle qu'il emporta hors de la tente.

— Voyons quelle est la suite du programme, murmura Hiro.

Sous la tente suivante s'ouvrait une autre fosse, avec un empilement de blocs d'acier purifié à une extrémité. À l'extrémité opposée, reposaient une douzaine de formes incurvées faites d'une sorte de maillage fin, évoquant des squelettes en fil de fer.

— Des nanocadres, dit Hiro.

Aya hocha la tête.

— Tu en avais parlé dans ton sujet sur la fente murale, je crois ?

— Oui, mais ça remonte à des lustres.

Il s'arrêta un instant et ils regardèrent un drone traîner un bloc de métal à travers la fosse. Un autre Inhumain volant guidait sa progression en faisant des gestes avec ses doigts.

— C'est drôle, gloussa Aya en jetant un coup d'œil par-dessus son épaule afin de s'assurer que Moggle n'en perdait pas une miette. Vous avez vu la façon dont ce drone réagit à chaque mouvement de sa main ?

Le nanocadre luisait désormais, et devint d'un blanc éclatant. Il mesurait environ quinze mètres de long, avec des formes renflées comme la coque d'une barque.

— Les nanocadres sont les moules situés à l'intérieur des fentes murales, expliqua Hiro.

— Je me suis toujours demandé comment ça fonctionnait, dit Frizz.

Le morceau de métal glissé dans le cadre vira au

rouge, tandis que ses arêtes s'adoucissaient à la manière d'un glaçon en train de fondre. Une vague de chaleur s'évacua de la tente.

Aya fit la grimace, les yeux larmoyants. Cela lui procurait le même effet que se tenir trop près d'un feu.

— Ouah ! dit Frizz. Mon mur à moi ne devient jamais aussi chaud !

— Tu ne lui fais jamais rien fabriquer d'aussi gros, observa Hiro.

Le métal se mouvait désormais, puis s'écoulait à l'intérieur du nanocadre comme un liquide visqueux, en épousant sa forme. Il emplissait les espaces entre les mailles, semblable à de la peau recouvrant un squelette. Une fois étiré sur l'ensemble du moule, l'acier commença à refroidir et à se solidifier. L'Inhumain était déjà reparti avec le drone, qui portait un autre morceau de métal vers le nanocadre suivant.

— La question est simple, dit Frizz : qu'obtient-on en assemblant toutes ces formes les unes avec les autres ?

Aya contempla la multiplicité des pièces. Toutes présentaient les mêmes renflements, mais elle voyait mal ce qu'elles pouvaient donner.

— Ça ressemble à des éléments de coque, dit-elle.

Hiro ricana.

— Ah, les charmes du canoë en acier trempé !

— J'ai dit : *ressemble.*

— Ça ne sert à rien de deviner, dit Frizz. Continuons plutôt jusqu'au bout.

La tente suivante était beaucoup plus grande, aussi vaste qu'un terrain de foot. La fosse qui s'ouvrait dessous, d'une quarantaine de mètres de profondeur au bas mot, était remplie de formes métalliques refroidies et d'un fouillis de circuits électroniques. Plusieurs Inhumains flottaient à l'intérieur, manipulant chacun une paire de drones en forme de mains. L'air résonnait de chocs métalliques et de crépitements de soudure.

— Une chaîne de montage, murmura Frizz. Comme dans les anciennes usines rouillées.

— Mais à beaucoup plus grande échelle, rectifia Hiro, grâce à ces mains téléguidées.

Aya acquiesça, se remémorant le nom que les Rouillés donnaient à cette organisation : la production de masse. Au lieu de fabriquer les choses à la demande, comme les fentes murales, les usines rouillées sortaient d'énormes quantités de *produits*. Ainsi, le monde entier était engagé dans une compétition frénétique pour épuiser ses ressources le plus rapidement possible.

Les cent premières années de production de masse avaient engendré une quantité de gadgets et d'objets inutiles comme jamais, inondé la planète de déchets divers et asséché ses ressources naturelles. Pire, elles incarnaient la période de transformation des gens en Extras : les ouvriers restaient assis toute la journée à répéter encore et toujours la même tâche, chacun n'étant qu'un minuscule rouage de la grande machine. Anonyme et invisible.

À mesure qu'ils approchaient du fond de la tente, la forme des pièces assemblées se dégageait progressivement. L'une d'elles était aussi haute que la fosse était profonde, avec des flancs incurvés qui s'élargissaient en son milieu. D'aspect aérodynamique, elle se terminait par une pointe fine. Des ailettes de contrôle en sortaient, à la manière d'ailerons de requins.

Aya se souvint de ses cours d'histoire – certaines choses ne s'oublient jamais – et réalisa que les projets des Inhumains ne nécessitaient ni catapultes électromagnétiques, ni matière adaptive, ni rien de plus perfectionné que la technologie traditionnelle des Rouillés.

Cette chose épouvantable qui se tenait sous ses yeux était un missile – un tueur de ville à l'ancienne, pur et simple.

Et toutes les cinq minutes, un autre sortait de la chaîne de montage.

MISSILE

— Oh, murmura Aya. J'avais raison, finalement.

Hiro acquiesça.

— J'aurais préféré que tu te sois trompée.

— Ça n'a pas de sens, protesta Frizz. Pourquoi se donner la peine de construire des catapultes électromagnétiques si c'est pour utiliser des missiles à l'ancienne ?

— Peut-être qu'un bombardement avec des blocs d'acier leur a paru trop simple, suggéra Hiro. Pense à tout ce que pouvaient transporter les missiles rouillés. Nanos, agents biochimiques, ou même têtes nucléaires.

Aya sentit sa gorge se nouer.

— Ce n'est pas la pénurie de métal qui est en jeu, ni même l'aplatissement de quelques villes. Il est question de...

— D'une élimination générale, acheva Hiro.

— Alors ils pilleraient les ruines du monde entier et enverraient le métal jusqu'ici avant de nous le renvoyer à la figure ? (Frizz secoua la tête.) N'est-ce pas se compliquer la vie ?

— Tu as entendu Fausto, lui rappela Hiro. Il n'y a pas meilleur endroit que l'équateur pour un tir en orbite.

Aya se sentit submergée par une vague de soulagement

coupable. Son histoire se voyait confirmée, si ce n'est qu'elle s'était montrée trop optimiste. Ogives nucléaires, nanos, agents biochimiques – quelle que soit la charge de ces missiles, elle serait cent fois pire qu'une simple chute de métal.

— Les Rouillés n'avaient besoin que d'un seul missile pour raser une ville, observa Frizz. Pourquoi en fabriquer autant ?

— L'humanité a survécu à la maladie du pétrole, dit Aya en frémissant. Peut-être tiennent-ils à s'assurer qu'il ne restera aucun survivant cette fois-ci.

— Il faut prévenir Tally, conclut Hiro.

— Comment ? interrogea Aya. Elle doit se trouver à plus d'un kilomètre. Et les Inhumains nous repéreront aussitôt si nous essayons de la joindre.

— Alors, retournons aux ruines et servons-nous de cette antenne pour claquer cette histoire sur le réseau mondial.

— Mais Tally nous a demandé de l'attendre !

— Elle s'imaginait que les affreux étaient peut-être dans le même camp qu'elle, rappela Hiro. Sauf qu'apparemment ils ne sont du côté de *personne*.

Frizz secoua la tête.

— Et si nous avions tout faux ? Es-tu prête à courir le risque de commettre deux fois la même erreur, Aya ?

Il la dévisageait, et Hiro également, comme si elle était responsable de la sauvegarde du monde. Mais c'était toujours son histoire, après tout. À tort ou à raison, on se rappellerait d'Aya Fuse comme celle qui l'aurait mise en ligne.

Elle soupira.

— D'accord. Avant de décider quoi que ce soit, il faut que nous soyons sûrs de nous. Allons examiner ça de plus près.

Dans la fosse en contrebas, trois drones suspenseurs s'étaient regroupés autour du missile flambant neuf. Tendant leurs doigts de métal, ils le firent basculer délicatement sur le côté et l'emportèrent hors de l'usine dans la nuit.

Aya scruta les ténèbres mais ne vit rien, à l'exception des tiges tordues fichées dans le sol.

— Personne à proximité.

— Ces drones doivent être automatiques, dit Hiro. Regardez où ils vont, fit-il en pointant une masse sombre.

Un bâtiment de haute taille se dressait à quelque distance. Beaucoup plus massif que les tentes, il était plongé dans le noir.

Hiro flotta dans cette direction ; Aya et Frizz s'accrochèrent à Moggle, et l'aérocam les entraîna au ras du sol entre les poutrelles.

— Curieux que nous ayons croisé si peu de gens, murmura Frizz.

— À cause des moustiques, j'imagine, supposa Aya. Sans nos combinaisons furtives, nous aurions été dévorés tout cru.

— Peut-être bien. Mais crois-tu que des gens qui se préparent à vitrifier la planète auraient des scrupules à employer un insecticide ?

Aya se remémora ce qu'elle avait aperçu de l'aérocar : une foule d'Inhumains progressant au mépris du vent et de la pluie. Pourtant, par cette nuit paisible, on ne voyait pas âme qui vive à l'extérieur. Étaient-ils donc tous occupés à fabriquer des armes ?

En arrivant devant le bâtiment obscur, les drones suspenseurs redressèrent lentement le missile en position verticale. Deux battants gigantesques s'écartèrent, dévoilant un vaste espace intérieur. Un éclairage orange se déversa sur le sol de terre battue.

Les drones franchirent le seuil avec le missile.

Les trois compagnons s'approchèrent et jetèrent un coup d'œil à l'intérieur.

— Il n'y a que des pièces détachées, dit Hiro à voix basse. Pas le moindre Inhumain en vue.

Les portes commencèrent à se refermer.

— Que fait-on ? demanda Frizz.

— Je veux en avoir le cœur net, dit Aya.

Elle longea l'un des battants, suivie de près par Hiro et Frizz. Ils se glissèrent à l'intérieur juste au moment où les portes se refermaient avec un boum ! qui résonna dans tout le bâtiment.

— Super, chuchota Frizz. Nous voilà piégés comme des rats.

Le missile se dressait devant eux, toujours maintenu par les trois drones suspenseurs.

Des dizaines de plateaux flottaient dans l'air, semblables aux drones de service qu'on voyait dans les fêtes, mais immobiles. Ils portaient des instruments, des outils, des éléments électroniques et des objets totalement inconnus d'Aya.

— Filme ça, ordonna-t-elle à Moggle.

— Ce doit être la dernière étape dans la chaîne de montage, dit Hiro. Celle où tout le travail minutieux s'effectue à la main.

— Dans ce cas, où sont les ouvriers ? s'enquit Frizz. Nous n'avons vu personne depuis la dernière tente.

— C'est vrai, il y a de quoi se poser des questions, concéda Hiro.

Un sifflement léger emplit la salle.

Frizz approuva de la tête.

— Tu l'as dit.

Aya leva les yeux : des flocons dégringolaient d'en haut, telle une neige brillante. Près du plafond, un essaim de drones s'employait à les diffuser.

Elle attrapa un flocon et le regarda se dissoudre au creux de sa paume. À travers son gant, elle n'aurait su dire s'il était chaud ou froid.

— Sans doute une sorte de mousse anti-incendie, suggéra Hiro.

Aya fronça les sourcils.

— Il n'y a aucun feu nulle part.

— Ils sont peut-être très pointilleux sur la sécurité.

— Je ne crois pas qu'il s'agisse d'une mesure de sécurité, dit Frizz. Regardez-nous.

Aya se tourna vers Frizz, et écarquilla les yeux. Des taches scintillantes s'étalaient partout sur sa combinaison furtive. Elle vit un flocon se déposer sur son épaule et former une traînée blanche en fondant. Ses propres bras étaient mouchetés de blanc.

— Vous êtes parfaitement visibles tous les deux. (Hiro baissa les yeux sur lui-même.) Et moi aussi !

Frizz secoua la tête.

— Ils savaient que nous portions des combinaisons furtives !

— Cela signifie qu'ils savent où nous sommes... commença de dire Aya.

Sa voix mourut. Les trois drones suspenseurs s'étaient détachés du missile. Pivotant d'un bloc, ils convergèrent sur les trois compagnons.

Et leurs doigts démesurés s'ouvrirent en grand...

MAINS

— Moggle, appela Aya. J'ai besoin de toi !

Hiro filait déjà vers le plafond. L'un des drones obliqua pour le suivre tandis que les deux autres continuaient vers Aya et Frizz.

— Saute ! s'exclama Frizz, qui lui saisit la main avant de s'arracher au sol d'un violent coup de talons.

Ils s'envolèrent dans les airs en tournoyant follement l'un autour de l'autre, pareils à deux ballons d'aéroball liés ensemble. La neige volait autour d'eux, tel un blizzard scintillant.

— Lâche… maintenant ! cria Frizz.

Il ouvrit la main, et ils s'éloignèrent dans deux directions opposées. Les drones passèrent entre eux, les ratant de quelques centimètres.

Aya vit une portion de mur se rapprocher d'elle. Elle ploya les genoux et détendit les deux jambes de toutes ses forces. Le métal résonna et trembla sous l'impact de ses pieds tandis qu'elle repartait dans l'autre sens.

— Viens, Moggle ! hurla Aya.

L'aérocam oscillait dans les airs en contrebas, sa peinture noir mat constellée de points blancs. Elle se tourna en tous sens, hésitante, comme si la brillance des flocons avait affecté sa vision.

— Par ici ! ajouta Aya.

Un drone venait sur elle, les doigts ouverts...

Moggle cueillit Aya et la propulsa hors d'atteinte. Elle se plia en deux avec un grognement. Refermant les bras autour de l'aérocam, elle chercha désespérément une prise sur sa coque lisse. La main géante les suivit mais, davantage conçue pour transporter de lourdes charges que pour chasser des fugitifs, elle fut lente à virer.

— Grimpe ! Vite ! s'écria Aya.

L'aérocam obéit et la catapulta vers le plafond. Les doigts du drone se refermèrent dans le vide juste sous ses pieds.

Hiro la croisa dans l'autre sens, les deux mains jointes à la manière d'un plongeur. Sa combinaison furtive était presque blanche désormais, constellation de taches scintillantes en forme d'Hiro. Un autre drone le poursuivait de près, soulevant des tourbillons de neige dans son sillage.

— Frizz ? appela Aya en faisant un tour d'horizon.

Il enchaînait les saltos, une main géante à quelques mètres derrière lui.

— Par là, Moggle ! cria-t-elle. (L'aérocam frémit entre ses bras, partit dans plusieurs directions successives, faillit lui échapper des mains puis s'éleva droit vers le plafond.) Non, pas en *haut* !

Elle entendit Frizz crier. Il avait rebondi contre le mur, et se dirigeait malgré lui vers les doigts tendus du drone. La main se referma sur sa forme gesticulante.

— Hiro ! glapit-elle. Il faut aider Frizz !

— Je ne peux pas ! lui lança-t-il en agitant avec

frénésie bras et jambes. Il y a quelque chose qui cloche avec mon attirail !

— Descends, Moggle ! hurla Aya. Tout de suite !

L'aérocam finit par lui obéir et tomba comme une pierre. Aya, entraînée dans sa chute, se cogna bruyamment la cheville contre la paume ouverte de son poursuivant. Des points rouges dansèrent sous ses paupières. Quand sa vision s'éclaircit de nouveau, Moggle plongeait toujours, droit vers le sol.

— Pas si vite !

Mais soudain, l'aérocam ne fut plus qu'un bloc de métal inerte entre ses mains : elle l'entraînait en direction de la terre battue.

— Moggle ! cria Aya. Réveille-toi !

Il n'y eut pas de réponse, et Aya lâcha prise. Elle se prépara à rebondir une fois de plus, mais les plaques de sa combinaison d'aéroball ne répondaient pas plus que Moggle.

Le sol se rua vers elle comme un gigantesque poing, et un choc sourd l'ébranla de la tête aux pieds.

Et pendant un long moment, Aya se retrouva à nager dans un océan de noirceur…

UN VIEIL AMI

Quelque chose de dur l'écrasait, lui comprimait les poumons. Le sol, réalisa-t-elle. Elle était couchée sur la terre battue, et chaque respiration lui fouaillait les côtes à la manière d'un coup de couteau.

— Aya ?

Elle ouvrit les yeux et se retourna péniblement. Un visage indistinct se penchait sur elle, ne laissant apparaître que des plaques grises à l'emplacement de la bouche et des yeux, mouchetées de points blancs scintillants… le masque d'une combinaison furtive.

— Frizz ? dit-elle, avant de lâcher un hoquet de douleur. Que s'est-il passé ?

— On dirait qu'ils nous ont eus.

Les dernières minutes lui revinrent en mémoire. Elle sentit sa combinaison furtive, sans doute endommagée par sa chute, hésiter entre plusieurs textures. Mais son blindage lui avait probablement épargné d'autres blessures beaucoup plus graves.

— Vous allez bien, tous les deux ? fit-elle.

— Ça va, répondit Hiro. Tu as fait une sacrée chute.

— Tu crois ? maugréa-t-elle. J'ai l'impression que Moggle est tombée en panne.

Frizz hocha la tête.

— Hiro a eu le même problème avec sa combinaison.

— Votre aérocam n'est pas endommagée, déclara en anglais une voix étrange.

Aya se redressa et chercha des yeux qui avait parlé. Mais elle ne vit personne en dehors de Frizz et d'Hiro.

De là où ils se trouvaient, sur le sol de l'immense bâtiment à l'éclairage orange, le missile inachevé les dominait de toute sa masse. Les trois drones suspenseurs gisaient dans la poussière, doigts en l'air comme les pattes d'une araignée morte.

La neige brillante avait cessé de tomber, mais le sol scintillait encore, ainsi que Frizz, Hiro et Aya. Jusqu'alors invisibles, ils étaient devenus de véritables vers luisants.

— Les affreux ont brouillé le champ magnétique de cette salle, chuchota Hiro. Nous avons retrouvé notre poids normal.

— J'avais remarqué, dit-elle.

Après avoir flotté toute la journée en combinaison d'aéroball, Aya avait la sensation de peser une tonne.

— Toutes nos excuses si vous vous êtes fait mal, reprit la voix étrange. Mais nous savons à quel point vous pouvez être dangereux.

Aya battit des cils en découvrant finalement la source de ces paroles. Elle gisait sur le sol, à moins d'un mètre de distance.

— Moggle ? souffla-t-elle.

— Pardonnez les modifications que nous avons fait subir à votre aérocam, s'excusa celle-ci avec sa nouvelle voix aussi étrange qu'inattendue. Nous l'avons trouvée dans la jungle en bien mauvais état. En la réparant, nous lui avons installé cette puce vocale.

Aya grogna, en se rappelant ses retrouvailles avec Moggle dans les ruines. Pour une fois l'aérocam ne l'avait pas éblouie avec ses feux, ce qui ne lui ressemblait pas du tout.

— Nous comptions bien que vous chercheriez à la récupérer, continua la voix. Et que nous aurions ainsi l'occasion de discuter avec vous.

— Vous nous avez espionnés tout ce temps ! s'indigna Aya.

— Mille excuses pour cette supercherie, ainsi que pour vos blessures. Il était nécessaire de vous neutraliser temporairement et de vous conduire dans un environnement sous contrôle.

— Un environnement sous contrôle ? ricana Aya. Une prison, quoi !

— Bien sûr que non ! protesta la nouvelle voix de Moggle. Vous êtes nos invités. Notre collègue vous transmet ses remerciements, soit dit en passant. Votre aérocam lui a sauvé la vie quand il est tombé des ruines.

— Drôle de façon de nous manifester sa gratitude !

Aya s'assit bien droit, et une vive douleur lui vrilla le dos.

— Si vous voulez bien entendre nos explications, je crois que vous découvrirez que nos objectifs et les vôtres sont complémentaires.

Aya s'esclaffa.

— Désolée, mais nos objectifs n'incluent pas l'anéantissement du monde !

La voix marqua une pause, puis répondit :

— C'est regrettable, mais je crains que vous n'ayez

été induits en erreur par des enfants mal informés. Vous devriez peut-être écouter un vieil ami.

Aya fronça les sourcils. Un vieil ami ? Pour qui la prenaient-ils ? Et pourquoi s'adresser à elle en anglais, de toute façon ?

Un grondement parcourut le bâtiment, et les gigantesques portes s'entrebâillèrent. À travers l'ouverture, Aya vit flotter plusieurs Inhumains, les aiguilles prêtes.

Devant eux se dressait un homme à l'allure étrange, hirsute et dépenaillé. Il se glissa entre les deux battants, que l'on s'empressa de refermer derrière lui.

Aya n'avait jamais vu quelqu'un d'aussi hideux. Sa peau était tannée par le soleil, et ses traits déformés. Le sourire radieux qu'il lui adressa dévoila une incroyable rangée de dents toutes de guingois.

Riant, il lui lança en anglais :

— Je savais que tu viendrais me délivrer, Jeune Sang !

— Heu, je ne crois pas qu'on se connaisse, avoua Aya. Et comment m'avez-vous appelée ?

— Ta voix… (Il s'approcha plus près, et son regard les détailla tous les trois.) Veux-tu me montrer ton visage, Jeune Sang ?

Un petit rire douloureux secoua Aya.

— Oh, vous me prenez pour… ?

— Ce n'est pas Tally Youngblood ! explosa Frizz. (Il se tourna vers Aya :) Les affreux nous ont pris pour des Scarificateurs.

Frizz abaissa son capuchon. Aya fit de même et, après une brève hésitation, Hiro soupira et les imita.

L'homme les dévisagea tous les trois, abasourdi.

— Vous voyez ? dit Aya. Je ne crois pas que nous nous soyons déjà rencontrés.

Elle s'inclina aussi profondément que ses côtes meurtries voulurent bien le lui permettre.

— Mon nom est Aya Fuse.

— Mais, vous... bredouilla l'homme en indiquant ses propres haillons crasseux. Vous portez la tenue des Shaysals, et les hommes flottants m'ont dit que vous étiez venus pour me sauver. Pourtant, vous n'avez pas des visages de Shaysals !

— Effectivement, convint la nouvelle voix de Moggle. Il semble que nous ayons commis une erreur.

Aya acquiesça.

— Nous ne sommes pas des Scarificateurs, mais nous sommes des amis de Tally.

— Jeune Sang est aussi une vieille amie à moi !

L'homme sourit et lui posa la main sur l'épaule.

— Je m'appelle Andrew Simpson Smith.

D'UNE PIERRE DEUX COUPS

Tout commençait à s'emboîter. Plus ou moins.

Peu après le retour de leur aérocar en pilotage automatique, les Inhumains avaient dû se rendre compte que Tally Youngblood avait débarqué. Qui d'autre que des Specials aurait sauté au-dessus de la jungle ? Et Frizz, au fond, avait donné son nom à Udzir. Voilà qui expliquait pourquoi les Inhumains avaient laissé Aya, Frizz et Hiro explorer leur camp, sans oser les affronter, attendant qu'ils soient pris au piège pour leur tomber dessus. Dans leurs combinaisons furtives, ils ressemblaient en tout point à des Scarificateurs.

Mais il restait toutefois un détail à éclaircir…

— Comment se fait-il que vous connaissiez Tally ? Et que faites-vous ici ?

Andrew Simpson Smith sourit avec fierté.

— Jeune Sang est tombée du ciel près de mon village, voilà trois ans et demi.

— Tombée du ciel, répéta Aya. Près de votre village ?

Andrew approuva de la tête.

— C'est très loin d'ici. Au milieu des petits hommes.

— Les petits hommes, hein ? fit Aya.

Elle l'examina de plus près. Avait-il subi une opération pour que ses dents se chevauchent à ce point ? Et de petites touffes de fourrure s'accrochaient à ses vêtements, comme si on avait découpé ces derniers dans la peau d'une bête crevée.

— Vous faites partie d'un groupe de recréation des Pré-Rouillés, c'est ça ? ajouta-t-elle.

La perplexité assombrit le visage de l'homme.

— Je ne comprends pas. Peut-être ne parlez-vous pas le langage des dieux aussi bien que moi ? (Il se pencha plus près.) Beaucoup parmi les hommes flottants ne le parlent pas très bien non plus.

Avec un soupir, Aya résolut de s'en tenir à des phrases simples.

— Êtes-vous de la même ville que Tally ?

— Mon peuple vit dans la nature, répondit Andrew d'un ton ferme. Mais désormais, nous connaissons la voie des aimants et des autres magies. Nous aidons Jeune Sang à surveiller les villes, à s'assurer qu'elles ne fassent pas de mal à la Terre. C'est ainsi que j'ai rencontré les hommes flottants.

Aya acquiesça.

— Elle disait qu'un de ses amis s'était fait kidnapper par les affreux. C'était vous ?

— Oui, dit-il, avant d'ajouter à voix basse : Ils n'aiment pas qu'on les espionne.

Moggle reprit la parole :

— Andrew, peut-être pourrais-tu expliquer ce que tu as appris à notre sujet.

Aya leva les yeux au ciel. Les Inhumains croyaient-ils

vraiment que cet illuminé à l'allure pré-rouillée la persuaderait de quoi que ce soit ?

Mais l'homme acquiesça d'un air sagace.

— Sais-tu quelle est la forme du monde, Aya ?

— Heu, je vous demande pardon ?

— Il n'est pas plat, contrairement aux apparences. Mais rond comme une boule.

Hiro éclata de rire, mais Frizz s'inclina et dit :

— Oui, on nous en avait déjà parlé.

— Vous êtes sages, dans ce cas. (Andrew s'accroupit auprès de Moggle et posa un doigt crasseux sur sa coque noire et renflée.) Chacun de nous vit à la surface de cette boule. Et nous sommes de plus en plus nombreux – plus de gens, plus de villes, moins de nature.

Frizz s'accroupit à côté de lui.

— Nous sommes au courant. Nous appelons ça l'expansion.

— L'expansion. (Andrew hocha la tête.) Le mot divin pour devenir plus grand. Sauf que la boule du monde ne grandit pas.

— Eh non, reconnut Frizz. Il faut nous contenter de ce que nous avons.

Andrew sourit.

— C'est là que les hommes flottants ont été malins. Et si nous construisions une nouvelle ville… *ici* ?

Son doigt s'éleva en l'air et demeura suspendu à quelques centimètres de Moggle.

Frizz demeura muet un moment, puis demanda :

— Dans l'espace ?

Andrew approuva, écartant les mains comme pour les réchauffer au-dessus de l'aérocam.

— Il existe un endroit appelé *orbite*. Un anneau qui entoure le monde.

— Je n'en crois pas mes oreilles, murmura Hiro.

Andrew gloussa.

— C'est difficile au début, je sais. Mais Jeune Sang m'a appris que le monde n'avait ni frontière ni fin. Il faut apprendre à voir au-delà des petits hommes.

— Les petits hommes ? répéta Hiro.

Frizz leva les yeux vers la forme métallique fuselée qui les surplombait.

— Tu ne t'étais pas trompée tout à l'heure, Aya, devant la chaîne de montage. Tu disais que ça te faisait penser à une coque !

Aya contempla le missile et secoua la tête.

— Pourtant, ça ressemble exactement à ces anciennes armes rouillées !

— Les Rouillés n'avaient pas qu'un seul rêve, observa une voix Inhumaine.

Aya réalisa que ce n'était pas Moggle qui avait parlé, et pivota sur ses talons. Udzir et deux autres Inhumains flottaient au-dessus d'elle.

— Après l'invention des premiers tueurs de villes, poursuivit-il, leur conception rudimentaire fut améliorée afin d'envoyer des gens dans l'espace. Mort et espoir en une seule et même machine !

— C'est de ça qu'il est question ? demanda-t-elle. De l'espace ?

— Voilà pourquoi vous êtes tous aussi nuls en combinaison d'aéroball ! s'exclama Hiro. Vous ne vous en servez pas pour vous déplacer plus vite – mais pour vous entraîner à évoluer en apesanteur !

— Alors vous aussi, vous croyez à l'orbite ! s'écria joyeusement Andrew. Un lieu où tout le monde flotte !

Aya ferma les yeux, se rappelant leur progression à travers la jungle.

— Cela explique aussi cette apparence monstrueuse. En apesanteur, les pieds sont inutiles. Voilà pourquoi vous vous êtes dotés de mains supplémentaires.

Udzir fronça les sourcils, lévitant sur place.

— Nous ne sommes pas des monstres, Aya Fuse. Chacune de nos transformations nous rend plus adaptés à notre nouvel environnement. Nous sommes les premiers extraterrestres. (Il s'inclina.) Nous nous sommes donné le nom d'Extras.

Aya se retint à grand-peine d'éclater de rire.

— Je vous assure que c'est tout à fait sérieux, déclara Udzir d'un ton sévère.

— Désolée, c'est juste que dans ma ville, « Extra » veut dire… bah, peu importe.

— Vous êtes donc *bien* dans le même camp que Tally, dit Frizz. Tout ce métal va quitter la Terre pour de bon.

Udzir fit oui de la tête.

— D'une pierre deux coups. Nous freinons l'expansion ici, sur Terre, et la redirigeons vers l'espace. Il est temps pour l'humanité de quitter son berceau.

— Vous comptez rester en orbite ? s'étonna Frizz. Vous ne partez pas pour une autre planète ?

— Habitats orbitaux permanents, confirma Udzir. Suffisamment proches de la Terre pour être approvisionnés grâce aux catapultes électromagnétiques, assez près du soleil pour capter de l'énergie solaire en abondance. Avec des écosystèmes miniatures pour le recyclage de l'eau et de l'oxygène.

— Les Rouillés n'ont pas réussi à se sauver de cette manière, reconnut un autre Extra. Ils étaient empêtrés par leur nombre et leurs conflits. Mais l'humanité est plus modeste et plus unie désormais : une nouvelle chance nous est offerte.

— À moins que Tally Youngblood et les Scarificateurs ne viennent tout gâcher, ajouta Udzir en se tournant vers Aya. À cause de toi.

— De moi ? s'indigna Aya. Pourquoi avoir dissimulé à tout le monde ce que vous maniganciez ? Si vous ne vous étiez pas cachés là pour vous mettre à kidnapper des gens, je vous parie que Tally-wa serait totalement de votre côté !

— Nous avons un grand respect pour Tally Youngblood, dit Udzir. Mais nous ne pouvions pas dévoiler nos plans. Crois-tu que les villes nous auraient permis de nous approprier tout ce métal ? Ou de construire une flotte de fusées facile à convertir en tueurs de villes ?

— Vous feriez mieux d'appeler Tally maintenant et de tout lui expliquer, suggéra Frizz. Elle est probablement déjà ici. Et en voyant ces fusées, elle risque de s'imaginer la même chose que nous !

— Elle a refusé de nous écouter jusqu'ici, avoua Udzir. Nous espérions que tu accepterais de nous aider, Aya Fuse.

Aya finit par acquiescer, débarrassée de ses derniers doutes. Les Extras ne projetaient pas d'anéantir le monde ; ils essayaient de le sauver. Les combinaisons zéro G, leurs orteils de singes, la fusée qui la surplombait – tous les éléments de l'histoire collaient enfin.

L'histoire la plus dingue depuis le déferlement d'intelligence…

— Je veux bien essayer, dit-elle. Mais à une condition : que vous me rendiez mon aérocam.

— J'aurais dû m'en douter, soupira Udzir.

Il fit un signe de la main. Aya sentit ses membres s'alléger : sa combinaison s'était remise en marche. Hiro s'éleva dans les airs tandis que Moggle s'arrachait péniblement du sol.

— C'est vraiment toi ? lui demanda Aya.

Moggle lui alluma ses feux en pleine figure.

Elle sourit, battit des paupières pour dissiper l'éblouissement et alluma son écran oculaire.

— Tally-wa ? Tu es dans le coin ? J'ai des nouvelles pour toi.

Il n'y eut pas de réponse.

Aya secoua la tête.

— Elle doit se trouver à plus d'un kilomètre. Pouvez-vous amplifier mon signal ?

— Nous pouvons essayer, répondit Udzir. Mais si ton appel transite par notre réseau, Tally risque de croire à une…

Sa voix mourut.

À l'extérieur, un grondement sourd roulait dans la nuit, pareil à un coup de tonnerre. Aya sentit le sol vibrer sous ses pieds, et les murs du bâtiment tremblèrent. Le mugissement d'une alarme s'éleva dans le lointain.

— Ça, c'est signé Jeune Sang, dit Andrew d'une voix douce, et Aya acquiesça.

Tally avait enfin trouvé quelque chose à faire sauter.

INCENDIE

— Viens, Aya ! s'écria Hiro en tendant la main à sa sœur. C'est moi le plus rapide ici.

Elle attrapa sa main gantée et cria :

— Moggle, charge-toi de Frizz !

Les gigantesques portes s'ouvraient déjà. Hiro tira Aya, et ils foncèrent vers l'entrebâillement. La souffrance explosa dans ses côtes.

— Ralentis ! souffla-t-elle.

— Désolé, petite sœur, s'excusa Hiro. Mais le temps presse !

Il jaillit dans la nuit et entama un virage serré. Aya lâcha un hoquet de douleur.

— Tu devrais peut-être filer devant, grogna-t-elle. Tu iras plus vite sans moi.

— Ton anglais est meilleur que le mien. Et Tally t'écoutera !

— Tu parles, elle me déteste ! Elle me trouve idiote, de toute façon.

Il rit.

— J'en doute, Aya. Et elle sera bien obligée de te croire Tu ne changerais pas d'avis au sujet des affreux à moins d'être archi-sûre de toi.

— Parce que ça voudrait dire que je me suis trompée de bout en bout ? cria-t-elle.

— Exactement, confirma-t-il, avant de pointer sa main libre. Oh ! oh !

Une succession d'éclairs embrasa l'horizon, suivie quelques secondes plus tard par un tonnerre de détonations. Des nuages de fumée s'élevèrent dans la nuit, rougeoyant à la lueur des flammes. On aurait cru à une fête de résidence, sauf que le grondement des explosions était autrement plus grave que le crépitement des feux d'artifice.

— Je suppose que c'est là que les Extras entreposent leurs fusées, dit Hiro.

Aya ne put que grommeler. Hiro zigzaguait entre les silhouettes flottantes des Extras qui sortaient de leurs cachettes ; son poignet la brûlait, et ses côtes lui faisaient souffrir le martyre à chaque virage.

Des aérocars s'élevaient dans les airs tout autour d'eux. Quelques-uns les dépassèrent dans un rugissement de rotors, fonçant vers les éclairs au loin.

— Ça chauffe, s'inquiéta Hiro. Ça va tourner à la bataille rangée si nous n'intervenons pas bientôt.

Aya acquiesça, et plia son annulaire.

— Tally-wa ! C'est moi !

— Nous sommes encore trop loin, s'écria-t-il.

Il plongea vers les poutrelles qui dépassaient du sol. Aya les sentait défiler sous ses pieds, repoussées par l'aimantation de la combinaison d'Hiro. Chaque nouvelle accélération menaçait de lui déboîter l'épaule.

Les bâtiments et les tentes de montage disparurent derrière eux. Hiro les fit s'engager au-dessus d'une large plaine déboisée, entièrement plate à l'exception des poutrelles.

— Regarde ! cria Hiro en indiquant le sol de sa main libre.

De gigantesques traces de brûlures noircissaient le sol, et Aya sentit une odeur de brûlé monter à ses narines.

— C'est là qu'ils doivent tester leurs fusées, hurla-t-elle.

— J'espère que ça veut dire que nous ne sommes plus très loin !

L'air même ondulait autour d'eux à présent. Aya percevait le grondement des explosions jusque dans ses os. Les éclairs projetaient de longues ombres au pied des poutrelles, et la fumée recouvrait la moitié du ciel.

— Aya ? fit la voix de Frizz dans son oreille. Moggle et moi sommes juste derrière vous. (Il se reprit.) Enfin, pas *tout à fait* derrière. Hiro vole comme un cinglé. Mais nous faisons aussi vite que possible.

— D'accord, Frizz. Assure-toi que Moggle prenne de bonnes… Ouille !

Hiro venait d'infléchir brutalement sa trajectoire vers le haut, sans considération pour les pauvres côtes d'Aya. Un immense mur noir se dressait devant eux, s'étirant à perte de vue. Ils l'évitèrent de justesse et débouchèrent au-dessus d'une portion de jungle en proie à un violent incendie.

Ce n'était pas la jungle, réalisa Aya, mais un immense filet de camouflage tendu sous eux, rehaussé de lianes et de fougères. Les flammes étaient bien réelles, par contre ; elles grondaient par plaques à travers le filet sombre, soulevant une vague de chaleur et de fumée qui piquait les yeux.

Aux endroits où le camouflage avait brûlé, Aya vit des flèches de fusées pointer au-dessus des mailles, noircies et à demi fondues.

Hiro et elle s'envolèrent au-dessus des flammes, emportés par l'élan de leur ascension, mais se mirent bientôt à retomber.

— Les combinaisons ! s'écria Aya, s'empressant de rabattre son capuchon de sa main libre.

Elle vit Hiro plier le bras pour l'imiter.

Ils s'enfoncèrent dans le brasier en plongeant au ras des fusées de métal, brassant des tourbillons de fumée dans leur sillage. L'air surchauffé emplit les poumons d'Aya, qui sentit roussir ses cheveux hors de son capuchon. Même à travers le blindage de sa combinaison, sa peau lui cuisait.

Mais Hiro leur fit reprendre de la hauteur. Aya baissa les yeux : des fusées par centaines s'étalaient dans toutes les directions.

Une douzaine d'aérocars survolaient l'incendie, en vaporisant de la neige carbonique un peu partout. Mais de nouveaux foyers d'incendie se déclaraient trop vite pour être combattus.

Un grand boum ! résonna dans la nuit, faisant trembler Aya. Elle vit l'onde de choc se propager, cercle de flammes et de fumée qui allait en s'élargissant. Au centre se dressait la carcasse d'une fusée, qui se froissa avant de basculer lentement…

L'engin s'écrasa dans un concert de crissements métalliques, en déversant une vague de flammes sur le sol. Son carburant se répandit jusqu'au pied du vaisseau suivant, qui s'embrasa comme une torche.

Aya détourna les yeux, replia l'annulaire et cria :

— Tally !

Le nom avait fusé, à peine audible, de ses poumons enfumés. Mais un instant plus tard, une réponse ténue lui parvenait à travers le tumulte.

— … Aya ?

— Tally-wa ! croassa-t-elle. C'est moi !

— Pourquoi n'es-tu pas restée dans les ruines ? C'est dangereux par ici !

Aya toussa.

— J'avais remarqué !

Hiro et elle redescendaient vers la mer de flammes et de fumée, tels des galets ricochant sur l'eau.

— Il faut que tu arrêtes ! dit-elle, très vite. Je m'étais trompée à propos de…

Le feu enveloppa de nouveau Aya et la fit tousser. Elle ne distinguait plus rien à travers la fumée hormis les formes sombres des fusées des Extras. La combinaison furtive se raidissait contre sa peau, sa surface blindée se fissurait sous la chaleur.

— Où es-tu, Aya ? fit la voix de Tally, qui se renforçait.

Aya sentit la poigne d'Hiro se resserrer, et il l'arracha une fois de plus à la fumée.

— Au-dessus des fusées !

— Quelles fusées ?

Aya toussa encore une fois, maudissant sa stupidité.

— Les *missiles* ! Je vole juste au-dessus. Sauf que ce ne sont pas des missiles !

— As-tu perdu la tête ? rugit Tally. Tire-toi d'ici !

— J'ai l'impression qu'elle est par là, dit Hiro en entraînant Aya dans un virage serré.

Ils virèrent au-dessus des pointes coniques des

fusées, bien à plat, Hiro étant enfin parvenu à contrôler ses rebonds.

Un autre boum ! assourdissant retentit, plus près, chassant l'air des poumons d'Aya. Elle lâcha la main d'Hiro et poursuivit tout droit sa course à zéro G, souffletée par les rafales de l'incendie et les champs magnétiques.

— Arrête-toi, Tally ! hurla Aya en jouan avec le vent, comme une Rusée sur le toit d'un train magnétique, pour revenir vers Hiro. Attends-nous, et je t'expliquerai tout.

— Certains de ces missiles ont déjà le plein de carburant ! dit Tally. Ils peuvent partir à n'importe quel moment !

— Mais ce ne sont pas des missiles ! Ce sont des fusées ! Arrête de tout faire sauter et laisse-moi t'expliquer !

— Oublie ça ! cria Tally. *Un seul* de ces missiles peut signifier la mort pour toute une ville. Et maintenant, *tire-toi* !

Hiro arriva vers Aya et lui tendit la main, mais elle se détourna et il la dépassa.

— Si tu refuses d'arrêter les dégâts, je reste là, déclara-t-elle tranquillement. Tu me feras sauter avec le reste !

— Je ne vais pas sacrifier des villes entières pour toi, dit Tally. Et puis je te connais, Aya-la : tu sauveras ta peau. Je te donne dix secondes.

— Je ne bougerai pas ! hurla-t-elle.

— C'est ce qu'on verra.

Hiro avait fait demi-tour et revenait à la charge, main tendue. Aya sanglota de dépit. Qui pourrait croire au sacrifice d'une Ugly falsificatrice comme elle ?

— Je suis là aussi, intervint une autre voix. Et moi non plus, je ne bougerai pas.

— Frizz ? dit Tally. Vous avez *tous* perdu la tête, ou quoi ?

— Les Extras n'ont pas l'intention de tuer qui que ce soit, déclara-t-il fermement.

— Et si tu te trompais ? cria Tally.

— J'en suis certain, insista Frizz. Et tu sais que je ne mens pas, Tally.

Hiro attrapa Aya par la main et la tira loin des flammes. Elle se débattit, cherchant Frizz du regard. Il était là, cramponné à Moggle, quasiment au centre du terrain, dans sa combinaison furtive scintillante à peine visible devant l'incendie.

— Tally, je t'en prie, sanglota-t-elle. Il est sérieux !

Tally poussa un long soupir, puis dit :

— Amène-toi, Aya-la. Tu as deux minutes pour me convaincre.

Une fusée de signalisation s'éleva à l'horizon. Hiro se dirigea vers elle.

DEUXIÈME CHANCE

Deux silhouettes en combinaison furtive attendaient à l'orée de la jungle, perchées sur le haut mur qui entourait la flotte des Extras.

Tally rabattit son capuchon tandis qu'ils se posaient. Ses yeux noirs brillaient à la lueur de l'incendie.

— Fausto et Shay attendent notre signal. Dans quatre-vingt-dix secondes, ils lanceront d'autres bombes sauf si je leur dis de n'en rien faire. Alors, explique-toi.

Aya sentit sa gorge se nouer :

— Les Extras… je veux dire, les Inhumains, ne sont pas du tout ce que nous pensions.

— Dans ce cas, pourquoi tous ces missiles ? demanda David en abaissant son capuchon à son tour.

— Ce ne sont pas des missiles, mais des fusées.

Tally fronça les sourcils.

— Des *fusées* ?

— Tout concorde, Tally-wa. Tout ce qu'on a découvert ! Le métal qu'ils récupèrent dans le monde entier ! Le fait qu'ils flottent dans les airs ! Et ces mains supplémentaires… parce qu'ils n'auront pas besoin de pieds là-haut !

Hiro lui prit la main et marmonna :

— Ralentis un peu, Aya.

— Ou au moins, sois plus claire, lui conseilla Tally. Il ne te reste que soixante-dix secondes.

Aya ferma les yeux, tâchant de rassembler mentalement les morceaux de son histoire. D'autres éléments s'emboîtaient désormais, toutes les pistes qu'elle avait suivies depuis ses premiers pas dans le repaire secret sous la montagne.

— Quand j'ai testé ce cylindre pour mon histoire, la matière adaptive était programmée pour le guider jusqu'en orbite… mais pas pour redescendre. Tu te souviens des paroles de Fausto ? Il disait qu'une catapulte électromagnétique conviendrait parfaitement pour envoyer à jamais les cylindres dans l'espace. C'est bien ce que font les affreux. Sauf qu'ils ne cherchent pas à priver le monde de ses ressources – mais à les *utiliser* là-haut.

— À les utiliser pour quoi ? demanda Tally.

— Pour y vivre. C'est ton ami Andrew qui nous l'a expliqué ! Ils ont l'intention de construire des habitats orbitaux grâce à tout ce métal et à cette matière adaptive. Les catapultes électromagnétiques leur servent à s'envoyer les matériaux bruts.

— Toutes les montagnes que nous avons explorées étaient vides, observa David. Parce qu'ils avaient déjà envoyé le métal en orbite ?

Aya hocha la tête, en indiquant le terrain en flammes.

— Et ces fusées sont là pour les emporter dans l'espace. Une catapulte électromagnétique tuerait ses passagers, à pleine vitesse ; c'est ce que disaient les Rusées. Voilà pourquoi ils ont construit cette base ici, au niveau de l'équateur, à l'endroit idéal pour se mettre en orbite.

— Et ces combinaisons d'aéroball qu'ils portent, ajouta Hiro dans un anglais d'une lenteur exaspérante, c'est pour s'entraîner à évoluer en apesanteur.

— En orbite, où une paire de mains supplémentaires leur sera beaucoup plus utile que des pieds, dit David. (Il se tourna vers Tally :) Encore vingt-cinq secondes.

Aya vit le doute s'installer sur le beau visage cruel de Tally. Selon Frizz, Tally ne s'était jamais fait soigner le cerveau. Elle était *programmée* à mépriser quiconque n'était pas Special, à croire l'humanité perpétuellement encline à détruire la planète. Et si son opération lui interdisait de prendre conscience du véritable objectif des Extras ?

Comme Udzir l'avait dit, les fusées représentaient aussi bien la mort que l'espoir – tout dépendait de la façon de les voir. Sans être Special, Aya elle-même n'avait-elle pas imaginé le pire avant qu'Andrew lui ouvre les yeux ? Abusée par son éducation et sa propre présentation des faits, ne s'était-elle pas persuadée que les Extras tramaient la fin du monde ?

Quand on vous répète inlassablement une histoire, il devient si facile d'y croire envers et contre tout...

Tally secoua la tête, les yeux clos.

— Si nous laissons faire, même pendant quelques minutes, ils pourraient lancer suffisamment de ces trucs pour faire exploser la planète.

David lui posa la main sur l'épaule.

— Pourquoi commettraient-ils une chose pareille ? Même les Rouillés ne l'ont pas fait. Ils avaient construit les missiles, les avaient pointés...

Tally ouvrit les yeux.

— Mais ils n'ont jamais appuyé sur le bouton. Shay ! Fausto !

— Oui, on a entendu, fit la voix de Shay. Plus de bombes pour aujourd'hui.

Aya lâcha un long, un profond soupir.

Tally se retourna vers la flotte des Extras, et ses traits se radoucirent. Le filet de camouflage continuait à brûler, et toutes les fusées étaient noires de suie. Mais seules quelques-unes étaient entièrement détruites, couchées sur le flanc, vomissant des flots de carburant qui s'écoulaient dans la nuit comme des rivières de feu.

Il en restait des centaines, peut-être des milliers. De quoi envoyer une ville entière en orbite.

— O.K., les Scarificateurs, annonça Tally d'une voix lasse. Et si nous leur donnions un coup de main ?

— Pourquoi pas ? répondit Shay. Éteindre les incendies, c'est presque aussi drôle que les allumer !

Tally remonta le capuchon sur son visage, puis grimpa sur sa planche magnétique. Sa combinaison furtive prit une couleur orange vif, pareille à une tenue de pompier, et elle s'élança au-dessus du terrain.

Aya vit deux autres planches s'élever de la forêt de formes métalliques. Elles se joignirent aux aérocars des Extras, noyant les derniers bouts de filet sous la neige carbonique, arrosant les fusées dont le carburant enflammé se rapprochait dangereusement.

— Ils ont déboisé tout le périmètre, dit David. Une fois que ce filet de camouflage aura fini de brûler, le feu s'éteindra de lui-même. (Il remonta son capuchon.) Mais attendez-nous quand même ici. Vous m'avez l'air bien assez roussis pour cette nuit.

Aya acquiesça sans un mot. Sa combinaison furtive craquait à chacun de ses gestes ; ses écailles avaient fondu, et leur couleur était définitivement figée sur le rouge-gris des flammes et de la fumée.

— Dis à Tally que ce n'était pas sa faute, fit Aya à David. Nous avons cru la même chose qu'elle.

Il haussa les épaules.

— Pas étonnant. Les Rouillés ont failli détruire le monde dans lequel nous avons grandi. On a parfois du mal à se rappeler qu'ils faisaient autre chose que s'affronter. Mais, merci.

— De quoi ? D'avoir falsifié la vérité ? De vous avoir entraînés ici à la recherche de monstres tueurs de monde ?

— Non. D'avoir aidé Tally à se reprogrammer encore un peu.

David décolla et fila sur sa planche.

— Tu t'en es bien sortie, Aya-chan, déclara Hiro.

Elle leva les yeux vers son frère.

— Tu plaisantes ?

Il secoua la tête.

— Je suis sérieux. Tu as enfin appris à claquer une histoire sans dépasser la limite de temps.

Aya rit, faisant courir une nouvelle vague de douleur dans ses côtes. Elle geignit, se massa les flancs. Elle avait l'épaule droite en compote à force d'avoir été traînée par Hiro, et son poignet lui donnait l'impression de sortir d'un hachoir à sushis.

— Regarde, lui dit Hiro.

Moggle émergeait de la fumée tourbillonnante au-dessus des lambeaux du filet de camouflage, traînant Frizz en remorque.

— Ça va ? s'inquiéta Aya.

— Un peu grillé, répondit Frizz. Mais on ramène des images du tonnerre !

Pour une fois, Aya se moquait de savoir si la scène avait été enregistrée ou non. Les mystères de ces deux dernières semaines s'éclaircissaient, la vérité prenait forme, semblable à l'une de ces fusées assemblées par les Extras à partir de pièces détachées. C'était un soulagement de ne plus avoir à se débattre avec des faits incohérents ou un manque total de Sincérité radicale.

Alors que Frizz se posait et la prenait dans ses bras, un frisson apaisant parcourut le corps meurtri d'Aya.

Elle avait enfin bouclé correctement cette histoire.

MILLE VISAGES

— Rappelle-moi encore une fois pourquoi je fais ça, dit Tally.

— Pour apporter ton soutien. (Aya régla le scintillement de la robe de Tally, puis se recula d'un pas pour admirer le résultat.) Tu es la personne la plus célèbre au monde, Tally-wa. Si tu claironnes partout que tu es d'accord avec les Extras, ils auront beaucoup plus de recrues.

— Et moins d'ennuis pour tout ce métal réquisitionné, ajouta Fausto. (Il ajusta son nœud de cravate.) Ainsi que pour avoir kidnappé ceux qui les avaient vus.

— Et puis, nous n'étions plus sorties depuis des *siècles* ! renchérit Shay en faisant bouffer ses cheveux.

Tally se contenta de grommeler, en s'examinant d'un air dubitatif sur l'immense écran mural d'Aya. Elle portait une robe soyeuse en velours et matière adaptive noire, qui scintillait d'étoiles. Parfaite pour la soirée des Mille Visages.

— Ne fais pas cette tête-là, lui reprocha Shay. Tu t'habillais toujours ainsi autrefois.

— Oui, à l'époque où j'étais une tête vide.

Aya tâcha de se représenter Tally perpétuellement

joyeuse et stupide, et secoua la tête. Même en robe de bal, Tally restait une Scarificatrice jusqu'au bout des ongles, avec les tatouages et les cicatrices qui barraient son visage et ses bras nus.

— Tu sais, observa Aya, tu pourrais encore faire effacer ces cicatrices si tu en avais envie.

— Pas question. (Tally passa un doigt le long de son bras.) Elles me rappellent des choses que je ne veux pas oublier.

— Tu es superbe, la complimenta David.

Il portait l'une des antiques vestes en soie d'Hiro, ayant proclamé haut et fort que tout ce qui sortait d'une fente murale le rendait nerveux. Il semblait mal à l'aise depuis son arrivée de Singapour en compagnie de Tally, comme si la ville était trop étroite pour lui.

Il y avait foule dans l'appartement d'Aya ce soir-là. Ils étaient présents tous les neuf – Aya, Frizz, Hiro et Ren ; ainsi qu'Andrew, David et les trois Scarificateurs –, tous ceux qui figuraient dans l'histoire du Grand Départ. Cette dernière avait été mise en ligne deux jours plus tôt et, depuis, ils figuraient tous dans le top 1 000. Seuls les Écrins changeants étaient suffisamment bien protégés pour tenir les aérocams paparazzi à distance.

Au moins y avait-il bien assez de place pour tout le monde. À son retour, Aya avait trouvé son appartement deux fois plus vaste qu'elle l'avait laissé. Il avait grandi en proportion de sa célébrité. Le rang facial n'était peut-être pas tout, mais il y avait des avantages à être la troisième personne la plus célèbre de la ville.

— Je ne vois toujours pas pourquoi nous devons aller à cette stupide soirée, bougonna Tally. Je pourrais me contenter de faire une annonce en ligne ?

Aya fronça les sourcils.

— Ce serait beaucoup moins amusant. Et moins utile pour les Extras.

— Sans compter, renchérit David, que nous leur devons bien ça pour les deux douzaines de fusées que nous leur avons détruites.

— Admettons, grommela Tally en jetant un dernier regard maussade sur sa tenue.

Shay gloussa.

— Heureusement pour eux que nous n'avons pas utilisé de nanos !

Quand ils mirent le pied à l'extérieur, une nuée d'aérocams les attendait.

— D'accord, déclara Tally. C'est officiel, je déteste cette ville.

Aya prit une grande inspiration, mais s'abstint de tout commentaire. Elle aussi commençait à se lasser d'être suivie partout, appelée et filmée en permanence, de voir sa coupe de cheveux imitée par les gamines, son nez tourné en ridicule sur les sites de démolisseurs. Par moments, elle se demandait si elle retrouverait un jour la moindre intimité.

Même sa propre aérocam la mettait mal à l'aise ces derniers temps. Ren l'avait démontée et débarrassée des modifs apportées par les Extras, mais Aya faisait encore des cauchemars emplis de trahisons et de Moggle parlantes.

Néanmoins, il ne lui servait à rien de nier qu'elle appréciait son rang facial à un chiffre. Après tout, elle se trouvait en compagnie de ses amis célèbres, en route pour la soirée de Nana Love, le sourire aux lèvres et Moggle sur ses talons, qui n'en perdait pas une miette.

— Comment va-t-on réussir à franchir ce barrage ? demanda Tally.

— Avec des bombes aveuglantes ? suggéra Fausto.

— Des nanos ! s'écria Shay.

— Ni l'un ni l'autre, répondit Aya. La destruction aveugle n'est pas la réponse à tout, Tally-wa. Ici, nous avons ce qui s'appelle la bulle de réputation.

— La quoi ?

— Avance et tu verras. Les caméras vont s'écarter.

Tally fit quelques pas, et le mur d'aérocams s'incurva dans la limite des cinquante mètres autour des Écrins changeants. David lui prit le bras et le petit groupe se mit en marche dans la nuit, entouré d'une sphère quasi parfaite d'aérocams.

— C'est très étrange, commenta Andrew Simpson Smith. Toutes les villes sont-elles ainsi ?

— Pas vraiment, répondit Tally. Celle-ci s'est particulièrement mal remise du déferlement d'intelligence.

— L'économie de la réputation en vaut bien d'autres ! protesta Hiro.

Il avait beaucoup amélioré son anglais avec Andrew Simpson Smith ces derniers jours, et se plaisait désormais à prononcer de longues tirades.

— Le désir de célébrité est une excellente source de motivation, qui contribue à rendre le monde plus intéressant ! poursuivit-il.

Tally ricana.

— J'ai pu voir cette motivation à l'œuvre. Elle aboutit souvent à une falsification de la vérité.

Aya soupira, se demandant combien de temps encore on l'embêterait avec cela. La plupart des sites avaient déjà tiré un trait sur les erreurs de son histoire de tueurs de villes. Ils avaient mieux à claquer, surtout depuis qu'Aya Fuse leur avait offert un avenir neuf sur lequel spéculer, une nouvelle sorte d'Extras.

Et puis, contrairement à d'autres, elle au moins n'avait rien fait sauter.

La résidence de Nana Love regorgeait de visions stupéfiantes.

Présents en force, les néo-bouffeurs faisaient la démonstration de leur dernier aérogel, à la fois comestible et adaptif. Il flottait au-dessus d'eux, changeant de forme et de saveur à mesure que la soirée se déroulait, empiétant sur l'espace aérien des aérocams.

Les fondus de la retouche jouaient aux Extras, les yeux très écartés et le teint blafard, sans aller jusqu'aux orteils préhensiles pour la plupart. Les combinaisons d'aéroball réglées sur zéro G semblaient également très en vogue, même si Hiro ne cessait de marmonner que tous ces guignols feraient bien de s'entraîner un peu.

Les caméras-flocons, que l'on venait d'inventer pour cette soirée, étaient partout. Flottant à hauteur d'œil à la manière de lucioles indiscrètes, chacune d'elles n'enregistrait que quelques pixels à partir desquels l'interface de la ville reconstituait une image continue. Ainsi, tous les habitants pouvaient naviguer à travers la fête comme s'ils y avaient envoyé leur propre aérocam invisible.

Bien sûr, ces caméras-flocons ne tardèrent pas à agacer Tally. Après qu'elle en eut écrasé une poignée contre le sol, les autres se retirèrent respectueusement derrière une large bulle de réputation. Bientôt, Tally disparut à l'intérieur de la résidence, les autres Scarificateurs derrière elle.

— Bonsoir, Aya, dit une voix familière en anglais.

Aya leva la tête et découvrit Udzir flottant auprès de Moggle, vêtu d'un élégant sari, une flûte à champagne tenue par l'un de ses orteils.

Elle s'inclina, en tâchant de masquer son expression. Les Extras continuaient à lui donner la chair de poule, même après les explications fournies d'Udzir au sujet de leur transformation. Leur peau pâle devait les aider à produire de la vitamine D à partir d'une infime quantité de rayonnement solaire. Même leurs yeux trop écartés se justifiaient : les premiers habitats orbitaux seraient si étriqués qu'une perception normale de la profondeur ne serait pas nécessaire.

Néanmoins, le résultat d'ensemble demeurait déstabilisant.

— J'espère que la soirée vous plaît, dit-elle.

— Beaucoup. Je dois d'ailleurs te remercier, c'est à toi que je dois cette invitation.

— Pas du tout, dit Aya.

En tant que nouveau visage de l'humanité extraterrestre, Udzir s'était retrouvé catapulté dans le top 100. On disait de lui, en riant, que c'était le seul Extra qui n'ait rien d'un Extra.

— D'une manière ou d'une autre, Aya, ma présence en ces lieux doit tout à ton histoire. (Il effectua une petite courbette.) Tu as grandement contribué à notre cause.

— Bah, je suis contente d'avoir pu débrouiller la situation avant que Tally-sama fasse griller toute votre flotte.

— Nous aussi, lui assura-t-il. En fait, cette catastrophe spectaculaire s'est révélée beaucoup plus précieuse que les fusées que nous avons perdues. Drôle de chose que la célébrité !

— C'est sûr. Vous recevez de nombreuses candidatures ?

— Oh, oui. (Il jeta un coup d'œil par-dessus l'épaule d'Aya.) Y compris ce soir.

— Salut, Fouineuse.

Aya se retourna, bouche bée.

— Lai ? Mais comment as-tu réussi... ?

— À entrer ici ? acheva Lai. Comme toi : grâce à une invitation.

Aya n'avait pas songé à vérifier le rang facial des Rusées ces derniers temps, mais bien sûr, avec la mise en ligne d'une version flambant neuve de leur histoire...

— 957, lui apprit Lai. Avant que tu poses la question.

— Oh ! Tu dois être furieuse.

Lai haussa les épaules.

— Ça n'aura plus d'importance une fois en orbite. (Elle jeta un coup d'œil à Udzir, qui leur avait tourné le dos pour discuter avec quelqu'un d'autre.) J'espère seulement que notre célébrissime alien réalise que la notoriété n'a pas sa place dans l'espace.

Aya rit, puis se représenta Lai avec quatre mains et des yeux de poisson. Elle frémit, et chassa l'image de son esprit.

— Je regrette toutes ces images de vous que j'ai prises à votre insu.

— Et moi, je regrette de t'avoir balancée dans cette catapulte électromagnétique. (Lai marqua une pause :) Non, en fait je ne regrette rien, c'était *drôle*.

Aya rit de nouveau.

— Je le suppose. Alors, où sont les autres Rusées ?

— Probablement en train de regarder cette soirée sur leur écran mural.

Aya fronça les sourcils.

— Vraiment ? Je n'aurais pas cru qu'elles se passionneraient pour les Mille Visages.

Lai jeta un coup d'œil à Moggle et se pencha vers Aya.

— Veux-tu que je te refile un bon tuyau ?

— Un tuyau ? répéta Aya.

Elle n'avait guère réfléchi à ce qu'elle pourrait claquer ensuite. Après la fin du monde et la conquête de l'espace, les autres sujets paraissaient bien mornes. Elle se demandait encore si elle n'allait pas devenir ranger.

— Pourquoi pas ? fit-elle.

— Bon, mais tu dois me promettre de n'en parler à personne avant le partage du gâteau.

Aya haussa un sourcil. L'une des traditions de la soirée des Mille Visages était le partage par Nana Love d'un gigantesque gâteau rose au douzième coup de minuit. Les célébrités les mieux placées se rassemblaient alors autour d'elle, pour recevoir leur part de gloire.

— Heu, d'accord.

Lai écarta d'un geste une poignée de caméras-flocons, puis colla ses lèvres à l'oreille d'Aya et lui glissa dans un souffle :

— J'ai injecté dans le gâteau une matière adaptive concoctée par Eden. Elle est en train de se propager en ce moment même, pour rendre le sucre plus… volatil.

— *Volatil* ?

— Chut ! (Lai gloussa.) Quand Nana le découpera, il explosera partout. Sans blesser personne, bien sûr… Il arrosera juste tout le monde de gâteau.

Aya en resta bouche bée. Elle voyait d'ici tous les visages illustres de la ville recouverts de glaçage rose.

— C'est…

— Génial ? Je sais, reconnut Lai en se détournant avec un sourire. Rappelle-toi que tu m'as promis le silence, Fouineuse. Tu me dois bien ça, pour une fois.

Aya appela Frizz pour savoir où il se trouvait, puis sortit le rejoindre sur le balcon au premier étage. Il y demeurait seul, en train de contempler le jardin plongé dans la pénombre.

— J'ai une question de morale à te soumettre, Frizz.

Il se tourna vers elle. Ses yeux de manga reflétaient la lueur des feux de Bengale au-dessus d'eux.

— Un dilemme moral ? Dans une fête pareille ?

Elle regarda autour d'eux : aucune caméra-flocon ne scintillait à proximité, et Moggle était la seule aérocam en vue. Le jardin de Nana Love était interdit aux caméras ce soir-là, ce qui expliquait sans doute pourquoi le balcon était désert.

— Imaginons que tu sois un claqueur et que tu saches qu'il se prépare quelque chose, disons… lors d'une fête ? Un incident susceptible d'embarrasser ton hôtesse, par exemple, et que tu aies promis de ne rien dire…

— Mmm, dit-il. On parle de ridicule, rien de plus ?

— Oui, mais de taille, quand même !

Il haussa les épaules.

— Je suppose que je tiendrais ma promesse.

Elle se contenta de soupirer, contemplant la ville où les fenêtres scintillaient à l'unisson : tout le monde suivait les Mille Visages sur son écran mural.

— Par moments, je voudrais bien pouvoir partager des secrets avec toi.

— Ce sera peut-être possible bientôt.

Aya fronça les sourcils.

— Comment ça ?

— J'ai réfléchi à ce que m'a dit Tally, sur la lâcheté qu'il y avait à ne pas dire la vérité de soi-même. (Il se tapota la tempe.) La Sincérité radicale a peut-être fait son temps.

— Mais elle n'a jamais eu autant d'adeptes ! protesta Aya.

— Exactement. Ils n'ont plus besoin de moi.

Aya battit des cils, tâchant de se figurer Frizz sans ses accès de franchise dévastatrice.

— Je ne sais pas, Frizz-chan. J'apprécie assez de t'avoir près de moi pour m'obliger à rester honnête.

Il passa le bras autour de ses épaules et l'attira plus près de lui.

— Ne t'en fais pas, je n'ai aucune intention de m'en aller. Ni de renoncer à la sincérité, d'ailleurs ; seulement à sa frange *radicale*.

Elle se laissa aller contre lui.

— Si rien ne t'oblige à me dire la vérité, comment saurai-je que tu aimes toujours mon gros nez ? Je ne le ferai pas opérer, tu sais ? Tally-wa a obtenu ma promesse.

— Oui, elle me l'avait dit. Mais ne t'inquiète pas, ce n'est pas une légère opération du cerveau qui va me faire changer d'avis. Pas en ce qui te concerne.

Ils s'attardèrent longuement sur le balcon, attentifs aux échos des rires et de la musique qui leur parvenaient.

C'était une sensation étrange de rôder ainsi à la lisière de la fête. Aussi loin que remontait sa mémoire, Aya avait toujours suivi les Mille Visages à l'écran mural, en s'imaginant parmi les rares élus. Et maintenant qu'elle en faisait partie, sa seule envie était de rester seule avec Frizz, et d'admirer la ville avec lui, heureuse que personne d'autre n'ait envie d'intimité ce soir-là.

Le vacarme qui s'élevait dans son dos n'était qu'une fête, après tout. Des générations de têtes vides avaient occupé cette même résidence, portant à peu près les mêmes habits, tenant à peu près les mêmes propos. Les caméras-flocons et le rang facial n'y changeaient rien...

Un choc léger se fit entendre, et Aya se pencha au-dessus du balcon.

C'était David, qui se relevait. Il avait dû sauter par l'une des fenêtres.

Tally Youngblood se laissa tomber à sa suite, gracieuse comme une fleur de cerisier, se retenant fugitivement aux corniches et aux appuis de fenêtre pour ralentir sa chute. Elle se réceptionna en douceur, glissa son bras sous celui de David et s'enfonça avec lui dans le jardin.

Frizz se pencha auprès d'Aya.

— Je me posais des questions à propos de ces deux-là.

— Tu as entendu ce qu'elle a dit, lui rappela Aya. Plus personne depuis...

Tally se penchait contre David et le guidait plus avant dans l'obscurité. Leurs épaules se touchaient dans la nuit fraîche.

— Tu filmes ça, Moggle ? demanda Aya, avant de secouer la tête. Bah, laisse tomber.

Elle se tourna vers Frizz et l'entraîna à l'intérieur.

— Viens, il est presque minuit. Allons assister au partage du gâteau.

Ouvrage composé par
PCA - 44400 REZE

Imprimé en France par CPI
en octobre 2017
N° d'impression : 2033036

Dépôt légal : septembre 2012
Suite du premier tirage : octobre 2017

PKJ • www.pocketjeunesse.fr
POCKET JEUNESSE

12, avenue d'Italie - 75627 PARIS Cedex 13